LA COMÈTE

3. LE DERNIER PRÉSIDENT

Kennes
Éditeur
de coups de cœur

Retrouvez-nous sur www.kenneseditions.com

Rejoignez-nous sur notre page Facebook : www.facebook.com/KennesEditions

Suivez-nous sur notre compte Instagram : kenneseditions

Publié avec les autorisations des éditions Bayard Canada Livres inc.,
Montréal, Québec, Canada

Direction éditoriale : Sylvie Roberge
Direction littéraire et artistique : Maxime P. Bélanger
Révision : Josée Latulippe
Conception de la couverture : Dorian Danielsen
Mise en page : Mardigrafe

Rue de la Blanche Borne 15
6280 Gerpinnes (Loverval) – Belgique

Dépôt légal : mars 2021 – D/2021/13.105/20

ISBN : 978-2-3807-5162-8
NUART : 68-4379-5

Imprimé en Europe

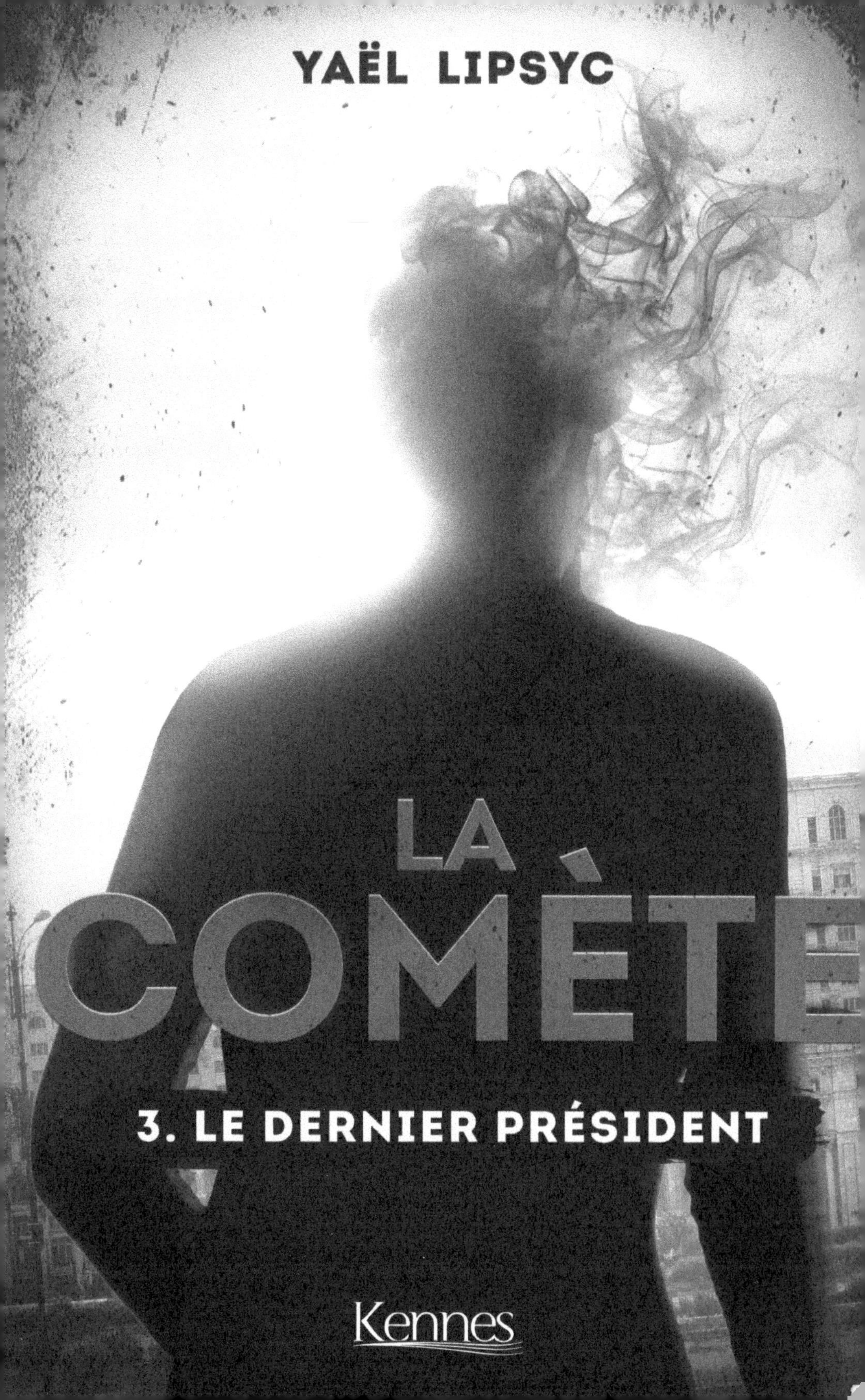
YAËL LIPSYC
LA
COMÈTE
3. LE DERNIER PRÉSIDENT
Kennes

« *Ils ont même assassiné les constellations* [...]
Il est grand temps de rallumer les étoiles... »
Les Mamelles de Tirésias, Guillaume Apollinaire

PROLOGUE

Oscar Johnson n'aimait pas être dérangé. Il lui semblait parfois que les gens faisaient exprès de l'interrompre quand il était occupé et, d'une certaine manière, il n'avait pas tort : le Président de la Ville travaillait constamment, il fallait donc bien l'interrompre de temps à autre.

Lorsqu'on frappa à la porte de son bureau, il poussa un léger soupir et répondit, sans même lever les yeux du document qu'il était en train de lire :

— Entrez...

Son secrétaire ouvrit tout doucement la porte et franchit à peine l'entrée, avant de déclarer d'une voix mal assurée :

— Navré de vous déranger, Président Johnson, mais je viens de recevoir les statistiques que vous aviez réclamées la semaine dernière. Vous aviez dit que c'était urgent, alors je me suis permis de...

— Oui, oui, vous avez bien fait, le coupa le Président, agacé, avec un geste de la main. Mettez-les sur mon bureau.

Le secrétaire s'exécuta et resta dans la pièce, attendant une instruction pour pouvoir se retirer. Johnson, qui avait repris sa lecture, mit un instant à réaliser que l'autre était toujours là. Il leva enfin les yeux.

— Vous pouvez disposer, Timothy.

Timothy s'empressa de quitter la pièce, refermant la porte avec encore plus de délicatesse que lorsqu'il était entré. Johnson abaissa à nouveau son regard... mais il dut rapidement reconnaître qu'il était distrait par la liasse de papiers que le secrétaire venait d'apporter. Il écarta alors ce qu'il était en train de lire et saisit les documents posés sur son bureau. Il les étala devant lui afin de pouvoir étudier l'ensemble.

Johnson observa attentivement les divers chiffres et courbes. Il paraissait de plus en plus mécontent à mesure qu'il prenait connaissance des récentes études réalisées à sa demande.

En découvrant que le taux de criminalité était en pleine croissance, il fronça les sourcils. En voyant la courbe ascendante représentant le nombre de diagnostics de dépression, une moue se dessina sur son visage. Enfin, en lisant que le nombre de tentatives de suicide était en hausse constante depuis des mois, il recula sa chaise de son bureau, se leva et marcha jusqu'à la fenêtre donnant sur le jardin.

Lorsque le ministre de la Sécurité lui avait assuré que la situation de la Ville « se détériorait légèrement », Johnson n'avait pas imaginé se trouver face à de tels chiffres. Apparemment, le sens du mot « légèrement » était relatif à la personne qui l'employait, car jamais, de toutes ses années de fonction, il n'avait vu des statistiques aussi catastrophiques.

Johnson n'était toutefois pas inquiet. Pas vraiment, du moins. Maintenant qu'il pouvait mesurer l'étendue du problème, il comprenait qu'il lui faudrait mettre en place des mesures plus radicales… ce qui, en soi, ne le dérangeait pas. Mais cela allait coûter cher à l'État. Il grimaça en y songeant.

Pendant un instant, le Président se demanda s'il devait prévenir les habitants de la Ville de la gravité de la situation. La sécurité s'était détériorée rapidement, certes, mais également de manière progressive. Ainsi, les gens ne s'étaient probablement même pas rendu compte de ce qui se passait. Peut-être serait-il plus sûr de déclarer l'état d'urgence et d'augmenter temporairement les effectifs de la police et des Sauveteurs. Seulement, si Johnson prenait une telle mesure, tout le monde réaliserait à quel point la Ville allait mal. Le peuple risquerait de succomber à la panique.

Des images d'émeutes envahirent soudain l'esprit du Président. Il pouvait presque voir les foules vociférer devant ce bâtiment, réclamant justice et insultant le pouvoir en place. Non, il valait mieux que le peuple reste ignorant. Le pouvoir du déni n'était pas à sous-estimer, et briser les illusions de la population pourrait causer énormément de dégâts. Il était beaucoup plus pragmatique de ne faire aucune déclaration officielle et de régler la situation le plus discrètement possible.

Il était donc essentiel de faire croire à la Ville que tout allait pour le mieux, en redoublant les mesures de sécurité.

Voilà qui constituait un véritable défi.

C'est en l'An 2 après la chute de la comète que je suis monté au pouvoir. Pourtant, je n'avais jamais eu l'intention de devenir un chef. J'étais le troisième fils perdu au milieu d'une grande fratrie, un élève quelconque dans une marée d'uniformes. Je n'étais pas particulièrement populaire. Mais lorsque nous avons appris que la comète allait arriver, cela a changé mon destin pour toujours.

Je vivais dans une petite ville d'Angleterre. Des fanatiques sont venus : ils ont détruit notre école, pillé nos richesses, brûlé nos maisons. Ils se faisaient appeler « Utilitariens », parce que la seule chose qui leur importait était le bonheur, le leur, jusqu'à la chute de la comète. Ils se fichaient du mal qu'ils causaient, puisqu'ils croyaient que notre monde était voué au chaos ; tout ce qu'ils voulaient, c'était profiter au maximum des quelques moments qui leur restaient à vivre.

Le jour de leur arrivée dans ma ville, j'avais décidé de quitter l'école plus tôt avec mon meilleur ami, Connor, pour aller voir un film. C'est ce qui m'a sauvé la vie. Les Utilitariens avaient soif de sang. Mon père a voulu être courageux : ils l'ont tué. Lui et ma famille entière, pour faire bonne mesure. Puis ils sont allés à l'école. Ils ont ravagé notre bâtiment et fait feu sur tout ce qui bougeait.

J'avais dix-sept ans. Pendant que je regardais un film avec mon meilleur ami, toutes les personnes que je connaissais étaient en train de mourir. Nous n'avons rien entendu, parce que les bruits des coups de feu à l'écran masquaient ceux qui faisaient rage à l'extérieur.

Extrait des *Mémoires de Will Halley*,
1er Président de la Ville
Texte original conservé dans les Archives

1

En voyant son poing s'approcher, je n'eus d'autre choix que de me baisser et de rouler sur le sol, avant de me redresser quelques mètres plus loin.

— Voilà ! m'exclamai-je. C'est beaucoup mieux maintenant !

La jeune fille en face de moi m'adressa un grand sourire qui illumina son visage, la faisant paraître encore plus jeune qu'elle ne l'était.

— J'ai fait exactement comme vous m'aviez dit, Caporale, affirma-t-elle. J'ai fait basculer tout mon corps, pas seulement mon bras.

— C'était très bien, Angela. Si je n'avais pas évité le coup, tu m'aurais sans doute envoyée à l'infirmerie…

Son sourire s'effaça immédiatement, laissant place à une expression horrifiée.

— Je suis désolée, Caporale, balbutia-t-elle. Je ne voulais pas…

Je secouai la tête, amusée par le comportement de la jeune fille. Nous étions dans le gymnase du Centre de Sauvetage, en début de soirée. Nous venions de finir notre service et j'avais proposé à Angela, une nouvelle recrue, de s'entraîner avec moi. Elle avait immédiatement accepté, paraissant très reconnaissante… et complètement incapable de m'appeler par mon prénom, même si nous n'avions qu'un an d'écart et n'étions pas en service.

— Tu n'as pas à t'excuser, la rassurai-je. On est là pour ça, on s'entraîne. D'accord ?

Elle acquiesça et je me replaçai en face d'elle.

— Tu as vu ma réaction quand j'ai réalisé que je ne pourrais pas contrer ton attaque ? J'ai immédiatement pris de la distance. La dernière chose que tu veux est de devoir parer trop d'attaques à la fois. En te déplaçant, tu changes la dynamique de combat, tout en désorientant l'adversaire. Ça peut te permettre de prendre le dessus.

Elle me fit un sourire teinté de tristesse.

— J'ai l'impression d'entendre tout ça pour la première fois, déclara-t-elle, dépitée. C'est à se demander ce que j'ai appris à l'école…

Je fronçai les sourcils en l'entendant se déprécier ainsi.

— Tu viens juste de commencer, c'est normal que tes réflexes ne soient pas encore parfaits ! Mais je t'ai vue en mission, ce matin : tu as beaucoup de potentiel, je t'assure… Et on m'a souvent affirmé que j'étais trop franche, alors je ne te le dirais pas si je ne le pensais pas.

Elle grimaça, pas convaincue.

— Qu'est-ce que vous me diriez ? « Oui, Angela, c'est vrai que tu es nulle, mais ce n'est pas grave » ?

Je levai les yeux au ciel.

— Arrête de penser que tu es nulle. Tu as passé ton épreuve d'agilité pour être admise à l'école de Sauvetage, puis tu as réussi tes examens pour travailler dans un Centre. Si tu ne me crois pas, alors crois en tes résultats, au moins…

— Mais si j'ai vraiment les capacités, alors pourquoi est-ce que c'est si difficile ? À chaque mission, j'ai l'impression que je vais tout faire sauter ! D'ailleurs, ça a bien failli arriver plusieurs fois...

Je vis la frustration s'accumuler dans ses yeux.

— Je ne vais jamais y arriver, je ne suis simplement pas taillée pour ça. J'aurais dû écouter mes parents...

Disant cela, elle alla s'adosser contre le mur du gymnase et se laissa tomber à terre, lasse. Elle déclara, osant à peine me regarder :

— Et maintenant, vous aussi, vous devez penser que je n'ai rien à faire ici...

Je sentis mon cœur se serrer en découvrant à quel point elle manquait de confiance en elle. Le matin même, nous avions été affectées à une mission ensemble et j'avais constaté que, malgré ses capacités, elle semblait complètement perdue. Je n'avais cependant pas imaginé que le problème était plus profond qu'un simple stress.

Nous étions vers la fin du mois de mars ; deux mois plus tôt, des Sauveteurs fraîchement sortis de l'école avaient rejoint notre Centre. Je m'étais attendue à ce que, comme pour moi l'année précédente, on s'occupe particulièrement d'eux, en les formant sur des missions moins ardues pendant le premier mois, ou du moins en les épaulant... Malheureusement, ça n'avait pas été le cas.

Depuis quelque temps, j'avais l'impression – et je n'étais pas la seule – que nos missions se faisaient de plus en plus fréquentes. Nous avions énormément de travail, à tel point que nous devions la plupart du temps remplir nos rapports en dehors de nos horaires officiels. Quant au service de nuit, autrefois redouté car beaucoup plus dangereux, il était à présent devenu normal d'y être affecté.

Ainsi, quand les nouvelles recrues étaient arrivées, on les avait presque lâchées dans la nature. Aujourd'hui, je me rendais compte que cela avait eu des conséquences plus graves que je le croyais.

Je vins m'asseoir à côté d'Angela. Je posai ma main sur son épaule, avec douceur, mais fermement. Surprise par ce geste, elle me regarda enfin vraiment dans les yeux.

— Ce n'est pas ta faute, affirmai-je. Il y a un an, quand je suis arrivée ici, on a continué de me former, jusqu'à ce que je sois vraiment à l'aise sur le terrain...

— Je parie que ça a dû arriver très vite, lâcha-t-elle, rougissant un peu en réalisant ce qu'elle venait de dire.

Je ne pus retenir un sourire devant l'admiration à peine voilée qu'elle venait d'exprimer.

— C'est arrivé relativement vite. Mais pas immédiatement. Et c'est normal. Il faut un temps d'adaptation. À l'école, on nous apprend à être forts et à réagir adéquatement dans une situation donnée. Mais la réalité est souvent bien plus compliquée, et c'est seulement une fois sur le terrain qu'on apprend réellement le métier.

Je poussai un soupir et poursuivis :

— La vérité, c'est qu'on ne s'est pas assez occupés des nouvelles recrues, cette année. On vous a juste envoyées dans la rue, complètement désarmées. Alors, tu as l'impression de ne pas être capable de gérer tout ça, mais je t'assure que tu le peux. Il faut juste que tu te fasses un peu plus confiance et que tu sois patiente. Ne te dis pas que tu es nulle. Dis-toi que tu es forte. Dis-toi que ce sentiment d'angoisse que tu ressens face à l'action n'est que temporaire. C'est le système qui pose problème… pas toi. Et tu es la personne la mieux placée pour savoir ce que tu veux. Ni tes amis, ni tes supérieurs, ni tes parents d'ailleurs, ne peuvent t'enlever ça. Je sais de quoi je parle, crois-moi !

Je retirai doucement ma main. La jeune fille baissa un instant son regard, avant de lever à nouveau les yeux vers moi.

— Je n'arrive pas à croire que vous n'êtes Sauveteuse que depuis un peu plus d'un an, avoua-t-elle.

— Je fais si vieille que ça ? raillai-je en grimaçant.

Elle rit, secouant vigoureusement la tête.

— Pas du tout ! Mais vous êtes caporale, et… je ne sais pas… vous paraissez plus âgée quand vous parlez. C'est assez déstabilisant.

Je lui souris, hésitant un instant avant de déclarer :

— Il y a très longtemps, un homme a dit : « la valeur n'attend pas le nombre des années »… Alors, quand certaines personnes me disaient que « j'étais trop jeune » ou que « je ne pouvais pas comprendre », je choisissais de croire cet homme plutôt que ces personnes. Et ce qu'il disait, c'est aussi valable pour toi. Si tu n'arrives pas à le croire tout de suite, alors au moins fais-moi confiance.

Elle acquiesça.

— Je vous fais confiance, Caporale.

— Très bien. Alors lève-toi et rentre chez toi. Repose-toi. Et tu as intérêt à revenir demain prête à remettre en place tous les criminels de la Ville. Et c'est un ordre ! Compris ?

Je m'étais redressée en disant cela, lui tendant la main. Elle m'imita.

— Compris, affirma-t-elle en me serrant la main avec force.

Puis, me lâchant, elle m'offrit un sourire timide.

— Merci, Isis.

***

Un peu plus tard ce soir-là, je sortis du bâtiment et décidai de me rendre à la Source de Vérité. Kim, Mike et moi avions découvert cet endroit six mois plus tôt et depuis, nous avions passé énormément d'heures devant l'écran géant de l'ordinateur, apprenant un million de choses sur l'ancien monde grâce à cet héritage laissé par Truman, le Maître des archives.

Je souris, marchant vers un bâtiment à côté du Centre, en pensant à mon mentor disparu. Je songeai qu'il aurait sûrement été fier de mes amis et de moi. Nous avions décodé tous les indices qu'il avait laissés derrière lui, nous étions parvenus au bout de sa chasse au trésor et nous avions découvert l'accès à une source quasiment infinie d'informations.

Évidemment, Kim n'avait pas tardé à faire remarquer : « Source de Vérité, c'est quand même prétentieux… en vrai, c'est juste une espèce de machine miss Je-sais-tout ! » Depuis, le nom était resté. On ne disait plus « je vais à la Source », mais plutôt « je vais voir miss Je-sais-tout ».

Mon sourire s'accentua quand je réalisai qu'une rencontre entre Kim et Truman aurait été absolument hilarante. Ils auraient probablement fait semblant de se détester pendant un moment, avant d'apprécier la franchise et le sens de l'observation qu'ils avaient en commun. Mon cœur se serra alors quelque peu. Truman me manquait, il me manquerait toujours… mais j'étais allée de l'avant, j'avais tourné la page. J'étais heureuse. C'était sûrement ce qu'il aurait voulu pour moi.

La première fois que nous étions allés voir miss Je-sais-tout, j'avais été assez troublée par le message laissé par Truman sur l'ordinateur. « Vous pouvez garder pour vous la vérité, avait-il dit, ou bien vous pouvez essayer de ramener la vérité à la lumière du jour. » Ces mots m'avaient hantée pendant plusieurs semaines, parce qu'ils impliquaient un choix de la plus haute importance. Mais Mike et Kim m'avaient aidée à accepter que je n'avais pas à prendre cette décision, ou du moins pas tout de suite, que la Ville n'allait pas exploser si je ne me lançais pas immédiatement dans une mission visant à informer la planète entière de la vérité. J'avais eu du mal à admettre cette idée, au départ, parce qu'il était dans ma nature de vouloir sauver le monde. Mais j'avais fini par comprendre qu'avoir un accès illimité au savoir, et deux amis avec qui en parler, était plus qu'assez. Donc, pour l'instant, la Source resterait ensevelie… après tout, ce n'était pas une question de vie ou de mort !

Je m'arrêtai devant la porte du bâtiment vers lequel je m'étais dirigée et composai un code avant d'entrer. Il s'agissait d'un grand hangar, qui était en fait le garage du Centre. Je fis quelques pas, jusqu'à arriver devant une moto noir et argenté. Un sourire se dessina sur mes lèvres.

Parce que c'était *ma* moto noir et argenté.

J'enfilai le casque que j'avais porté sous le bras et remontai la fermeture éclair de ma veste en cuir. Je fis rouler la moto jusqu'à l'entrée et sortis. Puis je montai sur le véhicule. Je sortis la clé de contact de la poche de ma veste et la tournai pour démarrer. J'enclenchai la première vitesse, et le véhicule se mit immédiatement en mouvement. Arrivée sur la route, j'accélérai légèrement, jusqu'à la limite autorisée.

J'appréciais particulièrement ces moments passés à conduire, surtout quand ce n'était pas dans le cadre d'une mission. Les véhicules coûtaient très cher et, à moins d'avoir beaucoup d'argent – ou, comme moi, de posséder un véhicule de fonction –, il était difficile de s'en procurer. Ainsi, les rues n'étaient pas très fréquentées, même en début de soirée. Il n'y avait que quelques voitures et, bien sûr, les grands bus rouges, assez nombreux.

Rouler était donc très agréable, et un sentiment de liberté et d'excitation m'envahissait quand je me retrouvais presque seule sur la route, campée sur ma moto, savourant ce moment de tranquillité où la vitesse était un plaisir et non une obligation liée à mon travail.

J'arrivai assez rapidement devant la bouche de métro que j'avais l'habitude d'emprunter pour me rendre à la Source. J'arrêtai ma moto et la garai non loin de l'accès au souterrain. Je m'assurai que personne ne m'observait – même si le quartier abritait surtout des bureaux et était donc plutôt désert en soirée – et je descendis les quelques volées de marches menant à la première station. J'allumai ma lampe de poche, sautai du quai et retombai sur les rails, où je me mis à marcher d'un bon pas jusqu'à la station Camden Town. Là, je me dirigeai vers la porte surmontée des lettres SDV. Je découvris que le cadenas n'était pas fermé, mais que la salle était verrouillée de l'intérieur. Cela voulait dire que quelqu'un s'y trouvait. Mon cœur se mit à battre fort dans ma poitrine. Puis je me rappelai que Kim m'avait dit qu'elle comptait rendre visite à miss Je-sais-tout ce soir-là. Je frappai à la porte, à un rythme bien précis, pour que mon amie sût que c'était moi.

Deux coups, trois coups, deux coups.

Au bout de quelques secondes, j'entendis un déclic se faire, et la porte s'ouvrit en grand. La lumière éclatante de la pièce m'éblouit, et je fus obligée de mettre la main devant mes yeux pour les protéger.

— Je sais que ma beauté est éblouissante, Isis, mais quand même ! Je n'avais jamais vu quelqu'un réagir comme ça en m'apercevant...

Je clignai des paupières, mes yeux s'ajustant peu à peu et me permettant de voir Kim, debout devant moi, une main encore sur la porte qu'elle venait d'ouvrir.

— Je ne sais pas quoi te dire, rétorquai-je. J'ignore si ce sont tes longs cheveux blonds ou tes yeux bleus qui me font cet effet, mais malheureusement, je n'y peux rien. Tu es absolument irrésistible.

— Je ne t'en veux pas, répondit Kim en s'écartant pour me laisser entrer. Si je n'étais pas moi, je serais probablement moi aussi amoureuse de moi.

Elle referma la porte derrière moi, et je me retournai pour la regarder. Mes yeux s'étaient habitués, à présent, et je pus discerner la lueur d'amusement dans son regard.

— Tu es sérieusement en train de me dire que tu n'es pas amoureuse de toi-même ? raillai-je. Parce que j'aurais vraiment du mal à te croire.

Un son offusqué s'échappa de sa bouche.

— Écoute, Isis, il faut bien que quelqu'un m'apprécie à ma juste valeur. Bon, il y a Miky, tu me diras, mais je crois que mon sale caractère et mes moqueries constantes ont fini par lui faire oublier à quel point j'étais sublime.

— Non, il n'a pas oublié, dis-je en rigolant. C'est juste que vous êtes devenus amis maintenant, alors ça serait très bizarre. Et puis, tu l'as tellement charrié là-dessus que ça a dû le décourager.

— Oh oui ! il y a ça aussi. Le pauvre chou.

Elle afficha une expression dépitée et, malgré mes efforts, je ne pus retenir un éclat de rire. Je m'avançai vers mon amie pour la serrer brièvement dans mes bras.

— J'ai l'impression qu'on ne s'est pas vues depuis deux semaines ! dis-je en abandonnant notre comédie.

— C'est le cas ! On a tellement de travail, ces derniers temps... On dirait que la Ville est devenue folle !

Je grimaçai : c'était exactement ça. Ces derniers mois, si on avait autant de missions et aussi peu de temps pour s'occuper des recrues, c'était parce qu'il semblait que la Ville allait mal et que les criminels profitaient de sa faiblesse. C'était comme si Londres était malade.

On entend souvent parler du nombre de morts causées par la comète, mais, à mon sens, on laisse trop souvent de côté la destruction qui a eu lieu.

Je me souviens des paysages de ruines que Connor et moi avons parcourus, lorsque nous avons quitté notre ville natale. Les fanatiques, les criminels et les foules effrayées avaient tout saccagé sur leur passage. Les arbres déracinés, les fenêtres éclatées, certains bâtiments effondrés, les magasins délabrés : le monde semblait avoir été balayé par une tempête.

Londres, également, était dans un état catastrophique. Beaucoup de routes étaient défoncées, les fameuses cabines téléphoniques avaient été vandalisées, et des voitures retournées gisaient sur le sol.

Mais cela, bien sûr, n'est pas comparable à ce qui est arrivé aux endroits qui ont été réellement touchés par la chute de la comète. Ces endroits-là ont simplement été rayés de la surface de la Terre, avec les gens qui s'y trouvaient encore.

Extrait des *Mémoires de Will Halley*,
1er Président de la Ville
Texte original conservé dans les Archives

2

Je passai le reste de la soirée à discuter avec Kim. Ces deux dernières semaines, nous avions été affectées à tour de rôle au service de nuit et avions été submergées par notre travail. Nous avions donc du temps à rattraper.

— J'ai vu Jamie, aujourd'hui, m'apprit-elle. On avait la même mission... il a demandé de tes nouvelles.

Elle guetta ma réaction, comme si j'allais faire quelque chose qui trahirait une émotion particulière.

J'avais rencontré Jamie quelques mois plus tôt, et nous avions immédiatement sympathisé. Après avoir trouvé miss Je-sais-tout, je m'étais sentie un peu plus légère, libérée de mon obsession pour cette mystérieuse Source, et j'avais passé beaucoup de temps avec lui. Il était à peine plus âgé que moi, et c'était le genre de personne qui vous redonnait le sourire. Pendant un moment, j'avais même cru que quelque chose allait se passer entre nous. Il était clair que nous nous appréciions mutuellement... mais ça n'avait pas marché. Ma liberté n'était qu'une illusion, puisque j'étais enfermée par tous les secrets que je gardais. J'étais bien trop franche pour trouver de l'intérêt dans une relation dans laquelle je ne pourrais pas être entièrement sincère, et Jamie ne méritait pas de se retrouver embarqué dans toute cette histoire. Ça n'en valait pas la peine.

Mes secrets nous avaient donc empêchés de nous rapprocher et, au départ, il y avait eu entre nous une certaine gêne, qui avait fini par se dissiper quand nous avions convenu que nous pouvions être amis.

Visiblement, Kim restait convaincue que j'avais des sentiments pour lui…

— Tu sais, Kim, des fois j'ai l'impression que tu projettes ce que tu ressens sur ma propre vie, et ça m'agace un peu.

Elle leva les yeux au ciel, apparemment exaspérée par mon manque d'intérêt pour ce que Jamie avait dit sur moi.

— Comment ça, ce que je ressens ? Ce n'est pas de moi qu'il est question, mais de toi ! Tu mérites d'être avec quelqu'un qui…

Je fis un geste pour qu'elle s'arrête.

— Kim. Je t'adore, OK ? Et ça me touche que tu penses ça… mais je n'ai pas besoin d'être avec quelqu'un pour être heureuse. Je suis bien comme ça, pour l'instant. Je te ferai signe quand j'aurai envie que ça change. D'accord ?

Elle acquiesça.

— Désolée. Je suis chiante, hein ?

Je ris.

— Tu n'as pas idée !

Un silence pensif s'installa, puis Kim reprit :

— J'étais en train d'écouter de la musique, quand tu es arrivée. J'ai découvert une chanteuse des années 2000 qui a une voix tellement belle ! Je pensais qu'elle était américaine, mais elle avait un petit accent en plus – qui lui donnait encore plus de charme, si tu veux mon avis. J'ai donc fait des recherches et j'ai vu qu'elle venait des « îles de la Barbade »...

Kim me fit écouter quelques-unes des chansons qu'elle avait découvertes, et je fus subjuguée par la voix de la chanteuse. Des vidéos accompagnaient la musique – c'était apparemment chose courante à l'époque –, et je ne savais pas ce qui était le plus sublime, la chanteuse elle-même, d'une beauté atypique, ou sa voix.

J'aimais beaucoup la musique, mais depuis la première chanson qu'elle avait entendue, Kim était absolument passionnée. Elle aimait particulièrement la « pop » et ne ratait jamais une occasion d'en écouter. Si mes recherches sur l'ordinateur étaient diverses, les siennes revenaient invariablement au domaine musical.

Au bout d'une heure, fatiguée de ma longue journée, je décidai de repartir. Je proposai à Kim de la ramener chez elle, mais elle souhaitait rester encore un peu avec sa chanteuse barbadienne... je quittai donc la Source seule.

Avant de rentrer chez moi, je fis un détour par la bibliothèque, dans l'optique d'avoir quelque chose à lire dans les jours à venir. Depuis la découverte de la Source, j'avais quelque peu délaissé cet endroit et je le regrettais.

J'entrai dans le bâtiment par la porte de derrière et me rendis directement dans la salle contenant les livres. Depuis que j'avais fini la lecture de son journal, je n'avais pas trouvé d'autres éléments écrits par mon mentor. S'il avait rédigé d'autres textes, il avait dû les laisser ailleurs. Je longeai les rayonnages de romans, jusqu'à tomber sur un nom qui m'était familier : Jane Austen. La bibliothèque contenait plusieurs de ses livres, et je déduisis qu'elle avait dû jadis être connue. Le titre d'un de ses romans m'attira plus particulièrement : *Raison et sentiments*.

— L'histoire de ma vie… murmurai-je ironiquement en lisant les mots sur la couverture.

Je pris le livre et sortis du bâtiment. Je rentrai alors chez moi, sillonnant les routes silencieuses et éclairées par les lampadaires, la lune et les étoiles.

***

Le lendemain matin, je me rendis au Centre de bonne heure. Je m'étais réveillée tôt et n'avais pas réussi à me rendormir. J'avais donc décidé d'aller au bureau pour prendre de l'avance sur ma paperasse. En arrivant à l'étage, je fus étonnée de trouver Mike en grande conversation avec le lieutenant Nora. Il semblait si concentré sur ce qu'il lui disait qu'il ne me vit pas arriver. Je constatai avec étonnement qu'il paraissait presque furieux. Il se tourna alors vers moi, et je remarquai un énorme hématome sur sa tempe. Je m'exclamai :

— Qu'est-ce qui s'est passé ?

Je sentis mon cœur se serrer en voyant l'expression de rage sur le visage de mon ami, d'habitude si calme.

— Oh ! crois-moi, il se passe beaucoup de choses en ce moment, cracha-t-il.

Perplexe, je fixai Nora, qui semblait préoccupée. Elle ne me regarda pas, cependant, son attention toujours rivée sur Mike.

— Vous devriez rentrer chez vous. Vous manquez de sommeil, et le service de nuit a été difficile…

— Difficile ? C'est ça que vous appelez difficile ?! Lieutenant, vous savez bien que quelque chose ne va pas !

Deux agressions, un cambriolage et une explosion en une nuit, dans un seul quartier ?! Avec seulement deux Sauveteurs affectés ? C'est un miracle que je sois encore en vie !

— Je vous ai dit de rentrer chez vous, Soldat ! répéta Nora en haussant la voix. Ne m'obligez pas à le dire à nouveau !

Le regard de Mike s'assombrit.

— Très bien, Lieutenant. Mais ça ne fera pas disparaître le problème pour autant.

Il sortit de la salle d'un pas nerveux et descendit rapidement les escaliers, nous laissant seules, Nora et moi.

— Qu'est-ce qui vient de se passer, exactement ? demandai-je, confuse. Ça ne ressemble pas à Mike, d'être comme ça...

Elle me regarda enfin dans les yeux et je vis dans son regard une lueur d'inquiétude, ce qui acheva de me faire comprendre que quelque chose n'allait pas ; jamais je ne l'avais vue trahir ce genre d'émotion. Poussant un soupir, elle tira la chaise la plus proche et s'assit. Je l'imitai et m'installai en face d'elle, attendant qu'elle s'explique.

— Je pense que vous savez ce qui se passe, Caporale, me dit-elle. Tout le monde le sent, mais personne n'en parle... Du moins, personne n'en parlait vraiment, jusqu'à ce que votre ami décide qu'il en avait assez. Et, en vérité, il a raison.

Je me tus. Je savais à quoi elle pensait, mais je voulais que les mots sortent de sa bouche.

— J'exerce ce métier depuis près de trente ans, Isis. Jamais les Sauveteurs n'ont été aussi débordés.

Je fronçai les sourcils. Je ne me rappelais pas la dernière fois qu'elle avait fait l'usage de mon prénom.

— Pour l'instant, nous arrivons encore plus ou moins à gérer les choses... mais ce n'est qu'une question de temps avant que la situation ne dégénère. Les Sauveteurs sont fatigués. Ils sont tendus. Nous avons beau être forts, nous ne sommes que des êtres humains. Personne ne peut résister aussi longtemps à une telle pression : nous allons finir par faire trop d'erreurs et, dans notre profession, les erreurs sont fatales.

Je voulus lui répondre, mais elle se leva.

— Je vais vous laisser travailler, déclara-t-elle en se dirigeant vers son bureau.

J'eus à peine le temps de me redresser qu'elle avait fermé la porte derrière elle. Je m'assis à ma table de travail, mais, trop troublée par ce qui venait de se passer, j'eus bien du mal à être efficace ce matin-là. Peu à peu, les Sauveteurs arrivèrent, remplissant la pièce, qui se mit à résonner du son émis par leur appareil et leur signalant qu'ils avaient une mission (on les appelait les « BT », pour « bouge-toi »).

Rapidement, le bruit familier s'échappa de mon Messager. Je consultai l'écran de l'appareil.

Vandalisme. Parc de la 113e Rue.

Je me précipitai hors de la pièce, tâchant de remplacer mon agacement par de la détermination. Vandalisme... comme si je n'avais que ça à faire !

« Ne fais pas l'idiote, ça doit être assez grave, pour qu'on t'envoie un BT... »

Un instant plus tard, j'enfourchai ma moto et accélérai immédiatement. Il ne me fallut que deux minutes pour arriver au parc. J'arrêtai mon véhicule et retirai la clé, m'élançant au moment où je posais le pied à terre. Je jetai un regard autour de moi et repérai tout de suite le problème.

Un groupe de cinq jeunes portant des cagoules se trouvaient devant le kiosque en bois, au centre du parc. Ils étaient munis de battes ou, pour certains d'entre eux, de grandes barres métalliques. Tout en m'avançant, je retirai mon casque et le laissai tomber à terre. On avait dû juger que les vandales étaient dangereux parce qu'ils avaient des armes, mais, maintenant que j'étais devant eux, je voyais très bien de quoi il s'agissait.

« Juste une bande de petits cons », songeai-je.

Ils étaient si occupés à frapper rageusement sur la structure en bois qu'ils ne me virent pas approcher. Je décidai de leur laisser une chance.

— HÉ ! hurlai-je.

Ils sursautèrent et firent volte-face. Même avec leurs cagoules, je pouvais voir qu'ils étaient surpris : il était encore tôt, et à cette heure-là les gens étaient soit au travail, soit à l'école. Ils n'avaient pas dû penser que quelqu'un les verrait et préviendrait un Centre.

— Franchement, vous n'avez pas mieux à faire ? lâchai-je, au comble de l'agacement.

Ils se consultèrent du regard, ne sachant apparemment pas comment réagir.

— Sérieusement ! À quoi ça va vous servir de saccager un kiosque ? Je veux dire… il y a plein d'endroits déserts très sympas pour casser des choses.

— T'es jeune, toi aussi, tu devrais comprendre, déclara l'un d'entre eux, sans doute le chef de la petite bande.

Je haussai les sourcils.

— Quoi, les hormones ? raillai-je. Oui, je comprends, mais, encore une fois, il y a des manières plus intelligentes de se défouler...

Je les vis se crisper et compris que je les avais énervés. Je dus me contenir. C'était moi qui étais censée être en colère, pas eux...

— Bon, écoutez, je n'ai vraiment pas envie de gâcher votre vie parce que vous avez essayé de détruire un kiosque. Honnêtement, je m'en fiche. Tout le monde s'en fiche. Donc, laissez tomber vos... « armes » et partez d'ici. Je dirai que vous vous êtes enfuis quand vous m'avez vue. OK ?

Je remarquai alors qu'un des cinq jeunes tenait une bombe de peinture rouge dans la main. Il avait commencé à tracer des lettres devant le kiosque avant que j'arrive. Je réalisai soudain qu'ils n'étaient pas là juste pour se défouler : ils voulaient faire passer un message.

— Est-ce que l'un d'entre vous pourrait m'expliquer le but de tout ça ? dis-je en croisant les bras.

— On en a marre, répondit simplement celui qui tenait la bombe de peinture.

Un autre lui donna un coup de coude pour l'empêcher de continuer, et je compris que je devrais me montrer convaincante pour qu'ils me fassent confiance.

— Moi aussi, j'en ai marre, déclarai-je. Il y a plein de choses qui m'énervent, plein d'injustices, plein de problèmes. Alors j'ai décidé d'agir : je suis devenue Sauveteuse et j'aide des gens tous les jours... Je n'ai pas signé de contrat m'obligeant à sauver les kiosques. Si vous arrivez à me persuader que vous avez raison, je vous laisserai finir de peindre votre message et partir d'ici avant d'appeler mon Centre. Ça vous va ?

Disant cela, j'avais sorti mon Messager de ma poche, pour qu'ils voient bien que je pouvais faire mon rapport immédiatement si je le souhaitais. Ils se consultèrent à nouveau du regard, avant que leur chef prenne la parole :

— Il y a un gars, dans la classe au-dessus de nous… C'est… un bon ami. Il a toujours aimé faire des dessins et… ses cahiers de cours ressemblaient plus à une série de portraits des élèves de l'école. Enfin, il voulait devenir architecte, mais il vient d'une famille d'avocats et de juges.

Je fronçai les sourcils. Je commençais à voir où il voulait en venir et j'avais peur de ce qu'il allait dire ensuite.

— Il ne parle pas très bien, avoua le jeune garçon. Il est timide… mais il est tellement doué en dessin ! Tu comprendrais si tu voyais ce qu'il faisait.

Je pouvais déceler la colère dans les yeux du jeune homme. Il poursuivit :

— Il a voulu faire une demande spéciale pour tenter l'épreuve d'architecture et de construction. Mais ses parents n'étaient pas d'accord et ont réussi à trouver une faille juridique pour l'en empêcher. Il a été obligé de passer l'épreuve de droit, qu'il a tout juste réussie, par miracle… Maintenant il est à l'école de Justice, et ça fait des mois qu'il est dépressif. Il a même essayé de se suicider.

Je me crispai, sentant la compassion et la colère m'envahir.

— On voulait faire quelque chose, dire quelque chose. On ne pouvait pas juste agir comme si on était d'accord avec ce qui se passe.

Je restai silencieuse un instant, réfléchissant à ce qu'il venait de dire. Puis je pris ma décision.

— Il y a quelques caméras ici, déclarai-je. Placez-vous en ligne devant moi, pour donner l'impression que vous m'empêchez d'accéder au kiosque, pendant que l'un de vous finit d'écrire votre message. Je vous laisse trente secondes. Ensuite, j'appellerai mon Centre et vous partirez en courant. C'est clair ?

Ils furent si surpris qu'ils mirent un moment à réagir. Puis leur chef leur ordonna de m'obéir, et le jeune avec la bombe de peinture continua son œuvre alors que les autres se placèrent devant moi, faisant mine de brandir leurs armes pour les caméras.

— Merci, se contenta de dire le chef.

Je vis que ces mots lui avaient coûté beaucoup, et je dus me retenir de sourire.

— J'ai fait une demande spéciale, avouai-je. Sans ça, j'aurais été dans la même situation que votre ami... mais ça ne signifie pas que je suis d'accord avec ce que vous faites. Ce n'est pas en devenant des délinquants que vous allez faire évoluer les choses.

Ils baissèrent le regard, apparemment un peu honteux. Le bruit de la bombe de peinture cessa, et le jeune s'écria :

— J'ai fini !

Alors, tandis que je composais le numéro de mon Centre, ils s'élancèrent tous en dehors du parc en courant.

— Ici le Centre de la Brigade des Sauveteurs, me dit une voix que je reconnus être celle de Stacy, la secrétaire de mon Centre. Identifiez-vous.

— Salut, Stacy, répondis-je en m'avançant vers le kiosque en piteux état. Je viens de régler le problème de vandalisme au parc de la 113e Rue. Ils étaient cinq, des jeunes ; je les ai menacés et ils se sont enfuis.

J'entendis un bruit de touches de clavier d'ordinateur, puis :

— Pas de renforts ni de policiers, donc ?

— Non. Il va falloir une équipe de nettoyeurs de la Ville, par contre. Mais rien d'urgent.

Ayant dit cela, je raccrochai et je fixai les écritures rouge sang sur le sol, au pied du kiosque, qui semblaient être des prédictions annonçant une sombre période :

LA DEMANDE SPÉCIALE EST UN DROIT.
L'INTERDIRE EST UN CRIME.
MORT À LA TYRANNIE.

Et, comme pour faire écho à ces phrases, mon Messager sonna à nouveau. Cette fois, en consultant l'écran, je crus que mon cœur allait s'arrêter :

PRISE D'OTAGES.
École 3 du quartier Sud-Est.

Avant la comète, les adultes se plaisaient à dire que les jeunes étaient fainéants, qu'ils ne faisaient jamais rien. Pourtant, ce sont les jeunes qui ont construit le nouveau monde sur les ruines de l'ancien.

Les adolescents ont été les plus nombreux à survivre aux deux années de chaos qui ont suivi la catastrophe. Souvent, les parents s'étaient sacrifiés pour leurs enfants, et les personnes âgées n'avaient pas été assez fortes. Nous nous sommes donc retrouvés à constituer un peuple de jeunes dans un vieux monde détruit. Les choses ne pouvaient pas rester ainsi.

Durant ces deux années, j'ai formé, avec Connor, un groupe de jeunes survivants. Nous sommes arrivés à Londres au début de l'An 1, et nous avons commencé à remettre la ville en marche. Plus le temps passait, plus les gens nous rejoignaient. Les Londoniens survivants nous aidaient à nous organiser et à chasser les fanatiques qui s'étaient établis dans la ville. Peu à peu, des gens sont venus de plus loin pour nous rejoindre. Peu nous importait leur nationalité, tant qu'ils voulaient la paix… Il y a même eu un groupe de Français et d'Espagnols, arrivés jusqu'à nous par l'ancien tunnel de l'Eurostar. Nous les avons acceptés avec joie.

En l'An 2, nous étions devenus si nombreux qu'il nous parut évident qu'il fallait élire un chef, quelqu'un pour prendre les grandes décisions. Nous avons fait un grand rassemblement. Connor a proposé mon nom. J'étais là depuis le début, les gens le savaient. Ils savaient aussi que j'étais fort, que j'avais survécu aux fanatiques, que je ne m'étais pas effondré à la mort de mes proches.

J'ai été élu Président à dix-neuf ans, avec une majorité écrasante.

Extrait des *Mémoires de Will Halley*,
1er Président de la Ville
Texte original conservé dans les Archives

3

Pendant quelques instants, je fus incapable de croire à ce que je venais de lire sur l'écran de mon Messager.

Une prise d'otages avait lieu dans une école. Et j'y avais été affectée.

Je courus jusqu'à ma moto, ramassant mon casque au passage, et j'enfourchai le véhicule en m'efforçant de ne pas céder à la panique qui menaçait de m'envahir.

« C'est une prise d'otage, songeai-je en tournant la clé de contact. Il y aura forcément une équipe, avec des personnes haut gradées. Ça va bien se passer. »

Je démarrai et m'éloignai du parc à toute allure. Je regrettai malgré moi de ne pas avoir attendu quelques secondes de plus avant d'appeler le Centre. Si j'avais encore été en mission, ils auraient dû affecter quelqu'un d'autre à la prise d'otage… mais c'était lâche de ma part de penser ça. Peu importe ce qui m'attendait, j'étais parfaitement capable de m'en occuper. J'étais caporale, Sauveteuse depuis plus d'un an : je n'étais plus une débutante.

Les quelques minutes de trajet suffirent à raffermir ma détermination. En arrivant devant l'école, j'étais bien décidée à gérer la situation. Il y avait déjà trois voitures de police et une ambulance. Des élèves et des professeurs sortaient en courant du bâtiment, et les policiers en faction les amenaient jusqu'aux infirmiers, qui s'occupaient ensuite d'eux. Il régnait une panique ambiante et il semblait que des gens couraient partout. Je descendis de ma moto et me dirigeai rapidement vers un commissaire de police en train de parler dans sa radio.

— On ne sait pas de qui il s'agit, déclarait-il. Il porte un masque...

Je n'étais pas assez proche et n'entendis pas ce que la voix à la radio lui répondit, mais le commissaire rétorqua :

— Comment voulez-vous que je le sache ?! Je ne suis pas habilité à parler avec le criminel ! Envoyez-moi un fichu négociateur, et un bon !

Il posa sa radio, paraissant furieux, et je m'avançai jusqu'à lui. Je tendis la main.

— Je suis la caporale Isis, on m'a affectée ici. Je suis venue aussi vite que j'ai pu.

Il me serra vigoureusement la main.

— Commissaire Blake, dit-il. Bien content de vous voir.

En quelques secondes, il m'expliqua ce qui se passait : un homme masqué muni d'un pistolet était entré dans l'école et avait pris une classe en otage.

— Est-ce que d'autres Sauveteurs ont été affectés ici ? me demanda le commissaire. On parle d'au moins vingt personnes coincées avec le criminel !

— Je vais appeler mon Centre.

Je composai à nouveau le numéro sur mon Messager, pendant que le commissaire donnait des ordres à ses troupes. Stacy mit quelques secondes à répondre :

— Isis ? s'enquit-elle.

— Je suis devant l'école où a lieu la prise d'otages. Ils sont en train de faire sortir le plus de personnes possible, mais le criminel retient une classe entière. Il est armé. J'ai besoin de renforts immédiatement.

Elle tapota sur son clavier à toute vitesse.

— Les autres Sauveteurs gradés sont en mission. Je vais t'envoyer les deux soldats disponibles, mais c'est toi qui devras agir comme négociatrice.

Je voulus répondre, mais aucun son ne s'échappa de ma gorge.

« Oh non ! »

— Isis ? Tout va bien ?

— Est-ce que Nora... je veux dire... le lieutenant Nora a été prévenue ?

— Elle est en réunion d'urgence avec les hauts gradés. Je suis désolée, mais je ne peux vraiment rien faire de plus. Les deux Sauveteurs vont arriver.

Je me forçai à respirer :

— D'accord. Merci, Stacy.

Je raccrochai sans même m'en rendre compte, ayant l'impression que le monde s'était arrêté autour de moi. Au moins vingt personnes étaient en danger de mort. Et c'était moi qui allais devoir négocier avec leur geôlier.

Il me fallut rassembler toute ma volonté pour me composer une expression assurée, me retourner et marcher droit vers le commissaire Blake.

— Deux Sauveteurs sont en chemin, déclarai-je. Je serai la négociatrice.

S'il fut surpris, il n'en laissa rien paraître. Au moins, j'étais tombé sur quelqu'un de compétent.

— Très bien, dit-il. Alors voilà ce qu'on sait : le terroriste est vêtu de noir et porte un masque, ce qui a rendu impossible son identification. Il est entré dans l'école et a pris une classe d'élèves et leur professeur en otage. Plusieurs témoins nous ont déjà assuré que le criminel avait l'air jeune, dans la vingtaine, peut-être. Il n'a pas encore fait de réclamation, mais les personnes qui sont sorties de l'école affirment qu'elles n'ont vu aucun blessé. On s'attend donc à une demande de rançon.

Le commissaire marqua une pause.

— Le criminel est armé. Si une intervention s'avère envisageable, j'ordonnerai à mes hommes de faire feu.

Je plongeai mon regard dans le sien et vis qu'il pensait réellement ce qu'il venait de dire.

— Personne n'a parlé d'intervention pour l'instant, rétorquai-je. Les risques de dommages collatéraux sont beaucoup trop élevés. Nous devons d'abord évacuer le périmètre et nous assurer que toute personne n'étant pas prise en otage est hors du bâtiment et en sécurité. Puis nous établirons le contact pour voir ce que cet homme veut.

— Je suis d'accord. Je vais demander à mes troupes de faire évacuer la zone et de la sécuriser avec des barrières.

Je vis alors deux Sauveteurs nous rejoindre en courant : il s'agissait de Brad, de quelques années mon aîné et avec qui je n'avais pas beaucoup travaillé, et d'Angela, la nouvelle recrue, qui s'efforçait visiblement de garder son calme. À l'instant où ils arrivèrent devant moi, je leur expliquai la situation, puis je donnai mes ordres :

— Brad, aide les policiers à mettre les civils à l'abri. Angela, va du côté des ambulances et interroge le plus de personnes possible, surtout les professeurs et les membres de l'administration. Essaye d'en apprendre plus sur le criminel et de savoir où les otages sont retenus, qui ils sont et combien ils sont exactement.

Les deux Sauveteurs obéirent immédiatement, me laissant à nouveau seule à observer l'agitation : les élèves en pleurs, les professeurs tentant de les rassurer, les infirmiers vérifiant que personne n'était blessé et les policiers installant des barrières autour de la zone. Le commissaire Blake revint vers moi.

— J'ai demandé à deux de mes hommes d'aider votre collègue à interroger les membres de l'équipe pédagogique. Ah, enfin !

Il pointa du doigt une fourgonnette qui roulait vers nous et qu'on laissa entrer dans la zone.

— Ce sont les techniciens, déclara-t-il. Ils vont nous permettre d'avoir accès aux caméras de l'école. Nous pourrons opérer depuis l'intérieur du véhicule.

La fourgonnette s'arrêta juste derrière les voitures de police et deux hommes en descendirent. J'entendis des sirènes de police résonner tandis que nous allions à leur rencontre.

— Nick, se présenta le premier en nous serrant la main. Et lui, c'est Stanley. On a le matériel nécessaire pour accéder complètement au système de surveillance de l'école d'ici un quart d'heure maximum.

— Je suis le commissaire Blake, en charge des forces de police ici. La caporale Isis est la négociatrice.

— Négociatrice, hein ? fit Nick en me serrant la main. Eh ben ! j'aurais presque cru que vous faisiez partie des élèves…

Je raffermis la pression sur sa main, l'empêchant de la retirer. Il grimaça et me lança un regard étonné.

— Je vous la rends parce que vous en aurez besoin et qu'on est pressés, déclarai-je d'un ton glacial, broyant un peu plus sa main avant de la lâcher brusquement.

Il ramena immédiatement son bras vers lui avec un air furieux et s'empressa d'aller vers l'arrière de son véhicule. Il ouvrit les portes et s'y engouffra avec son collègue.

— Ces techniciens pensent toujours tout savoir mieux que vous, me dit Blake. Petits cons.

Je ne pus retenir un sourire et montai dans le véhicule. On y avait installé des ordinateurs surmontés d'un grand nombre d'écrans qui ne renvoyaient pour l'instant aucune image. Stanley était assis devant les appareils et tapotait sur un clavier, tandis que Nick, agenouillé sur le sol, branchait des câbles entre eux.

— Je vais chercher un policier pour qu'il reste ici et nous prévienne quand ces deux-là auront réussi à nous obtenir l'accès aux caméras, me dit Blake.

J'acquiesçai et observai le décor avec curiosité pendant qu'il sortait. Tout cela m'était tellement étranger : ces écrans, ces boutons et ces lignes de codes qui apparaissaient à un rythme démentiel tandis que Stanley tapait frénétiquement sur son clavier.

Jugeant que je serais plus utile dehors, je quittai la fourgonnette et me retrouvai alors nez à nez avec le policier que Blake avait affecté pour suivre les opérations des techniciens.

Enfin… la policière.

— Isis ? s'écria-t-elle.

Je mis une seconde à reconnaître la personne devant moi et fus si surprise qu'il me fallut un moment pour reprendre mes esprits...

— Julia ! m'étranglai-je.

Nous restâmes l'une en face de l'autre pendant un instant, encore trop étonnées pour savoir quoi dire.

Julia était la première amie que je m'étais faite en entrant à l'école de sauvetage. Nous avions été très proches, malgré des hauts et des bas... du moins jusqu'à la fin de l'année, quand elle avait raté son examen de sortie. Elle s'était alors éloignée de notre groupe d'amis, nous quittant subitement sans nous dire quels étaient ses plans. Je ne l'avais pas revue depuis.

— Je ne m'attendais vraiment pas à te voir ici ! lâchai-je, encore sous le choc. Ça fait, quoi, plus d'un an ?

Julia rougit légèrement, apparemment un peu gênée.

— Ouais, quelque chose comme ça...

Elle me fit un sourire timide, tandis que je prenais un instant pour l'observer. Ses cheveux étaient du même brun roux que dans mon souvenir, mais elle les avait visiblement coupés et les portait en une courte queue de cheval. Je ne pus m'empêcher de sourire lorsque nos regards se croisèrent et que je reconnus les petits éclats dorés dans ses yeux noisette.

Je me souvins soudain de l'endroit où nous étions. Elle vit le changement s'opérer dans mon regard et sembla revenir à elle au même moment que moi.

— Je devrais y aller, dit-elle en faisant un signe de la tête vers la fourgonnette. Mais... ça fait vraiment plaisir de te voir.

Elle s'engouffra dans le véhicule sans me donner la possibilité de lui répondre. Je secouai la tête pour tenter de me concentrer : ce n'était pas le moment de me laisser distraire. Je marchai d'un pas décidé vers Angela, qui était en plein interrogatoire d'une secrétaire encore tremblante.

— Est-ce que vous avez aperçu le criminel ? demanda la nouvelle recrue.

— Oui, oui, je... je l'ai vu... il venait de la droite et il est passé juste devant mon bureau, au rez-de-chaussée. C'est moi qui ai appelé la police... dès que j'ai remarqué qu'il tenait une arme...

— Est-ce que vous pouvez confirmer l'affirmation selon laquelle il serait assez jeune ?

— Oh, oui ! Je ne sais pas comment l'expliquer, mais il n'était pas très grand, pas très... pas très fort. Il ressemblait plus à un adolescent qu'à un adulte. Je veux dire, ça se voit, ce genre de chose, non ? Dans... la démarche, la posture et... oh, vous pensez que c'est un élève ? Ça ne pourrait quand même pas être un élève, si ?

Je plaçai une main sur son épaule pour la rassurer, sentant qu'elle était au bord de la panique.

— Il est trop tôt pour affirmer quoi que ce soit, déclarai-je. Mais nous finirons par le savoir, je vous le promets.

Angela emmena la secrétaire vers les ambulanciers avant de revenir vers moi, accompagnée de Blake.

— Du nouveau ? m'enquis-je.

— On peut dire que ça se précise, oui, répondit-il. La classe prise en otage est la troisième classe, c'est-à-dire des élèves de treize et quatorze ans. Apparemment, le terroriste est entré dans la première salle de l'étage, la salle 10, à laquelle on accède directement après les escaliers. Il a tiré plusieurs fois au plafond, tout le monde a commencé à paniquer, il a fermé la porte et quelqu'un a sonné l'alarme dans le couloir. C'est une classe de vingt-cinq élèves. Ils étaient en cours de maths avec un certain monsieur Lawrence. Plusieurs témoignages confirment que le criminel avait l'air très jeune.

Le commissaire s'interrompit et se retourna pour désigner un bâtiment devant nous.

— Il y a une grande banque, juste en face. J'ai donné l'ordre d'y conduire tous ceux qui sont sortis de l'école, élèves et professeurs, avec des infirmiers, quelques-uns de mes hommes et votre collègue, Brad, si ça vous convient. Il ne faut pas que les civils restent ici ; c'est trop dangereux et ils nous gêneraient.

À ce moment, Julia accourut vers nous.

— C'est fait, déclara-t-elle. On a des yeux dans l'école.

Je demandai à Angela d'aider Brad et les policiers à escorter les élèves et les professeurs en lieu sûr, de continuer les interrogatoires là-bas et de m'envoyer un BT si elle apprenait quelque chose. Je me rendis à la fourgonnette avec Blake et Julia : les écrans étaient tous allumés et nous montraient des images transmises par différentes caméras de l'école.

— Je veux la caméra de la salle 10, au premier étage, réclama Blake.

Stanley tapa sur quelques touches de son clavier et désigna l'écran juste devant lui : il y avait une image de salle de classe dévastée, les tables et les chaises retournées… mais vide.

— Eh merde ! Il a dû les emmener ailleurs.

On frappa alors à la porte de la fourgonnette. Un policier et un homme que j'avais vu sortir de l'école entrèrent.

— Je suis le chef de la sécurité de l'école, nous apprit le nouveau venu.

— Parfait, approuva Blake. Vous allez pouvoir aider. Le terroriste a pris la classe 3 en otage. Ils sont vingt-six en tout en comptant le professeur et ils ne sont plus dans leur salle de classe. Où est-ce que le criminel aurait pu les amener ?

— L'option la plus logique serait le réfectoire. Il n'y a pas de fenêtre, on ne peut y accéder que par le bâtiment et il y a de la place. C'est l'endroit idéal.

Stanley afficha alors plusieurs images du réfectoire sur l'écran devant nous. Mes poings se crispèrent. Le chef de la sécurité avait vu juste : les élèves étaient tous là, assis par terre contre le mur. Il y avait aussi le professeur, qui avait été ligoté.

— Personne n'a l'air d'être blessé, dis-je. Et les élèves sont alignés, on peut les compter...

Je me tus, remarquant soudain qu'il y avait du mouvement. Un homme tout en noir, portant un masque, pas très grand de taille et assez frêle, apparut devant les élèves, tenant un panneau en carton dans une main et un pistolet dans l'autre.

Il tendit la pancarte aux élèves, en braquant l'arme vers eux, et les adolescents s'empressèrent de la saisir et de la brandir au-dessus de leur tête, nous permettant de lire clairement ce qui y était écrit :

TOUT LE MONDE EST ENCORE EN VIE. JE VEUX DE L'ARGENT. APPELEZ LE TÉLÉPHONE DE L'ÉCOLE.

— Il veut communiquer, déclara Blake. C'est déjà positif.

Je remarquai alors quelque chose.

— Regardez, l'une des élèves tient le téléphone. Juste là, à droite. Ils ont dû le prendre à l'accueil en descendant au réfectoire.

— Il ne veut pas qu'on entende sa voix, affirma le commissaire. Ça m'amène à penser qu'il a peur de se trahir.

— Je pense vraiment que c'est un jeune, déclara le chef de la sécurité. Regardez-le.

Le terroriste s'était mis à faire les cent pas nerveusement. Il me sembla reconnaître chez lui la démarche mal assurée d'un adolescent encore en train de grandir et légèrement mal à l'aise avec son corps.

— Je vais appeler, lâchai-je. Il faut entamer les négociations.

Le commissaire acquiesça. Nick, le technicien, tendit un téléphone au chef de la sécurité, qui composa le numéro de l'école et mit le haut-parleur avant de me tendre l'appareil.

Je vis, sur l'écran, tous les élèves se tourner vers la jeune fille tenant le téléphone, tandis que le criminel s'arrêtait immédiatement de marcher et venait se placer debout juste devant elle, lui faisant signe de décrocher.

— A... allô ? bégaya-t-elle. Qui est à l'appareil ?

— Je suis la caporale Isis, déclarai-je d'une voix ferme. Je suis la négociatrice. Je veux faire en sorte que vous sortiez tous rapidement et sans problème, d'accord ?

Il y eut un moment de silence, durant lequel le criminel sembla parler à la jeune fille, qui finit par me répondre :

— Il a dit qu'il ne voulait… tuer personne. Il veut juste de l'argent…

Elle marqua une pause.

— Il demande deux cent mille.

Je consultai le commissaire du regard et sus que nous pensions la même chose. Deux cent mille, c'était une très grosse somme, mais pas impossible. Cet homme n'était pas fou, il avait besoin de ce montant pour un but bien précis.

— Tu peux lui dire que j'ai entendu sa demande et que je vais faire mon possible pour rassembler cet argent rapidement, affirmai-je.

À nouveau, il y eut un instant de silence, puis le criminel se tourna vers la caméra et sortit un objet de la poche de son gilet. Mon cœur s'accéléra et j'entendis Blake pousser un juron. C'était un détonateur d'explosif.

— Il a dit de faire vite, me répondit la voix de la jeune fille au téléphone. Sinon…

Je l'entendis retenir un sanglot.

— Sinon il nous fait tous sauter.

L'une des questions qu'on m'a le plus souvent posées est : « N'étiez-vous pas beaucoup trop jeune pour être Président ? »

Ce à quoi j'ai toujours répondu que ce n'était pas une question d'âge. À dix-neuf ans, j'avais vécu plus que beaucoup d'adultes. Ce qui m'était arrivé avait enlevé toute trace d'innocence et de naïveté subsistant en moi. Je ne me faisais plus d'illusion sur la cruauté et l'égoïsme profonds de la nature humaine. J'avais déjà compris que la douleur était le plus fort des ciments reliant les gens entre eux, et j'avais basé notre nouveau monde sur ce principe. Nous souffrions tous, donc nous étions tous égaux. La comète nous avait frappés sans s'intéresser à notre origine, à notre classe sociale, à nos croyances, à nos désirs. Ironiquement, elle avait rétabli l'égalité qui manquait si cruellement à notre monde.

Aujourd'hui, je me dis que j'ai sacrifié ma jeunesse et ma propre reconstruction pour rebâtir notre société.

Mais il fallait bien que quelqu'un le fasse.

Extrait des Mémoires de Will Halley,
1er Président de la Ville
Texte original conservé dans les Archives

4

— Pensez-vous que l'État accepterait de payer la rançon ? C'est une très grosse somme, certes, mais je crois qu'on a plus de chances de sauver les élèves si...

Toutes les personnes présentes dans la fourgonnette s'étaient tournées vers moi et me fixaient, l'air étonné. Je venais de raccrocher.

— Vous n'êtes pas sérieuse, Caporale ? demanda Blake de manière rhétorique.

Il poussa un soupir en me voyant froncer les sourcils.

— L'État n'a jamais payé une rançon, déclara Nick sur un ton méprisant. Pas un sou.

Je fixai Blake du regard, attendant qu'il réponde que c'était n'importe quoi... mais il ne démentit pas.

— Ne me dites pas qu'on ne va même pas considérer cette option ! m'exclamai-je. La vie de vingt-six personnes en dépend peut-être !

— Mes ordres concernant les prises d'otages avec rançon ont toujours été clairs : on ne donne pas au criminel ce qu'il veut. La Justice ne négocie pas avec les terroristes, elle les neutralise. Accepter de conclure un marché avec un criminel, ce serait créer un précédent et encourager d'autres personnes à commettre des délits similaires...

— « On ne négocie pas avec des terroristes », hein ? Alors est-ce que vous pourriez avoir l'amabilité de m'expliquer pourquoi je suis négociatrice ?!

Sentant la colère m'envahir, j'avais haussé la voix.

— Un titre honorifique plus qu'autre chose, déclara froidement Blake. Le négociateur nous aide à savoir ce que le criminel désire pour qu'on puisse s'en servir contre lui. Mais il n'a jamais été envisagé de marchander réellement avec ces salauds. La Justice est – et doit rester – l'image de la droiture. On ne peut pas donner satisfaction à ces tordus.

En voyant Nick esquisser un sourire narquois, j'eus bien du mal à contenir ma fureur.

— En quoi est-ce que la Justice est droite si elle laisse des gens mourir ?! Ça ne...

Je m'interrompis soudain, réalisant quelque chose alors que mes yeux se posaient sur un des écrans. On y voyait une image du rez-de-chaussée de l'école.

— Quoi ? s'enquit Blake en voyant une lueur dans mon regard.

— Le bureau à l'accueil... dis-je. Si quelqu'un entrait dans l'école et passait devant, alors il viendrait de la gauche, n'est-ce pas ?

Le chef de la sécurité acquiesça, mais sans comprendre où je voulais en venir :

— Ma collègue et moi avons interrogé une secrétaire qui a vu le criminel passer devant son bureau, expliquai-je. Elle a dit qu'il venait de la droite. Donc à moins que cet homme soit un malade qui se serait amusé à faire un aller-retour devant l'administration avant de monter à l'étage…

— … il était déjà à l'intérieur de l'école, comprit alors le commissaire.

— Exactement, approuvai-je. Il a dû entrer discrètement, passant inaperçu si c'est un élève ou se faisant passer pour un élève s'il n'en est pas un. Or, on l'aurait remarqué, s'il avait déjà son masque. Cela veut dire qu'il s'est introduit dans l'école en même temps que les autres élèves, le visage découvert.

Il y eut une seconde de silence durant laquelle nous comprîmes tous ce que cela signifiait : à un moment ou à un autre, les caméras de surveillance de l'entrée de l'école avaient enregistré le visage du criminel. Il restait à savoir comment relier le visage et l'homme en question.

— Qu'est-ce qu'il y a, à droite du bureau administratif ? demandai-je au chef de la sécurité.

— Les toilettes du rez-de-chaussée, les vestiaires du personnel et l'accès au sous-sol.

— Donc il a dû aller mettre son masque quelque part où il n'y a pas de caméras, sans doute les toilettes, puis repasser devant le bureau, en venant de la droite, pour accéder au premier étage.

— Ça se tient, confirma Stanley en désignant les écrans, montrant la position des toilettes, du bureau administratif et des escaliers.

À cet instant, on frappa à la porte et Angela fit irruption dans le véhicule. Lui ayant demandé de m'envoyer un message si elle avait trouvé quelque chose, je compris que ça devait être vraiment important pour qu'elle désobéisse ainsi. Je lui lançai un regard interrogateur :

— Ce n'est pas un élève, déclara-t-elle, rougissant en réalisant qu'elle était devenue le centre de l'attention.

Je lui fis un signe pour l'encourager à s'expliquer.

— Est-ce qu'on peut avoir accès au logiciel de l'école permettant de voir la liste des présences du jour ? s'enquit-elle.

Nick s'installa devant un ordinateur et effectua quelques manipulations. Il demanda un mot de passe au chef de la sécurité, qui le lui dicta. Nous regardâmes l'écran, sur lequel s'afficha la liste de noms. Une manipulation rapide du technicien nous permit de voir directement les absents.

— Regardez, dit Angela en nous désignant l'écran. Il n'y a aucun élève manquant à l'appel dans les grandes classes : les examens du mois commencent demain, donc tout le monde est venu. Les seuls absents appartiennent aux petites classes. Or, même s'il était effectivement très jeune, le terroriste n'aurait tout de même pas moins de quatorze ans...

— Oui, c'est certain, approuva le commissaire.

— Donc, sauf si le terroriste est un élève qui a quitté un cours en plein milieu, est descendu mettre un masque – ce qui n'aurait aucun sens puisqu'il y a des toilettes à tous les étages –, puis est remonté en prenant bien soin de passer devant les bureaux administratifs pour saluer les secrétaires, ça ne peut pas être un élève.

Je croisai le regard de Blake, qui hocha vivement la tête. Je fis un sourire à Angela, dont le visage s'empourpra davantage.

— C'est brillant, appréciai-je.

— Et surtout, ça va nous permettre d'identifier notre homme.

Les visages se tournèrent cette fois-ci vers Nick, qui venait de parler et tapait à toute vitesse sur son clavier, retirant temporairement les images des caméras, sauf celles du réfectoire, pour faire apparaître les photos des centaines d'élèves de l'école, qui défilèrent en miniature sur les écrans.

— On va utiliser un logiciel de reconnaissance faciale, déclara Nick. On va comparer les photos des élèves avec celles de chaque personne dont les caméras de l'entrée auront capté le visage. Ça va nous permettre d'éliminer presque tout le monde.

Je ne pus retenir une moue appréciatrice : travailler avec la police avait, finalement, quelques avantages.

Il mit en route son logiciel et, quelques instants plus tard, seule une vingtaine de photos de jeunes personnes prises à l'entrée de l'école demeurait. Parmi elles, certaines n'avaient pas dû être reconnues parce qu'elles étaient en fait des membres de l'équipe de nettoyage... ou un terroriste n'ayant rien à faire là. En éliminant encore les femmes, on parvint à réduire le nombre de personnes à douze.

— Est-ce que j'élimine les membres de l'équipe de nettoyage ? s'enquit Nick.

Blake parut hésiter, mais je le devançai :

— Non, au contraire ! Angela avait raison quand elle disait qu'un élève, ou quelqu'un se faisant passer pour un élève, aurait très bien pu monter à l'étage et se changer dans les toilettes là-bas. Alors qu'un membre de l'équipe de nettoyage aurait justement pu se rendre aux vestiaires, attendre un moment, puis se changer en toute discrétion.

Je suppose qu'il n'y a pas de caméras dans le secteur des vestiaires…

— Exact, confirma Stanley après une manipulation rapide. Aucune caméra juste à côté et un certain nombre d'angles morts dans le coin, ce qui serait très pratique pour quelqu'un cherchant à ce qu'on ne le voie pas.

— Un nettoyeur, murmura Blake sur un ton méprisant. C'est la couverture parfaite. Personne ne va penser à voir s'ils sont tous là en sortant hors du bâtiment. Et ils passent très facilement inaperçus…

— Il n'y a aucune honte à être nettoyeur, m'insurgeai-je, haussant les sourcils.

Nick pouffa de rire.

— Quand même, un peu ! Personne ne demande à être nettoyeur ! C'est un travail pour les bons à rien qui ont raté leur épreuve…

Je m'apprêtai à lancer une réplique cinglante mais Angela, qui décidément était en forme aujourd'hui, me devança :

— Ce serait justement un motif parfait. Je veux dire… si ce type a réussi à obtenir un pistolet, alors pourquoi ne fait-il pas comme tous les malfrats en allant braquer un commerce ou une banque ? Pourquoi choisit-il de faire une prise d'otages dans une école ?

— Pour se venger, répondit Julia.

Je sursautai en entendant sa voix, puisqu'elle s'était tue jusque-là.

— C'est l'idéal, poursuivit mon ancienne camarade de classe. Non seulement il gagne de l'argent, mais en plus il fout un poing dans la gueule du système scolaire. Si ça se trouve, c'est même son ancienne école.

— Ça me paraît très probable, déclara Blake. On va poursuivre sur cette piste…

Il s'interrompit en voyant, sur l'écran diffusant l'image du réfectoire, que le terroriste brandissait un panneau où figurait uniquement un grand point d'interrogation fait à la hâte. En même temps, il s'était approché des élèves et avait pratiquement collé le pistolet sur un d'entre eux.

— Je vais l'appeler de nouveau, dis-je. Pour essayer de gagner du temps pendant que vous réduisez le nombre de suspects. Angela, va à la banque et ramène-nous tout le personnel de nettoyage. On va les interroger.

Le chef de la sécurité composa le numéro pour moi et Angela quitta le véhicule tandis que Blake, Julia et les techniciens se penchaient au-dessus des écrans pour continuer leurs recherches.

— Allô ? fit à nouveau la voix de la jeune fille.

— C'est la caporale Isis. Je suis en train de négocier avec des représentants du gouvernement pour la rançon.

Je me mordis la lèvre, furieuse de devoir mentir ainsi, mais me forçai à continuer :

— Le montant exigé est très élevé, et il ne sera pas question de le payer tant qu'on n'aura pas eu une preuve de bonne volonté. Mes supérieurs exigent qu'il libère une partie des otages. Là seulement, ils rassembleront l'argent demandé.

— …

— Si ça ne dépendait que de moi, dis-je assez bas, je vous paierais tout de suite. Je vois bien que vous ne voulez faire de mal à personne. Prouvez-nous simplement qu'on peut vous faire confiance.

Pendant un instant, on ne me répondit pas. Je compris qu'il était en train de réfléchir...

— Il est d'accord pour libérer un otage.

Je retins un soupir de soulagement : j'avais vu juste, cet homme n'était pas un meurtrier. Il était simplement désespéré.

— Je ne pense pas que ce soit raisonnable. Vous retenez vingt-six otages. Vous devez bien réaliser que vingt-six familles sont mortes d'inquiétude et que le gouvernement subit une pression intense. La rançon que vous exigez est extrêmement importante, on ne peut pas vous la donner en espérant que vous teniez parole. Il nous faut une preuve de votre bonne foi.

Le silence se fit de nouveau entendre à l'autre bout du fil, puis, alors que je commençais à m'inquiéter d'avoir fait une terrible erreur, la jeune fille respira bruyamment, pleurant presque :

— Il a accepté. Il libérera cinq otages. Pas plus.

— C'est d'accord, dis-je en essayant de garder une voix neutre. Laissez sortir les cinq otages et des policiers viendront les chercher devant le bâtiment à onze heures...

— S'ils entrent dans l'enceinte de l'école, il nous fera tous exploser, me coupa la jeune fille.

Je fermai les yeux, m'efforçant de ne pas laisser cette image envahir mon esprit.

— Personne n'entrera. Ils seront devant les escaliers pour s'occuper des otages. C'est tout. Est-ce que nous avons un accord ?

— Il a dit oui.

Et elle raccrocha. Je me rendis compte que le commissaire Blake me fixait :

— J'ai bien entendu ? me demanda-t-il, surpris.

J'acquiesçai, moi-même étonnée d'avoir réussi.

— Bien joué, Caporale. Je vais immédiatement *briefer* mes hommes sur la manière de procéder. Il est certain que l'État ne payera pas cette rançon, mais on peut tout de même trouver un plan… c'est du bon travail. À présent, c'est à la police de gérer la suite des opérations.

À onze heures précises, comme convenu, une équipe de policiers se posta devant l'école. Au bout d'un instant, cinq adolescents, trois filles et deux garçons, sortirent du bâtiment, descendant les escaliers en courant. Les policiers les mirent immédiatement à l'abri.

Au même moment, Angela revint avec plusieurs personnes, apparemment des nettoyeurs. Je sortis de la fourgonnette avec Blake pour leur parler. Il y avait trois hommes parmi eux. Ils nous dirent leurs noms et nous pûmes les retirer de la liste de nos suspects. Avant cela, nous avions déjà réduit notre liste en éliminant les personnes trop âgées ou dont la corpulence ne correspondait pas à celle du criminel. Il ne nous restait à présent que trois suspects : Alden, Erick et Carter.

— Carter n'est pas très commode, déclara la seule nettoyeuse. Mais il travaille bien. Il a une petite amie, la même depuis quatre ans… les seules fois où il a l'air sympathique, c'est quand il parle d'elle.

— Il n'était pas censé travailler aujourd'hui, et je ne l'ai pas vu. Il habite avec sa copine, donc s'il est quelque part, c'est là-bas.

Blake envoya immédiatement une patrouille pour aller voir si ce Carter était chez lui ou non.

— Erick est un type assez discret, déclara un nettoyeur. Un gars gentil. Il travaille à l'école depuis presque un an, je crois. Il vient d'avoir dix-huit ans, il habite encore chez ses parents. Je ne crois pas l'avoir vu aujourd'hui, mais c'est possible que je l'aie juste raté…

— On n'est pas assez nombreux pour que j'envoie encore une patrouille, me dit Blake.

J'envoyai donc un BT à Brad, le Sauveteur que j'avais affecté aux rescapés de la prise d'otages. Je lui transmis l'adresse et des instructions pendant que les nettoyeurs nous parlaient de notre dernier suspect :

— Alden… je ne le vois vraiment pas faire ça. Il ne ferait pas de mal à qui que ce soit.

— C'est un garçon assez simple, honnêtement. Je ne pense même pas qu'il aurait pu imaginer une chose pareille.

— Enfin… commença la nettoyeuse.

— Enfin quoi ? nous demandâmes d'une même voix.

— C'est vrai que ça fait plusieurs jours qu'il n'est pas venu au travail. Et il avait l'air un peu déprimé ces dernières semaines.

— Quel âge a-t-il ? m'enquis-je.

— Dix-sept, je crois.

Je n'eus même pas à échanger un regard avec Blake. Je demandai à Angela de se rendre à l'adresse de cet Alden au plus vite. Elle partit en courant. Nous laissâmes les nettoyeurs avec un policier et retournâmes dans la fourgonnette.

— On allait vous appeler, déclara Stanley. HN semble vouloir que vous lui passiez un coup de fil.

— « HN » ?

— L'Homme en Noir, expliqua Julia. Ça ne vaut pas GLT, mais c'est pas mal.

Je lui jetai un regard surpris et vis un sourire ironique se dessiner sur ses lèvres. Je dus me concentrer pour rester sérieuse et composai le numéro de l'école, que je connaissais à présent.

— C'est quoi, un « GLT »? entendis-je Nick murmurer.

— Un con, répondit simplement Julia.

La jeune élève décrocha et demanda, au nom de HN, quand on lui apporterait la rançon maintenant qu'on avait récupéré les cinq otages. J'avais mis le haut-parleur, cette fois, et je vis Blake m'indiquer quelque chose qu'il avait écrit sur une feuille : apparemment, il avait réussi à obtenir la somme demandée, à condition qu'on arrive à la reprendre ultérieurement...

— On aura rassemblé l'argent d'ici 12 h, dis-je. Comment est-ce que vous voulez que la transaction se fasse ?

— Il veut que vous déposiez l'argent en haut des marches et... un des otages ira le chercher et le lui apportera. D'abord, il comptera l'argent et ensuite il vous dira... la façon dont il veut procéder.

Je ne répondis rien, parce qu'un policier venait d'entrer dans la fourgonnette pour chuchoter quelque chose à Blake. Ce dernier afficha alors un sourire victorieux. Je fronçai les sourcils, ne comprenant pas ce qui se passait.

— Il veut savoir si vous êtes d'accord, insista la jeune fille, d'une voix légèrement tremblante. Il dit que c'est ça ou rien.

Blake acquiesça, souriant toujours.

— C'est d'accord.

À l'instant où je raccrochai, Blake déclara :

— Il est pris au piège. Stanley m'a fait remarquer, un peu plus tôt, qu'une des caméras à l'arrière du bâtiment ne marchait pas. J'ai demandé qu'on voie s'il y avait une porte à cet endroit : on vient de me dire qu'il y a une issue de secours. HN va bien devoir sortir, une fois qu'il aura l'argent : je suis sûr qu'il va passer par là.

— Ça me paraît beaucoup trop simple, démentis-je. Je pense qu'il a fait exprès de neutraliser une caméra pour qu'on croie ça.

— Vous devriez être contente, Caporale, rétorqua le commissaire apparemment sûr de lui. On va la lui donner, sa rançon : ce sera une première ! En revanche, je doute qu'il ait le temps d'en profiter…

Il s'adressa alors à tout le monde :

— Votre travail ici est terminé. Maintenant, c'est l'équipe d'intervention qui va s'occuper de la transaction.

Je voulus discuter, mais il balaya ma remarque d'un geste de la main.

— Même si nous avions fait erreur, cela voudrait dire que HN empruntera une autre sortie : on les surveille toutes. Il n'a aucune chance de s'échapper.

Blake quitta la fourgonnette, prenant sa radio pour donner ses ordres. Je le suivis d'un pas furieux, m'apprêtant à le relancer, mais je sentis une main m'attraper et me tirer à l'écart. C'était Julia.

— C'est inutile, tant que tu n'as rien pour appuyer ce que tu dis, assura-t-elle. Blake est un bon policier, mais il est extrêmement têtu. À partir du moment où il a quelque chose en tête, il faut une montagne écrasante de preuves pour le faire changer d'avis...

— Si jamais je me procure une « montagne écrasante », je risque de l'utiliser pour autre chose, rétorquai-je. Je pense vraiment qu'il se trompe...

— Moi aussi. Mais à moins que tu aies une idée, on n'y peut rien.

— Il m'écouterait si je n'étais pas aussi jeune. Il me prend sûrement pour une fichue débutante ! Et tu sais quoi ? Peut-être qu'il n'a pas tort...

— Isis...

— Non, je sais ce que tu vas dire. Tu vas essayer de me réconforter, de me convaincre que j'ai fait de mon mieux. Mais la vérité, c'est que je suis une intruse ici ! C'est n'importe quoi d'envoyer une caporale comme négociatrice ! Ça devrait être au moins un sergent, avec un minimum de cinq ans d'ancienneté... Je ne sais pas ce que je fous là ! C'est à croire que j'étais la seule Sauveteuse disponible ! Ils sont où, tous les autres, merde ? Qu'est-ce qui peut être plus important qu'une prise d'otages dans une école ??

— Calme-toi...

— Non, je ne vais pas me calmer ! Tout le monde reste calme et prétend que tout va bien : ça ne va pas ! La Ville est en pleine crise, et les gens agissent comme si rien ne se passait...

— JE SAIS, D'ACCORD ?! lâcha-t-elle.

Surprise, je me tus. Elle poursuivit, d'une voix plus douce :

— Tu penses peut-être que les Sauveteurs sont les seuls à être sous tension depuis quelques mois ? Les policiers aussi sont débordés, les hôpitaux sont pleins à craquer, et personne ne dit ou ne fait rien. Ça me rend dingue ! On a l'impression que personne ne dirige la Ville...

— Oh ! crois-moi, il y a quelqu'un. Un salaud, arriviste, égoïste, hypocrite et vicieux, qui s'appelle Oscar Johnson, et qui préférerait voir toute la Ville exploser plutôt que de perdre une once de son pouvoir...

— Comment tu sais ça, toi ? s'étonna-t-elle.

Je haussai les épaules, ne voulant, et ne pouvant, pas me lancer dans de grandes explications. Je fus surprise que Julia n'insiste pas, me rappelant à quel point elle était curieuse.

— Peu importe, déclara-t-elle. La Isis que je connais ne se décourage pas ; elle n'a pas de nombreuses années d'expérience, ce n'est pas une géante ou une montagne de muscles, mais elle s'en fout. La Isis que je connais ne laisse personne lui marcher dessus, elle se bat pour défendre ce en quoi elle croit. Elle fait quatre-vingts pompes quand les autres s'effondrent à soixante ; elle court sans s'arrêter quand tout le monde est presque en train de ramper ; elle dit la vérité même quand les gens ne veulent pas l'entendre... et – je ne suis pas étonnée, mais impressionnée – elle devient caporale avant même d'être majeure.

Mon regard se riva dans celui de Julia.

— Tu as déjà sauvé cinq adolescents, me rappela-t-elle. Et, oui, tu es débordée... mais tu te bats quand même. Parce que tu es comme ça. C'est ça qui fait que j'ai voulu être ton amie à l'instant où l'on s'est rencontrées.

Elle se détourna, devenant soudainement un peu réservée.

— Je ne crois pas que la Julia que je connais me dirait tout ça, dis-je, confuse et touchée à la fois.

— Peut-être que c'est parce qu'elle a changé. Et peut-être qu'elle est mieux maintenant.

Je m'apprêtais à lui répondre, quand je reçus un BT d'Angela :

Alden = INNOCENT.

Je fronçai les sourcils et le montrai à Julia.

— Alors ça se joue entre Erick et Carter, dit-elle. Enfin… si on a vu juste.

Je jetai un coup d'œil à ma montre : il était 11 h 45. Dans un quart d'heure, les policiers donneraient la rançon à HN et, si j'avais bien raison et que Blake avait tort, il s'échapperait. J'entraînai Julia avec moi pour aller parler à Blake, qui était en pleine discussion avec son équipe d'intervention.

— Commissaire, est-ce que vous avez du nouveau sur Carter ?

Il parut agacé par l'interruption, mais me répondit tout de même :

— Oui, ce n'est pas lui. Bon, reprenons…

— Je viens d'apprendre que ce n'était pas Alden, insistai-je. Ça nous laisse Erick.

— Peu importe, on sera fixés quand on enlèvera le masque de son cadavre.

Je mis un instant à réagir, choquée par ce qu'il venait de dire :

— Non mais vous vous entendez parler ? On n'est pas obligés de le tuer ! Assommez-le, qu'il ait le droit à un procès !

Cette fois, Blake était vraiment agacé.

— Les tribunaux ont déjà trop à faire, et les prisons sont pleines à craquer. Personne ne le pleurera, Caporale : il a menacé des dizaines d'enfants.

Julia plaça une main apaisante sur mon épaule, et je compris qu'il ne me servirait à rien de me disputer davantage avec Blake. Si je voulais que le criminel survive, j'allais devoir prendre les choses en main. Comme pour faire écho à mes pensées, je reçus plusieurs BT de Brad, l'un à la suite de l'autre :

Je suis chez Erick. Il n'est pas là.
Le père est mort il y a deux ans.
Il vit seul avec sa mère et sa sœur.
La sœur est malade.
Ils n'ont pas assez d'argent.
Erick avait raté son épreuve de Santé et Médecine.
Il a dit ce matin qu'il partait travailler.
Ça doit être lui.

Julia avait lu par-dessus mon épaule, et elle ouvrit de grands yeux. Les BT continuèrent d'arriver :

La mère est dévastée. Elle pense que c'est lui.
Elle dit qu'il ferait tout pour sauver sa sœur.
Elle veut qu'on le protège.
Ça fait plusieurs soirs qu'il quitte la maison avec
du matériel de forage (le père était ouvrier).
JE PENSE QU'IL A CREUSÉ UN TUNNEL.
IL VA SORTIR PAR LÀ.

— C'est pour ça qu'il est au sous-sol, murmurai-je.

Nous retournâmes à la fourgonnette. Là, je demandai à Stanley de me trouver tous les lieux proches où il y avait des travaux ou un parc, un endroit où on aurait pu creuser. Il y avait trois endroits au total. Ensuite, Nick imprima en plusieurs exemplaires la photo d'Erick.

Je descendis du véhicule avec Julia et vis Angela arriver. Je lui expliquai les derniers développements en quelques secondes, lui donnai une photo et l'envoyai à l'un des trois lieux – le moins probable, car un peu loin.

— Je vais aller au deuxième endroit, qui est juste à côté, déclara Julia. Je m'occupe de prévenir Blake avant, il nous enverra du renfort. Je vais le convaincre, fais-moi confiance. Tu devrais aller au troisième endroit, c'est celui qui paraît le plus pratique pour le suspect.

J'acquiesçai et courus jusqu'à ma moto, que j'enfourchai. Il était midi. Je vis l'équipe d'intervention se diriger vers le bâtiment. Tout allait se jouer dans les prochaines minutes. Je tournai la clé de contact et démarrai en trombe.

En deux minutes, j'arrivai à un parc et retirai mon casque. Je parcourus la pelouse, jusqu'à trouver un grand trou fraîchement creusé, entouré de barrières : je sus immédiatement que le criminel sortirait par là dans les prochaines minutes. Je fixai du regard la photo que Nick m'avait imprimée.

Erick S431T7. Il avait l'air calme sur l'image. Serein. Ses iris étaient d'un bleu pâle assez rare, sa peau était claire, presque translucide. Des cernes assombrissaient le contour de ses yeux, et les traces de rides sur son front trahissaient les nombreuses inquiétudes auxquelles il avait déjà dû faire face malgré son jeune âge. La mort de son père l'avait laissé en charge de la famille alors qu'il n'était qu'un adolescent. Il venait d'une famille d'ouvriers et avait voulu intégrer le domaine de la Santé, sans doute dans l'espoir de sauver sa sœur malade… il avait échoué et s'était résolu à commettre un acte horrible pour rattraper son échec. Je plongeai mes yeux dans les siens, et mon cœur se serra. Ce n'était pas un regard de tueur. C'était le regard d'un jeune homme portant toute la tristesse du monde sur ses épaules.

J'entendis alors des bruits, en dessous de moi. Il arrivait. Je me préparai, brandissant mon casque de moto, quand soudain il apparut dans le trou. Il leva sa tête à présent découverte vers le ciel et ouvrit grand ses yeux pâles en me voyant. Il grimpa hors du trou et voulut brandir son arme vers moi, mais je frappai sa main de toutes mes forces avec mon casque. Il laissa tomber le pistolet en hurlant de douleur. Je rattrapai immédiatement l'arme et envoyai mon poing sur la tempe du jeune homme, qui s'effondra à terre. Il était étourdi, mais pas inconscient. Il fit un geste vers moi mais s'immobilisa en voyant que je tenais son arme.

— Ne me tuez pas, supplia-t-il. Jamais je n'ai eu l'intention de blesser un seul des élèves. Ils vont bien, je ne les ai même pas touchés… les explosifs, c'était des faux ! C'est… c'est pour ma sœur, il fallait que je l'aide…

— Je ne vais pas vous tuer, Erick, lui dis-je. Et je sais pour votre sœur. Mais vous êtes en état d'arrestation, et vous serez jugé devant un…

Trois coups de feu déchirèrent l'air. Erick s'effondra immédiatement, atteint à la tête, une tache sombre s'étendant autour de lui. Mes yeux se posèrent sur mes habits couverts de sang et je parvins enfin à me tourner vers l'homme qui venait de tirer.

C'était un membre de l'équipe d'intervention, tenant encore son pistolet. À ses côtés, le commissaire Blake affichait un air grave, mais satisfait.

Je me laissai tomber à genoux sur le sol, à côté du cadavre du jeune garçon qui venait d'être assassiné sous mes yeux.

L'une de mes premières actions en tant que Président a été d'abolir les noms de famille et de n'en garder qu'un seul, que je porterais moi-même : celui de l'objet qui a causé la destruction de notre monde.

Je crains que certains ne se méprennent lourdement sur le sens de tout cela. Je n'ai pas aboli les noms de famille pour aliéner la liberté individuelle : je l'ai fait parce qu'il n'y avait simplement plus de familles. Il n'y avait que des personnes seules, portant chacune un nom différent et qui les renvoyait à un passé extrêmement douloureux. La comète a détruit nos vies. Elle nous a tous changés profondément : pourquoi aurions-nous dû garder des noms appartenant à une époque révolue, à des familles décimées ? Nous sommes devenus une unique colonie, un seul grand clan. Nos noms de famille ne faisaient que nous diviser. Avec les numéros matricules, nous sommes parvenus à une égalité totale, aucun n'était signe de noblesse.

Il reste la question de mon nom : pourquoi avoir choisi d'adopter justement le nom de la comète qui a anéanti notre civilisation ? N'est-ce pas contradictoire ? Ou bien, n'est-ce pas faire preuve de mégalomanie ? Une fois de plus, il y a beaucoup de conceptions erronées à ce sujet. En vérité, comme je l'ai déjà écrit, j'ai choisi de vouer mon existence à la reconstruction de la société. Non pas par abnégation, mais parce que c'était le seul but valable, le seul sens que j'ai réussi à donner à ma vie après la comète. En prenant le nom de Halley, j'ai pris sur moi le poids du météore lui-même : j'ai pris toute la peine, la douleur, tous les regrets, et je les ai portés. Ainsi, si je le faisais, les autres n'avaient pas à le faire. Ils pouvaient essayer d'être heureux.

Extrait des *Mémoires de Will Halley*,
1er Président de la Ville
Texte original conservé dans les Archives

5

Il ne me sembla pas vraiment être consciente, pendant mon trajet jusqu'au commissariat. En me concentrant, je pouvais voir des gens soulever le corps et le placer dans un grand sac noir. Je pouvais percevoir les mains d'un infirmier me soutenir et m'aider à me relever. Je pouvais presque me sentir marcher lentement jusqu'à une voiture de police et y monter. Je pouvais voir le paysage de Londres défiler devant mes yeux, flou, gris, mon regard ne s'attachant sur aucun élément en particulier. Je pouvais sentir le véhicule qui s'arrêtait, l'air frais sur mon visage quand on m'ouvrit la porte, et le contact du sol dur quand je descendis de la voiture. Il m'était même possible de ressentir la montée de l'ascenseur jusqu'à l'étage, puis la sensation de la pièce qui tournait alors que je me laissais tomber sur une chaise…

C'est à ce moment que je repris connaissance, avec une brusquerie improbable. Les sons cessèrent soudain d'être étouffés, d'un coup les mouvements ne furent plus ralentis. Mon regard s'abaissa sur mes mains, qui étaient couvertes d'un sang qui n'était pas le mien. Et alors une image frappa mon esprit avec une violence extrême : celle du crâne d'un jeune homme qui explosait, juste devant moi. Je sentis les battements de mon cœur s'accélérer et ma respiration devenir saccadée.

« Il faut que tu enlèves le sang. Ce n'est pas le tien, c'est son sang, il est partout sur toi. Il faut que tu l'enlèves. »

La panique commença à me gagner, et je crus que mon cœur allait crever ma poitrine quand quelqu'un se détacha soudain de la masse de personnes présentes pour courir vers moi.

— Isis ! Je viens d'arriver, j'ai fait le plus vite possible…

Je baissai mon regard vers mes mains rouges, incapable de lui parler. « Ce n'est pas ton sang. »

— Isis, répéta Julia. On m'a raconté ce qui s'est passé. Est-ce que ça va ?

Je crispai les poings. Je secouai alors la tête, sentant la panique monter à nouveau. « Il est mort. Il est mort devant toi. Tu portes son sang. »

— Isis !

Je parvins enfin à plonger mon regard dans le sien. Je me raccrochai à l'inquiétude qu'elle manifestait comme si c'était la dernière chose au monde.

— Isis, j'ai besoin que tu me dises comment tu te sens. Parle-moi.

« Du sang partout. »

— Je…

« Son sang, sur tes mains, sur tes habits… »

— Je n'arrive pas… à respirer…

Julia me prit par le bras et m'aida à me lever.

— Tu es sous le choc, me dit-elle.

Elle m'entoura les épaules de son bras, m'entraînant en dehors de la salle pleine à craquer.

— Crise… de… panique, parvins-je à articuler, comprenant ce qui se passait.

— Ouais, exactement, ma vieille…

Nous arrivâmes dans une salle de bain et Julia me lâcha pour fermer la porte à clé. Je m'approchai des lavabos et ouvris les robinets au maximum, frottant mes mains de toutes mes forces, tâchant de reprendre ma respiration, sans pouvoir détacher mon regard des volutes rouges qui s'écoulaient dans l'évier.

— Il faut que tu respires, OK ? Concentre-toi uniquement sur ça.

J'acquiesçai et lui obéis sans discuter, fermant les yeux, me concentrant sur l'air que j'inspirais puis que j'expulsais. J'entendis le bruit du robinet qu'on fermait et je m'appuyai sur le rebord du lavabo, m'agrippant avec force au matériau froid et lisse.

— Arrête de résister, m'intima Julia avec douceur. Tu n'as pas à faire semblant. Tu n'es pas obligée d'être forte, d'accord ?

Ma lèvre se mit à trembler tandis que je sentais mes forces diminuer. Je n'arrivais plus à combattre.

— Laisse-toi aller, me dit-elle en plaçant une main sur mon dos.

Je fus incapable de résister plus longtemps. J'autorisai alors les images à envahir mon esprit, je revécus en un éclair le trajet jusque-là et laissai libre cours à toutes mes émotions.

J'éclatai en sanglots. Des pleurs douloureux et incontrôlables, mais vitaux. Julia me serra contre elle. Je m'agrippai à son uniforme.

— Je lui ai promis, bredouillai-je. Quelques secondes avant qu'ils le tuent… je lui ai promis que j'allais le laisser vivre… J'ai promis…

— Ce n'est pas ta faute, d'accord ? Tu as fait tout ce que tu pouvais…

— Il n'était même plus armé… il ne pouvait pas, il ne voulait pas me faire du mal… il me suppliait de l'épargner, pour sa sœur…

— Je suis tellement désolée !

— Je ne comprends pas… Ce n'était pas de la légitime défense, c'était un meurtre… un assassinat froid et prémédité… Ils l'ont abattu comme une bête…

Elle resserra son étreinte. Mes sanglots s'étaient arrêtés, transformés en de simples larmes. Je retrouvai peu à peu mon calme et m'écartai doucement d'elle. Je vis qu'elle aussi avait pleuré.

— Regarde-nous, lâcha-t-elle, riant tristement. Un carnage…

— Des vrais bébés, renchéris-je en reniflant, souriant malgré moi.

Et alors, de manière complètement improbable, absurde, compte tenu de la situation, elle se mit à rire.

— Quoi ? demandai-je, en séchant mes larmes du revers de la main.

— Je ne pensais vraiment pas que nos retrouvailles ressembleraient à ça ! lâcha-t-elle après s'être calmée.

Un sourire triste se dessina sur mes lèvres tandis que je me dirigeais à nouveau vers les lavabos. Elle m'aida à enlever le sang de mes mains, puis partit me chercher un pantalon propre. Je retirai celui que je portais et le jetai immédiatement à la poubelle. Je rinçai mes jambes dans la petite cabine de douche et enfilai le pantalon que Julia me tendit quand elle revint.

— Il te va bien, déclara-t-elle. C'est dingue, tout te va !

Je secouai la tête, amusée. Je vis qu'une certaine inquiétude subsistait dans son regard.

— Désolée d'avoir craqué comme ça, lui dis-je. C'est juste que… je suis censée sauver les gens… pas assister à… ça.

— Ne t'excuse pas. Je ne sais pas comment tu as fait pour te remettre debout aussi vite, honnêtement. Tu t'es effondrée pendant, genre… trente secondes, et maintenant tu es de nouveau normale. C'est dingue !

Je lui souris, touchée. Réalisant que c'était la première fois depuis plus d'un an que nous étions seules, je m'assis contre le mur et lui fis signe de venir à côté de moi. Je me revis, en l'espace d'un instant, dans la salle de bain de l'école à côté d'Ethan, presque un an et demi plus tôt, commençant à me confier à lui et à l'aimer. Je sentis mon cœur se serrer, et chassai cette pensée de mon esprit.

Julia s'installa à ma gauche.

— Alors, la police… ça se passe comment ? m'enquis-je.

Elle eut un petit sourire timide, avant de se mettre à me parler. Elle fut d'abord hésitante, puis sa nature volubile reprit enfin le dessus. Elle me raconta la façon dont ses parents avaient réussi à lui faire intégrer les forces de l'ordre après un stage intensif. Elle me narra ses premiers mois difficiles, puis sa progression, qui s'était accompagnée d'un regain de confiance en elle. Elle me décrit même la souffrance et la honte qu'elle avait ressenties en échouant à l'examen de sortie de l'école de Sauvetage. Elle m'avoua sa jalousie à l'égard de notre groupe d'amis, qui l'avait poussée à nous détester, puis la fierté qui l'avait empêchée de faire le premier pas vers nous quand nous avions commencé à lui manquer. Lorsqu'elle eut fini, elle déclara que c'était mon tour. Je me lançai.

Je lui racontai mon parcours chez les Sauveteurs et ma crainte de voir des gens mourir par ma faute. Je lui dis la rancœur de certains de mes pairs en constatant que j'avais monté en grade si jeune. Je lui expliquai la trahison d'Ethan, sans entrer dans les détails de ce qui s'était passé avec Truman, mais en avouant la souffrance que j'avais ressentie et mon incapacité à éprouver de véritables sentiments pour quiconque depuis. Je lui parlai de ma curiosité insatiable sur le passé, sur le monde, sur les choses, et du mur d'ignorance et d'incompréhension auquel je m'étais toujours heurtée.

Quand j'eus à mon tour fini de parler, un silence s'installa, durant lequel chacune de nous deux s'efforçait d'intégrer tout ce que l'autre venait de lui confier.

— Je suis vraiment fière de toi, dis-je au bout d'un moment. Tu as l'air de t'être tellement épanouie…

Elle me sourit, puis haussa les épaules.

— J'avais besoin d'une bonne grosse claque pour me faire grandir un peu. Je ne regrette pas d'avoir souffert, je me sens beaucoup mieux comme ça. Et puis, je n'avais jamais vraiment rêvé d'être Sauveteuse, tu sais !

Je pouffai de rire en me rappelant quelque chose :

— Tu disais toujours que c'était surtout pour énerver tes parents…

— Et je le pensais !

Elle rit aussi.

— Non mais, sérieusement, je suis très heureuse comme policière. Je me rends vraiment utile et je me sens réellement progresser. Mon supérieur pense que je pourrais monter en grade d'ici peu…

— C'est génial !

— Je sais ! Avant, rien que gravir des escaliers à pied constituait un exploit dans mon esprit… je ne comprends même pas comment tu as pu être copine avec mon « ancien moi ». J'étais tellement chiante, quand j'y repense.

— Tu étais… « attachiante », la repris-je en lui donnant un léger coup de coude. Mais c'est vrai que tu parlais un peu trop. Et puis quelle galère, pour te réveiller le matin !

— Ouais… ça, c'est toujours pareil, par contre. Je crois que c'est dans mes gènes. À ce propos, des nouvelles de notre ancienne colocataire ? Comment va Taylor ?

Je lui parlai de notre connaissance commune, qui avait l'air de très bien se débrouiller dans son Centre, puis de Kim, qui était devenue mon amie la plus proche…

— Attends… Kim ?

Julia explosa de rire.

— Genre Kim ? LA Kim ? La blonde absolument sublime qui avait versé sa bouteille de shampoing dans les yeux de Sandra parce qu'elle l'avait appelée Kimberley ? Celle à qui je voulais proposer de devenir notre colocataire, mais qui s'était mise à hurler sur un type sans raison ? Cette Kim-là ?!

Je me mis à rire également.

— Elle est tellement plus que ça, affirmai-je. Oui, elle est têtue, insupportable et surprotectrice, mais elle a un grand cœur, elle est loyale, intelligente et ouverte d'esprit. Elle gagne vraiment à être connue.

— Ah ! Donc elle est magnifique ET c'est quelqu'un de super. Il n'y a pas de justice, je te jure.

Elle se racla la gorge, avant de demander, d'un ton faussement détaché :

— Et... Mike ? Tu le vois, parfois ?

Je me retins de sourire. D'aussi loin que je me souvienne, Julia avait toujours eu un faible pour Mike... mais celui-ci n'avait jamais paru répondre à ses sentiments et elle en avait été très blessée, à l'époque. Je soupçonnais d'ailleurs que c'était l'une des raisons pour lesquelles elle s'était éloignée de nous.

— Oui, on travaille au même Centre, et lui et Kim sont mes amis les plus proches. Ils m'ont beaucoup épaulée, ces derniers temps, quand ma rupture avec Ethan était encore récente...

— Je peux être franche ? demanda-t-elle soudain.

J'acquiesçai, vaguement inquiète.

— Je n'arrive pas à croire que vous ne soyez plus ensemble depuis des mois. J'étais tellement jalouse de vous deux, à l'école !

Je poussai un soupir. Je n'avais vraiment pas envie d'en parler... parce que même moi, parfois, il m'arrivait de ne pas y croire. Malgré ce qui s'était passé, je ne pouvais nier que mes sentiments envers Ethan ne s'étaient pas complètement dissipés. Il était, après tout, la première personne que j'avais aimée ; je doutais de cesser un jour totalement de ressentir quelque chose pour lui.

— Est-ce que je peux être franche ? demandai-je à mon tour.

— Je sens que tu vas me parler de Mike, répondit-elle avec un petit rire nerveux.

— Je pensais vraiment que vous finiriez ensemble.

Elle grimaça.

— Moi aussi. C'était bien ça, le problème. Apparemment, tout le monde le pensait, sauf Mike.

— Désolée, dis-je avec sincérité.

— Oh ! c'était il y a longtemps.

« Peut-être, mais toi aussi, ça te fait encore de la peine », songeai-je. Je ne lui dis rien. Elle savait que je le pensais. Ça suffisait.

Nous avions passé plusieurs heures à discuter lorsque je fis remarquer que je n'avais pas reçu de BT depuis la fin de la prise d'otages.

— Le commissaire Blake a appelé ton Centre pour dire que tu serais absente pour le reste de la journée, m'apprit Julia.

— Ne me parle pas du commissaire, grondai-je en le revoyant à côté du policier qui avait tiré sur Erick.

— Ce n'est pas quelqu'un de mauvais. Il est particulièrement sous tension depuis des mois et pensait que le criminel était dangereux. Et puis… il a une fille de treize ans, tu sais. Ça a dû être dur, pour lui, de s'imaginer que ça aurait pu être sa fille, prise en otage.

Je ne répondis rien. Elle poursuivit :

— Erick n'était pas le seul à ne pas être complètement un méchant. Rien n'est tout noir ou tout blanc, tu le sais très bien. C'est juste une question de gris plus ou moins foncé.

J'esquissai un sourire en entendant cette métaphore, puis me levai lentement. Julia m'imita.

— Je vais quand même retourner au Centre, dis-je. Je veux faire mon rapport et parler au lieutenant Nora de ce qui se passe en ce moment. Ça ne peut pas continuer comme ça.

— Tiens, Nora ! Je crois qu'elle ne m'aimait pas du tout, quand elle était notre prof… tu lui passeras le bonjour !

Elle m'accompagna jusqu'à la sortie du bâtiment. Là, je la serrai brièvement dans mes bras, avant de lui dire :

— Maintenant que je t'ai retrouvée, je ne te lâcherai plus. Peu importe ce qui se passe dans cette ville, je veux qu'on se revoie, OK ?

— Promis… Caporale, se moqua-t-elle.

Je secouai la tête, amusée, mais repris rapidement mon sérieux.

— Merci, Julia. Je n'y serais pas arrivée sans toi, aujourd'hui. Sincèrement.

— C'est normal, rétorqua-t-elle. Tu n'as pas à porter tout le poids et toute la douleur du monde sur tes épaules. Il n'y a pas de raison pour que tu sois la seule à te sacrifier comme ça.

Je ne sais pas ce qui pousse les gens à faire du mal aux autres. J'ai encore plus de difficultés à comprendre ce qui les pousse à se faire du mal à eux-mêmes.

Je crains fort, cependant, que cette tendance soit profondément ancrée dans la nature humaine. Elle était là avant la chute de la comète, elle est restée après, et je ne pense pas qu'elle partira un jour. Mais cela ne veut pas dire que nous ne devons pas tenter d'y résister.

Lorsque nous avons fondé notre nouvelle société, j'ai voulu que nous ne retombions pas dans la même cruauté, le même égoïsme, les mêmes erreurs qu'autrefois. Nous avons donc bâti un monde sur une base d'efficacité, de responsabilité et de sécurité. Il y allait de notre survie. Et puis, tant qu'à avoir droit à un nouveau départ, nous avions intérêt à en profiter pour essayer d'éliminer la faiblesse, la volonté de transgression et la passion destructrice qui habitent le cœur des hommes. Certains pourraient penser que c'est une volonté d'uniformité ou de déshumanisation… Moi, je vois cela comme une tentative d'accéder enfin à une forme d'égalité, d'être unis, de travailler tous ensemble, sans que certains profitent des efforts des autres.

En effet, c'est à cause de la tendance destructrice de l'homme que la comète est tombée sur nous.

Car même si nous voudrions l'oublier de tout notre cœur, il nous faut nous souvenir que c'est bel et bien notre faute si le monde a été détruit. Je veux m'assurer que ça n'arrive plus jamais. Je veux éradiquer le chaos et la destruction.

Extrait des *Mémoires de Will Halley*,
1er Président de la Ville
Texte original conservé dans les Archives

6

Les jours suivant la prise d'otages furent difficiles. Les nuits aussi. Plusieurs soirs, je rêvai de la mort d'Erick, qui se produisait différemment chaque fois. À une occasion, ce fut même moi qui appuyais sur la détente et tous les Sauveteurs de la Ville m'encourageaient à le faire, criant que c'était la seule manière de rétablir l'ordre.

Je me réveillai de ce dernier cauchemar en sursaut, la respiration saccadée. Nous étions le premier jour du mois d'avril, il était très tôt. Le soleil ne s'était pas encore levé, et ma chambre était plongée dans la pénombre. Certaine de ne pas pouvoir me rendormir, j'allai me doucher, espérant que le contact de l'eau chaude m'aiderait à me détendre, ce qui fut le cas. Après avoir enfilé ma tenue de fonction, je descendis au rez-de-chaussée pour manger, et trouvai mon frère et mes parents installés à table. Ils haussèrent les sourcils, surpris de me voir levée à cette heure-là. Ils étaient toujours debout avant l'aurore parce que leurs travaux sur les chantiers démarraient très tôt, mais ce n'était pas mon cas. Soit j'effectuais un service normal et je partais de chez moi quand il faisait jour, soit j'étais assignée au service de nuit et revenais à la maison alors que le soleil venait de se lever.

— Tu es bien matinale, me fit remarquer Adam.

— Je n'arrivais pas à me rendormir.

Je sortis une orange de la corbeille à fruits, la coupai en deux et commençai à la presser, consciente du regard de ma famille qui pesait sur moi.

— Tout va bien, au travail ? me demanda ma mère.

J'acquiesçai, sans doute un peu trop vigoureusement.

— Oui, ça va… comme d'habitude, quoi.

Mon père releva les yeux du journal qu'il était en train de lire et me jeta un regard suspicieux. Je tâchai de détourner la conversation :

— Quelles sont les nouvelles ?

Je ne lisais jamais vraiment le journal. La Source de Vérité m'avait appris qu'autrefois il y en avait énormément, mais dans la Ville, désormais, seul un hebdomadaire était publié, et les informations à révéler au public étaient visiblement sélectionnées avec soin…

— On parle de la création d'un nouveau parc, annonça mon père. On raconte aussi le procès d'un cambrioleur qui a été arrêté récemment… ah, et la prise d'otages qui a eu lieu il y a quelques jours.

J'arrêtai mon geste et reposai la peau du fruit pressé. Je n'avais pas parlé de la prise d'otages à ma famille, ne sachant pas comment aborder le sujet sans qu'ils s'inquiètent pour moi.

— Ah oui ? dis-je en essayant de paraître détendue.

— Une sale histoire, poursuivit-il. Apparemment, c'était un malade mental, qui a enfermé des enfants et demandé une somme d'argent astronomique… La police a très bien su gérer tout ça, comme toujours. Ils ont sauvé les enfants et abattu ce fou furieux.

Je me crispai, me retenant d'arracher le journal des mains de mon père pour le déchirer de haut en bas.

— Isis ? s'enquit ma mère. Ça va ?

Je ne répondis rien, tâchant de retrouver mon calme. Mon père sembla prêt à continuer de me raconter les informations de la semaine, mais ma mère, ayant compris que quelque chose n'allait pas, posa la main sur son bras :

— Je crois que ça suffit avec les nouvelles, Matt. Isis entend déjà assez d'histoires comme ça au travail… pourquoi est-ce qu'on ne parlerait pas d'autre chose ?

— Non, non, dis-je. Je vais sortir, de toute manière…

Je bus d'un trait mon verre à moitié rempli de jus d'orange et m'empressai de le mettre dans l'évier.

— Je vais aller faire un tour, profiter de l'air frais.

J'attrapai la veste posée sur ma chaise.

— Mais… il est à peine six heures, opposa ma mère.

— Justement, les rues seront vides. Ça va me réveiller, je suis un peu endormie, ce matin.

Je me forçai à leur sourire et quittai la cuisine, suivie par leurs regards perplexes. Je sortis de la maison et me mis à marcher rapidement, pour dépenser un peu l'énergie rageuse qui était montée en moi lorsque mon père avait prononcé les mots « malade mental ». J'entendis alors un bruit de course derrière moi. Je me retournai et vis mon frère qui arrivait à ma hauteur. Je continuai à marcher avec lui.

— Est-ce que tu veux me dire ce qui se passe ? me demanda Adam.

— Rien, mentis-je.

Il soupira :

— Je comprends si tu ne veux pas m'en parler, mais ne me prends pas pour un imbécile. Ma chambre est en face de la tienne, je t'ai entendue parler dans ton sommeil et même crier, il y a quelques nuits.

Je regardai mon frère dans les yeux et me décidai à lui parler. Puisqu'il voulait savoir ce qui se passait, il allait être servi !

— J'étais à la prise d'otages, avouai-je. J'étais même la négociatrice. Et je peux te dire que ce type n'était pas fou. C'était un garçon d'à peu près notre âge, complètement désespéré, qui essayait d'obtenir de l'argent pour sauver sa sœur. Ça n'excuse pas ses actions... mais ça rend insupportable le fait qu'un policier lui ait tiré trois balles dans la tête, devant moi, alors qu'il était désarmé.

Mon frère ouvrit grand les yeux, abasourdi par ce que je venais de lui dire. Jamais je n'avais été aussi honnête avec lui sur mon travail, et la violence de ce que je lui avais raconté l'avait visiblement choqué. Je détournai à nouveau le regard, ne supportant pas qu'il m'observe ainsi.

— Tu es sérieuse, là ?

Je me tus, mon silence étant plus éloquent que mille mots.

— Isis, je suis vraiment désolé ! déclara-t-il. Je... je n'avais pas réalisé que c'était aussi dur... c'est horrible.

Je haussai les épaules.

— Ce n'est pas toujours comme ça. C'est juste devenu pire ces derniers temps.

— Tu en as parlé avec ta supérieure ? Le lieutenant... euh, Nora, là ?

Un petit rire amer s'échappa de mes lèvres. Depuis la prise d'otages, j'avais essayé sans relâche d'avoir une vraie conversation avec Nora. Mais elle était constamment absente lorsque j'étais là, et quand je demandais où elle était on me disait simplement qu'elle était « en réunion ». J'avais l'impression qu'elle m'évitait, ou bien qu'elle évitait tout le monde, je ne savais pas trop. Pendant ce temps, les missions s'enchaînaient à un rythme infernal, les Sauveteurs couraient dans tous les sens, se retrouvaient dans des situations de plus en plus dangereuses, en sous-nombre par rapport aux criminels. Les dommages collatéraux devenaient plus importants de jour en jour, et j'ignorais combien de temps nous pourrions tenir avant de nous effondrer d'épuisement et de laisser la Ville dans le chaos.

— Nora ne peut rien faire, elle non plus, je crois, répondis-je. Je pense qu'elle aussi est complètement débordée, qu'elle essaye de réagir le mieux possible et que ça ne suffit pas.

Je sentis la colère monter en moi.

— Et pendant ce temps, le journal se transforme en pure propagande et empêche le peuple de voir ce qui se passe vraiment…

— Je ne me rendais pas compte que c'était aussi grave, affirma Adam. Ça ne peut pas continuer comme ça éternellement !

— Non, effectivement. Ça va finir par exploser, d'une manière ou d'une autre.

***

Je me rendis au Centre un peu plus tard. Arrivée à l'étage, je me dirigeai vers mon bureau ; Kim et Mike étaient déjà assis aux leurs, juste à côté. Ils me saluèrent tandis que je m'installai. Je leur racontai ce que mon père avait lu dans le journal.

— Ça me rend dingue, déclara Mike. Les gens ne saisissent même pas que ça va mal, parce qu'on fait semblant que tout va bien. Ça ne peut plus durer !

— Tu es mignon quand tu t'énerves, se moqua Kim.

— Oh, ne commence pas, toi ! Je ne suis pas d'humeur !

Un air contrarié s'afficha sur le visage de Kim.

— Je suis au courant, répondit-elle. J'essayais de te redonner le sourire, justement...

Il ouvrit la bouche et la referma, ne sachant pas quoi dire, paraissant s'en vouloir d'avoir été aussi sec avec elle. Mais un sourire malicieux remplaça alors l'expression blessée de Kim :

— Peut-être que ça irait mieux si on faisait venir Julia ici, railla-t-elle. Maintenant qu'Isis sait où elle travaille, ça pourrait se faire...

Mike leva les yeux au ciel. Je laissai échapper un petit rire amusé. Même après tout ce temps, je trouvais toujours distrayant de voir combien il était facile pour Kim de mettre Mike mal à l'aise, particulièrement en mentionnant Julia.

Mon Messager émit alors le son caractéristique du BT. Je le consultai :

Coup de feu. 140e Rue, numéro 12, 1er étage.

Je me levai de ma chaise et fonçai vers les escaliers que je descendis en courant, presque machinalement. Je m'arrêtai à la réserve d'armes, composai un code pour y entrer et saisis un pistolet. En tant que caporale, je n'avais pas le droit d'en porter une en permanence, mais on m'avait récemment accordé l'accès à la réserve en cas de situation dangereuse. Je n'aimais pas particulièrement les armes à feu… pas du tout, même. Mais je devais me montrer prudente.

Je courus ensuite au garage, sortis ma moto et l'enfourchai : la 140e Rue était un peu excentrée, on avait dû m'y affecter parce que je possédais un véhicule.

Je parvins devant le bâtiment et descendis en toute hâte de ma moto, laissant tomber mon casque à terre. Je courus vers l'entrée et faillis heurter un autre Sauveteur, qui arrivait lui aussi en courant. Malgré moi, je sentis mon cœur se serrer en voyant de qui il s'agissait.

— Coup de feu au premier ? me demanda Ethan, son regard se rivant dans le mien.

J'acquiesçai et nous entrâmes ensemble dans le bâtiment. Au rez-de-chaussée, une vieille dame nous fit signe de venir vers elle :

— C'est moi qui vous ai appelés, chuchota-t-elle, apparemment angoissée. J'ai entendu un bruit en haut, je crois que c'était un coup de feu…

— Qui habite au premier étage ? demandai-je. Vous les connaissez ?

— Oh, oui, c'est un bon garçon. Très gentil. Il m'aide souvent à transporter les courses, et il a réparé ma sonnette, la semaine dernière…

— Il vit seul ?

— Oui. Je lui demande toujours : « Comment ça se fait que vous soyez seul, Charlie ? » Un grand garçon comme lui, si gentil ! « Vous travaillez trop », que je lui dis…

— On va aller voir ce qui se passe, assurai-je. Est-ce que vous savez si les locataires du deuxième et troisième étage sont là ?

Elle fronça les sourcils.

— Je ne crois pas, les enfants du deuxième sont à l'école, et leurs parents sont partis travailler… Et le couple du troisième n'est jamais là, de toute manière. À se demander pourquoi ils louent cet appartement…

— Très bien, la coupai-je. Rentrez chez vous, ne sortez pas jusqu'à ce qu'on vienne vous chercher.

— Il est très gentil, Charlie, insista-t-elle, apparemment inquiète. Occupez-vous bien de lui.

Elle ferma ensuite la porte de son appartement, et j'échangeai un regard consterné avec Ethan. Nous pensions tous les deux à la même chose et nous espérions nous tromper. Je montai les escaliers jusqu'au premier étage, Ethan avançant derrière moi. Nous arrivâmes devant la porte de l'appartement et tendîmes l'oreille. Il n'y avait aucun bruit. Je fis passer Ethan devant moi, désignant la porte d'un geste de la tête, sans avoir besoin de parler pour qu'il me comprenne. Je décrochai le pistolet de ma ceinture.

Je levai trois doigts et les abaissai un à un… puis Ethan donna un monumental coup de pied à la porte et s'écarta pour me laisser entrer. Je fis irruption dans ce qui s'avéra être une salle à manger et plongeai immédiatement derrière un fauteuil pour me protéger d'éventuels coups de feu… mais rien ne se passa. L'appartement était si calme qu'il semblait vide. Je me relevai prudemment en tenant fermement mon arme, scrutant le salon mais ne voyant rien.

Je fis signe à Ethan d'entrer. J'avançai lentement à travers l'appartement en braquant le pistolet devant moi, craignant que quelqu'un surgisse de nulle part. Je pénétrai dans la cuisine, qui était vide. Je jetai un coup d'œil rapide à la salle de bain, qui s'avéra inoccupée. Ethan me désigna alors une porte fermée, et une fois de plus nous nous comprîmes en un regard. Il ouvrit brusquement la porte tandis que j'entrais dans la chambre, mon doigt déjà sur la détente.

Je m'arrêtai net devant la scène que je venais de découvrir. Ethan, voyant que j'étais immobile, entra à ma suite et se figea également sur place.

Devant nous, assis à son bureau, il y avait un homme, la tête penchée. Une arme gisait à ses pieds et du sang gouttait de sa chaise. Ethan s'avança vers lui et le contourna... son visage afficha une expression résignée, sans même qu'il ait besoin de vérifier le pouls de l'individu.

— Il est mort, déclara-t-il d'une voix sombre.

L'image d'Erick, mort d'une balle dans la tête, me revint en un éclair, puis disparut tout aussi rapidement. Je rangeai lentement mon pistolet.

— Je m'occupe de faire le rapport, annonça Ethan.

Il sortit son Messager et composa le numéro de son Centre, tandis que je tentais, en vain, de détacher mon regard de l'homme... enfin de *Charlie*, nous avait dit la vieille dame.

J'avais connu plusieurs cas de tentatives de suicide dans ma carrière, mais je n'étais jamais arrivée trop tard. J'avais toujours pu faire quelque chose. Souvent, les gens voulaient même qu'on les sauve, qu'on leur prouve qu'ils étaient importants, que leur vie comptait.

Pas cette fois. Là, je ne pouvais plus rien faire.

Ethan raccrocha. Je m'étais à peine rendu compte qu'il avait passé son appel.

— C'est fait. Si tu veux partir, je peux rester sur place le temps qu'ils arrivent...

Je levai les yeux vers lui.

— Non, je vais rester avec toi.

Il marcha vers moi et je le laissai m'entraîner hors de la pièce. Il ferma la porte et s'assit par terre, le dos contre le mur. Je m'assis à côté de lui, l'image de nous deux dans la salle de bain de l'école me revenant à nouveau à l'esprit, malgré l'horreur de la situation actuelle.

— C'est la première fois ? demanda-t-il d'une voix douce.

Je fronçai les sourcils, et il développa sa question :

— Je veux dire... c'est la première fois que tu arrives trop tard ?

J'acquiesçai, et il soupira.

— Tu te rappelles, quand on est allés faire le stage sur le suicide, dans notre ancienne école ? J'avais raconté que ça m'était arrivé... c'était une période très dure pour moi, j'avais l'impression d'être complètement impuissant. Mais tu m'avais fait comprendre que j'avais tort. Que je pouvais sauver des vies, et que chaque personne que j'aidais rendait valable la douleur que j'avais à supporter quand je ne pouvais pas aider quelqu'un.

J'eus un pâle sourire.

— Et maintenant, rétorquai-je, je comprends que c'était facile à dire pour moi. Ça fait seulement deux ou trois mois que ça a commencé à empirer dans le quartier de mon Centre… mais je parie que ça dure depuis beaucoup plus longtemps pour toi, n'est-ce pas ?

— Je crois que ça a commencé un mois avant ce stage sur le suicide. Je voyais de plus en plus de gens mourir, et je ne savais pas de quelle façon gérer ça… c'était trop douloureux.

— Et maintenant ? Comment est-ce que tu fais ?

Il m'offrit un sourire compatissant et teinté de tristesse :

— On s'habitue à tout… c'est horrible, mais c'est vrai. C'est moins dur pour moi, aujourd'hui. Et ça me fait peur. Ça me terrifie de voir que je deviens insensible à la souffrance des autres…

Son sourire s'effaça quand nos regards se croisèrent, et que je perçus l'émotion qu'il peinait à dissimuler :

— Je n'ai pas envie de devenir un monstre, dit-il tout bas, comme s'il avait peur que ça se réalise. Je ne veux pas…

Il s'arrêta, et je compris qu'il ne voulait pas que je perçoive la détresse dans sa voix. Mon cœur se serra : je ne supportais pas de le voir ainsi.

Je plaçai alors ma main sur la sienne, posée sur le sol, et il me jeta un regard surpris.

— Tu ne deviendras jamais un monstre, Ethan.

Les gens nés après la chute de la comète s'imaginent souvent que celle-ci est entrée en collision avec notre planète de manière totalement fortuite, puis a fait trembler le monde entier et causé une immense vague de destruction. Ils veulent croire cela, parce que la vérité est trop affreuse, parce qu'elle est la preuve de la laideur de la nature humaine.

La comète de Halley n'était pas censée toucher la Terre.

Durant les années 2000, un grand nombre de pays influents se sont réunis pour créer une station spatiale internationale. C'était un projet de paix et d'exploration de l'Univers. La construction de la station avançait bien, mais de nouveaux partis politiques sont montés au pouvoir, de nouveaux dirigeants ont été élus, et certains pays se sont retirés du projet, qui a dû être abandonné. Les travaux ont cessé, on a propulsé très loin ce qui avait été construit de la station, parce que ça coûtait moins cher que la détruire, et elle a dérivé dans l'espace, de plus en plus loin de nous, sans que quiconque s'en soucie.

Quelques années plus tard, les scientifiques ont observé une explosion dans notre galaxie, assez loin de notre planète : la comète de Halley, qui se rapprochait de la Terre, avait rencontré l'épave de la station spatiale. Cette dernière était assez imposante pour détacher des morceaux conséquents de la comète, dont une bonne partie fonçait à présent vers la Terre, en même temps que certains débris de la station. Et tout cela entrerait en collision avec notre planète deux mois plus tard, sans qu'on puisse changer la trajectoire de cette pluie destructrice de débris.

La voilà, la vérité, dans toute sa laideur.

Extrait des *Mémoires de Will Halley*,
1er Président de la Ville
Texte original conservé dans les Archives

7

Durant les jours qui suivirent, les missions continuèrent de s'enchaîner sans nous accorder le moindre répit. La fatigue se faisait sentir, et j'enrageais en me rendant compte que je commençais à faire des erreurs de débutante. Un matin, je rentrai au Centre furieuse après une opération particulièrement difficile. C'était un cambriolage qui avait mal tourné et dont je n'étais sortie en un morceau que grâce à Mike, qui avait désarmé au dernier moment un des criminels ayant caché un couteau sous son gilet.

Je montai à l'étage avec lui, et nous allâmes tous les deux vers Kim, qui venait aussi de rentrer.

— Je vais craquer, nous dit-elle. Je vous jure que je ne vais pas tenir un jour de plus ! Tout le monde est en train de devenir fou ! Bientôt, si ça continue, on devra aussi sauver des Sauveteurs !

Mon regard fut alors attiré par la porte du bureau de Nora, que quelqu'un était en train de fermer de l'intérieur...

— Le lieutenant est là ? demandai-je.

— Oui, me répondit Kim. Elle est arrivée il y a cinq minutes et s'est tout de suite enfermée dans son bureau…

— Quelqu'un vient d'y entrer, je crois, mais je n'ai pas vu qui, ajouta Mike.

— Eh bien, quelqu'un d'autre va y entrer, marmonnai-je. Et croyez-moi, ce n'est pas quelqu'un de content…

Ayant dit cela, je me dirigeai vers le bureau de ma supérieure d'un pas furieux. J'entendis à peine Kim déclarer :

— Je crois qu'il va y avoir un meurtre, Miky…

Je frappai avec force sur la porte et entrai avant même que Nora ait terminé de m'y autoriser. J'ouvris la bouche, prête à m'énerver, quand je vis un homme en uniforme, assis devant le bureau de ma supérieure : il s'agissait visiblement d'un haut gradé. Il se leva : il était grand de taille, avait un regard sombre et des cheveux grisonnants coupés en brosse.

— Caporale Isis, voici le colonel Wade.

Je perdis immédiatement l'assurance et la colère avec lesquelles j'étais entrée dans la pièce. Le grade de colonel était l'un des plus hauts de la Brigade, et une seule personne dans toute la Ville le détenait. Le colonel Wade me tendit une main rugueuse, que je serrai avec force.

— Je ne savais pas que vous étiez là, Colonel. Je peux revenir plus tard, si vous le souhaitez…

— En vérité, j'étais bien curieux de vous rencontrer. Je n'en ai que pour un instant avec le lieutenant… vous pouvez rester, Caporale.

Il se rassit, et je fermai la porte avant de l'imiter. Dire que je comptais faire une entrée fracassante et demander des comptes à Nora… voilà qui était complètement raté !

— Comme j'étais en train de le dire, commença le colonel, le secrétaire du Président a appelé mon bureau il y a une heure et m'a informé que tout était prêt pour ce soir. Monsieur Johnson a affirmé que sa garde personnelle pouvait s'occuper de patrouiller dans la Ville le temps de la soirée, pour que les autres puissent profiter de l'événement.

— Je leur demanderai quand même de conserver leurs Messagers sur eux en cas d'urgence, insista Nora. Je refuse qu'une catastrophe ait lieu pendant que mes troupes s'amusent dans une salle.

— Je comprends parfaitement. D'ailleurs, je vais encourager les autres lieutenants à faire de même...

Le colonel Wade se rendit compte de ma perplexité et il réalisa que je ne comprenais pas de quoi ils étaient en train de parler.

— Le lieutenant Nora vous expliquera tout ça plus tard, me dit-il.

Il marqua une pause, me scrutant comme s'il essayait de lire en moi, ce qui me mit mal à l'aise.

— Voici donc la caporale Isis... Je vous imaginais un peu plus grande, pour être honnête. Mais je suppose qu'on ne mesure pas une personne à sa taille ni à son âge, n'est-ce pas ?

— Je suis bien d'accord, affirmai-je.

Nora ne put s'empêcher de sourire en me voyant déclarer cela avec tant d'aplomb. Wade reprit :

— J'ai été impressionné par vos résultats. Et, monter en grade aussi rapidement, c'est presque du jamais vu. Je ne peux m'empêcher d'être quelque peu surpris.

Il se tut, et je mis un instant à comprendre qu'il attendait une réponse de ma part.

— J'ai dû me battre pour devenir Sauveteuse, dis-je. Maintenant que je le suis, je n'ai pas l'intention de gaspiller cette opportunité.

— Hum… je me rappelle avoir lu que vous étiez une « demande spéciale »… Celles-ci se font de plus en plus fréquentes, à mon grand étonnement. Personnellement, je reste convaincu que les enfants ressemblent fondamentalement à leurs parents, donc ça me dépasse.

Je m'efforçai d'afficher un air cordial, en répondant :

— Dans ce cas, je me demande vraiment ce que je fais là. Peut-être qu'ils sont encore à ma recherche, sur un chantier, quelque part…

Du coin de l'œil, je vis le sourire de Nora disparaître. Elle me lança un regard d'avertissement signifiant : « N'allez pas trop loin… » Mais contre toute attente, le colonel Wade conserva sa bonne humeur.

— Je pense que vous êtes l'exception à cette règle, accorda-t-il. Il est évident que vous êtes au bon endroit. Et vous savez ce que l'on dit, « chacun sa place »…

Ayant déclaré cela, il se leva. Le lieutenant Nora et moi fîmes de même. Il nous salua et quitta la pièce, fermant la porte derrière lui. Je sentis le regard de Nora peser sur moi et, maintenant que nous étions seules, je me rappelai la raison de ma visite. La colère monta à nouveau en moi.

— Allez-y, m'encouragea-t-elle en se rasseyant. Parlez, puisque vous en avez tant envie.

Il ne fallut pas me le demander deux fois.

— Ça fait des jours, plus même, que j'essaye de vous voir et que vous m'évitez. Où étiez-vous ? C'est le pire moment pour vous absenter ! Tout est en train d'exploser, et vous n'êtes pas là, et les gens paniquent... Il y a eu des morts !

J'étais restée debout et continuai de m'énerver, la frustration contenue en moi pouvant enfin s'exprimer :

— Je veux dire... qu'est-ce qui se passe ? Pourquoi personne ne fait rien ?! J'ai été nommée négociatrice à une prise d'otages, dans laquelle la vie de plus de vingt personnes était potentiellement en danger ! Moi, alors que je ne suis même pas Sauveteuse depuis deux ans ! Et le seul renfort que j'ai eu, c'était un Sauveteur de mon âge et une nouvelle recrue ! C'est n'importe quoi, et vous le savez très bien ! Et maintenant, quelqu'un est mort ! Combien d'histoires de ce genre va-t-il falloir pour que les personnes compétentes réagissent ? Combien de quasi-catastrophes avant qu'une réelle horreur se produise ?

Je m'arrêtai, presque essoufflée. Nora m'observait avec un regard indéchiffrable.

— Répondez-moi, je vous en prie, insistai-je. Je veux comprendre ! J'en ai marre que les gens mentent ou cachent la vérité : je veux savoir ce qui se passe. Je veux la vérité complète, dans toute sa laideur.

Nora leva la main, me faisant signe de me calmer.

— Asseyez-vous, Caporale.

Je pris une grande inspiration avant de m'asseoir avec réticence.

— Votre indignation est légitime, concéda-t-elle. Mais je vous suggérerais de vous adresser à moi d'une manière plus respectueuse.

Elle me regardait droit dans les yeux, et j'eus beaucoup de mal à ne pas ciller.

— Vous savez parfaitement l'estime que j'ai pour vous, répondis-je sans détourner le regard. Mais je suis en colère. Je suis à bout…

— Je le sais. Or si vous m'estimez autant que vous l'affirmez, comment pouvez-vous réellement croire que je ne fais pas tout ce qui est en mon pouvoir pour arranger la situation ?

J'attendis qu'elle s'explique.

— La sécurité de la Ville s'est nettement détériorée ces derniers mois, commença-t-elle. C'est un fait. Il y a toujours des périodes plus dures que d'autres, nous n'avons donc pas réagi immédiatement. Mais il est vite apparu que la situation ne s'arrangeait pas, et j'ai dû faire des sacrifices, comme confier aux nouvelles recrues des missions difficiles… Nous n'avions pas assez d'effectifs, c'était donc la seule solution. Pendant ce temps, j'enchaînais les réunions avec les hauts gradés et croyez-moi, Caporale…

Une expression durcie s'afficha sur son visage.

— … vous n'auriez pas tenu deux minutes avec ces gens. La plupart d'entre eux ne sont plus en service depuis des années. Ils ont oublié ce que c'était et préfèrent rester dans le déni plutôt que prendre des mesures. J'ai dû me battre pour convaincre mes supérieurs de la gravité de la situation, puis pour convaincre le Président que nous pouvions agir sans créer une vague de panique qui ne ferait qu'empirer la situation.

Je ne pus m'empêcher de demander :

— Vous avez parlé à Johnson ?

— Oui. Je suis allée lui parler directement, à plusieurs reprises, et j'ai enfin fini par le convaincre qu'il nous fallait agir au plus vite. Il m'a assuré qu'il allait prendre des mesures et m'a demandé de lui laisser deux semaines pour mettre au point un plan. J'ai respecté sa demande.

« Comme si vous aviez eu le choix », songeai-je.

— Au terme de ces deux semaines, le Président Johnson m'a convoquée et m'a dit qu'il allait organiser plusieurs soirées, chacune pour une des institutions de la Défense et de la Santé, c'est-à-dire les professions touchées par la crise. Ce soir, il y aura la soirée des Sauveteurs...

— Attendez : des gens meurent et on fait une fête ?!

Elle croisa les bras, et je me forçai à me taire pour qu'elle puisse finir.

— Le but de cette soirée est de permettre aux Sauveteurs de souffler un peu avant d'appliquer de nouvelles mesures, que le Président nous présentera durant l'événement.

Je ne dis rien. Hormis le fait qu'il était scandaleux d'avoir autant tardé pour mettre cela au point, je reconnaissais que ça semblait être une bonne idée... Enfin, je ne savais pas encore *quelles* mesures seraient appliquées. Néanmoins, savoir qu'il allait se passer quelque chose me calma.

— Je m'excuse de vous avoir manqué de respect, déclarai-je. Ce n'était pas mon intention.

Je vis une lueur dans son regard, et ses fossettes apparurent légèrement, tandis qu'elle se forçait visiblement à ne pas sourire.

— Excuses acceptées. Je sais que c'est une période difficile.

« Je crois qu'elle m'aime vraiment bien », songeai-je, en me retenant aussi de sourire.

— Je vous dois toutefois également des excuses, déclara-t-elle soudain.

— Vous… ah bon ?

Elle acquiesça.

— C'est moi qui ai décidé de vous nommer négociatrice à la prise d'otages. À part vous, un sergent était lui aussi disponible, mais j'ai demandé à l'administratrice de vous assigner à cette mission.

Je fus si surprise que je fus incapable de réagir.

— J'ai pensé que vous seriez plus compétente, expliqua Nora. Vous sembliez être l'une des Sauveteuses gérant le mieux la situation de crise dans laquelle nous nous trouvons. Je ne regrette pas ma décision de vous avoir nommée, parce que vous avez parfaitement su comment agir. Mais je sais que je vous en ai trop demandé, et que c'était injuste. Surtout… étant donné la manière dont les choses se sont terminées.

Elle n'ajouta rien, et je fronçai les sourcils, sans savoir quoi penser. Je me sentais fière qu'elle me considère comme la personne la plus à même de se charger d'une telle mission… Toutefois, une part de moi lui en voulait parce qu'elle était consciente de m'avoir exposée à la pire situation possible, malgré mon manque d'expérience. Mais j'étais Sauveteuse, et je savais que mon bien-être passait après le sauvetage des personnes en danger. Nora avait pris sa décision en fonction de cela, et je n'avais pas le droit de lui en tenir rigueur.

— Je comprends, finis-je par dire.

Elle acquiesça, comme si elle avait pu suivre le déroulement de mes pensées. Elle parut hésiter, avant d'ajouter :

— Si jamais vous voulez parler de ce qui s'est passé à la prise d'otages… ma porte est ouverte.

Je m'attendis à sentir mon cœur se serrer… mais rien ne se passa. C'était exactement tel qu'Ethan l'avait exprimé. Comme si je ne ressentais plus rien.

— Honnêtement, je crois qu'il n'y a vraiment pas grand-chose à dire là-dessus.

Elle me jeta un regard empreint de curiosité, mais ne fit aucune remarque.

— Dans ce cas, je vous verrai à la soirée, tout à l'heure.

La mort de Will Halley, en l'an 62, fut une véritable tragédie pour mes pairs et moi-même. Sans lui, nous n'aurions pas pu rebâtir une société, une vie. Il nous a offert une seconde chance et sera éternellement retenu comme ayant été un homme bon et d'un dévouement sans limites.

Halley a souhaité, puisque j'avais travaillé à ses côtés pendant près de vingt ans, que je sois son successeur. Jamais je n'ai été aussi déterminé à donner le meilleur de moi-même. J'honorerai l'héritage de ce grand homme, j'irai encore plus loin dans ses idées. Avec l'aide de mes confrères, je ferai régner l'efficacité à laquelle Halley aspirait tant, et grâce à laquelle nous achèverons de reconstruire complètement notre nouveau monde.

À l'instar de mon prédécesseur, l'une de mes priorités sera de tenter d'éliminer les inégalités entre les hommes : pour cela, j'ai décidé de faire la proposition d'une liste de prénoms officiels qu'il sera recommandé de donner. Nous pourrons ainsi nous débarrasser des noms porteurs de souvenirs douloureux de l'ancien monde. Selon la volonté de Halley, je permettrai donc au peuple d'avoir droit à un nouveau départ, et je porterai moi-même le poids de notre passé, en prenant comme deuxième nom celui d'une comète : j'ai choisi « Longmore ».

Halley était obligé de ne pas pousser ses mesures à l'extrême, pour ne pas choquer le peuple, afin que la transition vers une nouvelle ère se fasse en douceur. Mais aujourd'hui, c'est une autre génération, dont je fais moi-même partie, qui habite ce que nous appellerons désormais la Ville. Londres appartient au passé. Londres n'existe plus. Seule la Ville, notre maison, compte. Et quiconque tentera de faire croire le contraire au peuple devra être réprimandé.

Extrait des *Mémoires de Frank Longmore*,
2e Président de la Ville
Texte original conservé dans les Archives

8

Quelques instants après ma discussion avec Nora, l'ensemble des Sauveteurs reçut un BT indiquant que nous étions libres dès dix-huit heures et conviés à une soirée, tous frais payés par le Président Johnson lui-même – qui serait d'ailleurs présent. La soirée aurait lieu dans le gymnase du plus grand Centre de Sauvetage, au cœur de la Ville.

J'avais écarquillé les yeux en lisant le nom de Johnson sur l'écran de mon Messager : pourquoi notre Président, qui préférait rester dans l'ombre, qui avait toujours mené une politique discrète, voire anonyme, choisissait-il aujourd'hui de se présenter devant tous les Sauveteurs de Londres ?

Lorsque nous fûmes libérés, à dix-huit heures, Mike, Kim et moi nous rendîmes ensemble à la bibliothèque. Nous allâmes dans le petit salon, et Kim mit un disque de sa chanteuse préférée, le premier que nous avions écouté ensemble. Elle baissa le son pour que nous puissions parler au-dessus de la musique.

— Je ne comprends pas, déclarai-je. Johnson avait l'habitude d'agir dans l'ombre : c'était un choix très malin, parce qu'ainsi personne ne venait lui reprocher quoi que ce soit… Pourquoi a-t-il soudainement changé d'avis ?

Mes amis ne dirent rien pendant un instant, la voix de l'artiste accompagnée de guitare électrique, de piano et de batterie remplissant le blanc qui s'était installé, et chantant, assez ironiquement, que quelque chose l'avait laissée « sans voix ».

— Quand on adopte une technique durant des années, commença Mike, et qu'on se rend compte que ça ne marche plus, on finit par changer de méthode, si on est assez intelligent.

— Pas faux, approuva Kim. Et puis surtout, quand on y réfléchit, c'est le moment parfait pour sortir de l'ombre, vous ne croyez pas ?

— Comment ça ?

— Je veux dire… si j'étais Johnson et que je voyais que la Ville allait aussi mal, je resterais d'abord discret pour ne pas qu'on me le reproche… et ensuite, quand on serait au bord de la catastrophe, là je débarquerais et je proposerais plein de solutions : personne ne penserait à me contredire, parce que j'aurais la capacité de tout arranger, et en plus j'aurais l'air d'être un grand sauveur, un héros…

Je haussai les sourcils, réalisant à quel point le raisonnement de mon amie semblait juste. Kim poursuivit :

— Enfin, sérieusement, Johnson n'est pas débile : ça fait des mois que les choses vont mal, on est mieux placés que qui que ce soit pour le savoir. Vous n'allez pas me dire qu'il n'a pas fait exprès d'attendre avant d'agir ! Isis, tu l'as rencontré, tu sais quel genre de type il est ;

ça lui ressemblerait bien, de retourner la situation à son avantage, pas vrai ?

J'acquiesçai et me levai du fauteuil où j'étais assise pour couper la musique, alors que la chanteuse affirmait : « Je n'aimerai plus jamais... »

— Hé ! s'écria Kim. J'adore cette chanson !

Je me tournai vers elle :

— Je ne sais pas si tu es au courant que tu es un génie, en fait.

Elle affecta de ne pas apprécier mon compliment :

— Bien sûr que je le sais, je vous le répète au moins dix fois par jour, à Miky et toi. Ce n'était pas une raison pour interrompre la reine de la pop...

— Je suis sérieuse ! Ce que tu as dit... c'est exactement ça ! Ce soir, après nous avoir accordé la pause dont nous avions si terriblement besoin, Johnson va débarquer et offrir aux Sauveteurs tout ce qu'il pense qu'ils veulent entendre. Il aura l'air d'être le héros de la Ville, et aura complètement retourné la situation à son avantage ! Pire encore, il pourra se servir de la crise pour appliquer des mesures drastiques, et peut-être enlever encore plus de liberté au peuple... Je ne sais pas ce qu'il a prévu de faire, mais je peux vous garantir qu'il va y avoir du changement !

— Ça ne sent vraiment pas bon, tout ça, conclut Kim.

Nous restâmes silencieux un instant, puis Kim se leva pour partir.

— Bon, même si cette soirée est un véritable piège à cons, ça ne veut pas dire pour autant que je ne vais pas en profiter pour me préparer à fond : les occasions de faire la fête se font rares...

— Quoi que tu fasses, ne te mets pas à séduire Johnson, raillai-je. Ça pourrait peut-être nous aider, mais je ne suis pas prête à te sacrifier comme ça.

— OK, je vais aller vomir… on se voit tout à l'heure !

***

J'étais rentrée chez moi me préparer, et je quittai la maison peu de temps avant l'heure où commençait la fête. J'avais laissé tomber mon uniforme de Sauveteuse, mais je n'avais pas non plus mis une tenue particulièrement habillée : après tout, je m'en fichais. Et puis, j'avais tellement l'habitude de mon uniforme que je ne me serais pas reconnue, en robe…

Je me rendis à moto au Centre de Sauvetage indiqué et montai rapidement les marches du bâtiment. Les gens arrivaient déjà en grand nombre, et si je reconnus certains visages, d'autres m'étaient inconnus. En effet, certains Centres se trouvaient à l'autre bout de la Ville par rapport au mien, et il y avait beaucoup de Sauveteurs que je n'avais jamais vus, n'ayant pas été amenée à travailler avec eux.

Je parvins à l'entrée et constatai que ce Centre était bien plus grand que le mien. Je suivis les gens qui descendaient pour se rendre au gymnase, où se déroulerait la soirée. Dans les escaliers, je reconnus un visage que je n'avais pas aperçu – fort heureusement – depuis très longtemps : c'était Sandra, mon ennemie autoproclamée à l'époque où nous étions à l'école ensemble. Je réalisai qu'elle m'avait vue et la saluai d'un geste de la main. Elle me rendit mon salut, avec un sourire légèrement moqueur, mais visiblement sans mauvaise intention. Nous savions toutes les deux que les raisons de nos conflits avaient été ridicules et puériles, mais nous ne nous portions pas pour autant dans nos cœurs : même si nous avions grandi, cela ne signifiait pas que nous devions devenir amies.

Nous arrivâmes dans le gymnase, qui avait été transformé en immense salle de fête. Le long des murs étaient disposées des tables débordant de nourriture et de boissons. Le centre de la pièce était dégagé pour qu'on ait de la place ; des décorations colorées étaient accrochées aux murs et suspendues au plafond. Je fus impressionnée par l'effort déployé, mais ce qui me surprit le plus fut la présence d'un guitariste. La musique n'avait pas été complètement bannie de notre société – il y avait un hymne de la Ville, on chantait des berceuses aux enfants –, mais tout de même : je n'avais jamais vu un musicien ailleurs que dans un mariage, et ce n'était pas systématique.

— Je n'aime pas Johnson, mais j'avoue qu'il a fait fort, sur ce coup-là.

Je me retournai et me retrouvai en face de Kim, qui n'avait pas menti en disant qu'elle allait « se préparer ». Elle portait des bottines à talons, un pantalon noir moulant et un haut de la même couleur, avec des manches courtes en dentelle. Elle s'était maquillée, ce qui faisait ressortir ses yeux bleus. Détachés, ses cheveux blonds retombaient en cascade sur ses épaules.

— Waouh, lâchai-je.

Un sourire railleur apparut sur son visage.

— Excuse-moi, je ne suis pas sûre d'avoir entendu…

Je secouai la tête, amusée.

— Tu es vraiment belle, lui dis-je sincèrement.

Son air moqueur disparut et fut remplacé par une expression sincèrement touchée.

— Toi aussi, rétorqua-t-elle. Comme toujours.

Je lui souris, et j'aperçus Mike qui avançait vers nous, accompagné de Taylor. Le guitariste s'était installé et commença à jouer une musique d'ambiance, assez doucement pour qu'on l'entende en pouvant parler par-dessus.

— Ils ont mis les moyens, dis donc ! apprécia Taylor. Je ne suis jamais allée à une fête comme ça.

J'échangeai un regard avec Kim, qui répondit :

— C'est clair. Enfin... s'ils ont autant d'argent, j'aurais préféré qu'ils en profitent pour essayer de ne pas nous tuer à la tâche pendant des mois. Pas toi ?

Taylor commença à rire, puis se rendit compte que nous étions parfaitement sérieuses. Elle fronça les sourcils :

— Comment ça ? Vous ne trouvez pas ça bien, qu'ils nous fassent prendre une petite pause ?

— Si, si, évidemment, m'empressai-je de dire en voyant Kim ouvrir la bouche. C'est super, même ! Je vais me chercher quelque chose à boire... je reviens.

Je les laissai là pour me diriger vers le buffet. Je n'avais pas envie de me lancer dans un débat.

Il y avait une table avec de la viande, une autre avec des gâteaux, des fruits frais, des tartes... je devais reconnaître que Taylor avait partiellement raison : Johnson n'avait pas fait les choses à moitié. Je saisis une bouteille de jus et commençai à m'en verser dans un verre...

— C'est juste moi, ou bien quelqu'un essaye de nous acheter avec un buffet ?

Ethan venait d'arriver à ma hauteur et affichait un air sceptique. Je fus heureuse de constater qu'il n'était pas dupe de toute cette mascarade.

— Le pire, répondis-je, c'est que ça risque de marcher avec une bonne partie des personnes dans cette pièce.

Ethan saisit une tartelette au citron et croqua dedans. Une moue appréciatrice apparut sur son visage :

— Je ne leur en veux pas, blagua-t-il. C'est impossible de résister...

— Oh, si, c'est possible. Je suis en train d'imaginer Johnson en cuisine, ça m'aide.

— Hum... avec un petit tablier rose et une toque ?

Je ne pus me retenir de rire lorsque cette vision envahit mon esprit.

— Je donnerais cher pour voir ça, répliquai-je.

— Il va venir, tu sais ? Peut-être qu'on pourrait arranger ça. On n'a qu'à le menacer avec... une méduse robot, tiens ! Tu les aimes bien, non ?

Je grimaçai en me rappelant la créature qui m'avait poursuivie sans relâche le jour de mon épreuve d'agilité.

— Ha ! Ha ! Pourquoi pas plutôt avec un vieil ivrogne puant ? Celui qu'on avait rencontré et avec qui tu avais sympathisé n'a sans doute pas bougé depuis.

— Aïe. Je l'avais cherché, je suppose.

Aucun de nous ne parla pendant un instant, mais je fus surprise de constater que le silence qui s'était installé n'avait rien d'embarrassant. C'était presque naturel. La réalité s'imposa à moi lorsque je dus me rappeler qu'il y avait une raison pour laquelle Ethan et moi n'étions plus ensemble. Je ne pouvais pas oublier ce qu'il avait fait. Je ne pouvais pas agir comme s'il n'avait pas trahi ma confiance.

Mais pour la toute première fois, une petite voix dans ma tête me murmura que j'avais peut-être tort de le juger sur une erreur qu'il avait commise parce qu'il avait voulu me sauver. Je me sentis soudain quelque peu gênée. Ethan s'aperçut du changement dans mon regard :

— Est-ce que ça va ? s'enquit-il, une lueur d'inquiétude dans les yeux.

— Je devrais retourner avec les autres, me contentai-je de répondre, ayant du mal à le regarder.

Il ouvrit la bouche, mais parut changer d'avis et afficha une expression résignée. Il s'excusa :

— Désolé de t'avoir dérangée.

— Non, pas du tout. Tu ne m'as pas dérangée. Je suis… je suis contente de te voir, sincèrement. C'est juste que…

Je me forçai à vraiment le regarder, et j'eus du mal à le fixer sans rougir.

« Qu'est-ce qui t'arrive ? »

— Quand on se voit, commençai-je, j'ai l'impression qu'il ne s'est rien passé. C'est comme si on était de nouveau à l'école ensemble… je ne peux pas faire semblant…

— Jamais je ne voudrais ça. Mais… Isis, c'était il y a tellement longtemps… Je…

Je vis qu'il voulait me dire quelque chose, mais ne savait pas s'il devait ou non. Il continua, un peu plus bas :

— J'ai beaucoup réfléchi, tu sais. J'ai eu du temps pour ça. Et moi aussi, je ne veux pas faire semblant. Je ne peux pas te dire ce que tu veux entendre. Je ne peux pas te dire que je regrette de t'avoir empêchée d'y aller. Parce que même si ça m'avait blessé à mort, je ne l'aurais pas regretté. J'ai passé beaucoup de temps à me demander si je l'avais fait par égoïsme, parce que j'avais peur de te perdre… et la réponse est oui. Je ne supportais pas l'idée que tu meures en te sacrifiant.

Je voulus l'interrompre, pour qu'il s'arrête. Je ne me sentais pas prête à l'entendre. Mais je savais que je devais le laisser continuer : il avait besoin de me dire tout ça, et j'avais besoin qu'il l'exprime.

— Mais je ne l'ai pas fait uniquement pour ça. Je l'ai aussi fait parce que j'étais convaincu que, quelques mois plus tard, tu comprendrais que tu n'avais aucune chance de le sauver… Je sais bien que j'ai eu tort d'agir ainsi, mais c'est la seule solution que j'ai vue sur le moment, et j'avais si peu de temps ! Jamais je ne pourrais te dire à quel point je suis désolé. Je ne peux pas imaginer ce que tu as dû ressentir… tu m'as fait confiance, et je t'ai trahie. Mais s'il te plaît, dis-moi que j'ai eu raison de vouloir t'empêcher d'agir, au-delà de la manière dont je l'ai fait. Dis-moi que tu sais que Truman était condamné.

Il avait prononcé cette dernière phrase encore plus doucement, et je sentis la tristesse m'envahir. J'eus énormément de mal à lui répondre, mais il le fallait. Je devais arrêter de me mentir à moi-même.

— Je sais que je n'avais quasiment aucune chance d'y arriver, admis-je enfin. Je le sais. Et je sais que tu as eu raison de vouloir m'en empêcher.

Je m'arrêtai, peinant à croire que je venais de dire cela. J'avais compris, au cours des derniers mois, grâce à mon expérience de Sauveteuse, à quel point mes chances de sauver mon mentor avaient été faibles depuis le début, mais je ne l'avais jamais reconnu à haute voix.

Une lueur de surprise éclaira le regard d'Ethan. Il ne s'attendait pas à m'entendre dire ça.

— C'est vrai ? demanda-t-il, comme si je venais de lui ôter un poids énorme des épaules.

— Oui. La mort de Truman m'a anéantie, Ethan. Je n'étais pas capable d'être objective là-dessus... ça faisait trop mal...

— Je suis tellement désolé...

— Je sais. Mais...

Je pris une grande inspiration. « Allez, dis-le. »

— Ce n'est pas ta faute, s'il est mort. C'est la faute du Président, du gouvernement. C'est la faute de Truman lui-même : un assassin l'avait attaqué quelques semaines plus tôt, il aurait dû se cacher. Il ne l'a pas fait, alors qu'il savait que ça arriverait. Et, au fond de moi, je crois que je m'en doutais aussi. Il voulait me transmettre son héritage, comme tu l'avais dit. Et je l'ai laissé faire, parce que je voulais savoir la vérité... mais ça ne pouvait pas bien se terminer.

Ethan acquiesça. Je voyais qu'il comprenait parfaitement, et il paraissait extrêmement soulagé.

— Je ne t'en veux plus, affirmai-je. Je sais que, sur le moment, tu as fait de ton mieux. Ça a été très dur pour moi, mais j'ai fini par le comprendre, et même l'accepter. J'ai juste... je ne sais pas comment je pourrais te faire confiance à nouveau, après ce qui s'est passé. J'aimerais tellement que ce soit possible, mais je ne crois pas que ça l'est...

Il parut abasourdi par ce que je venais de dire.

— Tu le penses réellement ? demanda-t-il. Tu m'as... pardonné ?

Mon cœur se serra en percevant l'intensité dans sa voix, comme s'il avait attendu cet instant pendant des mois. Je lui offris un sourire timide.

— Je crois, oui. Je sais que je peux être sacrément têtue, quand je m'y mets.

Un rire incrédule s'échappa de sa bouche, et il parut faire un mouvement vers moi, avant de se raviser.

— Merci. Tu n'as pas idée de ce que ça représente pour moi. Je ne supportais pas que tu me haïsses.

— Je ne te détestais pas. Je ne pourrais jamais te détester. C'était tellement plus compliqué que ça.

— Non, je comprends. Je me suis détesté aussi, pendant un moment.

Cette fois, ce fut moi qui dus me retenir d'esquisser un geste vers lui. Ça m'avait soulagée de lui dire tout ça. Je me rappelai soudainement l'endroit où nous étions et la présence de dizaines de Sauveteurs autour de nous.

— Il faut que j'y aille, déclarai-je honnêtement. Est-ce que… est-ce qu'on pourrait juste essayer d'être amis, pour l'instant ?

Il me lança un regard joyeux et opina vigoureusement de la tête.

— J'aimerais beaucoup, oui.

Je lui rendis son sourire avant de retourner vers mes amis. J'avais peine à croire ce qui venait de se passer. Cela faisait un moment que je pensais beaucoup à Ethan et que j'avais réalisé que mes sentiments à son égard avaient changé : j'avais eu besoin d'un coupable, quelqu'un à punir pour la mort de Truman, et il avait été la personne idéale. Il avait presque choisi de l'être. Mais j'arrivais maintenant à prendre du recul et à accepter que ce n'était pas lui qui avait tué mon ami. Ses intentions avaient été bonnes, cependant il avait agi d'une mauvaise manière, tout en sachant qu'il me perdrait en le faisant. S'il avait eu tort, il n'était pas l'égoïste que j'avais voulu qu'il soit. Au contraire. À présent, il me restait à voir s'il pouvait me convaincre qu'il était digne de confiance, qu'il avait changé.

J'arrivai à la hauteur de Mike, Taylor et Kim quand je perçus un changement : la musique s'était arrêtée. Je me tournai vers le guitariste et j'aperçus Johnson qui se tenait à sa place, un micro dans la main, s'apprêtant visiblement à parler. Je sentis immédiatement une bouffée de haine monter en moi. Je savais qu'il viendrait, et pourtant je n'étais pas prête à le voir. Un autre homme, grand de taille et portant également un costume, se tenait à côté de lui. Je ne l'avais jamais rencontré, et pourtant lorsqu'il saisit le micro et demanda à tout le monde de bien vouloir faire le silence, sa voix grave me parut familière. L'inconnu rendit le micro à Johnson.

— Sauveteurs, Sauveteuses, c'est un plaisir pour moi de me trouver devant vous aujourd'hui, malgré la situation délicate que nous affrontons actuellement. Pour ceux d'entre vous qui ne me connaissent pas, je suis le Président Johnson, chef de notre Ville, et je suis là pour vous promettre que les choses vont changer. La justice et la sécurité seront rétablies, j'en fais le serment.

Un problème auquel mon prédécesseur n'avait pas vraiment eu à faire face était celui de la sécurité de la Ville. En effet, les gens qui formaient le peuple venaient de sortir d'une période de catastrophes et de chaos : personne ne songeait à commettre de crimes. Ils voulaient juste se reconstruire et rebâtir une société.

Mais la majeure partie de ma génération n'est plus celle de la comète, et la nature humaine, celle que Halley combattait avec tant de hargne, est revenue au galop. J'ai donc décidé de créer une nouvelle institution, en plus de la police, qui pourrait s'occuper des situations de crises. Je les appelle les « Sauveteurs ». J'aime penser que, s'ils avaient été là, autrefois, ils auraient peut-être pu empêcher le chaos pré-comète. Qu'ils auraient pu sauver beaucoup de vies.

Les Sauveteurs seront nos héros. Ils dévoueront leur vie à la sécurité de notre belle Ville et nous permettront de continuer à nous reconstruire, quitte à se sacrifier pour nous protéger. En quelque sorte, ils partageront le poids que je porte. En cas de crise, c'est donc à eux qu'il faudra faire appel. Et ils ne défileront pas simplement comme le faisait la garde royale, à l'époque : ils se battront de toutes leurs forces, pour le gouvernement et pour le peuple.

À propos de royauté, mes confrères et moi-même avons décidé de détruire progressivement les grands monuments de la Ville. Trop de souvenirs de l'ancien monde résident en ces lieux. Nous commencerons par ce que les gens appelaient le « Buckingham Palace ». La royauté, après tout, n'a plus sa place dans notre société.

Extrait des Mémoires de Frank Longmore,
2e Président de la Ville
Texte original conservé dans les Archives

9

Je regardai Kim, qui observait le Président avec curiosité, tout comme Mike et Taylor. En effet, c'était la première fois qu'ils le voyaient. Johnson poursuivit son discours :

— Sachez que je suis au courant de ce qui se passe. J'ai suivi de près la situation et travaillé avec une équipe pour déterminer la meilleure manière de gérer les choses. Je suis heureux de vous annoncer que nous avons prévu de mettre en place une série de nouvelles mesures, dont plusieurs vous concernent directement, et qui, j'en suis certain, rendront votre travail moins difficile et vous permettront de reprendre complètement le contrôle de la Ville.

Je fronçai les sourcils : nous n'avions jamais eu « le contrôle de la Ville », ce n'était pas notre rôle. Nous étions censés sauver le peuple, pas le dominer…

— Premièrement, continua Johnson, j'ai ordonné, depuis des semaines, la fabrication d'armes supplémentaires. Nous allons donc changer la politique d'armement des Sauveteurs : jusqu'à présent, comme vous le savez, seuls les Sauveteurs étant au moins sergents pouvaient porter une arme à feu en permanence, et les caporaux pouvaient en porter une en situation d'urgence. Les

Sauveteurs non gradés, quant à eux, devaient se contenter d'une batte…

« Oh non, pensai-je. Par pitié… »

— … à partir de demain, tous les Sauveteurs porteront en permanence un couteau à cran d'arrêt sur eux, et les gradés porteront une arme à feu et auront accès aux champs de tir, pour s'entraîner dès qu'ils le souhaitent. De plus, l'ensemble des Sauveteurs auront droit à une arme à feu en cas de situation particulièrement dangereuse.

Je fermai les yeux, songeant à ce que cela impliquait. Ça n'allait pas arranger la situation, ça allait aggraver la violence et augmenter considérablement le nombre de morts. Mais, hélas, Johnson ne faisait que commencer.

— Cette première mesure vous permettra enfin de vous défendre réellement contre les criminels. Si ce sont eux qui vous attaquent, il n'y a aucune raison pour que vous ne puissiez pas riposter.

Il marqua une pause, me laissant à peine le temps de craindre la suite, avant de reprendre :

— Une seconde mesure, qui aurait dû être appliquée depuis très longtemps, sera celle de la hiérarchisation des missions. Cela signifie que si une agression dangereuse a lieu en même temps qu'une tentative de suicide, par exemple, on enverra en priorité une équipe pour gérer l'agression, et on s'occupera de l'autre opération par la suite. Le rôle des Sauveteurs est de sauver le peuple des criminels, mais si les gens s'en prennent à eux-mêmes, cela ne peut pas être une priorité. Ce sont eux, les criminels, et s'ils sont majeurs, ils sont responsables de leurs actes. Vous les aiderez si vous le pouvez, mais pas aux dépens d'une autre mission.

Je crispai les poings. Johnson venait de nous demander de laisser les gens se tuer. De les laisser désespérer et croire que personne ne voulait qu'ils restent en vie. Et il avait fait passer cela pour un souci d'efficacité, alors que c'était en vérité un manque total de considération pour la valeur d'une vie. Je dus me retenir de casser quelque chose, pendant qu'il continuait, comme si de rien n'était :

— Enfin, la troisième mesure est celle que nous avons mis le plus de temps à élaborer, car elle pose un grand nombre de difficultés techniques et économiques, mais tout un groupe d'ingénieurs y a travaillé sans relâche depuis des semaines. Ils sont enfin parvenus à un plan réalisable : nous allons installer un système de surveillance extrêmement performant et qui couvrira l'intégralité de la Ville.

« Pardon ? »

— C'est un projet difficile, mais j'ai personnellement engagé les meilleures équipes. Le nouveau système sera parfaitement opérationnel dans trois mois, ce qui constitue un temps record, étant donné la taille de notre Ville. Avec ces caméras, nous aurons des yeux dans les moindres recoins, nous saurons tout ce qui se passe, nous pourrons détecter chaque activité suspecte avant même qu'elle ait lieu, et les criminels n'auront plus aucune chance de nous échapper.

Johnson afficha un sourire triomphant, avant de conclure :

— C'est le début d'une nouvelle ère !

Il abaissa son micro, et la salle se mit à applaudir vigoureusement. Quant à moi, les mains toujours crispées, les bras le long de mon corps, je pensai à une phrase que j'avais entendue dans un film, quelque temps plus tôt :

« C'est donc ainsi que la liberté se meurt… avec un tonnerre d'applaudissements. »

Johnson rendit le micro à l'homme en costume à ses côtés, que je soupçonnais être son garde du corps. Le Président s'avança vers la foule, serrant les mains des Sauveteurs, dont une partie se pressait autour de lui. Je crus sentir un regard peser sur moi et je vis qu'Ethan, au bout de la salle, m'observait. Je devinai dans ses yeux la même appréhension et la même colère que celles que je ressentais.

Je regardai alors mes amis. Kim affichait un air fermé et dur. Mike passait sa main dans ses cheveux, apparemment inquiet. Même Taylor paraissait très sceptique. Je n'étais pas la seule à comprendre que ces mesures étaient catastrophiques et ne feraient qu'empirer la situation. Le but de Johnson n'était pas d'aider les gens : il voulait mettre les Sauveteurs de son côté en leur donnant plus de pouvoir, et profiter de la crise pour avoir un contrôle encore plus total sur le peuple de Londres.

Il n'était pas question que je reste là sans rien faire.

Je m'avançai, jouant des coudes pour arriver juste à côté de Johnson. Celui-ci serrait la main d'un sergent qui semblait approuver la mesure concernant les armes blanches.

— Cela va vraiment changer les choses, déclara-t-il, lâchant la main du Président. S'il faut qu'on se mette à tuer plus de criminels pour sauver le peuple, alors on le fera !

Johnson acquiesça, et parut soudain surpris en me voyant devant lui.

— Monsieur Johnson, dis-je. Je ne sais pas si vous vous souvenez de moi…

En réalité, j'étais sûre que c'était le cas.

— Mais bien sûr, affirma-t-il en me tendant la main. Isis, c'est cela ?

Je lui serrai la main avec force, malgré ma réticence à le faire.

— Caporale Isis, depuis quelque temps, corrigeai-je.

Il afficha un air appréciateur.

— Félicitations ! Rares sont ceux qui montent en grade aussi vite. Votre famille doit être très fière.

Johnson avait personnellement rencontré ma famille pour leur « expliquer » ce qui s'était passé avec Truman… enfin, pour leur mentir en leur disant qu'un vieux fou m'avait retourné le cerveau.

— C'est un discours intéressant que vous venez de prononcer, répliquai-je.

Apparemment, j'avais réussi à attiser sa curiosité. Les Sauveteurs avaient repris leurs conversations et n'étaient plus agglutinés autour de nous. Seul le « garde du corps » de Johnson m'observait attentivement.

— Qu'avez-vous pensé des mesures proposées ? s'enquit Johnson. En tant que jeune caporale, vous devez certainement avoir votre opinion.

— Eh bien, en tant que Sauveteuse, je ne vois pas vraiment comment se mettre à espionner et à tuer le peuple va permettre de sauver plus de vies.

Johnson haussa les sourcils, étonné de ma réponse, et l'homme en costume me lança un regard si noir que je crus qu'il allait essayer de m'étrangler.

— Après tout, poursuivis-je en profitant de mon effet de surprise, quand il y a un problème, n'est-ce pas judicieux de tenter d'en trouver la cause ? Je ne crois pas vous avoir entendu dire que vous aviez cherché à savoir ce qui provoquait cette hausse de la criminalité dans la Ville. Comment pourrions-nous régler le problème si nous ne savons pas à quoi il est dû ?

Johnson avait perdu son air avenant, à présent. Il me fixait, affichant une expression indéchiffrable. Mais puisqu'il me laissait parler, j'en profitai pour continuer :

— Je pense que le problème vient du système. Les gens sont malheureux, ils sont dépressifs, alors ils font du mal aux autres et à eux-mêmes. Il faudrait essayer de les sensibiliser, de les aider, et non pas les observer et les traiter comme des bêtes.

Contre toute attente, le Président m'offrit un sourire et me répondit, sur un ton paternaliste :

— Votre idéalisme a quelque chose de touchant, je le reconnais. Mais on ne sauve pas des vies avec de belles idées. Vous le comprendrez plus tard.

Il s'éloigna de moi sans que j'aie le temps de lui répondre, et son acolyte en costume m'adressa un sourire narquois.

— Tu pourras réessayer quand tu seras plus grande, murmura-t-il en passant devant moi.

Je le foudroyai du regard, ce qui accentua son sourire. Il me tourna le dos pour suivre Johnson, qui se dirigeait à présent vers la sortie. Le guitariste reprit sa place et recommença à jouer comme si de rien n'était. Comme si Johnson ne venait pas d'annoncer qu'il allait renforcer sa dictature et transformer le peuple en une colonie de fourmis.

Le Président ne m'avait pas écoutée. Il ne m'avait pas prise au sérieux. Pour lui, j'étais la même jeune fille qui s'était fait influencer par Truman, une écervelée complète. Depuis le départ, il ne m'avait pas considérée comme une menace. C'était d'ailleurs la raison pour laquelle il ne m'avait pas fait enfermer, à l'instar de mon ami. Peu lui importait ce que je savais, il était convaincu qu'il n'y avait *rien* que je pouvais faire pour fragiliser son pouvoir.

« Et il n'a pas tort, pensai-je. Sauveteuse ou pas, tu n'es qu'une adolescente. »

Je retournai auprès de mes amis et, ne sachant pas exactement ce que Taylor pensait de tout ça, nous parlâmes d'autre chose. La soirée se poursuivit, la plupart des personnes la quittant en se rendant compte que le buffet se vidait peu à peu. Alors qu'il commençait à se faire tard, je vis Nora s'approcher de nous. Elle m'écarta légèrement du groupe pour me parler :

— Il m'a semblé vous voir parler au Président, un peu plus tôt.

Je ne répondis rien. Si elle voulait savoir ce que je lui avais dit, elle allait devoir me le demander franchement. Elle parut légèrement agacée par mon silence et insista :

— Qu'avez-vous pensé de son discours ?

Je rivai mon regard droit dans le sien, cherchant à voir si elle tentait de me piéger. Je n'y vis que de la sincérité et me décidai à être honnête. Nora était quelqu'un de bien, je le savais. Je n'avais aucune raison de me méfier d'elle.

— Je pense que c'est n'importe quoi.

Elle m'encouragea du regard, et je m'expliquai :

— Ce n'est pas en installant des caméras partout qu'il va sauver la Ville ! Les gens vont juste devenir complètement paranos et avoir l'impression – pas totalement fausse – qu'on porte atteinte à leur vie privée ! Ils vont se sentir encore plus malheureux, être encore plus stressés, et ça ne va qu'aggraver la situation !

Sans m'en rendre compte, je me mis à hausser la voix :

— Oh... et les armes blanches ! Ne me lancez même pas sur les armes blanches ! Non mais, ça ne choque que moi, qu'on donne des couteaux à de nouvelles recrues ?! Il y a des Sauveteurs qui ont encore des difficultés, qui sont encore en train de s'adapter, et pour les aider, qu'est-ce qu'on fait ? Bah, on leur donne de foutus couteaux, évidemment ! Parce que ça n'aurait aucun sens de les entraîner, de leur faire plus de mises en situation, d'être derrière eux et de les aider ! Aucun ! C'est beaucoup plus logique de les armer, comme ça non seulement ils auront toujours autant de difficultés, mais en plus ils risqueront de tuer des gens ! Merveilleux ! C'est génial de commencer sa carrière avec ça sur la conscience ! Quelle idée brillante !

Cette fois, je parlais vraiment fort. Mais je m'en fichais complètement. Il fallait que ma rage s'exprime, sinon j'allais exploser.

— Et puis les armes à feu... je crois que c'est le pire ! Il y a une raison pour laquelle on ne les donnait pas aussi facilement ! Il y a plein de caporaux, dont certains viennent juste d'être nommés et sont très jeunes, et on leur donne des pistolets ? Et encore plus incroyable que ça : en cas de « situation particulièrement dangereuse » – c'est-à-dire tout le temps – *tous* les Sauveteurs pourront avoir un pistolet ?! TOUS ?! Même les nouvelles recrues ? Enfin, merde, vous voyez une recrue sortir son pistolet et faire feu pendant une agression parce qu'elle panique, non ? Je ne peux pas être la seule à penser que ça va arriver ! Il y avait bien une raison pour laquelle l'accès aux armes était aussi régulé, bon sang !

Je me rappelai une autre partie du discours de Johnson et m'enflammai davantage :

— Et pour le suicide… c'est triste à en pleurer ! On va juste laisser les gens se tuer, parce qu'il serait impensable de perdre de notre précieux temps pour les aider… ce n'est pas comme si c'était justement notre travail ! Ce n'est pas comme si c'était à la base même de l'idéologie des Sauveteurs ! Et, bien sûr, puisque je n'ai que dix-sept ans, personne ne m'écoute ! Personne ne me prend au sérieux ! Et on laisse quelqu'un nous dicter quoi faire alors qu'il n'est visiblement jamais allé sur le terrain de toute sa vie ! Johnson préfère transformer la Ville en une énorme prison, et priver le peuple entier de bonheur et de liberté plutôt que de remettre en cause les méthodes du gouvernement ! C'EST N'IMPORTE QUOI !

Je m'arrêtai, essoufflée, réalisant enfin à quel point j'avais élevé la voix. Nora m'observait fixement, et je me rendis alors compte que la salle était complètement silencieuse. Je me sentis rougir en comprenant que toutes les personnes encore présentes avaient entendu ce que je venais de dire. Elles me regardaient, affichant, pour la plupart, des airs surpris. Peu à peu, cependant, je m'aperçus qu'elles ne semblaient pas penser que j'étais folle. Certaines paraissaient même être d'accord avec moi. Le silence s'étira quelque peu, mon malaise augmentant à chaque seconde.

Une jeune Sauveteuse que je ne connaissais pas se détacha de la foule. Malgré mon appréhension, je ne pus m'empêcher de remarquer à quel point elle était belle, avec sa peau mate et ses yeux d'un bleu vert fascinant.

— Donc, tu penses que les mesures prises sont catastrophiques, déclara l'inconnue. Mais qu'est-ce qu'il faudrait faire, alors ?

Pendant une seconde, je ne dis rien. Puis rivant mon regard dans celui de la Sauveteuse, je répondis :

— Il ne faut pas espionner le peuple, il faut l'aider. Peut-être en organisant des interventions dans les écoles ou sur les lieux de travail pour sensibiliser les gens, peut-être en patrouillant plus dans la Ville, en étant plus présents, peut-être en donnant nous-mêmes des cours supplémentaires aux nouvelles recrues, ou bien en impliquant plus la police. On pourrait imaginer plein de nouvelles mesures ! Tout ce dont je suis sûre, c'est que la Ville va mal et qu'on ne peut pas attendre que chaque personne soit en danger de mort pour faire quelque chose. Sauver ne suffit plus : il faut se mettre à protéger. Nous devons devenir les protecteurs de la nation.

Le Président Longmore a été très fidèle aux idées de Halley. Certains iraient même jusqu'à dire qu'il est allé trop loin. Halley se concentrait davantage sur la reconstruction du nouveau monde que sur la destruction de l'ancien. Longmore avait une telle volonté de nous faire aller de l'avant qu'il a voulu prendre tout le poids du passé sur lui et nous faire oublier notre histoire.

Mais je crois sincèrement que nous ne devons pas oublier.

La mort de Frank nous a pris au dépourvu. Il travaillait trop, et c'est sans doute le surmenage, l'angoisse et le poids de nos erreurs passées qui l'ont tué. Il n'a pas eu le temps de nommer un héritier, et c'est donc par un vote des plus hauts membres du gouvernement que je suis devenue la première Présidente de la Ville.

Durant les années où j'aurai l'honneur d'occuper ce poste, je promets de me concentrer davantage sur la reconstruction de la Ville. Les mesures de Longmore resteront bien sûr en place, mais tant que je serai Présidente, j'exigerai que le peuple se souvienne de ce qui est arrivé aux hommes, près de quatre-vingts ans plus tôt.

J'ai donc décidé que le jour de l'anniversaire de la chute de la comète, le 29 novembre, serait un jour sans travail pour tout le monde, afin de nous rappeler les erreurs qui nous ont amenés là et de nous permettre, le reste de l'année, de donner le meilleur de nous-mêmes.

Extrait des Mémoires d'Eleanor Finlay,
3e Présidente de la Ville
Texte original conservé dans les Archives

10

Les jours suivants, pendant le travail, je pus ressentir un léger changement. Je crus tout d'abord que c'était uniquement parce que les mesures du Président commençaient à être appliquées : en effet, porter constamment un pistolet n'était pas naturel pour moi, et je devais avouer que je n'étais pas vraiment à l'aise avec l'idée d'avoir une arme à feu attachée à ma ceinture.

Toutefois, il y avait un autre changement, que je mis quelque temps à percevoir : je me sentais observée. Dès le lendemain de la soirée, les yeux de mes collègues semblèrent peser sur moi. Quelques jours plus tard, j'eus même le sentiment que les policiers et les pompiers me regardaient aussi avec une certaine insistance, comme s'ils attendaient que je fasse quelque chose. J'avais l'impression de devenir paranoïaque, et choisis au départ de ne pas trop y penser. Mais, presque une semaine après la soirée, je revenais d'une mission avec Kim, quand elle me demanda :

— Dis donc, les gens veulent ta photo, en ce moment, ou quoi ?

Je tournai brusquement la tête vers elle.

— Toi aussi, tu as remarqué ?!

— Bah oui… depuis la petite fête de Johnson, les Sauveteurs qui étaient là ont dû parler de toi… Tu as fait une sacrée impression, surtout quand tu as répondu à la question de Skyler…

— Skyler ?

Kim s'empourpra légèrement en m'expliquant :

— Euh… c'est la Sauveteuse qui t'a demandé ce que tu proposais pour améliorer les choses. Taylor m'a dit qu'elle s'appelait Skyler…

Elle marqua une pause, paraissant hésiter avant d'ajouter :

— J'ai cru que j'avais une hallucination, quand je l'ai vue. Elle ressemble énormément à la chanteuse que je t'avais montrée la dernière fois, tu te rappelles ? Pendant une seconde, j'ai pensé que c'était elle…

Je ne pus retenir un sourire en voyant Kim aussi déstabilisée. C'était plus qu'inhabituel pour mon amie, qui affichait en général une telle assurance. Je faillis lancer une moquerie, mais en voyant qu'elle semblait un peu gênée, je me retins. Kim se racla la gorge et profita de mon silence pour changer de sujet :

— Tiens, ce n'est pas dans ce commissariat que travaille Julia ?

Elle désigna un bâtiment devant nous, celui où je m'étais rendue après la prise d'otages.

— Exact, c'est là.

Elle sembla alors avoir une idée :

— Tu veux que je te dise ? Je crois qu'on devrait aller la voir !

— Et depuis quand est-ce que tu apprécies Julia ?

— Depuis trois secondes. Je viens de comprendre que si une personne peut nous en apprendre plus sur Johnson, c'est elle : elle doit bien avoir accès aux archives de la police, non ? Je veux dire… si tu veux être prise au sérieux un jour, il va falloir qu'on sache des choses sur Johnson. Après tout, il est dangereux parce qu'il est mystérieux, mais dès qu'on en apprendra plus sur lui, on pourra riposter. Et puis, j'ai bien remarqué que tu étais contente de revoir Julia, la dernière fois. Je sais que ça te ferait plaisir.

Je jetai un regard surpris à mon amie : il m'arrivait parfois d'oublier pourquoi je l'aimais autant.

— Tu sais que tu es la meilleure ? demandai-je en souriant.

Elle afficha une expression moqueuse.

— Évidemment que je le sais, je le répète toute la journée pour être sûre que tu es au courant !

« Peut-être que tu devrais aussi le dire à Skyler », songeai-je, me retenant de justesse de m'exprimer, et fronçant les sourcils en maudissant cette petite voix intérieure.

Nous entrâmes dans le commissariat et montâmes à l'étage des bureaux. On nous désigna l'endroit où se trouvait Julia : nous avions eu de la chance, puisqu'elle venait juste de rentrer. Son visage s'éclaira quand elle m'aperçut et elle me serra brièvement contre elle. Je fus légèrement surprise quand elle en fit de même avec Kim, qu'elle n'avait jamais très bien connue :

— Tu n'as pas changé du tout, lui déclara Julia en souriant. Et je suis toujours aussi jalouse de tes cheveux.

Kim lui rendit son sourire et rétorqua :

— Désolée de ne pas avoir retenu ton prénom quand on était à l'école… je crois que je t'ai appelée « Julie » pendant quatre mois.

Julia acquiesça en riant :

— Je confirme. Mais je m'en suis remise, depuis.

Je compris que cette affirmation renfermait bien plus que ce qu'il n'y paraissait, et Kim parut s'en rendre compte également, puisque son sourire s'accentua.

Je me tournai vers Julia :

— Est-ce qu'on pourrait se parler dans un endroit un peu plus privé ?

Notre ancienne camarade de classe nous emmena dans un petit bureau vide et ferma la porte derrière nous. Je lui racontai alors l'intervention de Johnson, les mesures catastrophiques qu'il voulait prendre, et je lui expliquai que je ne faisais pas du tout confiance au Président. Je fus soulagée quand elle déclara :

— Je ne l'aime pas non plus, ce type. Il a organisé le même genre de soirée pour les policiers, le lendemain, et nous a imposé de nouvelles mesures qui ne me plaisent vraiment pas, sur l'armement et la manière de gérer les situations de crise… sans parler de ce système de surveillance qui me fait froid dans le dos.

— C'est clair, approuva Kim. Je n'ai pas envie que chaque centimètre de la Ville soit surveillé ! Et puis quoi encore !

Julia m'observa, semblant deviner que nous n'étions pas venues uniquement pour dire du mal du Président.

— On aimerait que tu fasses des recherches sur lui, déclarai-je, assez bas.

— Sur… sur Johnson ?

— Oui. On ne connaît rien de précis sur lui. Mais je sais qu'il a été mêlé à une histoire quand il était à l'école : un camarade de sa classe est mort dans des circonstances mystérieuses. Et… je sais aussi qu'il a essayé de causer la mort d'au moins une personne.

Julia haussa les sourcils, paraissant étonnée :

— Et si je te demandais de me dire comment tu sais tout ça, qu'est-ce que tu me répondrais ?

— Est-ce que tu pourrais juste me faire confiance, pour l'instant ? implorai-je. Je sais que je t'en demande beaucoup, mais, si tu veux toujours connaître toute la vérité après avoir découvert des choses, alors je répondrai à tes questions. Je te le promets.

Julia parut hésiter pendant un instant. Je me rappelais qu'elle avait eu du mal à me croire, autrefois, lorsque nous étions à l'école ensemble : son cousin Ryan m'avait agressée et, incapable de le supporter, elle ne m'avait pas crue. Nous ne nous étions pas parlé pendant des semaines…

— OK, répondit-elle soudain. Je vais faire des recherches, et je te le dirai dès que je trouve quelque chose.

Nous la remerciâmes et quittâmes le commissariat pour retourner au Centre. Évidemment, je reçus un BT à la seconde où je m'installai à mon bureau. Je me relevai immédiatement et consultai mon Messager :

Agression en bande. Hangar de la 113e Rue.

Je jetai un regard autour de moi et vis qu'Angela s'était levée de sa chaise : elle aussi avait reçu le message. Je lui fis signe de me suivre et nous nous élançâmes dans les escaliers. Je me retrouvais souvent assignée aux mêmes missions qu'elle, ces derniers temps, et je soupçonnais Nora d'en être la cause : notre lieutenant savait que j'essayais d'aider Angela à progresser et qu'il n'y avait pas de meilleur moyen pour elle de s'améliorer que d'être sur le terrain avec quelqu'un qui allait vraiment s'occuper d'elle.

Angela et moi sortîmes ensemble du bâtiment, et elle me suivit jusqu'au garage.

— Tu es déjà montée sur une moto ? lui demandai-je en lui tendant un casque.

Elle secoua la tête, paraissant à la fois excitée et inquiète à cette idée.

— Ça va aller, la rassurai-je.

J'enfourchai le véhicule et mis mon casque, tandis qu'elle s'installait derrière moi. Elle enroula ses bras autour de moi pour s'agripper. Je pouvais sentir la tension dans ses muscles. Je tournai la clé de contact et démarrai, accélérant de façon progressive pour qu'elle ne le sente pas trop. Quand je vis qu'elle s'était un peu détendue, je fonçai pour rattraper les quelques secondes que nous avions perdues.

Nous arrivâmes très rapidement à côté de l'endroit indiqué. Voyant que deux hommes étaient postés devant l'entrée, je continuai à rouler pour ne pas attirer leur attention. Je me garai dans une ruelle un peu plus loin et nous descendîmes de la moto.

— Il faut qu'on trouve un autre moyen d'entrer, dis-je à Angela. Sinon ces deux hommes vont lancer l'alerte.

— Je connais bien ce quartier, répondit-elle, tandis que nous nous mettions en marche. On pourrait accéder au bâtiment par le toit d'un immeuble contigu.

J'acquiesçai, ne pouvant m'empêcher de ressentir une certaine fierté devant le progrès apparent de la nouvelle recrue. Nous contournâmes le pâté de maisons jusqu'à trouver une barrière qui interdisait l'accès à la cour interne d'un bâtiment adjacent à notre hangar. Je fis signe à Angela de me faire la courte échelle, et elle s'exécuta. Quand je fus debout sur ses mains, elle me projeta en hauteur et je m'agrippai au sommet de la barrière. Je me hissai au-dessus de la barre métallique et me laissai retomber de l'autre côté ; de là, je pus ouvrir la barrière à Angela, qui entra. Nous courûmes jusqu'à la porte du bâtiment et nous élançâmes dans la cage d'escalier. Nous montâmes sur le toit et avançâmes jusqu'au bord...

Il y avait un petit espace entre notre bâtiment et celui où nous devions intervenir. Je jetai un coup d'œil à Angela, qui ne semblait vraiment pas sereine. Je tentai de la rassurer :

— C'est un tout petit saut. Je vais le faire en premier, et ensuite ce sera ton tour. N'oublie pas de prendre de l'élan, et ne pense pas trop à ce que tu es en train de faire : suis ton instinct et saute. Quoi qu'il arrive, je te jure que je ne te laisserai pas tomber...

— Je sais.

Elle avait visiblement rassemblé son courage. Je souris en voyant la flamme qui venait de s'allumer dans ses yeux : c'était pour ça qu'elle était devenue Sauveteuse, parce qu'elle savait, au fond d'elle-même, qu'elle avait cette force. Elle avait juste besoin de la laisser pleinement sortir.

Je reculai de quelques mètres, puis courus vers le rebord. Au dernier moment, je m'élançai dans le vide. J'atterris sur le toit du bâtiment d'à côté, faisant une roulade pour me recevoir. Je me relevai immédiatement et me tournai vers Angela, qui ouvrait de grands yeux. Elle secoua la tête pour rassembler ses esprits et m'imita, prenant plusieurs mètres d'élan. Elle se mit ensuite à courir à toute vitesse vers le bord du toit et sauta, restant suspendue dans le vide pendant une fraction de seconde.

J'eus tout juste le temps de m'écarter en voyant qu'elle atteindrait largement le toit. Elle tomba sur le béton, trébuchant à peine en se recevant et parvenant même à rester debout. J'allai jusqu'à elle et elle m'offrit un sourire radieux. Je le lui rendis avant de l'entraîner par le bras vers une porte permettant d'accéder au bâtiment : nous avions une mission à remplir, et mes compliments allaient devoir attendre.

Nous descendîmes les escaliers et arrivâmes à un étage donnant accès au grand hangar. Je m'arrêtai brusquement dans le couloir, me plaquant contre le mur, et Angela m'imita : un homme portant un couteau à sa ceinture gardait l'entrée, et il avait bien failli nous voir. Nous étions encore en hauteur, et je compris qu'en entrant par là nous arriverions probablement dans le hangar par une sorte de mezzanine, ce qui nous permettrait à la fois d'être discrètes et d'avoir un poste parfait pour observer ce qui se passait.

En d'autres termes, nous devions absolument passer par cette porte. Je fis signe à Angela de reculer tout doucement et elle m'obéit. Puis je sortis la batte que je portais à ma ceinture et plaçai mon autre main devant moi. Elle comprit immédiatement que je voulais qu'elle ne bouge pas. J'empoignai alors fermement mon arme, comptai jusqu'à trois en abaissant successivement mes doigts, puis je donnai un coup contre le mur, produisant un petit bruit sourd, juste assez fort pour que l'homme l'entende. Je perçus le bruit des pas du garde qui s'approchait, et je souris en songeant à ce qui allait arriver sous peu…

Le garde tourna à l'angle du mur, apparaissant soudain devant nous, et je le frappai violemment à la tempe. Il tituba puis s'effondra au sol. Angela m'aida à le tirer un peu plus loin et à le déposer doucement par terre : il était totalement inconscient.

— On va entrer sans se faire voir, murmurai-je à Angela. Normalement, on devrait arriver sur une espèce de mezzanine. De là, on verra ce qui se passe, et ensuite on décidera quoi faire, d'accord ?

Elle acquiesça, et me retint avant que je me dirige vers la porte.

— Comme je te l'ai dit, me chuchota-t-elle, je connais ce quartier. Et je suis prête à parier mon salaire que c'est une affaire de trafic de drogue.

— Génial, répondis-je en poussant un soupir. Pile ce qu'il me fallait…

Je sortis mon pistolet. Nous progressâmes silencieusement et restâmes cachées un instant, puis je conclus qu'il ne devait y avoir personne en hauteur et que nous pouvions donc entrer sans danger. Je franchis le pas de la porte, Angela à ma suite, et nous arrivâmes, comme je l'avais prévu, sur une mezzanine surplombant le hangar. Une barrière en métal assez basse constituait le rebord du balcon. Je m'accroupis pour ne pas être vue et observer ce qui se déroulait en contrebas. Angela reproduisit mes gestes sans que j'aie à le lui demander.

Dans le hangar, au sol, se trouvaient dix hommes : deux d'entre eux étaient ligotés à des chaises et semblaient avoir été frappés avec violence. Les huit autres nous tournaient le dos et ressemblaient en tout point à des criminels de films d'action. Je ne savais pas si je devais être amusée ou dépitée de voir que ces clichés étaient véridiques, même deux cents ans plus tard. Parmi ces huit individus musclés, tatoués et peu avenants, un grand type, visiblement le chef, était en train de crier sur les deux prisonniers :

— Je vous ai posé une question ! Ce n'est pas compliqué : ou bien vous répondez, ou bien on vous coupe un doigt !

Angela me jeta un regard paniqué, l'air de me dire : « Qu'est-ce qu'on attend ?! » Je posai la main sur son épaule pour qu'elle reste accroupie. Je voulais comprendre ce qui était en train de se passer.

— Je vais la répéter une dernière fois, puisque vous avez l'air d'être aussi cons, continua le chef. Qui vous a fourni cette foutue drogue ?!

Les deux hommes attachés échangèrent un regard, et je compris à leurs expressions qu'ils connaissaient la réponse : ce n'était qu'une question de temps avant qu'ils craquent, et les criminels le savaient.

— Il n'a pas dit son nom… commença l'un des prisonniers d'une voix hésitante.

L'autre lui lança un regard furieux et paniqué : il voulait que son acolyte se taise. L'un des criminels sortit un long couteau de sa ceinture, et une rapide observation m'apprit que chacun des bandits en avait un... mais ils ne possédaient pas d'arme à feu. J'avais au moins cet avantage. Je désignai à Angela son Messager, et elle comprit : elle sortit l'appareil pour réclamer des renforts de la police, tandis que le chef déclarait à celui qui venait de parler :

— Dis-moi tout ce que tu sais sur lui, ou je coupe la langue de ton copain. De toute manière, ce petit con ne parlera pas.

Le criminel ayant sorti le couteau s'approcha de l'autre homme, la lame tendue devant lui. Angela envoya le message et me regarda avec insistance. Elle ne comprenait pas pourquoi je ne lui donnais pas l'ordre d'agir. Mais j'avais bien vu que le prisonnier allait craquer. Le chef reprit :

— Cette saloperie de drogue que vous nous avez vendue a rendu malades ceux qui en ont pris... et je ne peux pas m'empêcher de penser que c'était voulu. Alors, n'allez pas croire une seule seconde que je ne vous tuerai pas si vous ne dites rien ! Cinq clients sont morts ! CINQ ! Est-ce que vous avez la moindre idée des conséquences sur ma réputation ?!

— D'accord ! craqua le prisonnier. C'était un type en costume, il avait les moyens. Je ne connais pas son nom, je le jure, mais je suis certain qu'il travaillait pour le gouvernement... Il nous a payés pour qu'on vous fournisse le produit, mais on ne savait pas que ça tuerait des gens, je le promets ! On a juste vendu et empoché l'argent, c'est tout !

Il y eut un instant de silence, et le chef fit quelques pas vers le prisonnier qui venait de parler. Je fis signe à Angela de se tenir prête, et j'aperçus alors des sacs remplis de je ne sais quoi contre le mur derrière nous.

— Le gouvernement, hein ? Et tu ne sais rien de plus, t'es sûr ?

— Je vous jure que c'est tout ce que je sais. Et le type était haut placé, je vous le garantis.

Le chef se mit à rire, ne cachant pas son mépris et sa haine. Je me rapprochai des sacs, que je soupesai et jugeai juste assez lourds pour ce que j'avais en tête. J'en tendis un à Angela et j'en pris un autre pour moi. Je la regardai fixement, et elle ne put retenir un sourire en comprenant ce que je voulais faire…

— Foutus politiciens, cracha le brigand. Ils veulent tuer le crime de cette ville… on va leur montrer ce qui se passe quand ils essayent : on verra ce qu'ils diront quand on déposera vos deux cadavres éventrés devant le plus grand centre administratif…

C'était le moment. Je me redressai d'un coup et j'envoyai un sac sur l'un des criminels en dessous de moi. Angela m'imita. Les deux hors-la-loi que nous avions visés reçurent les sacs en pleine figure et s'effondrèrent. Immédiatement, je me hissai par-dessus la rambarde du balcon et sautai à terre, Angela à ma suite. Je me reçus en roulant au sol, sortis ma batte de ma ceinture et assommai l'homme qui avait déjà sorti son couteau : il tomba avec un grognement.

Les cinq criminels restants reprirent leurs esprits et foncèrent vers nous. Angela, qui venait de sortir sa propre batte, tendit brusquement le bras. Un des criminels se prit l'objet en bois en plein front et tomba sur le sol, étourdi. Pendant ce temps, j'avais sorti mon pistolet de ma ceinture et je le braquai sur les bandits qui s'apprêtaient à nous attaquer. Ils s'arrêtèrent immédiatement, surpris de me voir avec une arme à feu. Ils semblaient toutefois douter de ma capacité à m'en servir. Je tendis alors le bras vers le plafond et tirai trois fois de suite, faisant sursauter toutes les personnes encore conscientes dans ce hangar.

— Pardonnez mon intrusion, déclarai-je, mais la dernière fois que j'ai vérifié, couper des langues et des doigts n'était pas exactement légal.

Les criminels regardèrent leur chef. Celui-ci leur fit signe d'attendre, nous fixant avec fureur.

— La foutue brigade... toujours là quand il ne faut pas... et des sales mégères de Sauveteuses, en plus !

— Désolée, mais vous n'êtes vraiment pas en position de céder à votre élan de misogynie, rétorquai-je, agacée. Posez tous vos couteaux à terre, ou je fais feu. Et croyez-moi, je peux penser à au moins une douzaine d'endroits où tirer sans vous tuer, mais de manière à ce que ce soit extrêmement douloureux... Alors, ne me tentez pas !

Le chef parut hésiter : son ego venait d'en prendre un coup, mais il n'était pas stupide et savait qu'ils n'avaient aucune chance de s'en sortir.

— Allez, soyez raisonnable, l'encourageai-je. Vous irez au tribunal pour agression et port d'armes blanches, mais il n'y a aucune trace de drogue ici, et vous n'avez pas encore posé la main sur des représentants de la loi : avec un bon avocat, vous pourriez avoir une peine assez légère.

Il savait que j'avais raison et finit par poser son couteau. Ses hommes l'imitèrent… sauf un, qui s'élança vers Angela en poussant un cri de rage. J'abaissai immédiatement mon pistolet et lui tirai dans le pied : il s'effondra en hurlant. Les autres criminels me regardèrent avec encore plus de haine. Je sentis la colère m'envahir : c'était la première fois que j'étais véritablement obligée de faire feu sur quelqu'un.

— Les secours vont arriver, déclarai-je en voyant l'homme se tordre de douleur. Ils s'occuperont de lui…

— Comme si t'en avais quelque chose à foutre, répliqua le chef d'un ton amer. Vous, les Sauveteurs, avec vos principes et vos belles idées… vous êtes les pires hypocrites de cette Ville ! Soi-disant à vouloir sauver le peuple : mais c'est nous, le peuple ! Les seuls que vous sauvez vraiment, c'est les gens qui vous payent, ces connards de politiciens, qui sont prêts à tout pour nous tuer !

Je fis un signe à Angela, qui alla vers les prisonniers et entreprit de les détacher.

— Ces deux-là font aussi partie du peuple, dis-je en les désignant. Je suis là pour eux, pas pour le gouvernement ; moi non plus, je ne porte pas les politiciens dans mon cœur.

— Menteuse, cracha l'un des bandits. C'est le gouvernement qui te paye ! C'est le gouvernement qui a mis le pistolet dans ta main ! Les Sauveteurs sont juste une bande de pantins…

Il s'interrompit en entendant une sirène de police qui se rapprochait.

— Ils vont nous envoyer en prison, poursuivit-il. Et une fois là-bas, ils vont nous faire assassiner. On est en train de dominer la Ville, et ils ne le supportent pas ! Ils nous tueront tous, jusqu'au dernier…

— Vous serez jugés en conséquence de vos actes, le coupai-je. Il n'y a rien de plus à dire.

Les policiers arrivèrent quelques instants plus tard, accompagnés d'un infirmier, et ils emmenèrent les dix hommes au commissariat.

Malgré mes efforts, les paroles des criminels restèrent imprimées dans mon esprit pendant le reste de la journée, et je ne pus m'empêcher de revoir plusieurs Sauveteurs frapper Truman et l'embarquer en prison, alors qu'il n'avait rien fait. Je songeai également que, pour quelqu'un qui avait horreur des armes à feu, il ne m'avait pas fallu longtemps avant d'utiliser celle qu'on m'avait donnée… celle que Johnson m'avait donnée. Le même Johnson qui, visiblement, avait aussi pris des mesures visant à faire circuler des drogues « empoisonnées » pour affaiblir – voire tuer – les personnes qui en consommaient.

Et moi qui pensais que la situation ne pouvait pas empirer.

Cela fait maintenant bien des années que je suis Présidente, et je me rends compte qu'il me faut combattre les idéaux de mes confrères avec véhémence si je veux pouvoir préserver notre Ville. Les hommes ayant du pouvoir font tout pour le garder, oubliant parfois même pourquoi ce pouvoir leur a été confié. Ils commencent à commettre des méfaits sous couvert de bonnes intentions, et personne ne peut rien dire.

Mais ma gouvernance est, et continuera d'être, celle de la Justice et de la Droiture. Elle sera celle de l'Honnêteté et du Souvenir : comment pourrions-nous apprendre de nos erreurs, devenir meilleurs, si nous faisons semblant que rien n'a eu lieu ? Si nous sommes de mauvaise foi ? Si nous oublions ?

Halley n'a jamais voulu qu'on oublie la comète : il en portait même le nom. Ce que notre premier Président souhaitait, c'était que nous créions un nouveau monde. Je suis persuadée que Longmore a poussé cette idée trop loin, et j'ai peur que ses disciples ne deviennent de plus en plus nombreux : après tout, il est tellement plus facile d'oublier et de faire taire ceux qui veulent dire la vérité.

Je refuse que cela arrive. Tant que je serai en vie, je me battrai contre cette interprétation erronée de l'idéologie de Halley. Nous devons nous rappeler, et nous devons avoir le droit de parler de l'ancien monde : autrement la destruction n'aura servi à rien, puisque nous reproduirons alors les mêmes erreurs.

Extrait des *Mémoires d'Eleanor Finlay*,
3e Présidente de la Ville
Texte original conservé dans les Archives

11

Après ma mission avec Angela, une vague de haine sembla traverser la pègre de la Ville. Les criminels n'avaient jamais été particulièrement sympathiques, mais ils étaient à présent encore plus agressifs : leur fureur était devenue personnelle. La rumeur voulant que le gouvernement cherchait à – littéralement – tuer le crime avait dû se répandre, et cela n'avait pas plu aux bandits… ce que je comprenais.

Cependant, je n'avais aucun moyen de prouver que Johnson était derrière cette histoire : dans mon rapport, j'avais mentionné tout ce que les criminels avaient dit, mais ça ne suffisait pas. Comme Nora me l'avait fait remarquer, la parole de deux bandits menacés par des trafiquants ne valait pas grand-chose face à celle du gouvernement. Mais j'étais convaincue qu'ils n'avaient pas menti. Je l'avais vu dans leurs yeux.

Les missions étaient encore plus risquées, et il devenait très courant d'entendre qu'un Sauveteur avait dû être envoyé à l'hôpital après s'être fait poignarder. Pire, cette semaine, une des collègues de notre Centre, la sergente Ellen, avait été gravement blessée par balle, et on ne savait pas encore si elle retrouverait complètement sa mobilité.

Une telle blessure était déjà une tragédie pour n'importe qui, mais pour un Sauveteur, c'était aussi synonyme d'une fin de carrière.

L'énervement de la pègre contamina très vite les Sauveteurs et la police : à présent, nous étions fatigués, stressés et sur les nerfs. Un matin, vers le milieu du mois d'avril, je me disputai avec Kim, alors que cela ne nous arrivait presque jamais. Nous nous étions énervées l'une contre l'autre sans raison valable, juste parce que nous étions à bout. Je m'en rendis compte en revenant d'une mission et résolus de lui demander pardon : nous étions plus en danger que jamais, ces derniers temps ; il n'était pas question que je me fâche avec ma meilleure amie. J'entrai au Centre, me dirigeant rapidement vers les escaliers, quand Stacy, notre administratrice, me héla :

— Isis ! J'ai eu un coup de fil pour toi !

Je revins sur mes pas jusqu'au bureau de la jeune femme.

— Une certaine Julia. Elle a dit qu'elle était policière et que vous vous connaissiez.

— Oui, c'est une amie. Est-ce qu'il s'est passé quelque chose ?

Je m'inquiétai soudain, espérant que rien ne lui était arrivé…

— Elle avait l'air d'aller très bien, me rassura Stacy. Elle voulait juste que tu ailles la voir au commissariat, dès que tu le pourrais : elle m'a dit qu'elle avait des informations importantes à te transmettre…

Je me rappelai soudain avoir demandé à Julia d'enquêter sur Johnson, et faillis me frapper le front de la main : comment avais-je pu oublier ? Je tâchai de rester calme devant l'administratrice, mais, en vérité, je me sentais fébrile. Qu'est-ce que Julia avait bien pu découvrir sur le Président ?

Je remerciai Stacy et montai à l'étage des bureaux. Kim n'était pas là. Je fus encore convoquée pour deux missions, et je ne la vis pas de la journée. Je lui envoyai donc un BT :

Désolée pour notre dispute. C'était idiot. Je vais voir Julia après le travail... Elle a des infos. Tu veux venir ?

Je remplis mes rapports jusqu'au début de la soirée, attendant que Kim me réponde ou revienne au Centre, mais elle ne donna pas signe de vie. Quant à Mike, il devait assurer la deuxième partie du service de nuit, à partir de deux heures du matin : je ne voulais pas le déranger.

À vingt heures, je conclus que Kim devait être fâchée contre moi et faisait exprès de m'ignorer. Je quittai donc le Centre et me rendis au commissariat à moto. Je pris l'ascenseur jusqu'à l'étage des bureaux. Julia fonça vers moi en me voyant arriver. Elle me tira par le bras avant que j'aie le temps de dire quoi que ce soit et m'entraîna dans une toute petite salle, une sorte de réserve de papiers, dossiers et autres. Elle ferma la porte derrière nous et se tourna vers moi :

— T'en as mis du temps ! s'exclama-t-elle.

Je haussai les sourcils : voilà que l'ancienne Julia était de retour.

— J'ai un travail, moi aussi, rétorquai-je. Tu aurais peut-être voulu que je laisse un type se faire tabasser et que je n'aille pas vérifier si c'étaient bien des coups de feu que les gens avaient entendus, dans un parc ?

Elle balaya ma question d'un geste de la main :

— Ce Johnson est vraiment, vraiment louche. Déjà, je ne te dis pas la galère pour le retrouver : j'ai dû regarder tous les Oscar de la Ville pour obtenir son numéro matricule, et franchement, ce prénom est plus populaire qu'on pourrait le croire ! Mais avoir son numéro ne m'a pas aidée. C'est comme s'il n'avait pas levé le petit doigt de toute sa vie : pas une amende, pas un avertissement, rien. Son nom n'apparaît nulle part… J'ai donc fait des recherches un peu différentes : c'est là que c'est devenu bizarre.

Je me tus, attendant avec impatience qu'elle me révèle ce qu'elle avait trouvé.

— Johnson a été élu en l'an 190, m'apprit-elle tout bas. Et quand je n'ai rien réussi à trouver sur lui, j'ai eu l'idée de regarder les noms des personnes ayant « disparu » pendant cette période… j'ai bien fait, crois-moi ! Il y a au moins cinq politiciens directement liés à l'ancien Président qui se sont évaporés dans la nature dans ces années-là. Encore plus bizarre : j'ai trouvé la déposition d'un ancien ministre de la Santé qui déclarait avoir été menacé et était persuadé d'être suivi. La police n'a rien trouvé et a pensé qu'il était parano… Quelques semaines plus tard, il a été retrouvé mort dans sa cuisine. « Intoxication alimentaire ». Aucune enquête n'a été ouverte. Et tu veux connaître le pire, dans cette histoire ? J'ai retrouvé près d'une dizaine d'affaires dans le genre. Je doute que ces gens aient vraiment « trébuché dans la salle de bain » ou « raté une marche », comme les rapports semblent l'affirmer. Si tu veux mon avis, on les a tués, et puis on a soudoyé les bonnes personnes pour garder ça secret.

Les battements de mon cœur s'étaient accélérés devant toutes ces révélations. Mais Julia n'avait pas fini :

— Sans parler de ce type, Victor. Tu sais, le grand gars en costume qui le suit partout ? Il est le conseiller et garde du corps de Johnson depuis toujours, et je serais prête à parier qu'il a souvent fait le sale boulot. Il a été amené à témoigner un certain nombre de fois, et j'ai repéré plus d'une incohérence. Beaucoup d'argent a dû circuler pour masquer la vérité.

Elle s'arrêta, attendant que je réagisse.

— Je n'arrive pas à croire que tu as trouvé tout ça, lâchai-je. C'est dingue !

Elle haussa les épaules.

— C'est mon travail. On résout des mystères toute la journée, ici.

Je souris un instant, mais redevins sérieuse en repensant à ce que mon amie venait de me révéler.

— Tu pourrais me rédiger la liste des gens qui ont disparu ou dont la mort te paraît suspecte ?

Elle sortit un carnet de sa poche et en déchira une page, qu'elle me tendit.

— Déjà fait.

Je pris la feuille, lui jetant un regard admiratif.

— Tu es totalement dans ton élément, la complimentai-je. J'ai hâte qu'ils te nomment détective.

— Et moi donc : je pourrai arrêter de porter cet uniforme stupide ! Bon, je t'avoue que Johnson a vraiment piqué ma curiosité, maintenant. Rassure-toi, je ne vais pas te demander de me raconter ce que tu sais sur lui, ni pourquoi ou comment tu l'as découvert. Je n'en ai pas besoin, pour l'instant. Par contre, je ne vais pas arrêter mes recherches. Je suis sûre que je peux trouver autre chose. Je le sens.

— Dans ce cas, sois prudente ! Si Johnson apprend que tu enquêtes sur lui…

Mon Messager sonna alors, et je le consultai immédiatement : c'était Kim.

Viens tout de suite au Centre.

Je fronçai les sourcils, sentant l'inquiétude m'envahir : personne n'allait au Centre à cette heure-là : les services de nuit se faisaient en patrouillant. Et si quelque chose de grave était arrivé ? J'allais partir en courant quand Kim m'envoya un deuxième BT :

Et ramène Julie avec toi.

Suivi, presque instantanément, d'un troisième :

Julia*. Merde.

Rassurée par le ton plus léger de ce dernier message, mon inquiétude se dissipa quelque peu et je montrai l'écran de mon Messager à Julia.

— Ça te dit, un tour à moto ?

***

Nous arrivâmes devant le Centre peu de temps après. Julia enleva le casque qu'elle portait et me sourit en descendant de ma moto.

— Tu ne voudrais pas venir me chercher tous les matins, par hasard ? me demanda-t-elle. Parce que franchement, je ne serais pas contre…

Nous entrâmes ensemble dans le bâtiment. Il n'y avait personne à l'accueil, Stacy était rentrée chez elle depuis un moment déjà. Je vis qu'il y avait de la lumière à l'étage, et nous montâmes les escaliers. Arrivée en haut, je m'immobilisai en découvrant que plus de vingt Sauveteurs étaient présents. Julia me fixa avec étonnement, et je lui renvoyai un regard perplexe. S'apercevant que j'étais arrivée, Kim se détacha du groupe.

— Elle est là, déclara-t-elle.

Ils se tournèrent tous vers moi, et je me sentis rougir. J'observai les personnes présentes et vis que Mike, Taylor, Ethan et Jamie étaient là. Je repris alors mes esprits :

— Est-ce que quelqu'un pourrait m'expliquer ce qui se passe ?

Skyler, que je n'avais pas vue parce qu'elle était cachée derrière un Sauveteur, s'avança vers moi. Je fus incapable de détacher mon regard de ses yeux.

« Kim a raison, on dirait cette chanteuse barbadienne… »

— Désolée pour le mystère, s'excusa-t-elle. Je préférais qu'on t'explique ça en face.

Je retins un soupir, mal à l'aise dans ce silence et sentant les regards de tout le monde peser sur moi. Voyant que je restais muette, Skyler reprit :

— Ce que tu as dit, à la soirée des Sauveteurs… je n'ai pas arrêté d'y penser. À partir du moment où je t'ai entendue, j'ai réalisé que j'avais passé trop de temps à subir les difficultés sans rien faire, à espérer que les choses iraient mieux sans me bouger pour que ce soit le cas. Mais après que tu as parlé… je ne pouvais plus faire semblant. Tu m'as réveillée. Et je n'étais pas seule à en avoir besoin.

— On est tous entièrement d'accord avec toi, ajouta Kim. Skyler a rassemblé ce groupe pour qu'on fasse quelque chose. On veut être utiles, assurer une meilleure sécurité de la Ville.

Je fronçai les sourcils, ne comprenant toujours pas vraiment ma place dans cette petite réunion :

— Qu'est-ce que vous attendez de moi ?

— Tu n'es pas exactement une inconnue, parmi les Sauveteurs, rétorqua Skyler en m'adressant un sourire teinté d'ironie. On sait à quel point tu es vite montée en grade. On a entendu parler des réussites de tes missions et des risques que tu as pris. Incendies, prise d'otages, agressions... tu as tout affronté, et tu as réussi chaque fois que c'était physiquement possible.

Je voulus ouvrir la bouche pour démentir ses propos, étant capable de citer plusieurs exemples qui prouvaient le contraire...

— Oh ! ne nous embête pas avec ta modestie, d'accord ? lâcha Kim. Tu es l'une des meilleures Sauveteuses qui existent, point.

— Non seulement ça, approuva Skyler, mais en plus, tu es... comment dire... l'une des rares qui n'a pas peur d'ouvrir sa gueule.

Ce fut à mon tour de sourire. Ça, je ne pouvais pas le nier !

— C'est donc pour l'ensemble de ces raisons qu'on a pensé que, si une personne devait prendre la tête de ce projet, c'était toi ! acheva Skyler.

— Quel projet ? demandai-je. Je comprends, vous voulez faire changer les choses, mais de quelle manière exactement ?

Une fois de plus, la Sauveteuse aux yeux d'émeraude me répondit :

— On veut faire ce que tu as proposé pendant la soirée : prendre des initiatives, mettre en place des mesures qui assureront vraiment la sécurité du peuple. On veut protéger la nation, comme tu l'as dit. Chaque personne ici présente est prête à devenir un Protecteur. Et on veut que ce soit toi qui prennes la direction de ce projet, si tu es partante.

J'échangeai un regard avec Julia, qui ne semblait pas en revenir. Tous mes amis, tous les Sauveteurs que je connaissais bien étaient dans cette pièce. Il y en avait aussi d'autres que je connaissais à peine, voire absolument pas. Et ils croyaient en moi. Ils ne voyaient pas la jeune fille de dix-sept ans, ils voyaient la Sauveteuse, quelqu'un capable d'agir véritablement, de faire une différence.

Je vis une flamme briller dans les yeux de chacune des personnes présentes, et sentis alors un espoir naître en moi. Peut-être que nous avions une chance de réussir. Peut-être que nous pouvions rendre la Ville meilleure. Peut-être que les Protecteurs pourraient faire une différence.

— Je suis partante.

Plus les années passent, plus il m'est difficile de convaincre mes pairs de la nécessité du souvenir. Je vois bien, à la manière dont ils me regardent et me parlent, qu'ils pensent que j'ai tort, qu'ils préféreraient tout oublier. Mais je tiens bon.

J'ai organisé, depuis quelques mois, la recherche active de toute trace de culture de l'ancien monde qu'il restait dans la Ville. J'ai été navrée de voir combien de tableaux et de sculptures avaient été détruits. Cependant, le nombre de livres, de disques de musique et de films que nous avons retrouvés dépasse mes espérances. J'ai décidé que nous rassemblerions tous ces objets dans un même lieu, qui serait accessible au public. Ce serait une sorte de croisement entre un cinéma, une bibliothèque, une discothèque et un musée. C'est aussi là-bas que nous conserverons les archives de notre monde, notamment les mémoires des différents présidents.

Cela permettra, en plus, de créer de nouveaux emplois : je songe à nommer au moins une quinzaine de « Maîtres de la connaissance et des archives », qui seront chargés de prendre soin de ces traces de notre passé et d'aider le peuple à les découvrir.

On parlait autrefois d'un devoir de mémoire… aujourd'hui, je peine à conserver le droit au souvenir. Mais je ne céderai pas. Je protégerai notre passé tout comme je protège la nation.

Extrait des *Mémoires d'Eleanor Finlay*,
3e Présidente de la Ville
Texte original conservé dans les Archives

12

La formation du groupe des Protecteurs me redonna espoir. Après notre toute première réunion, nous décidâmes de nous revoir au même endroit le mardi soir suivant, afin que chacun ait le temps de faire part de notre initiative à d'autres Sauveteurs. Julia, qui avait été très enthousiasmée par le projet – bien que d'abord un peu intimidée –, promit d'en parler à un maximum de policiers. Nous résolûmes également de contacter les membres du domaine de la Santé : eux aussi étaient touchés par cette crise.

Une heure avant la réunion, Kim, Mike et moi nous trouvions à la bibliothèque. Kim était allée écouter de la musique, mais Mike et moi avions préféré rester dans la salle contenant les livres. Nous discutions tout en longeant les rayons :

— Je pense vraiment que les Protecteurs peuvent faire quelque chose, affirma-t-il. Il suffit qu'on soit assez nombreux et organisés, et Johnson finira par être obligé de nous écouter.

— J'espère que tu as raison. Mais pour que ça marche, il faudrait que la police, les médecins et les infirmiers se mobilisent aussi.

— À propos de la police… entama Mike avec hésitation. Est-ce que je me fais des idées, ou bien Julia m'en veut ? Vous avez l'air d'être de nouveau proches, toutes les deux ; et elle était très contente de voir Taylor, et même Kim…

Je jetai un regard à Mike, me demandant s'il se moquait de moi. Mais je vis qu'il était entièrement sincère, et soudain ça me frappa : se pourrait-il qu'il ne sache pas ce que Julia ressentait – ou avait ressenti – à son égard ?

— Tu es sérieux, là ? demandai-je, incrédule.

Il fronça les sourcils, se tournant à nouveau vers les rayonnages de livres :

— Je… je ne comprends pas. C'est vrai qu'on ne s'est pas quittés en très bons termes, mais… elle était fâchée contre tout le monde, non ? Et quand j'ai vu qu'elle avait l'air d'aller aussi bien, mais qu'elle m'ignorait…

« Oui. Il est sérieux. Il est entièrement sérieux. » Je faillis me frapper le front avec la main en saisissant à quel point il n'avait pas la moindre idée de ce qui se passait. Pourtant, je me rappelais très bien l'attitude de Julia, quand on était à l'école ensemble, et on ne pouvait pas dire qu'elle avait été un modèle de discrétion…

— Mike, commençai-je avec douceur. La relation que Julia avait avec toi… ce n'est pas pareil à celle qu'elle avait avec Taylor, ou moi, ou même Kim… tu vois ?

Il se tourna vers moi, me regardant comme si je venais de proférer une énormité. Je ne pus retenir un sourire devant sa naïveté, mais il interpréta mal mon expression :

— Tu te moques de moi, c'est ça ? D'habitude, c'est plutôt Kim… ne me dis pas que tu vas t'y mettre, toi aussi, parce que…

« Mais il le fait exprès ou quoi ?! »

— Ton sens de l'observation est moins développé que celui d'une taupe ! m'exclamai-je. Pourquoi est-ce que Kim a passé plus d'un an à te charrier en te parlant de Julia, à ton avis ? Ça ne t'est jamais venu à l'esprit que c'était peut-être parce qu'il y avait une part de vérité là-dedans ?

Il réalisa alors que j'étais parfaitement sérieuse. Il s'éloigna des rayonnages et alla s'asseoir dans un des fauteuils.

— Je suis un imbécile. Je n'ai jamais rien remarqué. Rien du tout. À l'époque, je pensais que Julia se moquait un peu de moi… Elle était toujours là, à rigoler avec tout le monde…

Je ne répondis pas immédiatement, songeant que Julia, quand nous étions à l'école, était encore très immature, rarement posée et raisonnable. Mike n'était effectivement pas observateur, mais je comprenais quand même son erreur.

— Elle ne m'en a pas beaucoup parlé, admis-je. Mais je sais qu'elle était sincère…

J'hésitai à continuer. Je ne voulais pas faire de peine à Mike, mais Julia était mon amie aussi, même si je venais juste de la retrouver. Je poursuivis :

— Je crois qu'elle a été blessée. Elle a pensé que tu ne t'intéressais pas du tout à elle, et elle a eu le sentiment d'être… rejetée. Si tu ajoutes à cela son échec aux examens de sortie de l'école de Sauvetage, tu comprends pourquoi elle n'a pas voulu garder le contact avec nous. Je pense qu'elle se sentait un peu…

— … humiliée, compléta Mike en prenant conscience de ce qui s'était passé.

Il poussa un soupir, et je vis la frustration se dessiner sur ses traits. Peut-être que je n'aurais pas dû lui dire tout cela. Il était si gentil et attentionné qu'il devait terriblement s'en vouloir d'avoir fait souffrir Julia.

— Je suis tellement en colère contre moi-même, lâcha-t-il. Il faut que je lui demande pardon…

— On se calme ! Je comprends très bien que tu t'en veuilles, d'accord ? Mais ce n'est pas comme si tu avais fait exprès et, pour ta défense, elle ne t'en a jamais parlé non plus… Et puis, c'était il y a longtemps. Si ça se trouve, tu la blesserais davantage en évoquant le sujet. Si elle est passée à autre chose, alors ça remuerait juste le couteau dans la plaie ; et si elle n'a pas tourné la page, tu risquerais de lui donner de faux espoirs…

Il baissa le regard pendant une seconde, et je haussai les sourcils.

— Euh… tu l'as toujours aimée en tant qu'amie, n'est-ce pas ?

Il ouvrit la bouche et la referma. Cette fois, je me frappai vraiment la tête de la main, sans même songer à me retenir, puis j'allai m'asseoir sur le fauteuil en face de lui.

— Mike, je ne vais pas te forcer, mais j'apprécierais quand même beaucoup si tu t'exprimais un peu, pour une fois.

Il grimaça. C'était vrai qu'entre la personnalité très forte de Kim et ma franchise extrême, le pauvre ne prenait parfois pas beaucoup de place. Surtout qu'il n'était déjà pas vraiment du genre à disserter sur ses sentiments !

— D'accord, finit-il par accepter.

Je croisai les bras, lui laissant le temps de réfléchir. Je savais que ce n'était pas naturel, pour lui, de parler de ce qu'il ressentait. Mais je voulais qu'il soit à l'aise et comprenne qu'il avait le droit de se confier.

— Il y a eu des moments, à l'école, où je voyais Julia comme un peu plus qu'une amie. Mais après ça, elle agissait de manière tellement... je ne sais pas... légère, alors je me disais que ça ne servait à rien d'imaginer que quelque chose allait se passer. J'avoue que j'y ai surtout pensé pendant le premier mois, mais j'étais ami avec Ryan, à l'époque... il était son cousin, mais elle était presque une sœur pour lui, donc c'était aussi gênant.

J'acquiesçai. Je n'avais pas vraiment pensé à ça.

— C'est vrai, elle était très immature, déclarai-je. Mais je crois qu'elle a beaucoup changé, depuis. Elle s'est vraiment épanouie dans la police.

— C'est ce que j'ai constaté, l'autre soir. Même sa manière de marcher était différente. Elle était beaucoup plus sûre d'elle. Ça m'a fait plaisir, mais j'étais aussi un peu blessé qu'elle m'ignore à ce point. Je suppose que je l'ai mérité...

Je souris devant la candeur de mon ami. Je comprenais pourquoi Julia l'avait apprécié dès le départ : elle avait besoin de quelqu'un comme lui, qui serait loyal, gentil et honnête avec elle. Et je le voyais parfaitement finir avec une personne semblable à mon amie, qui saurait le faire rire, le détendre un peu et compenser son côté introverti...

— Comment s'appelle cette espèce de dieu qui lance les flèches pour que les gens tombent amoureux ? demanda soudain Mike. Cupidon, c'est ça ? Je crois que tes parents se sont trompés de divinité en t'appelant « Isis »…

Je ris.

— Je suis une reine mythique, et une des plus grandes déesses de l'Égypte antique, déclamai-je d'un ton pompeux en me rappelant mes recherches chez miss Je-sais-tout. Je crois que je ne m'en tire pas trop mal !

Le sourire de Mike s'effaça soudain alors qu'il sembla penser à quelque chose :

— Euh, Isis… Kim n'arrête pas de se moquer de moi et de me charrier depuis un an… Ne me dis pas que… elle aussi… euh…

Cette fois, j'éclatai carrément de rire. Imaginer Mike et Kim ensemble était l'idée la plus absurde que j'avais jamais eue.

— Oh non ! démentis-je en peinant à retrouver mon souffle. Ne t'en fais pas pour ça ! Kim est juste chiante, c'est tout, et elle est comme ça avec la planète entière…

Mike parut extrêmement soulagé en m'entendant dire ça : l'idée de deux amies ayant des sentiments pour lui aurait sans doute pu causer une crise de panique.

— Bon, Cupidon, reprit-il. On a assez parlé de moi. C'est ton tour, maintenant.

Je cessai alors complètement de rire. Je ne trouvais plus ça drôle du tout, à présent.

— Mon tour ?

— Oui. Il n'y a pas de raison pour que je sois le seul ici à m'exprimer.

— OK… si tu veux…

— Non, si tu veux. Mais je crois que ça te ferait du bien.

Je fixai mon ami, hésitant sur la réponse à lui faire. Puis je décidai que ce n'était pas juste de ma part de lui demander de se confier à moi si je n'étais pas prête à faire la même chose avec lui. Je lui racontai donc ma discussion avec Ethan, pendant la soirée organisée par Johnson. Puis, je conclus :

— Je veux que tu me dises honnêtement ce que tu en penses. Ne me ménage pas, d'accord ? J'ai besoin d'une opinion objective, et je sais que Kim est beaucoup trop protectrice pour y arriver.

— Tu es sûre que tu veux mon avis ? Parce que j'avais voulu t'en parler, le soir où tu nous avais dit ce qui s'était passé avec Ethan, Truman et tout, et tu ne m'avais pas laissé...

— Ce n'est pas juste, de me reprocher ça. C'était il y a très longtemps, Truman venait de mourir. Je n'étais pas prête à t'entendre...

— Donc, ça signifie que tu sais déjà ce que je pense, au fond. J'ai très bien compris ta réaction à ce qu'Ethan avait fait... et puis, la mort d'un proche nous affecte toujours beaucoup. Jamais je ne me permettrais de critiquer la manière dont tu as réagi. Mais... honnêtement, si j'avais été à la place d'Ethan, je ne pense pas que j'aurais fait mieux. Et je ne suis pas certain que tu aurais fait mieux non plus.

J'ouvris la bouche pour protester, mais je me rappelai lui avoir demandé d'être franc et parvins à me retenir. Il poursuivit :

— Tu as laissé un véritable dilemme à Ethan : t'aider à risquer ta vie pour sauver Truman, ou te sauver toi en t'en empêchant. Il t'a choisie parce qu'il t'aimait. Il t'a probablement sauvé la vie, de la même manière que tu as sauvé des gens qui tentaient de se suicider, parfois en leur mentant, en les trompant, voire en les blessant. Mais tu les as quand même sauvés, et je ne pense pas que tu le regrettes… Tu ne peux pas non plus demander à Ethan de regretter ce qu'il a fait, même si je suis sûr qu'il a détesté agir comme ça.

Je ne répondis rien. J'avais déjà pensé à tout cela, mais l'entendre de la bouche de Mike le rendait encore plus vrai, dans mon esprit.

— Alors quoi, j'ai réagi trop violemment ?

— Non, je n'ai pas dit ça. Tu avais besoin de temps, pour faire le deuil de Truman, réfléchir, et accepter ce qui s'était passé. Je pense que tu as bien fait de prendre tes distances avec Ethan, sinon votre relation serait juste devenue une bombe à retardement…

J'acquiesçai, songeant que Mike était un bien meilleur conseiller que je ne l'aurais cru. Décidément, c'était dommage qu'il ne s'exprime pas plus souvent.

— Mais maintenant, d'après ce que tu me dis, tu lui as pardonné. Alors, si tu veux vraiment mon avis, je crois que tu devrais lui laisser une seconde chance… si tu en as envie.

Je soupirai. Évidemment que j'en avais envie ! Mais je craignais que nous n'arrivions plus à nous faire confiance, que nous ne parvenions qu'à souffrir davantage.

— J'aimerais vraiment que ça puisse marcher, avouai-je. Mais j'ai tellement peur que ça ne soit pas le cas…

Il haussa les épaules.

— Essaye, au moins. Sinon, je crois qu'aucun de vous deux ne pourra réellement passer à autre chose, et ni toi ni lui ne méritez ça. Vous êtes tous les deux des gens bien, vous devriez avoir le droit d'être heureux. Tu es toujours là, à aider tout le monde… tu ne voudrais pas penser un peu à toi, pour une fois ?

Je lui souris. Il n'avait pas la moindre idée de l'aide qu'il venait de m'apporter.

— Merci, lui dis-je.

— Merci à toi.

À ce moment, Kim entra dans la pièce :

— J'ai l'impression d'interrompre une discussion assez existentielle, mais il faut qu'on y aille si on ne veut pas être en retard à la première vraie réunion des Protecteurs. Levez vos fesses de ces fauteuils !

Je crois que tout le monde s'accorde à dire qu'Eleanor Finlay a fait un travail remarquable pour reconstruire la Ville, créer des emplois, relancer l'économie et donner au peuple l'espoir d'une vie « normale ». En revanche, notre ancienne Présidente s'accrochait beaucoup trop au passé.

Je ne commettrai pas la même erreur.

Au moment où j'écris ceci, nous sommes en l'an 99, et je viens d'être nommé Président de la Ville, après que madame Finlay nous a quittés. Je continuerai de suivre son modèle pour reconstruire la Ville, en privilégiant l'efficacité, le sérieux et l'implication de chacun. Mais contrairement à elle, j'estime que c'est le travail des dirigeants, et des dirigeants seulement, de se souvenir.

J'ai donc décidé que le centième anniversaire de la chute de la comète serait le dernier que nous célébrerions. Nous avons le droit d'aller de l'avant. Nous avons le droit de cesser de nous lamenter sur le passé. Nous ne sommes pas nos prédécesseurs, nous n'avons pas détruit le monde : au contraire, nous le reconstruisons. Nous sommes une nouvelle humanité, nous ne sommes plus faibles. Nous avons vaincu les défauts de la nature humaine, et nous continuerons à le faire, ainsi que Halley le souhaitait. Cependant, nous ne pouvons pas agir exactement comme notre premier Président le préconisait : un siècle est passé depuis la période de chaos. Les choses ont changé.

À compter de l'an 100, mentionner la comète deviendra totalement prohibé. Les écoles n'en parleront plus, les parents ne raconteront plus l'histoire à leurs enfants. Si nous voulons enfin complètement construire un nouveau monde, il nous faut achever de détruire ce qui reste de l'ancien.

Extrait des Mémoires de Henry Whipple,
4e Président de la Ville
Texte original conservé dans les Archives

13

— Merci à vous tous d'être venus. Je m'appelle Skyler, je suis Sauveteuse depuis quelques années, et je suis là aujourd'hui pour vous expliquer notre projet plus en détail.

Nous étions dans notre Centre, mais au gymnase, cette fois : beaucoup plus de personnes s'étaient déplacées. Le nombre de Sauveteurs avait au moins doublé, et une quinzaine de policiers, docteurs et infirmiers nous avaient rejoints. Je me tenais devant tout le monde, à côté de Skyler, qui venait de commencer la réunion.

— Nous sommes ici pour faire changer les choses, déclara-t-elle. Dans quelques mois, nous serons en l'an 200, et jamais la situation de la Ville n'a été aussi désespérée. Chaque jour, des gens souffrent, se blessent ou meurent, parce que nous ne sommes pas suffisamment nombreux ou bien préparés pour les aider. Or pour remédier à cela, le Président Johnson nous demande de laisser certaines personnes se faire du mal. Il nous donne des armes pour tuer ceux qui posent problème au lieu d'essayer de les sauver. Il nous annonce qu'il a décidé de construire un système pour espionner la Ville entière. Et pour nous dire tout cela, il nous organise des petites soirées, avec buffet à volonté... mais nous ne sommes pas dupes.

Skyler se tourna légèrement vers moi, me désignant de la main.

— La caporale Isis a su exprimer son indignation, et nous sommes plusieurs à l'avoir entendue. Aujourd'hui, si vous êtes là, c'est que vous voulez changer les choses... mais si vous estimez avoir commis une erreur en venant jusqu'ici, vous êtes libres de partir. Contrairement au gouvernement, les Protecteurs ne forceront personne à faire quoi que ce soit.

Je souris en l'entendant dire cela, et elle se tut, laissant aux participants le temps de prendre leur décision. En voyant que personne ne quittait le gymnase, elle me lança un regard et s'écarta pour me laisser parler. Tous l'applaudirent, approuvant complètement ses paroles. Derrière moi, Taylor apporta un grand tableau blanc et me tendit un feutre pour que je puisse y écrire. Je pris une grande inspiration, tentant de ne pas paniquer en m'adressant aux dizaines de volontaires en face de moi.

— Avant de vous parler des différents plans que nous pourrions mettre en place, je tiens à vous rappeler que plus nous serons nombreux à nous indigner, plus notre voix risque d'être écoutée. Je vous encourage donc à essayer de recruter un maximum de nouveaux Protecteurs.

Je jetai un regard à l'assemblée, qui sembla montrer des signes d'approbation. Quelque peu rassurée, je me plaçai alors devant le tableau blanc et me tournai légèrement pour pouvoir écrire tout en faisant face à mon auditoire.

— Nous devons envisager deux types de plans, déclarai-je, en inscrivant les chiffres 1 et 2 sur le tableau. Notre première mission sera de prendre, par nous-mêmes, des mesures susceptibles d'améliorer la situation générale de la Ville.

En disant cela, j'inscrivis le mot « AGIR » à côté du « 1 ».

— Nous avons déjà différentes idées, mais si l'un d'entre vous pense à quoi que ce soit, qu'il le dise.

J'écrivis donc les projets que j'avais déjà mentionnés à Skyler. Plusieurs Protecteurs se mirent ensuite à intervenir, proposant des solutions plus ou moins pertinentes. Finalement, j'avais rempli la moitié du tableau :

1) AGIR

Donner des cours aux nouvelles recrues.

Passer dans les écoles et lieux de travail pour sensibiliser le peuple sur le suicide et la sécurité.

Proposer aux civils des cours de premiers soins et de défense.

Patrouiller dans la Ville plutôt que rester dans les Centres.

Les quelques Protecteurs qui travaillaient dans le domaine de la Santé promirent de mettre en place des cours de premiers soins et de recruter des psychologues qui s'occuperaient de faire des formations sur le suicide. Un détective affirma qu'il pourrait convaincre un commissaire d'organiser des interventions pour sensibiliser les gens aux règles de sécurité à respecter. Un Sauveteur proposa qu'on organise aussi un système de tutorat pour les nouvelles recrues : chacune pourrait ainsi avoir un ancien qui s'occuperait plus particulièrement d'elle. J'approuvai l'idée, faisant un petit signe à Angela, qui était en face de moi et m'adressa un sourire radieux en retour.

Nous parvînmes ainsi à répartir les rôles afin de mettre en place tous ces projets au plus vite. Je décidai donc de passer à la suite de cette réunion :

— Le deuxième point important concerne le gouvernement. Je suis persuadée que nous sommes capables de faire changer les choses par nous-mêmes, mais si nous voulons que la situation se règle de manière durable, il va falloir que l'État soit de notre côté.

À côté du « 2 », j'écrivis le mot « CONVAINCRE », avant de poursuivre :

— Nous devons donc faire savoir au gouvernement que nous ne sommes pas satisfaits des mesures prises et que nous avons des suggestions. Il faudra ensuite organiser un entretien, de préférence avec le Président Johnson lui-même, pour discuter des changements potentiels. Pour cela, il est impératif que beaucoup plus de gens deviennent des Protecteurs, car le gouvernement n'accordera pas d'importance à notre groupe si nous sommes peu nombreux...

— Isis, intervint Skyler. Si je peux me permettre, le lieutenant Nora avait l'air d'être de ton côté, à la soirée. Je suis certaine qu'elle pourrait t'obtenir un entretien avec le Président.

Je l'arrêtai de suite en réalisant qu'elle venait de dire « *t*'obtenir ».

— Même si le lieutenant Nora acceptait de nous aider – ce qui serait déjà incroyable, puisque les hauts gradés répondent directement au gouvernement – j'envisageais plutôt une réunion avec tous les Protecteurs...

— Je pense qu'il serait plus judicieux d'envoyer un délégué de notre groupe pour parler à Johnson. Il y a plus de chances qu'il accepte un entretien en tête à tête... et si nous devons envoyer une personne, il me paraît évident que ça doit être toi. Enfin, sauf si quelqu'un désapprouve, évidemment.

Skyler m'adressa un sourire faussement innocent, et je me tournai vers l'assemblée, attendant que quelqu'un s'oppose à sa suggestion. Tout le monde semblait être d'accord. Je dus me retenir de grimacer en m'imaginant rendre visite à Johnson et lui faire des requêtes… mais si cela pouvait aider les Protecteurs, j'étais prête à dépasser ma haine du Président, et à aller lui parler raisonnablement et avec maturité.

— Très bien, je le ferai, acceptai-je malgré ma réticence.

La réunion continua quelques minutes. Le tableau était à présent entièrement rempli :

2) CONVAINCRE

Recruter davantage de Protecteurs.

Parler des Protecteurs à des hauts gradés.

Obtenir un rendez-vous avec le Président.

Je laissai la parole à Skyler, qui remercia chacun d'être venu. Elle fit le point sur ce que nous avions décidé, puis annonça la date de la prochaine réunion, qui aurait lieu dix jours plus tard, le temps que nous ayons pu mettre en place nos nouvelles mesures.

Elle invita ensuite les personnes présentes qui souhaitaient devenir officiellement des Protecteurs à inscrire leur nom et leur numéro de Messager sur une feuille – qu'elle fit alors circuler – avant de partir. Tous signèrent, montrant qu'ils étaient décidément prêts à agir.

***

Nous commençâmes dès le lendemain à mettre en place nos nouvelles mesures. Je passais une grande partie de mes journées à patrouiller dans le quartier en attendant d'être assignée à une mission : plus d'une fois, je fus quasiment sûre que le seul fait de me voir découragea des personnes mal intentionnées. Pendant un service de nuit, par exemple, je raccompagnai une jeune fille apparemment suivie par un homme peu affable et ne la quittai qu'une fois devant chez elle. Cela acheva de me convaincre que nous pouvions agir plus efficacement si nous ne passions pas notre temps à aller et venir au bureau. Le seul problème était que je devais rédiger mes rapports à la fin de mon service, mais ça en valait la peine.

Je m'organisai également pour pouvoir entraîner Angela presque quotidiennement. Elle avait déjà gagné en assurance, ces dernières semaines – notamment en se montrant très efficace à la prise d'otages et avec les trafiquants de drogue –, mais je sentais qu'elle avait encore besoin de s'améliorer avant d'être vraiment à l'aise sur le terrain. Nous nous exercions donc au combat dans le gymnase, ou bien nous allions dans la Ville et je la faisais courir, escalader et sauter. Je voulais qu'elle domine parfaitement le terrain, qu'elle s'en imprègne, et que les criminels n'aient aucune chance de lui échapper. Nous étions épuisées à la fin de nos séances, mais je voyais qu'elle était ravie et reconnaissante.

Puisque j'étais si occupée, je mis un bon moment avant d'aller voir Nora. De plus, je l'avouais, j'appréhendais le moment où je devrais parler des Protecteurs à ma supérieure, et je l'avais donc repoussé. Deux jours avant la deuxième réunion, je me décidai enfin, après mon service, à me rendre à son bureau. Je frappai à la porte, et elle m'invita à entrer. Elle leva la tête des papiers qu'elle était en train de lire et me regarda fixement, une expression indéchiffrable sur son visage.

— Ah, Caporale ! Je commençais à me demander quand vous alliez venir.

Je fronçai les sourcils, perplexe. Elle se leva et contourna son bureau.

— Suivez-moi, ordonna-t-elle en quittant la pièce.

Je lui obéis, me demandant où elle pouvait bien m'emmener et pourquoi elle s'était attendue à ma visite. Ensemble, nous traversâmes les bureaux, presque vides à cette heure-là, sortîmes du bâtiment et nous rendîmes au garage. Je jetai un coup d'œil à ma moto, ce qui ne lui échappa pas :

— Désolée, mais ce n'est pas vous qui allez conduire, aujourd'hui.

Elle sortit des clés de sa poche et ouvrit la portière d'une grosse Jeep noire, dans laquelle elle monta. J'entrai dans le véhicule et m'installai à côté d'elle. Elle démarra, sortit du garage et commença à rouler dans la Ville. Elle ne m'avait pas renseignée sur notre destination…

— S'il vous plaît, dites-moi au moins que vous n'allez pas me tuer et balancer mon corps dans la rivière.

J'avais déclaré ça en blaguant, mais j'étais quelque peu inquiète, en vérité. Tout cela sortait totalement du cadre habituel. Un léger sourire se dessina sur les lèvres de Nora, faisant apparaître ses fossettes et me calmant quelque peu.

— Non, ce n'est pas mon intention, répondit-elle sérieusement. Nous nous rendons à un champ de tir. Vous portez à présent constamment une arme de service, et j'ai vu que vous ne vous étiez pas entraînée une seule fois depuis qu'on vous l'avait confiée.

Elle me jeta un rapide coup d'œil avant de reporter son attention sur la route.

— Je sais combien vous détestez les armes à feu. Je me suis dit que si votre ancienne professeure ne vous kidnappait pas, alors vous n'iriez jamais.

Ce fut à mon tour de sourire, en me rappelant combien j'avais tremblé à mon premier cours de maniement des armes. C'était incroyable de voir à quel point cela me paraissait lointain, alors que ça n'avait eu lieu qu'un an et demi plus tôt.

Au bout de quelques minutes, nous arrivâmes devant un grand bâtiment. Nora ouvrit la porte, et je la suivis dans une espèce de grand hangar avec des cibles de diverses tailles, et à différentes distances et hauteurs. La salle était vide. Ma supérieure me tendit un pistolet chargé de balles en caoutchouc, avant d'en prendre un pour elle. Nous nous plaçâmes derrière un trait peint en blanc sur le sol. Je me mis en position, tandis qu'elle m'observait. Avec l'impression assez désagréable d'être de retour à l'école, je me concentrai et je pris une grande inspiration.

Je tirai, d'abord sur une cible proche, et la touchai en plein milieu. Je fis ensuite feu sur une petite cible accrochée au plafond, que je parvins à toucher de justesse. Enfin, mon troisième et dernier tir atteignit une cible sur le mur à l'autre bout de la salle. J'abaissai mon bras et me tournai vers Nora, qui me fixait avec un air approbateur.

— J'étais venue à votre bureau pour vous dire quelque chose, déclarai-je, l'adrénaline m'aidant à surmonter mon appréhension.

— Je m'en doute, rétorqua-t-elle en se campant fermement sur le sol, en face des cibles.

Elle se tut, et je me lançai :

— Ce que je vous ai dit, l'autre soir, que nous devions protéger la nation… ça a touché beaucoup de monde. Il y a plus de personnes prêtes à agir que je l'avais réalisé. Skyler, une autre Sauveteuse, a réuni des gens, et nous nous sommes vus au Centre à deux reprises. Il y avait peut-être cinquante ou soixante personnes : des Sauveteurs, des policiers, des médecins… Ils voulaient tous aider. On a déjà mis certaines mesures en place, comme patrouiller plus et rester moins au bureau, intervenir dans différents endroits pour sensibiliser le peuple, ou donner des cours aux nouvelles recrues. On a décidé de se faire appeler les « Protecteurs », en référence à mes paroles, ce fameux soir…

J'avais déclaré tout cela d'une traite, et pas une fois elle ne m'avait regardée, fixant le mur devant elle.

— Je sais, lâcha-t-elle alors. J'attendais que vous me le disiez.

J'ouvris la bouche, choquée par sa réponse et le ton plein de flegme sur lequel elle l'avait prononcée… mais je n'eus pas le temps d'exprimer mon étonnement. Elle leva soudain son bras, brandissant son pistolet, et tira à cinq reprises, à la vitesse de l'éclair, et dans cinq directions différentes. Elle toucha chacune des cibles en plein centre.

Mon unique réaction fut d'ouvrir davantage la bouche et de hausser les sourcils. Elle abaissa son arme et se tourna enfin vers moi pour me regarder, tandis que je m'efforçais de cesser de ressembler à une idiote.

— Isis, vous pensiez vraiment que je n'allais pas être au courant de ce qui se passait dans mon propre Centre ?

Je ne répondis rien, légèrement honteuse. Elle poursuivit :

— Puisque vous avez été si occupée, je ne vous tiendrai pas rigueur d'avoir mis autant de temps à m'en parler. Mais la prochaine fois que vous décidez de fonder une organisation qui veut aller à l'encontre de décisions officielles du gouvernement, j'aimerais que vous me préveniez avant.

Je m'efforçai de soutenir son regard :

— Je comprends. Je suis désolée, Lieutenant. J'ai l'impression que je m'excuse beaucoup, en ce moment...

— Évidemment, me coupa-t-elle, la question que vous devriez me poser, à présent, c'est si j'approuve ou non le projet des Protecteurs.

Décidément, elle n'arrêtait pas de me surprendre, ce soir.

— Euh... est-ce que vous soutenez les Protecteurs, Lieutenant ?

Elle continua de m'observer, laissant le silence s'installer avant de me répondre :

— Oui. Je pense que c'est une excellente initiative.

— Vraiment ?

— Je suis surprise que cela vous étonne. Après tout, c'est moi qui suis venue vous demander votre avis sur le discours de Johnson... et le moins qu'on puisse dire, c'est que vous ne m'avez pas déçue. Vous savez, Isis, des fois il me semble avoir vu quelque chose de spécial chez vous dès le premier cours où je vous ai eue. J'ai dit à la classe entière que j'allais vous apprendre à tirer, à blesser et à tuer. Vous êtes la seule sur qui ces mots ont eu un réel impact : je vous ai aperçue, quittant le cours en ayant l'air bouleversée, et j'ai vu dans vos yeux que vous remettiez en question votre choix d'intégrer l'école de Sauvetage. Mais au cours suivant, vous étiez là. Vous avez tremblé plus que quiconque en tenant l'arme pour la première fois, alors même qu'elle était chargée de balles inoffensives. C'est là que j'ai compris que vous étiez faite pour devenir Sauveteuse. Je voyais le courage et la détermination dans votre regard, je savais donc que, si vous aviez tant tremblé, si vous aviez été si bouleversée, ce n'était pas par lâcheté. C'était parce que vous aviez une telle compassion, un tel souci du bien-être des autres, que l'idée de faire du mal vous était insupportable. C'est pour cela que j'ai demandé que vous soyez affectée à mon Centre, pour cela que je vous ai nommée caporale, et c'est également pour cela que je suis convaincue que vous serez un jour lieutenant, si ce n'est plus. Comme vous, je me suis battue et me battrai toujours pour la justice et la vérité. Or nous savons, vous et moi, que ces deux éléments sont actuellement les derniers soucis du gouvernement.

Elle fit une pause, me laissant le temps de digérer ce qu'elle venait de dire. Puis elle acheva :

— Je ne peux pas faire partie intégrante de votre projet, puisque je réponds directement à des hauts gradés qui obéissent au gouvernement. Je peux, en revanche, vous aider au maximum. Considérez-moi donc comme une alliée des Protecteurs.

Elle se tut, et je parvins à retrouver mes esprits.

— Je... je ne sais vraiment pas quoi répondre, avouai-je, troublée.

C'était sans doute la première fois que j'entendais Nora parler aussi longuement et être aussi sincère avec moi. J'avais été prise de court, et j'étais extrêmement touchée par ce qu'elle m'avait dit.

— Vous n'avez pas à répondre, rétorqua-t-elle.

Je le souhaitais pourtant… mais tant de choses se bousculaient dans ma tête, et je ne voulais pas commencer à la remercier avec effusion ou à perdre mon sérieux. Ce qu'elle venait de me dire valait tellement plus que cela ! Alors je me contentai d'acquiescer.

— J'ai également cru comprendre que vous vouliez un entretien avec le Président Johnson, reprit-elle.

Je ne pus retenir un sourire incrédule : comment avais-je pu penser qu'elle n'était pas au courant, pour les Protecteurs ? Il était *impossible* de cacher quoi que ce soit à cette femme !

— Est-ce que vous pensez pouvoir faire quelque chose ?

— Je crois que oui. Je connais Victor, le conseiller de Johnson, depuis très longtemps. Je vais essayer de passer par lui pour vous obtenir une entrevue avec le Président… si vous êtes prête, évidemment.

Je compris qu'elle faisait allusion à mes antécédents délicats avec Johnson qui, elle le savait, avait arrêté et condamné Truman…

— Je suis prête, affirmai-je.

Elle opina de la tête, se remettant en position pour tirer à nouveau.

— Je m'en doutais.

Je suis fort satisfait de constater combien les gens peuvent vite oublier.

Cela fait maintenant une dizaine d'années que j'ai été élu au pouvoir : non seulement le peuple ne mentionne déjà plus notre ancienne Présidente et sa politique, mais il semble que la comète elle-même commence à sombrer et à se perdre dans l'inconscient collectif. Je suis convaincu que, d'ici quelques générations, plus personne ne se souviendra de la catastrophe qui a eu lieu un siècle plus tôt. Seuls les gens haut placés s'en souviendront, et ce sera bien assez.

Cependant, puisque je vois que ma politique de l'oubli fonctionne aussi parfaitement, je souhaite passer à la vitesse supérieure.

Bientôt, tous les éléments superflus de notre société seront anéantis. Nous enlèverons les noms de rues et de quartiers, et les remplacerons par des numéros. Nous privatiserons la « bibliothèque » et ne la rendrons accessible qu'à ceux ayant un permis exceptionnel et au Maître des archives lui-même, qui sera cette fois-ci une unique personne. Nous retirerons leurs noms aux choses inutiles : les mois, les jours, les astres... Ils ne devraient avoir qu'un but pratique ; il n'y a aucune raison de les nommer. « Lundi » n'est que le premier jour de la semaine ; « janvier » n'est que le premier mois de l'année ; et la « lune » n'est qu'une sphère blanche au-dessus de nous.

Je parviendrai, au fur et à mesure des années, à créer ce monde parfait et purement efficace. J'en fais le serment.

Extrait des *Mémoires de Henry Whipple*,
4e Président de la Ville
Texte original conservé dans les Archives

14

La deuxième réunion des Protecteurs arriva rapidement, et nous nous retrouvâmes dans le gymnase de mon Centre. En entrant, je remarquai qu'il y avait beaucoup plus de personnes que la fois précédente. Les nouveaux venus faisaient déjà la queue pour inscrire leurs noms sur la liste. À l'autre bout de la salle, Kim et Skyler m'aperçurent et me firent signe de m'approcher. Je les rejoignis, et Kim me prit dans ses bras pendant quelques secondes. Elle avait l'air surexcitée :

— Isis, je ne sais pas comment tu as fait, mais regarde le nombre de personnes qui sont là ! Et la réunion n'est pas censée commencer avant un quart d'heure !

— Il y a plus de monde que ce que j'espérais, affirma Skyler. Ethan s'occupe de la liste et d'après lui, on est déjà quatre-vingts !

Je souris devant l'enthousiasme de mes deux camarades, me réjouissant des bonnes nouvelles qu'elles m'annonçaient. Si autant de personnes souhaitaient devenir des Protecteurs, c'était que le peuple avait conscience que les choses allaient mal et voulait agir. Ça signifiait que nous pouvions peut-être faire la différence. Je songeai un instant à Truman, qui aurait été fier de voir que les citoyens en avaient assez de suivre aveuglément le gouvernement et étaient prêts à se battre pour ce en quoi ils croyaient.

Les gens continuèrent d'arriver jusqu'au début de la réunion. Tandis que Skyler essayait de rétablir le calme dans la salle, je m'approchai d'Ethan, qui était en train de finir le compte des signatures. Il leva la tête en me voyant approcher.

— On peut dire que tu es sacrément populaire, déclara-t-il en me souriant. Tu les as soudoyés ou quoi ?

Je grimaçai, rétorquant :

— Non, j'ai juste accroché une photo de toi à l'entrée, et ils sont tous venus...

Il éclata de rire et, rougissant soudain, il s'empressa de changer de sujet :

— On est officiellement cent douze Protecteurs. Je te suggère d'apporter un micro pour la prochaine réunion.

Je lui souris. Constatant que le silence commençait à se faire dans la salle, je m'approchai de Skyler.

— C'est quand tu veux, Caporale, me dit-elle avec un sourire.

Je lui adressai un clin d'œil et, prenant une grande inspiration, m'avançai de quelque pas. Les Protecteurs se turent peu à peu. Du coin de l'œil, je vis Nora entrer dans la salle et se placer discrètement sur le côté. Elle me fit un petit signe de tête.

Encouragée par sa présence, je me lançai :

— Merci à vous tous d'être venus ce soir. Je suis la caporale Isis, membre de la Brigade des Sauveteurs. Pour ceux d'entre vous qui viennent d'arriver, je vous souhaite la bienvenue parmi les Protecteurs. Notre projet est d'améliorer la sécurité de la Ville en prenant un certain nombre d'initiatives, et en essayant de convaincre le gouvernement de faire des réformes…

Je pris quelques instants pour rappeler les idées qui avaient été proposées à la rencontre précédente, puis je laissai la parole à différentes personnes, qui expliquèrent où en étaient ces projets.

Apparemment, les nouvelles recrues des Sauveteurs avaient toutes été prises en charge par un tuteur, qui les formait et les aidait à améliorer leurs capacités. De plus, un groupe de psychologues et d'infirmiers avaient mis en place des visites dans les écoles et sur les lieux de travail, pour sensibiliser les gens sur le suicide et les réflexes à avoir en cas d'incident. Des policiers étaient en train de s'occuper d'une mission similaire, mais concernant les règles de sécurité. Quelques Sauveteurs avaient également créé un cours d'autodéfense accessible à tous, et qui avait eu du succès dès la première leçon.

Plus les Protecteurs faisaient leur compte rendu, plus je sentais la fierté m'envahir : en dix jours seulement, nous avions posé les bases de toutes nos initiatives et nous pouvions déjà en voir les effets : cela ne présageait que de bonnes choses pour la suite, surtout si le nombre de Protecteurs continuait d'augmenter.

Je finis par reprendre la parole, pour évoquer la deuxième grande mission des Protecteurs :

— Comme nous l'avons dit la dernière fois, le rôle des Protecteurs n'est pas seulement d'agir. C'est aussi de convaincre le gouvernement de faire changer les choses. Aujourd'hui, je suis fière de vous annoncer que nous sommes plus de cent Protecteurs !

L'assemblée se mit à applaudir vigoureusement. J'attendis que le silence revienne pour poursuivre :

— J'ai également eu l'occasion de parler au lieutenant Nora, qui dirige ce Centre de Sauvetage. Celle-ci m'a affirmé qu'elle serait une alliée des Protecteurs.

Disant cela, je désignai Nora, qui s'était quelque peu rapprochée de l'endroit où je me trouvais. Un murmure approbateur résonna dans le gymnase : ma supérieure était assez connue et très respectée chez les Sauveteurs. D'ailleurs, même les personnes travaillant dans le domaine de la Santé parurent assez impressionnées en la voyant : elle dégageait une véritable aura.

— Le lieutenant Nora m'a dit qu'elle essayerait de m'obtenir un rendez-vous avec le Président Johnson lui-même, afin de discuter des mesures que nous voudrions voir le gouvernement prendre...

Je croisai le regard de Nora, qui était maintenant presque à mes côtés, et je compris qu'elle voulait s'adresser à l'assemblée. Je lui laissai donc la place, et elle marcha d'un pas décidé jusqu'à l'endroit où je m'étais trouvée. Le silence se fit immédiatement : on avait presque l'impression que les gens avaient arrêté de respirer. Je ne pus retenir une expression admirative devant le charisme de ma supérieure.

— J'ai promis à la caporale Isis de lui obtenir une entrevue avec le Président Johnson, confirma-t-elle. Et, ces derniers jours, je me suis employée à tenir ma promesse.

Je sentis les battements de mon cœur s'accélérer, en comprenant ce que Nora s'apprêtait à dire.

— J'ai rendez-vous avec notre Président demain matin. Mais j'ai choisi de laisser ma place à votre porte-parole.

Elle se tourna vers moi, avant de déclarer :

— Vous pourrez aller parler au Président Johnson dès demain, à dix heures, à son bureau.

Je m'efforçai de garder contenance en l'entendant dire cela. Nora me laissa à nouveau la parole, et je dus concentrer chaque parcelle de mon être pour ne pas montrer mon appréhension aux Protecteurs.

Le reste de la réunion fut consacré à la création de la liste des requêtes que je devrais faire le lendemain, et qui s'avéra assez longue. À chaque instant, je craignais qu'un Protecteur ne s'exclame : « C'est n'importe quoi ! On ne va pas envoyer cette enfant parler au Président ! » Mais personne ne manifesta une quelconque marque de désapprobation.

Pourtant, je devais reconnaître qu'une part de moi en aurait été reconnaissante. L'idée de me retrouver en tête à tête avec Johnson, qui avait condamné à mort mon ami, ne me plaisait guère. Oscar Johnson était un homme cruel et arriviste, je le savais, et les recherches de Julia n'avaient fait que confirmer mes soupçons. Le Président ne reculerait devant rien pour arriver à ses fins, et le convaincre de renoncer ne serait-ce qu'un peu au pouvoir absolu qu'il exerçait sur la Ville relevait de l'impossible... J'étais bien consciente de tout cela, mais si quelqu'un pensait que ça allait m'empêcher d'essayer, il ou elle se trompait royalement.

La fin de la réunion arriva. Peu à peu, le bruit de discussions animées envahit à nouveau la salle, et les Protecteurs commencèrent à sortir. Kim, Mike, Skyler et moi quittâmes le gymnase en dernier.

Il faisait nuit, et les rues n'étaient éclairées que par les lueurs des lampadaires. Je n'avais pas envie de prendre ma moto, ce soir-là, et mes trois compagnons Sauveteurs décidèrent de faire une partie du chemin avec moi. Kim et Skyler avaient pris la tête, marchant l'une à côté de l'autre, quelques mètres devant Mike et moi.

— Tu as très bien parlé, me complimenta Mike. Je ne sais pas comment tu fais pour rester aussi calme en t'adressant à autant de monde…

Je haussai les épaules. Je n'avais jamais tellement eu peur de m'exprimer en public. Mais je comprenais que Mike, de nature plus discrète, avait du mal avec ça. Mon ami sourit, semblant penser à quelque chose :

— Tu sais, Isis, tu es une personne assez paradoxale, quand on y réfléchit deux minutes…

Je lui jetai un regard surpris :

— Euh… tu trouves ?

— Oui ! Je veux dire… tu es cette Sauveteuse intrépide, courageuse, pleine de ressources et qui ne se laisse pas faire. Mais en même temps, tu as ce côté rêveur et curieux… tu te poses plein de questions et tu passes littéralement ton temps à réfléchir. C'est assez perturbant.

Je souris à mon tour, songeant qu'il n'avait pas tort.

— Je ne vois pas pourquoi je devrais être une seule chose à la fois, répondis-je. Je peux être introvertie et pensive, mais extravertie quand il le faut. Je peux être une rêveuse, mais ne pas accepter que mes pensées ne soient que des rêves, tu vois ? À quoi ça servirait de passer mon temps à rêver d'un monde meilleur, si je n'agissais pas pour que ça arrive vraiment ?

Encouragée par l'attention que Mike m'accordait, je poursuivis :

— En vérité, je crois que notre société a partiellement raison, en affirmant que les enfants ressemblent à leurs parents. Enfin... je suis très différente de mon père et de ma mère, et je trouve absurde de vouloir pousser un enfant à faire le même métier que ses parents. Pourtant, je ne peux pas m'empêcher de remarquer qu'il y a beaucoup d'eux en moi. Comme ma mère, je suis une rêveuse : j'imagine des projets, j'en dessine les plans dans ma tête et j'admire la beauté autour de moi... Mon père, lui, m'a donné un côté plus concret et l'envie de réaliser les plans que j'ai dessinés. Je ne veux pas juste les dessiner ni me contenter de construire sans penser, tu comprends ? J'ai le sentiment de vouloir être à la fois l'architecte et le constructeur. Je ne pense pas que ce soit si paradoxal que ça, de souhaiter mener à bien un projet du début à la fin.

Mike m'offrit un sourire.

— J'aime bien la métaphore, répondit-il. Mais... pourquoi devenir Sauveteuse en particulier, dans ce cas ? Pourquoi pas autre chose ?

Je ne lui répondis pas tout de suite, réfléchissant un instant. La vérité, c'était que je m'étais moi-même souvent posé la question...

— Je ne sais pas trop. Je crois que j'ai toujours senti, sans vraiment savoir comment l'exprimer, que notre Ville était profondément imparfaite. Qu'il manquait quelque chose et que les gens, sans même en être réellement conscients, n'étaient pas heureux. Aujourd'hui, en voyant à quel point seule l'efficacité compte, et en découvrant tout ce à quoi nous avons renoncé pour reconstruire notre monde, je comprends. Comment être vraiment épanoui, si chacune des actions qu'on fait a un but précis ? Si plus rien n'a de valeur en soi ? Il n'y a plus de musique, plus de films, plus de livres, plus de voyages, plus de culture... les gens n'ont rien d'autre à faire que travailler.

Pensif, Mike mit quelques secondes à me répondre :

— J'ai lu une histoire, une fois, chez miss Je-sais-tout. C'était un mythe sur un demi-dieu qui s'appelait Sisyphe. Un jour, il a trahi le roi des dieux grecs, Zeus, et celui-ci, pour le punir, l'a condamné à un châtiment éternel : Sisyphe devait rouler un énorme rocher en haut d'une montagne, et le rocher retombait chaque fois de l'autre côté, le forçant à recommencer le supplice, encore et encore, jusqu'à la fin des temps.

— Sympathique...

— Attends, c'est là que ça devient intéressant : selon certains philosophes, on doit imaginer que Sisyphe est heureux. Pour ces penseurs, le travail donne un sens à sa vie et lui permet d'atteindre le bonheur.

Je réfléchis un instant à ce que Mike venait de me dire.

— J'aimerais bien mettre ces philosophes à la place de Sisyphe, à pousser ce fichu rocher, rétorquai-je. Je ne pense pas qu'ils seraient si heureux que ça.

Mike acquiesça en riant.

— Pas faux. Mais je comprends ce qu'ils veulent dire. Sisyphe ne s'ennuie jamais, il n'a pas à se poser de questions : il sait ce qu'il a à faire. Peut-être qu'il n'est pas véritablement heureux, mais il peut quand même entretenir l'illusion d'avoir atteint une certaine forme de bonheur, tu ne crois pas ?

J'eus un sourire triste, comprenant où mon ami voulait en venir.

— Donc chaque habitant de la Ville est une sorte de Sisyphe ?

— Je pense que oui... seulement, ils ne se rendent pas encore compte qu'ils ne sont pas obligés de pousser le rocher... ou en tout cas, qu'ils pourraient faire beaucoup plus que ça.

Ce fut à mon tour d'acquiescer. Décidément, Mike me surprenait, en ce moment : je crois que lui-même ne connaissait pas ses capacités et son intelligence. Devant nous, Kim et Skyler éclatèrent de rire, s'esclaffant à cause d'une blague inconnue que Kim venait de lancer. Je croisai le regard de Mike, et un sourire se dessina sur mes lèvres lorsque je songeai que, tout de même, nous ne faisions pas *que* travailler. Il y avait certaines choses que le gouvernement ne pouvait pas nous enlever, et l'hilarité innocente sur le visage des deux jeunes Sauveteuses devant moi en était la preuve.

Quelques minutes plus tard, je souhaitai une bonne nuit à mes compagnons, qui me laissèrent finir le trajet seule. Arrivée devant chez moi, j'hésitai un instant, avant de me diriger finalement vers l'arrière de la maison. Je montai dans mon arbre, grimpai jusqu'à une grosse branche assez haute et laissai mes jambes se balancer dans le vide.

Mon Messager émit soudain le son caractéristique d'un BT, et je sursautai en l'entendant. Je saisis l'appareil et consultai l'écran :

Je ne suis pas loin de chez toi... Est-ce que je peux venir te voir ?
Ethan

Mes doigts hésitèrent au-dessus du clavier de mon Messager, ne sachant pas quelle réponse taper. Et si Ethan essayait de me dissuader d'aller voir Johnson ? Et s'il voulait me convaincre de laisser quelqu'un d'autre y aller ? Et si...

« Et si tu lui accordais vraiment une seconde chance, au lieu de trop penser à tout cela ? »

Sans me donner la possibilité de changer d'avis, j'écrivis ma réponse et l'envoyai immédiatement :

D'accord.

Puis j'éteignis mon Messager et le rangeai à ma ceinture, laissant à nouveau mes jambes se balancer, mais cette fois un peu plus nerveusement. Cela faisait des mois qu'Ethan n'était pas venu chez moi, et je ne pouvais m'empêcher de me sentir un peu stressée. Plus encore, je ne me rappelais pas la dernière fois où nous avions été complètement seuls, en dehors du cadre professionnel. Je poussai un soupir, permettant à mes pensées de vagabonder, songeant à tous les moments que j'avais passés avec lui, à tous les bons souvenirs dans lesquels il apparaissait. Dès notre rencontre, il m'avait soutenue, n'hésitant pas à venir à mon secours quand j'avais fait face à une méduse robot particulièrement tenace, ou bien lorsque j'avais voulu prendre GLT en filature. Jamais il ne m'avait accusée de mentir ou jugée quand je lui avais parlé du complot que j'avais entendu contre Truman, de l'agression de Ryan, de mes soupçons sur notre société. Et quand il avait pensé que j'allais perdre la vie en voulant secourir mon mentor, il avait sacrifié notre relation pour me sauver.

Mon cœur se serra quand je compris combien je m'étais sentie seule sans lui. Si je n'avais pas essayé d'entamer une relation avec quelqu'un d'autre, Jamie par exemple, ce n'était pas uniquement à cause de mes secrets, mais aussi à cause d'Ethan. Parce que – et au fond de moi, je le savais depuis longtemps – je ne voulais pas être avec quelqu'un d'autre que lui.

Je réalisai soudain que je n'avais pas précisé à Ethan que je me trouvais sur mon arbre, et voulus prendre mon Messager pour le lui écrire... mais j'entendis alors un bruissement dans les branches en dessous de moi.

Quelques secondes plus tard, Ethan apparut. Il sourit en me voyant.

— Je pensais bien que tu serais là !

Je lui rendis son sourire et me décalai pour lui faire une place. Il s'installa sur la branche à côté de moi, laissant ses jambes se balancer. Pendant quelques instants, aucun de nous ne parla. Puis je ne pus plus me retenir :

— Je suppose que tu es là pour essayer de me dissuader d'aller voir Johnson...

Il fronça les sourcils :

— Hum... non. Au contraire. Je suis là parce que je sais que ça n'a pas dû être facile pour toi de décider d'y aller. Je pense que c'est courageux de ta part et que c'est la bonne chose à faire.

Je fus à la fois surprise et touchée de l'entendre dire cela.

— Merci, répondis-je avec sincérité.

Le silence s'installa à nouveau, puis ce fut à son tour de le briser :

— Je peux te poser une question qui va te paraître un peu bête ?

— Oui, vas-y.

Il hésita un instant :

— Quoi de neuf ?

Je laissai échapper un petit rire, mais le sérieux dans ses yeux me fit comprendre le véritable sens de sa question. Il ne voulait pas que je lui réponde : « Oh, rien de spécial, la routine, et toi ? » Il voulait que je lui raconte vraiment ce qui s'était passé dans ma vie ces derniers temps. Que nous rattrapions le temps perdu.

Je lui parlai du travail, de mes responsabilités en tant que caporale, de la prise d'otages, de la progression d'Angela, de Kim et Mike, puis de mes pensées sur les Protecteurs et de l'espoir que les réunions me donnaient. Enfin, je lui avouai ma peur d'être confrontée à Johnson, mais ma détermination à tout faire pour le convaincre, malgré l'aversion qu'il m'inspirait.

Puis il me parla à son tour de sa vie, du quartier difficile dans lequel son Centre se trouvait, de la période dure qu'il avait traversée quelques mois plus tôt, à l'époque où nous nous étions croisés au stage sur le suicide. Il me raconta qu'il avait vu beaucoup de gens mourir et qu'il avait eu l'impression que personne ne le comprenait. Il m'apprit ensuite comment Skyler, qui travaillait dans son Centre, l'avait beaucoup aidé, le sortant de sa déprime et devenant son amie la plus proche.

À l'évocation de la belle sauveteuse aux yeux verts, je sentis malgré moi mon cœur se serrer...

— Elle a l'air d'être quelqu'un de bien, dis-je, ne pouvant m'empêcher de guetter sa réaction.

Il sourit.

— Elle est vraiment géniale. Je lui dois beaucoup. Elle est l'une des personnes les plus courageuses et altruistes que je connaisse... je suis content que vous vous soyez rencontrées, je pense que vous pourriez très bien vous entendre.

— J'ai rarement vu une fille aussi belle ! laissai-je échapper.

Ethan éclata de rire et eut la bonté de ne pas le nier :

— C'est vrai également, accorda-t-il. Mais on est juste amis. Et puis, je ne crois pas qu'elle soit particulièrement intéressée par les garçons, de toute manière...

Ce fut à mon tour de rire.

— Et tu penses ça parce qu'elle n'est pas intéressée par toi ? Eh bien ! bonjour l'ego surdimensionné...

— Hé ! protesta-t-il en me donnant un léger coup de coude. Je n'ai jamais essayé d'être autre chose que son ami ! Je dis ça parce qu'elle m'en a parlé, c'est tout...

— Bien sûr, raillai-je.

Il secoua la tête, faisant mine d'être agacé, tout en sachant pertinemment que je me moquais de lui. Je dus néanmoins m'avouer avoir ressenti un certain soulagement en l'entendant préciser que Skyler et lui étaient seulement amis.

— Et toi, comment va... Jamie, c'est ça ?

Il l'avait dit sur un ton assez léger, mais je perçus quand même une pointe d'appréhension dans sa voix.

— Je ne sais pas trop, répondis-je honnêtement. Ça fait vraiment longtemps que je ne lui ai pas parlé.

— Ah, répondit-il simplement.

J'eus du mal à cacher mon sourire en voyant combien il peinait à masquer sa satisfaction.

— Je ne pouvais pas être honnête avec lui. Il y a tellement de choses que je ne pouvais pas lui dire…

— À propos de la comète ?

— Oui, par exemple… Tu sais, j'ai découvert et appris beaucoup de nouvelles choses sur notre monde. Truman avait à peine commencé à nous raconter la vérité. Tu n'as pas idée de l'étendue de ce qu'on a oublié, aujourd'hui…

Il ne répondit rien. J'aurais bien aimé lui parler du journal de Truman et de la SDV, mais une part de moi n'était pas encore prête à le faire et il s'en rendit compte :

— Je comprends si tu ne veux pas tout me raconter. Mais… je ne suis pas pressé. Si un jour tu changes d'avis, je serai là.

J'arrive à ma vingt-troisième année de mandat, et je commence à sentir que ma fin est proche. J'aurai voué toute ma vie à la Ville et à ses habitants, et je ne le regrette pas. Je pense que j'ai accompli de grandes choses, et je continuerai à le faire jusqu'à ce que je n'aie plus la moindre trace d'énergie en moi.

La nouvelle génération n'a aucune idée de la catastrophe qui nous a menés là où nous sommes aujourd'hui. Ils ne connaissent même pas le mot « comète ». Ils sont uniquement concentrés sur leur avenir et sur la mission qu'on leur a donnée : s'insérer convenablement dans notre société. Ils ont été élevés dans l'idée qu'ils réussiront seulement s'ils trouvent leur place et y restent. La peur est un excellent moteur pour pousser les gens à faire de leur mieux et les empêcher de poser trop de questions.

La curiosité est devenue l'ennemi principal du gouvernement. Celle-ci mène au doute, et le doute est dangereux, car il sous-entend une remise en question des règles établies. Voilà pourquoi chaque individu doit trouver quelle est sa place et la respecter parfaitement, ou bien être condamné à une marginalisation. Cela peut paraître dur, mais c'est nécessaire pour le bien commun.

Depuis quelques années déjà, nous avons mis en place les « épreuves », que chaque jeune doit passer pour accéder au métier qu'il souhaite exercer. Et nous avons fait entrer dans les esprits l'idée qu'un enfant devrait rester dans le même domaine que ses parents. C'est très pratique, parce que ça conditionne chacun à se sentir à sa place depuis la naissance, ce qui va ensuite anéantir le doute et la curiosité. Comment, en effet, remettre en question ce que l'on a toujours connu et été ?

Extrait des *Mémoires de Henry Whipple*,
4e Président de la Ville
Texte original conservé dans les Archives

15

Cette nuit-là, je ne dormis quasiment pas. J'étais restée pendant près de deux heures dans mon arbre avec Ethan, à parler de tout et de rien, allant jusqu'à lui raconter certaines des choses que j'avais découvertes à la Source ou bien dans le journal de Truman. J'avais oublié combien lui aussi pouvait se montrer curieux, et je vis qu'il était particulièrement intrigué par le concept des films. Je lui avais promis qu'on irait à la bibliothèque en voir un ensemble, et j'avais souri en réalisant que c'était le genre de rendez-vous que prévoyaient souvent les adolescents autrefois. Ethan avait fini par partir, me souhaitant une bonne nuit, affirmant qu'il avait vraiment été content de passer un moment avec moi. J'étais allée me coucher et étais restée allongée dans mon lit pendant des heures avant de réussir à m'endormir. Et même là, mon sommeil avait été agité.

Le matin, je quittai le Centre assez tôt pour mon rendez-vous. Je roulai pendant un bon moment le long de la Tamise et me rendis jusqu'à un grand bâtiment à la forme originale, construit en métal et en verre. Je n'y étais jamais allée, mais Nora m'avait dit que le bureau de Johnson s'y trouvait. Je me rappelais avoir lu, durant des recherches sur la Source de Vérité, que ce bâtiment avait jadis abrité l'hôtel de ville de Londres. Je comprenais pourquoi Johnson travaillait là-bas : malgré son étrangeté, il y avait une certaine beauté dans cet endroit, qui donnait à la fois sur un espace vert, sur la Ville et sur la Tamise.

Les images de la SDV m'avaient appris qu'on pouvait autrefois apercevoir un grand pont depuis l'hôtel de ville. Ce pont, le « Tower Bridge », avait été partiellement détruit depuis. En garant ma moto, je ne vis qu'une grande passerelle en brique, toute simple et grise, là où ce monument aurait dû se trouver. Je songeai que le Tower Bridge avait dû trop représenter l'ancien monde, et qu'on l'avait donc détruit. Je sentis une vague de tristesse m'envahir en comprenant que la tour d'Elizabeth subirait probablement le même sort d'ici peu.

Je descendis de ma moto et me dirigeai vers le bâtiment. J'avais quelques minutes d'avance. J'entrai et un garde s'avança immédiatement vers moi pour me fouiller. Je lui tendis mon Messager et enlevai ma ceinture avant de passer entre des détecteurs de métaux, qui restèrent silencieux. Le garde me fit signe que je pouvais passer. Je remis ma ceinture en regardant autour de moi : le bâtiment était arrondi, ainsi l'intérieur était disposé de manière assez originale. Je levai la tête et ouvris de grands yeux : il n'y avait pas d'escaliers, mais une espèce de grande spirale montait jusqu'en haut du bâtiment, permettant d'accéder aux différents étages. Je me demandai si ma mère était déjà venue ici. Elle aurait été fascinée par l'architecture des lieux…

— Caporale Isis, c'est cela ?

Je sortis immédiatement de ma rêverie, abaissant le regard vers la personne en face de moi. Il s'agissait de Victor, le mystérieux conseiller de Johnson.

— Le Président est occupé et ne pourra vous recevoir que d'ici une dizaine de minutes, m'apprit-il en me regardant d'un air hautain. Je vous proposerais bien de continuer à admirer le bâtiment, mais je pense qu'il serait plus judicieux de vous emmener devant le bureau...

Je ne réagis pas à son mépris et à sa moquerie à peine voilés. Je me contentai de répondre, en lui souriant :

— Je vous suis, Victor.

Il se crispa légèrement en m'entendant faire l'usage de son prénom, mais ne répondit rien. Il se mit à marcher à travers le hall d'entrée, jusqu'à un ascenseur que je n'avais pas remarqué. Nous entrâmes et il appuya sur le bouton le plus haut. Nous restâmes silencieux, jusqu'à ce que je déclare :

— Vous savez, j'ai l'impression de vous avoir déjà vu quelque part. Avant la soirée des Sauveteurs, je veux dire.

Il me jeta un regard, se montrant toujours aussi distant, mais répondit néanmoins :

— Il m'est déjà arrivé de me rendre à l'école de Sauvetage. L'un des enseignants, monsieur Greg, est un consultant pour la sécurité de la Ville. Je ne me rappelle pas vous avoir vue... Enfin, je ne me serais probablement pas souvenu de vous, donc ce n'est pas impossible.

J'allais répondre à cette dernière réplique, mais je refermai la bouche, une idée traversant soudain mon esprit. Était-il possible que ce soit lui ? Victor venait-il de répondre à une question que je m'étais posée pendant plus d'un an ? Incapable de contenir ma curiosité, je tentai le tout pour le tout :

— Est-ce que, par hasard, il vous serait arrivé de venir à l'école en dehors des horaires de cours ? La nuit, par exemple ?

Il me jeta un regard surpris, mais se reprit immédiatement.

— Et pourquoi ferais-je une chose pareille ?

Je haussai les épaules, feignant d'être détendue.

— Oh, je ne sais pas ! Ça m'est juste passé par la tête.

Il ne répondit rien, mais son silence parla pour lui. L'ascenseur s'immobilisa, et Victor sortit en premier. Je le suivis, m'efforçant de rester calme malgré ce que je venais de comprendre.

Je n'avais jamais vu Victor avant la soirée des Sauveteurs, je l'avais *entendu*. C'était sa voix qui m'était familière, parce que, j'en étais sûre à présent, Victor était bel et bien l'inconnu que j'avais surpris en train de conspirer avec GLT pour tenter d'assassiner Truman. Je revoyais presque la lueur que j'avais aperçue du haut des escaliers, à l'école, avant de descendre discrètement et de surprendre une conversation que je n'étais pas censée entendre. Je me souvenais des mots exacts prononcés par Victor : « Personne ne doit savoir la vérité. Le Président lui-même a insisté là-dessus. »

Oui, j'en étais maintenant certaine : Victor était bien celui qui avait comploté avec mon ancien professeur. D'ailleurs, ça prenait tout son sens : il était évident que Johnson avait dû envoyer une personne de confiance pour s'occuper d'une affaire aussi délicate… qui de mieux pour cela que son conseiller le plus proche ?

Victor me conduisit jusqu'à une petite salle avec plusieurs fauteuils.

— Attendez ici. On viendra vous chercher quand le Président sera prêt à vous recevoir.

Je lui adressai le sourire le plus convaincant possible, et il s'en alla sans rien ajouter, affichant toujours son air méprisant. Mon sourire disparut immédiatement, remplacé par une expression remplie d'une haine que j'avais eu beaucoup de mal à juguler. Après tout le temps passé à me demander qui était l'homme qui avait voulu faire tuer Truman par un assassin, je découvrais enfin la vérité. L'expression de Victor quand je lui avais demandé s'il était déjà venu la nuit avait confirmé mes doutes.

« Espèce de salaud... »

Je pris place dans un des fauteuils et respirai lentement jusqu'à retrouver ma sérénité. Je devais me concentrer : je n'étais pas venue ici pour régler des comptes personnels. Je sentis la nervosité m'envahir en me rappelant pourquoi j'étais là, et je m'efforçai de rester calme. Johnson avait accepté de prendre le temps de me parler : il allait donc écouter ce que j'avais à dire. J'avais peut-être une chance de le convaincre... au fond, il voulait le bien du peuple, non ?

« Oui, mais il veut aussi le dominer. Pas sûr que le bien-être de chacun le préoccupe... »

Un homme entra dans la salle et m'adressa un vague sourire. Il était grand et mince, et paraissait quelque peu nerveux. Je me levai. Il se présenta :

— Je suis Timothy, le secrétaire de monsieur le Président. Si vous voulez bien me suivre, il est prêt à vous recevoir.

Timothy m'emmena jusqu'à une grande porte sculptée avec goût et ornée de quelques dorures. Il semblait mal à l'aise, et je compris que c'était probablement son état constant. Il frappa à la porte.

— Entrez, dit une voix à l'intérieur.

Le secrétaire ouvrit si délicatement que j'en ressentis un certain agacement. Il pénétra dans la salle et je le suivis.

— Voici la caporale Isis, Monsieur.

Johnson nous tournait le dos, se tenant devant une fenêtre à l'autre bout du bureau.

— Merci, Timothy. Vous pouvez nous laisser.

Il ne fallut pas le lui dire deux fois : ce bon vieux Tim sortit aussi discrètement et rapidement qu'il était entré. Il me faisait un peu penser à un chat de gouttière, tout mince, apeuré et se déplaçant subrepticement...

— Asseyez-vous, Isis, je vous en prie, déclara Johnson.

Je m'exécutai, m'installant sur une chaise devant le bureau du Président. La pièce avait été meublée avec goût et de manière assez moderne, correspondant parfaitement au style élégant et unique du bâtiment. Quand on savait à quel point le gouvernement prônait l'efficacité avant tout, une telle minutie paraissait quelque peu surprenante, voire paradoxale. Johnson se tourna enfin vers moi, m'interrompant dans ma contemplation.

— Vous aimez la décoration ? s'enquit-il en me souriant.

— Oui. Ça doit être agréable de travailler ici.

Il prit place à son bureau, juste en face de moi.

— Tout à fait. Il est vrai que les bureaux des Sauveteurs sont plus sobres... vous devez être un peu dépaysée.

Je ne répondis rien, ne souhaitant pas poursuivre ce bavardage inutile. Johnson perçut mon changement d'attitude et devint immédiatement plus sérieux.

— Eh bien, allez-y, Caporale. Vous avez toute mon attention.

Tâchant de paraître sûre de moi, je me lançai :

— Comme vous devez le savoir, beaucoup de personnes travaillant dans le domaine de la Sécurité et de la Santé ont perçu les difficultés que traverse la Ville depuis quelques mois et ont jugé qu'il fallait prendre un certain nombre de mesures pour tâcher d'y remédier. Je suis ici en tant que représentante de ce groupe. À l'instant où je vous parle, les Protecteurs sont déjà plus d'une centaine, et je ne doute pas que ce nombre va augmenter. Notre organisation a déjà pris un certain nombre d'initiatives...

Je lui exposai rapidement les différents projets que nous avions mis en place, avant d'enchaîner :

— Cependant, je suis ici parce que les Protecteurs estiment que certaines des mesures prises par le gouvernement sont trop dangereuses et risquent d'empirer la situation plutôt que de l'arranger. Les Protecteurs comprennent bien que cette crise appelle des mesures particulières, toutefois ils désapprouvent le port généralisé d'armes blanches et l'accès grandement facilité aux armes à feu. Ces mesures vont causer beaucoup plus de pertes et de dommages collatéraux, et ne vont vraisemblablement pas améliorer les choses. Voici donc les différentes requêtes de notre groupe...

Disant cela, je sortis une feuille de la poche de ma veste et me mis à la lire :

— Premièrement, nous souhaitons remplacer les armes utilisées actuellement par des pistolets à impulsion électriques, qui permettent de neutraliser l'assaillant sans causer de lourds dommages. Deuxièmement, nous voulons que les effectifs des prochaines promotions de Sauveteurs, de policiers, de médecins, d'infirmiers et d'ambulanciers soient augmentés. Troisièmement, nous demandons que le programme de surveillance totale de la Ville soit immédiatement suspendu, et que le budget prévu à cet effet soit redistribué pour mieux équiper les troupes : en effet, nous pensons que faire régner un climat de peur en surveillant toute la population ne va pas arranger la situation, dans le fond. Quatrièmement, nous réclamons l'annulation du statut de « priorité » de certaines missions : le travail des Sauveteurs est de sauver quiconque est en danger ; le fait que la menace vienne de cambrioleurs, d'assassins, d'un incendie ou de la personne elle-même ne devrait rien changer. Enfin, nous voulons que le gouvernement aide à mettre en place les initiatives déjà prises par les Protecteurs, notamment concernant la sensibilisation du peuple sur la sécurité, le suicide et la santé.

Je me tus, levant les yeux de ma feuille pour observer Johnson qui me regardait en affichant une expression assez neutre.

— J'ai dit tout ce que les Protecteurs m'avaient chargée de vous transmettre, déclarai-je pour qu'il réagisse. Qu'est-ce que vous en pensez ?

Il m'adressa un sourire, avant de me répondre :

— Vous savez, Isis, je me rappelle le jour où Truman était venu me voir, tout comme vous, pour m'adresser un certain nombre de requêtes. Je crois même qu'il s'était assis exactement là où vous êtes…

Je me sentis rougir, ne pouvant m'empêcher d'abaisser mon regard sur ma chaise. Pourquoi Johnson me parlait-il de cela ? Essayait-il de me déstabiliser ?

— Excusez-moi, monsieur Johnson, articulai-je en tentant de rester diplomate, mais je ne vois pas quel est le rapport avec ce que je viens de vous dire.

— Oh, mais c'est tout à fait à propos, au contraire ! Je n'ai pas oublié la ferveur avec laquelle vous aviez défendu l'ancien Maître des archives. Je décèle cette même énergie chez vous aujourd'hui. Je vois bien qu'au fond vous n'avez pas changé ; vous avez simplement trouvé une nouvelle cause pour laquelle vous battre.

J'ouvris la bouche pour répondre, mais il ne m'en laissa pas le temps.

— Je connais beaucoup de gens comme vous. Des révolutionnaires, des contestataires. Vous avez besoin de vous battre, besoin d'avoir une chose pour laquelle vous seriez prête à tout… je ne vais pas vous mentir, je trouve qu'il y a une certaine beauté là-dedans. Mais ça m'attriste également quelque peu.

— Je ne…

— Je pense que vous ne le faites pas consciemment. Mais… j'ai lu votre dossier, Isis. La demande spéciale, la relation avec Truman, les commentaires de vos professeurs sur votre curiosité, la montée en grade extrêmement rapide, et maintenant les Protecteurs. Vous ne tenez tout simplement pas en place : même exercer la profession la plus dangereuse de la Ville ne vous suffit pas. Et je pense que vous refusez de l'admettre, puisque vous avez arrêté de voir votre psychologue – la docteure Jenna, me semble-t-il – depuis des mois.

Je m'étais crispée sur ma chaise, et j'avais le plus grand mal à rester calme.

— Monsieur Johnson, je comprends bien que vous n'avez pas une haute opinion de moi, mais je suis ici uniquement en tant que porte-parole des Protecteurs. J'aimerais mettre nos différends de côté pour que nous puissions nous concentrer sur des choses plus importantes.

Il plaça ses mains devant lui en signe de paix.

— Je ne voulais en aucun cas vous manquer de respect, affirma-t-il. J'ai en vérité une assez haute opinion de vous, contrairement à ce que vous croyez. Je pense que vous avez un potentiel incroyable, c'est pour cela que je suis aussi franc avec vous. Il est frustrant de vous voir gaspiller vos capacités pour contester le système, alors que vous pourriez accomplir de grandes choses. Je pense d'ailleurs que, si vous n'aviez pas rencontré Truman, votre côté « contestataire » aurait disparu assez rapidement.

— Truman n'a rien à voir avec tout ça, lâchai-je, agacée. Est-ce qu'on pourrait, s'il vous plaît, parler des requêtes des Protecteurs ?

Le sourire de Johnson disparut, remplacé par une expression dure.

— Je vous ai écoutée exposer vos requêtes, sans vous interrompre une seule fois, asséna-t-il. Maintenant, c'est à votre tour. Autrement, notre entrevue prend fin ici, et vous pourrez considérer toutes vos réclamations comme rejetées.

Je dus à nouveau me crisper pour ne pas céder à ma colère. Je parvins à garder mon calme, et le visage de Johnson s'adoucit. Il reprit :

— Je suis le Président de cette île depuis maintenant des années, et sachez que tout ce que j'ai fait, je l'ai fait pour le peuple.

Je retins une remarque cinglante, mais il perçut quand même le scepticisme dans mes yeux...

— Vous ne me croyez pas ? demanda-t-il en souriant à nouveau. Je comprends. Vous avez dû me considérer comme un ennemi depuis que vous m'avez vu arrêter Truman, n'est-ce pas ?

Je ne répondis rien, ne sachant pas quoi dire. Il avait raison, évidemment, mais l'avouer risquait de compromettre le reste de ma visite.

— J'aimerais tant que vous voyiez les choses telles que je les vois, affirma Johnson. Vous comprendriez tout ce que j'accomplis. Vous verriez que je ne veux que votre bien. Vous qui êtes si franche, soyez honnête avec vous-même : votre rencontre avec Truman vous a-t-elle apporté autre chose que des ennuis ? Plus encore, pouvez-vous m'affirmer, sans mentir, que vous l'avez réellement connu ? Vous avez dû le voir seulement quelques fois, avant que je parvienne à monter un véritable dossier contre lui pour l'arrêter. Cela vous a-t-il suffi à être absolument certaine que vous pouviez lui faire confiance ?

Je restai silencieuse. Mais il n'attendait pas de réponse et poursuivit, imperturbable :

— Truman était un menteur. Il en voulait au gouvernement et a passé la majeure partie de sa vie à s'exiler complètement du monde, occupant tout son temps à lire ce que des gens morts depuis longtemps avaient écrit. Quel genre de personne préfère la compagnie des morts à celle des vivants ? Quel genre de personne reste coincée dans le passé sans vouloir admettre que le monde a changé ? Celui que vous pensiez être votre ami n'était qu'un égoïste, Isis. Des années plus tôt, il a manipulé un de ses élèves et a causé sa mort… et il était prêt à faire exactement la même chose avec vous. Il était prêt à gâcher toute votre vie, juste pour que quelqu'un se souvienne de lui et fasse perdurer son « héritage ». Je suis sûr qu'il vous a raconté bien des choses, pour vous convaincre que notre monde était mauvais et que l'ancien était bien meilleur… mais il vous a menti, je serais prêt à le jurer.

Je fus incapable de me taire plus longtemps :

— Non ! Truman n'était pas parfait, mais il n'était pas un menteur.

Le sourire de Johnson se teinta d'une tristesse que je ne pus m'empêcher de trouver sincère.

— Votre loyauté est admirable. Mais je pourrais vous prouver de mille manières que Truman n'a pas été honnête avec vous.

— Allez-y ! Vous avez tort, je ne suis pas dans le déni. Je suis prête à entendre ce que vous avez à me dire.

Il ne me répondit pas immédiatement, paraissant légèrement surpris. Puis il poursuivit :

— Très bien. Truman vous avait-il parlé de son jeune élève, mort parce qu'il lui avait imposé le poids d'un passé trop douloureux ? Vous a-t-il parlé des maladies et des épidémies qui décimaient autrefois des populations entières ? Des millions de personnes qui n'avaient pas assez à manger et mouraient de faim, pendant que d'autres s'empiffraient sans la moindre honte ? Des gens qui s'entretuaient simplement parce qu'ils ne partageaient pas les mêmes croyances ? Des deux guerres mondiales qui ont fait des millions de morts ? Notre société est peut-être dure, mais au moins elle est juste, égalitaire et régulée.

Il marqua une pause. Truman ne m'avait pas beaucoup parlé de ça, mais il m'avait laissé son journal, et des indices pour trouver la Source de Vérité, dans laquelle j'avais lu tout ce que Johnson venait de me dire. Il voulait donc que je sache tout cela. Mais le Président n'avait pas fini :

— Il vous a parlé, en revanche, de ce qui a causé la destruction de l'ancien monde. Je vois, dans vos yeux, que vous le savez... Truman vous a-t-il raconté l'histoire de la méchante comète ?

Je fronçai les sourcils. Que voulait-il dire ? Johnson afficha un sourire triomphant :

— Ah, j'en étais sûr. Voyez-vous, il est facile de dire que c'est cette fameuse comète qui nous a détruits. Mais c'est faux. C'est une histoire inventée par les hommes pour se libérer de leur culpabilité. Voyons voir à quel point vous êtes bien renseignée : quelle serait l'année de la collision entre la comète et notre planète ?

J'hésitai à répondre : tentait-il de me piéger ? Il perçut mon trouble.

— Allons, Isis. Je ne vais pas vous faire arrêter parce que Truman vous a confié des choses – des mensonges, qui plus est – que vous n'étiez pas censée entendre. Vous êtes une jeune fille intelligente, et je me doute que si vous aviez voulu essayer de révéler au monde entier ce qu'il vous a dit, vous l'auriez déjà fait. N'ayez pas peur, soyez honnête avec moi.

— C'était en 2023, répondis-je assez bas.

— Bien. Mais saviez-vous que la comète de Halley n'était pas censée être visible depuis la Terre avant l'an 2061 ? Comment, alors, la collision a-t-elle pu avoir lieu ?

Je sentis les battements de mon cœur s'accélérer. Disait-il la vérité ?

— Ce sont les hommes qui ont détruit le monde, cracha Johnson. C'est la faiblesse de la nature humaine qui est coupable, et regretter l'ancien monde équivaut à regretter ce qui l'a détruit.

J'étais incapable de dire quoi que ce soit. Johnson était convaincant, et je craignais que son affirmation ne soit vraie...

— Truman était de mauvaise foi, asséna-t-il. Et il était seul. Il avait coupé les ponts avec sa famille depuis fort longtemps, et ne s'était jamais marié. La solitude et la nostalgie l'ont aigri. Mais vous êtes différente, Isis. Vous aimez votre famille, vous avez des amis, et vos collègues vous estiment au point de vous envoyer dans mon bureau, vous, parmi tous les autres. À présent, c'est à votre tour de couper les ponts avec Truman. Il n'est plus là, et n'a jamais été loyal qu'envers lui-même. Ne faites pas l'erreur de croire le contraire. Soyez fidèle à vos proches, Isis. À vous-même. Soyez fidèle à votre peuple, à votre gouvernement. Ne gâchez pas votre potentiel.

Il se leva et m'entraîna vers la porte de son bureau sans que j'aie le temps de répondre quoi que ce soit.

— J'ai entendu vos requêtes, affirma-t-il, une fois parvenu devant la porte. Je vais examiner chacune d'entre elles, et je vous ferai revenir lorsque j'aurai pris mes décisions.

J'étais perturbée par tout ce que Johnson venait de me dire et ne parvins qu'à articuler un vague remerciement. Johnson m'ouvrit la porte et me tendit la main, que je fixai pendant une seconde avant de la serrer.

— Eh bien, à bientôt, Caporale ! déclara le Président.

Il referma derrière moi, et je me retrouvai seule devant son bureau, plus confuse que jamais.

Je me dois d'admettre que le dévouement de monsieur Whipple aura été admirable du début à la fin de son mandat. Il s'est battu jusqu'au bout, s'épuisant pour pouvoir continuer à assumer ses fonctions, travaillant tout autant que l'aurait fait un jeune homme, et ce jusqu'à son décès, à quatre-vingt-trois ans, il y a à peine un mois.

Pour beaucoup de mes confrères, il est difficile d'imaginer à nouveau une femme au pouvoir. En effet, la dernière Présidente était Eleanor Finlay, et on peut difficilement imaginer plus différent de Whipple que cette femme... tout comme on peut difficilement imaginer que quelqu'un soit plus opposé à elle que moi.

Eleanor Finlay était faible. C'était une idéaliste. Les idées ne suffisent pas à bâtir une société. Elle a certes grandement participé à la reconstruction de la Ville, mais elle s'est trop attachée au passé : aujourd'hui, nous devons vivre dans le présent et penser à notre futur.

Je pense que nous devons aller encore plus loin que Longmore, encore plus loin que Whipple : j'enterrerai définitivement le passé. Je ferai disparaître ceux qui mentionneront l'ancien monde. J'anéantirai les archives et les bibliothèques.

Mon mandat ne supportera pas le doute. Il sera celui de la certitude.

Extrait des *Mémoires de Beatrice Howell*,
5e Présidente de la Ville
Texte original conservé dans les Archives

16

En sortant de l'ancien hôtel de ville, je tentai de garder mon calme. Mais le doute m'envahit alors que j'enfourchais ma moto.

Et si Johnson avait dit la vérité ? Et si Truman avait menti, pour mieux me convaincre ? Je jetai un coup d'œil à ma montre et estimai que j'avais le temps de me rendre rapidement à la Source avant de retourner travailler. Je mis la clé dans le contact et démarrai en trombe, tentant de me rassurer.

Pourquoi devrais-je croire le Président plus que mon ami ? Johnson ne pensait pas que j'avais le moyen de vérifier ses affirmations ; il n'était pas au courant de l'existence de la SDV.

« Mais toutes ses paroles avaient l'air sensées… »

Évidemment que c'était le cas : il était très intelligent, et parfaitement capable d'inventer une chose pareille. Ce n'était pas pour rien qu'il était Président !

« Pourquoi t'aurait-il menti ? Il paraissait sincère ! »

J'accélérai davantage, songeant au sourire triste que Johnson m'avait adressé en voyant mon entêtement à croire ce que Truman m'avait appris. Se pouvait-il que le président soit un si bon comédien ? Ou était-il véritablement persuadé d'agir au nom du bien de la société ?

« Et si l'ancien monde était si catastrophique que ça, n'a-t-il pas raison de vouloir l'oublier et le détruire ? »

Je garai ma moto en ayant cette terrifiante pensée. J'enlevai mon casque et passai la main dans mes cheveux, tâchant de garder la tête froide. Avant tout, je devais vérifier ce que Johnson m'avait dit. S'il avait menti, je n'avais aucune raison de douter de mes convictions.

Je me rendis à la SDV et m'installai devant le grand ordinateur. J'allumai l'appareil et fis apparaître une barre de recherche, dans laquelle je pouvais écrire à peu près tout et obtenir des millions de résultats. Mes doigts hésitèrent un instant au-dessus du clavier, puis je tapai simplement : *comète de Halley*. Les résultats apparurent immédiatement, et je me rendis sur le premier site proposé. C'était un article détaillé sur la comète. Au début du texte, je pus clairement lire :

Prochain passage : 28 juillet 2061.

Impossible désormais de retenir la vague de doutes qui menaçait de m'envahir.

À présent, j'avais la certitude que Truman m'avait menti.

***

Dans les jours qui suivirent, j'eus bien du mal à me concentrer sur mon travail. Ma discussion avec Johnson m'avait réellement perturbée, et je ne savais plus quoi penser ou qui croire. Après tout, si Truman m'avait menti sur la comète, pourquoi être convaincue qu'il avait été honnête sur le reste ?

Je passais donc la majeure partie de mon temps libre à la SDV, à faire des recherches dont je ressortais complètement déprimée : tout ce que Johnson m'avait dit était vrai. La faim, la maladie, la guerre, le terrorisme... la liste des fléaux de l'ancien monde semblait interminable, et j'étais bien obligée de reconnaître que, de ce point de vue là, notre monde paraissait bien meilleur.

Mais malgré ce que Johnson affirmait, j'étais convaincue que ce n'étaient pas nos règles et notre société qui avaient éradiqué tous ces problèmes, mais plutôt la chute de la comète ou la catastrophe qui avait eu lieu, quelle qu'elle soit. D'ailleurs, par rapport à la Terre entière, notre société n'était qu'un microcosme : pour ce que j'en savais, le reste de la planète pouvait très bien être dans un état de destruction catastrophique. Ou peut-être, au contraire, que d'autres groupes de personnes s'étaient rassemblés et avaient formé de nouvelles sociétés, meilleures que la nôtre, et également exemptes des soucis de l'ancien monde.

En bref, Johnson semblait m'avoir dit la vérité, mais il l'avait probablement tournée à son avantage. Je m'étais sentie si inférieure à lui, pendant notre entrevue ! Si impuissante ! C'était insupportable. Il me fallait un moyen de pression, quelque chose qui l'obligerait à vraiment m'écouter et à me prendre au sérieux, la prochaine fois que je le verrais. Johnson m'avait assurée qu'il me ferait revenir d'ici peu : il avait peut-être pris le dessus pour ce premier tête-à-tête, mais pour le suivant, je serais mieux préparée.

Quelques jours avant la réunion suivante des Protecteurs, je me rendis au commissariat pour voir Julia.

Celle-ci m'entraîna immédiatement dans un lieu privé où nous pourrions discuter. Je lui racontai rapidement mon entretien avec Johnson, et je vis la colère sur son visage, exactement comme ça avait été le cas avec Kim et Mike, les seules autres personnes à qui j'en avais parlé.

— Je commence à vraiment le détester, ce type, affirma Julia. Tous ces petits détails et incohérences que j'ai remarqués, ce ne sont pas des hasards. C'est impossible. Johnson cache beaucoup trop de choses : il ne peut pas avoir les mains aussi propres qu'il cherche à nous faire croire...

— Tu sais quoi ? Je pense que c'est ce Victor qui fait le sale boulot.

— C'est fort possible. Mais c'est Johnson qui donne les ordres. C'est lui, le véritable coupable.

Je la fixai, me rappelant la raison de ma présence ici : il y avait une piste que je ne lui avais pas encore demandé d'explorer...

— Julia, je suis venue te voir, parce que j'aimerais que tu fasses des recherches sur un certain Winston. Il était le frère de Nora, et il est mort il y a des années, peut-être vingt ans, dans des circonstances étranges... et il était dans la même classe que Johnson.

Elle me regarda en ayant l'air étonnée :

— Comment tu sais tout ça ?

Puis, apercevant une lueur embêtée dans mes yeux, elle ajouta :

— Laisse tomber. Je n'ai pas besoin de savoir. Je ferai mes recherches.

Je la remerciai et quittai le commissariat pour me rendre à mon Centre. Nous étions en début de soirée, et il ne me restait qu'une vingtaine de minutes de pause avant de commencer le service de nuit auquel j'avais été affectée. Je ramenai ma moto au garage du Centre et reçus un BT m'indiquant que mon partenaire de service serait Ethan. Je ne pus retenir un sourire soulagé. Je ne lui avais pas parlé depuis le soir où nous avions discuté dans mon arbre, et j'avais eu du mal à me retenir d'aller le voir pour lui raconter ce qui s'était passé.

Il était le seul à part moi à avoir connu Truman, et j'avais besoin de l'entendre dire que le Maître des archives n'était pas un menteur, qu'il devait y avoir une explication rationnelle.

« Ou alors Truman était un menteur, qui t'a manipulée, comme le Président te l'a dit… Qu'est-ce qui te rend aussi sûre que tu pouvais lui faire confiance ? »

Je fermai brusquement la porte du garage et me mis à marcher d'un bon pas vers le lieu de rendez-vous indiqué par mon Messager. Je tentai de penser à autre chose, mais cette odieuse petite voix intérieure refusait de se taire…

« Peut-être que la comète n'est jamais tombée sur terre. Peut-être que c'était juste une de ces bombes atomiques sur lesquelles tu viens de lire un article, à la SDV… »

Tais-toi.

« Peut-être qu'il y a juste eu une autre de ces merveilleuses guerres mondiales. Peut-être que la technologie est devenue trop élaborée et a pris le contrôle de la Terre. Peut-être que… »

TAIS-TOI !

Sans que je m'en rende compte, je m'étais arrêtée de marcher. J'étais incapable de continuer à ignorer les doutes qui s'insinuaient en moi. J'avais le sentiment d'être utilisée, l'impression que tout le monde me mentait sans que j'aie la possibilité de démêler le vrai du faux.

Je me forçai à reprendre ma marche en me remémorant mes moments avec Truman et tout ce que j'avais lu dans son journal. Dire qu'en seulement quelques instants Johnson avait réussi à salir cela, à souiller ce que je pensais du Maître des archives !

J'aperçus alors Ethan qui s'avançait dans ma direction. Nous commençâmes notre service de nuit en marchant côte à côte, d'abord en silence, jusqu'à ce qu'Ethan entame la discussion :

— Est-ce que je devrais te demander comment l'entrevue s'est passée ?

Je haussai les épaules. À présent, je ne savais même plus si j'avais envie d'en parler… une part de moi avait honte de s'être laissé dominer à ce point par Johnson. Je ne voulais pas qu'il me croie faible.

— Pour être complètement honnête, poursuivit-il, je dois t'avouer que Skyler m'a déjà dit que le Président n'avait pas vraiment été à l'écoute…

Je jetai un regard surpris à Ethan.

— Mais… je n'ai rien raconté à Skyler… je ne l'ai même pas vue depuis la dernière réunion…

— Toi non, mais Kim oui.

Je secouai la tête, à la fois agacée et amusée. J'aurais préféré être celle qui en parlerait à Skyler, mais Kim n'avait évidemment pas pu se retenir. Bon, puisqu'Ethan était déjà en partie au courant, autant lui raconter les faits plus en détail…

Je lui fis donc le récit de mon entrevue avec Johnson et des doutes qu'il avait instillés dans mon esprit. Je lui parlai de l'incohérence concernant la comète de Halley et de toutes les horreurs que l'ancien monde avait laissées se mettre en place. Comme moi, Ethan parut troublé par les révélations de Johnson. Il avait peine à croire que ce dernier m'avait dit la vérité :

— Mais comment est-ce que tu peux être sûre qu'il ne t'a pas menti ?

Je me mordis la lèvre, hésitant à répondre à sa question. Je n'avais pas encore parlé à Ethan des indices dans le journal de Truman ni de la Source elle-même. Il n'était pas au courant de son existence et j'avais peur de lui en parler, parce que j'avais conscience qu'il s'agissait de la dernière chose qu'il ignorait sur ma vie. Si je lui confiais cela, il n'y aurait plus aucun secret entre nous, et ça voudrait donc dire que plus rien ne nous séparait vraiment…

J'ouvris la bouche pour lui répondre, mais fus interrompue par le bruit simultané de nos Messagers :

Agression. Ruelle au bout de la 101e Rue.

Nous commençâmes à courir d'un même mouvement, arrivant en moins d'une minute à l'emplacement indiqué. J'entendis un cri étouffé en entrant dans la ruelle, et nous nous retrouvâmes face à un spectacle qui n'avait rien de réjouissant : cinq adolescents se tenaient devant un jeune homme de leur âge, qui était acculé contre le mur en brique d'une maison. Il était debout, figé par la peur, paraissant sur le point de s'évanouir.

Les cinq jeunes tenaient des fléchettes et je compris, en voyant des projectiles à terre ou plantés entre deux briques, qu'ils s'amusaient à les tirer le plus près possible du garçon. Je sentis la rage m'envahir en voyant l'un des adolescents lever le bras pour viser…

— On ne bouge plus ! criai-je.

Tous les jeunes sursautèrent et se tournèrent vers nous. Lorsqu'ils virent que deux Sauveteurs se tenaient en face d'eux, ils parurent terrifiés.

— Posez ces fléchettes ridicules et placez-vous contre le mur sans faire de geste brusque, ordonnai-je.

Ils semblèrent hésiter, consultant du regard l'un d'entre eux, le plus grand de la bande, sans doute le meneur.

— Je vous déconseille de tenter quoi que ce soit, dis-je en plaçant la main sur mon pistolet.

Les adolescents, qui s'apprêtaient visiblement à se jeter sur nous, ouvrirent de grands yeux en voyant mon arme à feu. L'un d'entre eux lâcha même ses fléchettes et leva les mains en l'air, par réflexe.

— Elle ne va pas tirer, cracha le meneur du groupe. On n'est pas armés et on est mineurs. Ça lui causerait trop de problèmes.

Je restai impassible et ne répondis rien. Évidemment que je n'allais pas tirer, simplement parce que je n'avais pas l'intention de blesser une bande de jeunes idiots…

Mais soudain, le chef cria :

— Maintenant !

D'un même mouvement, ils se jetèrent tous sur nous, tandis que le plus grand restait en retrait et entraînait le jeune garçon avec lui. J'eus le temps de faire un signe à Ethan qui comprit et s'élança à leur poursuite, me laissant contre les quatre adolescents.

Le premier voulut me frapper au visage en arrivant sur moi : je m'écartai et il s'effondra à terre, emporté par son élan. J'envoyai mon pied sur le thorax du deuxième, qui fut projeté en arrière. J'esquivai un coup du troisième avant de le saisir par le col pour le jeter sur le premier, qui était en train de se relever. Le quatrième agrippa mon bras, mais j'attrapai également le sien et me servis de ma prise pour le lui tordre, le forçant à se baisser pour ne pas avoir mal. Je lui envoyai mon genou dans l'estomac et le laissai s'effondrer, le souffle coupé.

— OK ! Le premier qui essaye de s'enfuir aura au moins un bras et une jambe cassés ! criai-je en voyant l'un des délinquants se relever et tenter de s'éloigner. La semaine a été longue, alors ne sous-estimez pas ma mauvaise humeur !

Seuls les gémissements des adolescents à terre me répondirent, et je poussai un soupir.

— Allez, levez-vous, placez-vous contre le mur et arrêtez les bêtises. Non, mais franchement…

Ils n'eurent pas besoin de se consulter du regard pour comprendre qu'ils n'avaient pas le choix : ils m'avaient crue inoffensive parce que j'étais une fille et à peine plus âgée qu'eux, mais ils n'allaient pas refaire la même erreur, à présent. Ils s'exécutèrent. Je vis alors Ethan revenir, tirant le chef par le bras, accompagné du jeune garçon qui était maintenant hors de danger. Ethan força le meneur à se mettre à côté des autres, tandis que j'appelais la police.

— C'était une histoire débile, me dit Ethan quand j'eus raccroché.

— Est-ce que ce n'est pas toujours le cas ?

— Si, je suppose. Mais là, c'est spécialement débile. Le jeune prisonnier a eu l'audace de demander à la sœur du chef de la bande de sortir avec lui, et celui-ci l'a plutôt mal pris.

Je jetai un coup d'œil au garçon qui se remettait de ses émotions et se tenait le plus loin possible des délinquants, qui l'observaient avec haine.

— C'est vrai ? lui demandai-je.

Le jeune haussa les épaules, honteux.

— Je ne savais même pas que c'était sa sœur... Elle est dans le même cours de maths que moi, c'est tout...

Croisant le regard d'Ethan, j'eus le plus grand mal à retenir un sourire. Cette histoire était effectivement assez stupide.

Quelques instants plus tard, des policiers arrivèrent, prirent le témoignage de la victime et embarquèrent les cinq délinquants, nous laissant continuer notre service de nuit, Ethan et moi.

— C'est fou ce que les histoires de cœur peuvent être compliquées chez les ados, ironisa Ethan. Tu te rends compte ? Tu demandes à une fille de ta classe de sortir avec toi, et tu te retrouves à servir de cible au lancer de fléchettes de son frère ! C'est vraiment dur.

Je ris.

— Oh, je ne suis pas sûre que ça devienne tellement moins compliqué quand on grandit ! déclarai-je.

— Comment tu pourrais savoir ? On est encore des adolescents, non ?

Je n'eus pas besoin de le regarder pour comprendre qu'il était sérieux.

— Je ne sais pas. Des fois, j'ai l'impression que oui, mais la plupart du temps, quand je vois le travail que je fais tous les jours, je me dis que ça fait déjà un moment que je ne suis plus une ado.

— C'est vrai... j'oubliais que tu avais déjà quarante ans mentalement depuis ton enfance...

— Eh ! Ce n'est pas vrai !

Je lui fis une grimace, à laquelle il répondit par un air faussement candide. Je redevins néanmoins rapidement sérieuse :

— Quarante ans d'âge mental ou pas, c'est toujours aussi compliqué, pour moi...

— Ça n'a pas forcément à l'être, tu sais ? Tout ne doit pas toujours être compliqué.

Je le regardai dans les yeux et ralentis légèrement le pas. Je cillai, ayant du mal à supporter son regard, qui était soudain devenu intense.

— Je sais, dis-je tout bas.

Nous avions arrêté de marcher. Nous étions seuls, juste à côté l'un de l'autre, dans une petite rue éclairée uniquement par les lampadaires. Il me fixait, et je sentis les battements de mon cœur s'accélérer en réalisant combien ce regard m'avait manqué. Je le vis faire un geste presque imperceptible vers moi avant de s'immobiliser, et je compris qu'il ne tenterait rien lui-même. Il savait que le premier mouvement devait venir de moi, cette fois. Mes yeux se posèrent sur sa bouche pendant un bref instant, et il me fallut rassembler ma volonté pour me remettre à marcher, lentement. Il me suivit, masquant avec difficulté sa déception.

— Je sais que Johnson n'a pas menti, parce que j'ai vérifié ce qu'il m'a dit, déclarai-je soudain.

La contrariété disparut du regard d'Ethan, remplacée par de la surprise. Cette fois, je n'hésitais plus : le doute avait quitté mon esprit, remplacé par la certitude que le garçon à côté de moi avait changé, que je pouvais lui faire confiance, que plus jamais je ne me sentirais trahie par lui.

Alors je me mis à parler. Je racontai à Ethan *tout* ce qui s'était passé depuis le moment où je m'étais réveillée sur le fauteuil de la bibliothèque auquel il m'avait attachée. Je lui racontai mon infiltration dans la prison, puis la mort de Truman. Je lui parlai du journal du Maître des archives et de ce que j'avais appris sur ce dernier grâce à ce qu'il y avait écrit. Je lui fis le récit de la chasse au trésor, qui m'avait finalement menée jusqu'à la Source de Vérité. Je lui parlai de la Source elle-même, et du savoir quasi infini qui y avait été enregistré. Enfin, je lui expliquai en détail l'incohérence que Johnson avait relevée sur la comète de Halley, et comment cela prouvait que, d'une manière ou d'une autre, Truman m'avait menti.

Lorsque j'eus fini de tout lui raconter, il laissa échapper un petit rire nerveux.

— Je dois avouer que je ne m'attendais pas à ça, finit-il par lâcher.

— Je sais… ça fait beaucoup d'un coup. Peut-être trop…

— Ne t'inquiète pas. Ce n'est pas trop. Je suis soulagé, d'une certaine manière. Ça… explique énormément de choses.

Aucun de nous deux ne parla après cela, y compris lorsque, quelques instants plus tard, je pris la main d'Ethan dans la mienne. Il se contenta d'esquisser un sourire, et nous continuâmes à marcher ainsi, côte à côte, jusqu'à ce que nos Messagers nous préviennent que quelqu'un avait besoin de nous.

Beatrice Howell était une femme dangereuse, et il était de notre devoir de l'arrêter. En seulement trois ans de mandat, elle a bien failli faire basculer notre société dans la tyrannie et le désespoir : nous sommes aujourd'hui certains qu'elle avait commandité plusieurs assassinats, uniquement dans le but d'asseoir son pouvoir.

À l'heure où j'écris, nous sommes le cinquième jour du huitième mois de l'an 129. Je viens d'être nommé Président, et j'ai bien l'intention d'écarter ma politique de celle de Howell. Nous l'avions élue parce que nous pensions qu'elle allait prendre des initiatives, rendre la Ville meilleure et plus sûre... mais nous nous trompions. Nous aurions dû rester fidèles à nos anciens meneurs. Halley et Finlay ont été nos meilleurs chefs. J'aimerais que nous puissions revenir à l'époque où le plus important était de reconstruire notre monde, en apprenant de nos erreurs... mais je crains qu'il ne soit trop tard. Je ne peux pas imposer subitement le poids de notre passé au peuple. Il ne le supporterait pas. Cela fait trop longtemps que la plupart des habitants de la Ville ont cessé de parler de la comète et de l'ancien monde. Je ne serai pas celui qui brise leur bonheur en leur racontant comment nos ancêtres ont tout détruit. Cependant, je ne serai pas non plus celui qui enterrera davantage le passé. Je me fiche éperdument que Big Ben soit encore là, ou que les bouches de métro n'aient pas été condamnées. Ce qui m'importe, c'est la sécurité de mon peuple, l'économie de ma Ville et la pérennité des bonnes valeurs de notre société.

Extrait des Mémoires de Randall McNaught,
6e Président de la Ville
Texte original conservé dans les Archives

17

Quelques jours plus tard, Skyler m'envoya un BT pour me dire que la réunion suivante des Protecteurs aurait lieu à vingt et une heure, à mon Centre. Nous étions en début de soirée, et je revenais de ma dernière mission de la journée : un incendie. Le feu avait sans aucun doute été causé intentionnellement et j'avais dû, à l'aide d'un collègue Sauveteur, défoncer une porte et faire sortir cinq personnes, dont deux enfants, par la fenêtre. Autant dire que j'étais épuisée.

Je rentrai chez moi pour prendre une pause. Ma mère était déjà là, et je la saluai avant d'aller prendre ma douche et me changer. Je revins ensuite dans la cuisine, où elle se trouvait :

— Tu vas sortir ? demanda-t-elle. On te voit à peine, en ce moment.

— Je sais… J'ai juste… beaucoup de choses à faire. Vraiment beaucoup. Tu n'as pas idée.

— Ah oui ? s'enquit-elle avec un vague sourire. Qu'est-ce qu'il peut y avoir de plus que gérer la pègre et la délinquance de la Ville ?

Je haussai les sourcils en voyant son air moqueur.

— Tu te fiches de moi, pas vrai ?

— Oh, non ! Pas du tout, Caporale. Je sais combien on peut être occupé, quand on a dix-sept ans et aucune facture à payer…

« D'accord, si tu veux la jouer comme ça… »

— Très bien, maman. Alors, par où commencer ? Déjà, je suis caporale Sauveteuse à plein temps, et il y a les services de nuit, qui sont de plus en plus fréquents, en sachant que – si tu n'avais pas remarqué – le crime est en hausse constante depuis des mois. Ensuite, je suis la tutrice d'une nouvelle recrue, Angela, à qui je donne régulièrement des cours. Quoi d'autre ? Ah, je suis la porte-parole d'un groupe, appelé « Protecteurs », qui en a marre de voir des gens mourir pour rien, donc j'assiste régulièrement à des réunions que, en gros, je dois présider. Et puis il y a aussi le fait que je ne sais pas trop où j'en suis avec Ethan, en ce moment, parce qu'on se rapproche et que j'ai envie de lui faire confiance, mais que j'ai peur que ça ne marche pas. Et pour finir, je dois occasionnellement rendre visite au Président de l'Île pour lui signaler, le plus poliment possible, que les mesures qu'il a prises dernièrement sont catastrophiques, en restant calme quand il essaye d'enterrer le passé et me fait douter d'un million de choses qui m'obligent à remettre en question tout ce en quoi je crois. Voilà ma vie en ce moment, alors franchement, si je devais payer des factures, ce serait en dernière position dans la liste des choses qui m'emmerdent.

Je me tus, presque essoufflée, attendant la réaction de ma mère qui paraissait médusée. Elle avait la bouche entrouverte, trop étonnée pour répondre quoi que ce soit et ne sachant pas quoi retenir du flux de paroles que je venais de déverser. Je me sentis coupable d'avoir été aussi brusque. Je finis par lui dire :

— Désolée. Je suis très stressée, mais ce n'est pas une raison pour m'énerver contre toi... Je ne peux pas m'attendre à ce que tu devines ce qui se passe si je ne te confie rien...

Elle sortit de sa torpeur et s'assit à la table de la cuisine pour reprendre ses esprits.

— C'est moi qui suis désolée. Jamais je n'aurais pensé qu'il pourrait se passer autant de choses dans ta vie sans que je voie quoi que ce soit...

Je m'assis à côté d'elle, m'empressant de démentir ce qu'elle venait d'affirmer :

— Mais non, maman, ce n'est pas ta faute. Tu n'es pas censée lire dans mes pensées ! C'est moi qui ne t'ai vraiment pas assez parlé, ces derniers temps... enfin, avec tout ce qui se passe, je crois que tu peux comprendre pourquoi.

Elle laissa échapper un rire nerveux.

— Oui, clairement !

Elle changea soudain d'expression :

— Mais Isis, tu ne peux pas continuer à te surmener comme ça... tu vas finir par craquer !

Il me fallut rassembler toute ma volonté pour ne pas lever les yeux au ciel. La voilà, la véritable raison pour laquelle je n'avais pas vraiment voulu parler avec ma mère...

— Je connais mes limites. La preuve : tu n'as même pas vu que j'étais surmenée !

— Ce n'est pas parce que tu arrives miraculeusement à tenir pour l'instant que ça va durer éternellement !

— Mais c'est justement pour ça que j'en fais autant, maman ! Pour que ça ne dure pas éternellement ! Tu comprends ? Si on n'est pas nombreux à agir, alors les choses ne vont jamais changer.

Elle me regarda avec ce qui semblait être un mélange d'inquiétude et d'affection.

— Tu sais que je suis très fière de toi ? Je devrais te le dire plus souvent… surtout avec ton père qui n'est pas très expressif.

Je souris. « Pas très expressif » était sans doute la définition la plus indulgente qu'on pouvait donner de mon père.

— Merci, maman.

Mon père et mon frère choisirent cet instant pour rentrer à la maison, interrompant notre conversation. Pendant le repas, ma mère fit comme si de rien n'était, ne voulant pas que mon père s'inquiète ou fasse une crise s'il apprenait tout ce que je faisais en ce moment.

Un peu plus tard, je quittai la maison et me rendis au Centre à pied, parce que le temps était très agréable : nous étions le 10 mai, et il commençait déjà à faire plus chaud. J'arrivai environ un quart d'heure à l'avance au gymnase et me dirigeai immédiatement vers Kim, que j'avais à peine vue de la journée. Je lui adressai un sourire, qu'elle me rendit dans une version plus pâle… M'approchant d'elle, je lui demandai :

— Tout va bien ?

Elle hésita un instant.

— Non, répondit-elle à voix basse.

Je fronçai les sourcils, préoccupée par sa réponse, et plaçai une main sur son bras :

— Est-ce que tu veux en parler ?

Elle se mordit la lèvre, ne paraissant pas savoir quoi me dire, lorsque je vis une Sauveteuse que je connaissais vaguement, Amber, s'approcher de nous. Celle-ci semblait bouleversée.

— Hé ! s'écria-t-elle en désignant Kim du doigt.

Je la regardai, étonnée, puis fixai à nouveau Kim, qui semblait avoir blêmi.

— C'est toi qui étais en mission avec Cedric, pas vrai ? demanda Amber, qui s'était plantée devant Kim et moi.

— Tu as eu des nouvelles ? s'enquit Kim. Comment va-t-il ? Est-ce qu'il va s'en tirer ?

Je fronçai les sourcils, ne sachant pas du tout de quoi elles parlaient. Je vis alors que des larmes s'étaient mises à couler des yeux de la Sauveteuse.

— C'est TA faute ! hurla-t-elle. Tu aurais dû faire quelque chose !

— Je... commença Kim.

— IL EST MORT ! Tu m'entends ?! MORT ! Et toi, tu es là, en pleine forme ! Tu n'as même pas une égratignure ! Tu l'as laissé crever sans rien faire !

Le visage de Kim perdit toute sa couleur. Je ne pensais pas l'avoir déjà vue dans un tel état.

— Jamais je ne te pardonnerai, cracha Amber. Il est mort, et tu n'as rien fait... je ne l'oublierai pas. C'est toi qui aurais dû mourir ! J'aurais voulu que ce soit toi qui meures !

Amber quitta le gymnase à grands pas, pleurant toujours, tandis que Kim la regardait partir, sous le choc. J'étais complètement perdue. Kim me fixa à nouveau, semblant sur le point d'exploser. Une bonne partie des Protecteurs déjà présents nous observaient, perplexes.

— Je ne peux pas, Isis, me murmura Kim, qui commençait à respirer de manière saccadée. Je...

Sans prévenir, elle sortit du gymnase en courant. Je m'élançai immédiatement sur ses traces. Au lieu de suivre Amber, comme je le pensais, elle monta à l'étage, et j'eus à peine le temps de la voir s'enfermer dans la salle de bain lorsque j'entendis un bruit de course derrière moi : c'était Skyler. Elle paraissait soucieuse.

— Qu'est-ce qui se passe ? me demanda-t-elle.

— Je ne sais pas trop. C'est cette Sauveteuse, Amber, qui a dit qu'un certain Cedric était mort, et que c'était la faute de Kim...

L'inquiétude dans les yeux de Skyler s'intensifia.

— J'ai entendu parler de ça aujourd'hui, déclara-t-elle. Une mission qui a mal tourné...

Je vis une détermination féroce apparaître sur son visage. Elle affirma :

— Il faut que je voie Kim.

Elle s'avança vers la porte de la salle de bain, et j'eus tout juste le temps de la retenir en lui agrippant le bras. Elle fit volte-face et me foudroya du regard.

— Qu'est-ce que tu fais ?!

Mon cœur rata un battement lorsque je vis la puissance de sa détermination, ma main devinant la tension extrême de ses muscles : heureusement que cette fille était Sauveteuse, parce que j'aurais vraiment eu peur, si elle avait été du côté des « méchants »...

— Écoute, Skyler, je crois qu'il vaut mieux que j'aille la voir seule, d'accord ?

— Et pourquoi ça ? rétorqua-t-elle, furieuse.

— Parce que je suis sa meilleure amie, répondis-je avec le plus de douceur possible.

Elle ouvrit la bouche, mais la referma, se calmant soudain. Je lâchai son bras. Elle prit une grande inspiration.

— Oui, je suis désolée. Tu as raison…

— Ça va aller, OK ? Je m'occupe d'elle. Promis.

Elle acquiesça.

— Je sais. Je vais préparer la réunion. Prenez votre temps, d'accord ?

— Merci, lui dis-je sincèrement.

— Merci à toi.

Elle jeta un coup d'œil à la porte de la salle de bain, puis redescendit au gymnase sans se retourner. Je poussai un soupir, soulagée qu'elle n'ait pas insisté. Je m'avançai jusqu'à la porte, et frappai à trois reprises.

— C'est moi. Je peux entrer ?

Je collai mon oreille contre la paroi et m'inquiétai en n'obtenant aucune réponse. La Kim que je connaissais m'aurait déjà crié d'aller me faire voir, si elle ne voulait pas que je vienne. J'ouvris immédiatement la porte et fis irruption dans la salle.

Je ne vis personne, mais j'entendis des bruits de sanglots et sentis mon appréhension augmenter. Je me dirigeai vers les cabines de toilettes et découvris Kim, à terre à côté d'une cuvette. Je plissai les narines, sentant qu'elle venait de vomir. Elle leva la tête et se mit à pleurer de plus belle en me voyant. Je fermai immédiatement la porte à clé avant de me précipiter pour m'accroupir à côté d'elle. Je ne l'avais jamais vue dans un tel état.

— C'est ma faute, Isis, dit-elle entre deux sanglots. C'est ma faute…

Sans réfléchir, je me mis à genoux et la serrai contre moi. Je la sentis enrouler ses bras autour de ma taille et agripper ma veste avec force. Elle se mit à pleurer encore plus fort contre moi, secouée par de lourds sanglots.

— Ça va aller, lui dis-je, me sentant impuissante. Je suis là et ça va aller, je te promets… Quoi qu'il arrive, tu n'es pas seule…

Nous restâmes comme ça, immobiles, pendant ce qui me sembla être une éternité. Enfin, elle commença à se calmer et je desserrai mon étreinte pour m'éloigner légèrement d'elle. Elle me laissa faire, paraissant essayer de se ressaisir.

— Qu'est-ce qui s'est passé ? demandai-je en voyant que sa respiration était devenue moins saccadée.

— C'était une mission. Agression. Encore à cause d'une histoire de drogue…

Elle étouffa un sanglot et dut se détourner pour continuer à me parler. Je sentis mon cœur se serrer en comprenant qu'elle ne parvenait même pas à me regarder dans les yeux.

— On était deux… Cedric et moi. On a lancé l'attaque et je me suis aperçue au dernier moment qu'un des bandits avait un pistolet… j'ai crié à Cedric de se mettre à couvert, mais il a voulu jouer au héros…

Sa voix trembla, avant qu'elle n'achève :

— Il s'est fait tirer dessus… les types sont partis, et j'ai immédiatement appelé une ambulance, j'ai appliqué toutes les mesures de premiers secours… mais ça n'a pas suffi, Isis. Amber… elle vient de dire que…

Elle n'eut pas besoin de terminer pour que je comprenne ce qui s'était passé. Les médecins n'avaient pas pu sauver Cedric, et à présent Kim était persuadée que c'était de sa faute. Pire encore, le fait qu'elle n'était pas blessée ne faisait qu'aggraver sa culpabilité.

— Kim... Kim, regarde-moi.

Elle se força à lever les yeux vers moi.

— Ce n'était pas ta faute. Tu as agi comme il fallait, du début à la fin.

— Non, je...

— Écoute-moi. Tu es sous le choc, tu souffres, et c'est normal. Mais je t'interdis de croire que c'est de ta faute. Je te l'interdis, tu m'entends ? Ton BT n'indiquait pas qu'ils étaient armés, et le type avait caché son pistolet. Ce n'est pas de ta faute, d'accord ? Ni Cedric ni toi ne pouviez deviner ce qui allait se passer... c'est la faute du salaud qui a tiré.

— Mais Amber...

— Amber souffre aussi, et tu le sais. Elle n'a pas réfléchi. Tu as vu dans quel état elle était ! Elle n'était pas capable d'être sensée. Tu sais que j'ai raison. Il faut juste que tu te calmes, OK ?

Kim acquiesça. Je la pris à nouveau dans mes bras. Elle ne pleurait plus, et je sentis sa respiration se faire plus calme et les battements de son cœur ralentir. Finalement, elle s'écarta d'elle-même et s'empressa de fermer la cuvette des toilettes à côté de laquelle nous étions avant de tirer la chasse. Elle paraissait embarrassée.

— Désolée, me dit-elle en me regardant avec un air piteux. Tu m'as clairement déjà vue plus élégante que ça...

Je haussai les épaules. Je m'en fichais et elle le savait très bien.

— Merci, déclara-t-elle. Je... heureusement que t'es là.

Je lui souris et, avec mon pouce, écartai de sa joue une dernière larme qui peinait à couler.

— Je t'en prie. C'est normal.

Je me levai et l'aidai à faire de même. Elle marcha jusqu'aux lavabos pour se passer de l'eau sur le visage. Je ne pus m'empêcher de songer que, même dans cet état, elle était toujours belle, ce qui me rappela quelque chose :

— Quelqu'un d'autre voulait venir, mais je me suis dit que tu ne voudrais pas qu'il y ait trop de monde...

Elle me regarda, surprise.

— Comment ça ?? Amber... ?

Je secouai la tête.

— Mais non, pas elle. Je pense qu'Amber a dû rentrer chez elle et, dans quelques jours, quand elle saura ce qui s'est vraiment passé, elle viendra s'excuser...

— Elle n'a pas à s'excuser. Je la comprends, elle et Cedric étaient très proches... Mais tu parlais de qui, alors ?

— Skyler voulait absolument te voir. J'ai préféré entrer seule...

— Sky ? s'étonna Kim en se passant à nouveau de l'eau sur le visage. C'est vrai ?

Je ne pus retenir un sourire en entendant le surnom.

— Oui... elle avait l'air d'être très inquiète. Je crois qu'elle a failli me frapper quand je l'ai empêchée de rentrer...

Kim se tourna vers moi.

— T'es sérieuse ? Non. Tu te moques de moi. Pas *cool*.

J'éclatai de rire en voyant la réaction de mon amie.

— Je suis parfaitement sérieuse.

Kim se retourna vers les lavabos, mais je vis, dans le miroir, un sourire se dessiner sur ses lèvres. Elle surprit mon regard, et son expression disparut aussitôt. Elle paraissait à nouveau embarrassée.

— Kim, commençai-je sans trop savoir comment m'exprimer. Je le dis comme ça, et… ça n'a rien à voir avec la situation présente… mais… bon, je veux que tu saches que… tu es ma meilleure amie, et rien ni personne ne pourrait changer ça, ni la manière dont je te vois.

Elle rougit légèrement avant de se tourner vers moi.

— Vraiment ?

Je soutins son regard, pour qu'elle soit sûre de ma sincérité.

— Vraiment.

Cette fois, elle n'essaya pas de masquer son sourire.

— Je suis contente qu'elle ne soit pas entrée, avoua-t-elle. Je n'aurais pas voulu qu'elle me voie dans cet état…

Je lui souris.

— Je comprends… mais si ça peut te rassurer, t'es toujours super.

Elle haussa les sourcils.

— Je sais bien que tu penses ça, rétorqua-t-elle. Mais c'est probablement ton amour inconditionnel pour moi qui te rend aveugle, mon chou. Tu voudrais encore m'épouser, même si je portais des sardines à la place de mes chaussures.

— Hum… pas faux.

Elle me lança un regard moqueur, que je lui rendis. Kim était de retour.

Une de mes résolutions, en tant que Président, est de me montrer à l'écoute du peuple, en évitant d'être trop visible par le public. Halley était le héros qui nous avait tous sauvés, et depuis, les Présidents n'ont eu de cesse d'essayer d'endosser ce rôle. Ce ne sera pas mon cas. Je ferai simplement de mon mieux pour que le peuple soit en sécurité et le plus satisfait possible des mesures qui sont prises.

Je veillerai aussi à l'honnêteté du gouvernement. Je sais que le peuple en a assez de se demander sans arrêt si on lui ment ou pas. Je tâcherai donc d'être le plus franc possible avec les habitants de la Ville. Cela ne signifie pas que je leur dirai tout : ils n'en ont pas besoin. Le passé, par exemple, a été enterré et ne doit pas être exhumé sans raison. Mais concernant le présent, je fais le serment de me montrer ouvert et honnête. C'est déjà bien plus que ne peuvent en dire une bonne partie de mes prédécesseurs.

Avec moi, il n'y aura pas de complots, de mensonges et de trahisons. Seulement la volonté de construire un monde meilleur et de pousser chacun à y trouver sa place.

Extrait des *Mémoires de Randall McNaught*,
6e Président de la Ville
Texte original conservé dans les Archives

18

La réunion des Protecteurs se déroula sans incident. Je fis simplement savoir à mes confrères que j'avais exposé nos demandes au Président et que, même s'il n'avait pas semblé particulièrement enthousiasmé, il avait promis qu'il examinerait nos propositions et me convoquerait à nouveau d'ici peu.

Les Protecteurs furent satisfaits, comprenant que j'avais fait de mon mieux. Skyler, qui paraissait imperturbable, fit ensuite le point : depuis la dernière fois, notre groupe comptait une trentaine de nouveaux membres, ce qui était très encourageant. Le système de tutorat était une réussite, les nouvelles recrues faisaient de grands progrès. Les interventions pour sensibiliser le peuple avaient commencé ; mais sans l'appui du gouvernement, nous nous heurtions au refus de certaines institutions, qui ne voulaient pas qu'on leur fasse « perdre leur temps ». En revanche, les cours de premiers secours et d'autodéfense que nous proposions rencontraient un franc succès.

Le bilan était donc plutôt positif, et la réunion s'acheva lorsque Skyler encouragea tout le monde à continuer de faire des efforts. Le gymnase se vida peu à peu. En sortant de la salle, j'aperçus Nora, qui semblait m'avoir attendue.

Je n'avais pas remarqué sa présence, pendant la rencontre. Nous marchâmes côte à côte jusque dans le hall.

— Je suppose que vous devez être assez déçue de votre entretien avec le Président Johnson, déclara-t-elle. Honnêtement, Caporale, je pense que vous ne pouviez pas vous attendre à mieux. Il a accepté de vous voir, il a écouté vos demandes et a promis de les considérer. Vous pouvez être contente de vous.

Je secouai la tête.

— Si vous aviez été là, Lieutenant, vous comprendriez pourquoi je ne suis pas satisfaite. J'ai l'impression de m'être fait complètement écraser.

Elle m'adressa un regard interrogateur, auquel je répondis, un peu plus bas :

— En entrant dans ce bureau, j'étais sûre de moi, certaine de ce que je croyais et de ce que je voulais. Et en sortant... je doutais de tout. Je ne sais même plus quoi penser...

— Oscar Johnson est un politicien expérimenté et un homme très intelligent. Ce que vous ressentez est parfaitement normal. Vous avez juste besoin de temps pour réfléchir à ce qu'il vous a dit. Vous arriverez à faire la part des choses, et vous serez beaucoup plus forte à votre prochaine rencontre.

Elle me salua et quitta le bâtiment. Le hall d'entrée était à présent vide et complètement silencieux. Je redescendis pour vérifier si la porte du gymnase était fermée et j'entendis la voix de Kim. Je passai discrètement la tête par la porte et vis mon amie, assise par terre à côté de Skyler. Elles paraissaient si absorbées dans leur discussion qu'elles ne me virent pas. Je compris à leurs expressions que Kim était en train de raconter à Skyler ce qui s'était passé avec Cedric.

Skyler passa alors un bras autour de l'épaule de mon amie, qui posa la tête contre elle. Je m'éloignai de la porte sans faire le moindre bruit et je quittai le Centre, un vague sourire flottant sur mes lèvres.

***

Il était assez tard lorsque je rentrai chez moi, ce soir-là. Je pensais monter directement dans ma chambre, comme à mon habitude, mais je vis que ma mère était assise sur le canapé de la salle à manger. Elle se couchait généralement bien plus tôt, je fus donc surprise qu'elle soit encore éveillée. Elle m'adressa un sourire et j'allai m'asseoir à côté d'elle.

— Tu n'étais pas fatiguée ? lui demandai-je.

— Non, pas vraiment. Je viens de commencer un nouveau projet et ça me trotte dans la tête. Je n'arrête pas d'y penser.

J'acquiesçai, comprenant très bien ce qu'elle voulait dire.

— Et toi ? me demanda-t-elle.

— Comment ça ? Est-ce que je ne suis pas fatiguée ?

— Non, pas ça. Je vois que tu es préoccupée… tu penses à quelque chose en particulier, peut-être ?

J'hésitai. Il y avait en vérité un certain nombre de pensées qui encombraient mon esprit, mais une d'entre elles ressortait spécialement :

— Comment est-ce qu'on peut être sûr que quelque chose s'est vraiment passé, si on ne l'a pas vu soi-même ?

Ma mère ne répondit pas tout de suite, réfléchissant à ma question.

— Je suppose, commença-t-elle, que lorsque quelqu'un nous parle d'un événement dont il ou elle a été témoin, on le voit dans ses yeux. Je crois qu'on peut le déceler, quand quelqu'un est vraiment sincère. On peut apercevoir, dans son regard, les images de ce que la personne raconte.

— Et s'il n'y a plus de témoins ?

— Comment ça ?

Je tâchai de trouver les mots pour lui expliquer mon problème :

— Quelque chose s'est passé il y a très longtemps, et j'ai entendu plusieurs versions différentes... maintenant, je ne sais plus quoi croire. Je ne sais pas comment faire pour être sûre de connaître la vérité.

— Je peux te demander quand l'événement a eu lieu ?

Je baissai les yeux, avant de lui répondre :

— Il y a environ deux cents ans...

Il y eut un court silence, durant lequel je devinai la surprise de ma mère.

— Je vois, finit-elle par dire.

Pendant un instant, aucune de nous ne parla, puis ma mère se leva du canapé, semblant prendre une décision. Elle ouvrit le tiroir d'une commode pour en sortir un bout de papier, sur lequel elle griffonna quelque chose, et revint s'asseoir à côté de moi.

— Tu sais, Isis, je crois que pour être sûr de connaître la vérité, il faut l'entendre de la bouche d'une personne en qui tu peux avoir confiance, parce qu'elle est objective et n'a pas d'intérêt à te mentir.

J'acquiesçai, attendant la suite. Elle continua, hésitante :

— Matt… je veux dire… ton père ne vous a jamais beaucoup parlé de sa mère, à Adam et à toi. Il ne faut pas lui en vouloir, c'est très difficile pour lui. Son enfance a été dure, tu sais ?

Je fronçai les sourcils, ne comprenant pas où ma mère voulait en venir. Mon père, déjà pas très expansif, ne parlait jamais de ses parents : son père était mort quand il était petit, et il s'était disputé avec sa mère depuis des années. Je n'avais donc jamais vu ma grand-mère, ou en tout cas je n'avais aucun souvenir d'elle.

— Ton père a choisi de couper les ponts avec ta grand-mère. C'est sa décision, et il faut la respecter. Mais je pense que tu es assez mature pour faire tes propres choix, maintenant.

Disant cela, elle me tendit le bout de papier, que je saisis, lisant ce qu'elle y avait écrit :

Clarisse, Quartier Sud, 4e Rue, numéro 51.

Je levai un regard surpris vers ma mère.

— S'il y a une personne qui saura répondre à tes questions sur le passé, c'est bien ta grand-mère Clarisse.

Un sourire éclaira le visage de ma mère.

— Je regrette que tu ne l'aies pas connue quand tu étais plus jeune… je l'ai toujours bien aimée, et je crois que ça aurait été ton cas.

Elle eut un petit rire, avant d'ajouter :

— Tu lui ressembles beaucoup, tu sais ?

Elle se leva du canapé et me souhaita bonne nuit en m'embrassant sur la joue.

Je restai un moment seule dans la salle à manger, fixant le nom de ma grand-mère, griffonné rapidement au crayon.

Un des éléments que, à mon sens, mes prédécesseurs ont négligés est le retour vers une technologie plus avancée. C'est à peine si nous avons institué un nouveau système de transports en commun ! Pourtant, grâce à nos archives, nous avons toutes les connaissances nécessaires pour remettre la technologie à l'honneur.

Je ne souhaite évidemment pas retomber dans un extrême : je crois fermement que l'ancien monde avait déjà pris une direction trop dangereuse concernant la technologie, et je ne veux pas permettre l'avènement d'un règne du numérique, de la robotique et de l'armement. Toutefois, je pense que nous pourrions vraiment utiliser plus d'ordinateurs, créer plus de transports et un meilleur système de communication.

Déjà, je veux réinstaller un système de téléphonie, de manière à ce qu'il puisse y avoir une ligne dans chaque maison ou presque. Ensuite, je souhaite que certains professionnels puissent avoir un « téléphone portable » qui les aidera à exercer leur emploi plus facilement. Je pense notamment à tous ceux qui travaillent dans la Santé et la Sécurité, en cas d'urgence.

Et puis, de temps à autre, pourquoi ne pas s'accorder quelques nouvelles idées ? Je vais remettre à l'honneur le travail d'ingénieur. Il est temps de moderniser notre monde.

Extrait des *Mémoires de Randall McNaught*,
6e Président de la Ville
Texte original conservé dans les Archives

19

Le lendemain, en début de soirée, j'étais en train de remplir des rapports, lorsque mon Messager sonna. Je le saisis immédiatement, me préparant déjà à devoir foncer pour une mission qui arrivait au mauvais moment. Je découvris toutefois qu'il ne s'agissait pas d'un BT : chose assez rare, quelqu'un était en train de m'appeler.

J'ignorais pourquoi, mais nous n'appelions quasiment jamais les autres sur leurs Messagers. Mes recherches chez miss Je-sais-tout m'avaient appris que cette tendance existait déjà dans l'ancien monde : il était assez pratique de pouvoir donner une information à une personne en lui laissant la possibilité de répondre quand elle le souhaitait. Les appels avaient quelque chose d'assez oppressant, parfois.

Je décrochai néanmoins :

— Oui ?

— Isis ? me répondit une voix familière.

— C'est toi, Julia ?

— Ah, enfin ! J'ai cru que je ne trouverais jamais ton numéro !

— Est-ce que tout va bien ? demandai-je, vaguement inquiète.

— Euh… oui. Enfin, je vais bien, je veux dire.

Je poussai un léger soupir de soulagement.

— Alors que me vaut le plaisir de cet appel ?

— J'ai trouvé quelque chose.

Je fronçai les sourcils :

— OK… est-ce que c'est animal, végétal ou minéral ?

— Non, pas ce genre de quelque chose. Je ne t'appellerais quand même pas pour te dire que j'ai découvert un raton laveur sous mon bureau !

Je songeai qu'elle aurait tout à fait pu m'appeler pour ça, mais je ne répondis rien, attendant qu'elle s'explique.

— J'ai trouvé des informations concernant ce que tu m'avais demandé, précisa-t-elle, en parlant un peu plus bas.

Je compris soudain à quoi elle faisait allusion : la dernière fois que nous nous étions vues, je lui avais demandé de faire des recherches sur Johnson et, en particulier, de s'intéresser à son lien avec Winston.

— Alors ?

— Ce n'est peut-être qu'une piste, mais je crois que je suis sur le point de découvrir quelque chose d'énorme…

J'entendis une voix l'appeler, à l'autre bout du fil. Elle s'interrompit un instant, sans doute pour répondre, puis poursuivit :

— C'est mon commissaire. Je dois te laisser, on a un nouveau dossier dont je dois m'occuper… Regarde ce qu'on va faire : je vais continuer mes recherches, et je t'appelle dès que je suis sûre de ce que j'ai trouvé, d'accord ?

Je ne pus m'empêcher d'être légèrement agacée.

— Si tu n'étais pas « sûre », pourquoi m'avoir appelée ?

Elle ne répondit rien pendant une seconde, puis lança :

— Hum… je suppose qu'en fait je serais capable de t'appeler pour un raton laveur. Désolée !

Je laissai échapper un petit rire.

— Pas grave. Merci de prendre tes recherches au sérieux.

— C'est normal. On se parle bientôt.

Elle raccrocha. Je remis mon Messager à ma ceinture, me sentant un peu frustrée. Pour une personne curieuse comme moi, attendre plusieurs jours pour que Julia me rappelle et me dise ce qu'elle avait découvert allait être une torture. Déjà qu'en ce moment je me posais tellement de questions… voilà que j'allais en avoir une de plus !

Je laissai vagabonder mon regard, qui se posa sur mon bureau, à l'endroit où se trouvait le morceau de papier sur lequel ma mère avait écrit l'adresse de Clarisse. Je jetai un coup d'œil à ma montre et vis que mon service s'achevait dans cinq minutes. Je pris alors une décision.

Je terminai rapidement de remplir mon rapport, puis le déposai devant le bureau de Nora. Je ramassai mes affaires, saluai Mike qui était encore en train de travailler et quittai le Centre. Je me rendis au garage et j'enfourchai ma moto, que je fis démarrer. Je roulai pendant un long moment à travers la Ville, tâchant de me concentrer sur la route et de ne pas penser à ce que je m'apprêtais à faire. Cependant, je ne pouvais pas m'empêcher d'être angoissée.

Je n'avais jamais rencontré ma grand-mère et, à ce que je sache, elle n'avait jamais essayé de nous voir, mon frère et moi. Si elle avait voulu faire partie de notre vie, elle aurait pu, non ? Sa dispute avec mon père avait-elle été intense au point que celui-ci lui interdise de voir ses petits-enfants ? Ou peut-être n'en avait-elle tout simplement pas eu envie. Peut-être qu'elle s'en fichait. Peut-être qu'elle allait me rejeter, si je lui disais qui j'étais...

J'accélérai, fonçant dans les rues relativement peu fréquentées. De toute manière, j'avais décidé d'aller voir la mère de mon père et de lui poser des questions. Je n'avais qu'à lui dissimuler mon identité au départ, et voir comment elle était. Je serais peut-être agréablement surprise, ou peut-être serait-elle détestable. Le cas échéant, j'avais passé ma vie entière sans elle, et je pourrais continuer de la même façon.

J'arrêtai ma moto quelques pâtés de maisons avant l'adresse que ma mère m'avait indiquée : j'avais envie de marcher un peu, pour reprendre contenance avant d'arriver. Je garai le véhicule et continuai mon trajet à pied. Je remarquai un certain nombre de travailleurs, des techniciens, qui semblaient affairés à installer des caméras un peu partout dans le secteur, et je sentis mon cœur se serrer en comprenant qu'il s'agissait du projet de surveillance de la Ville. Johnson n'avait pas menti : il avait mis beaucoup de moyens là-dedans. J'eus du mal à garder une expression neutre en passant à côté des techniciens : ils avaient l'air de se ficher complètement de permettre au gouvernement d'espionner le quartier. Ils obéissaient tous, dociles, sans poser de questions. Je songeai amèrement que c'était une piètre manière d'utiliser la technologie...

Je finis par arriver devant le numéro 51, une petite maison, manifestement bien entretenue. Devant la façade, il y avait un parterre d'herbe avec de jolies fleurs bleues.

Un léger sourire se dessina sur mon visage lorsque je vis un bel arbre, à droite de la propriété. Je pris une grande inspiration et m'avançai jusqu'à la porte. J'appuyai sur la sonnette.

Quelques secondes s'écoulèrent, puis j'entendis des bruits de pas. Les battements de mon cœur s'accélérèrent tandis qu'à la porte apparaissait une dame d'environ soixante-dix ans. J'ouvris la bouche pour me présenter, mais mon regard se posa sur son visage, et je fus paralysée. Elle avait les yeux verts, exactement comme les miens. Ses cheveux, visiblement assez longs, avaient été noués de façon à dégager son visage...

— Je peux vous aider ? demanda-t-elle d'une voix claire et ferme.

Elle se tenait bien droite et faisait quasiment la même taille que moi. Considérant mon uniforme et mon insigne de caporale, elle parut légèrement surprise. Je parvins enfin à retrouver l'usage de la parole :

— Vous êtes bien Clarisse ? lui demandai-je, connaissant toutefois déjà la réponse.

Elle leva le visage pour me répondre, mais, comme moi quelques instants plus tôt, elle parut se figer. Ses yeux s'agrandirent, tandis qu'elle me scrutait attentivement. Elle regarda mes yeux, puis détailla les traits de mon visage. Elle semblait très troublée.

— Qui es-tu ?

J'eus du mal à me retenir de sourire : nous venions de nous poser successivement trois questions. Ma mère avait raison, j'avais bel et bien quelque chose en commun avec la femme qui se tenait devant moi... Alors, décidant de lui laisser une chance, je répondis :

— Je suis la fille de Matt et Ella.

La surprise laissa la place à une autre émotion dans son regard. Elle paraissait avoir du mal à croire que j'étais bien réelle.

— Isis, murmura-t-elle.

Mon cœur se serra d'émotion en l'entendant prononcer mon nom. J'acquiesçai, me raclant la gorge pour reprendre contenance.

— Est-ce que je peux entrer ?

Elle sembla soudain s'apercevoir que je me trouvais encore sur le pas de la porte, qu'elle s'empressa d'ouvrir en grand pour que je puisse entrer. Je pénétrai dans la maison, arrivant dans un salon de taille moyenne. Elle referma la porte derrière moi, et j'embrassai la pièce du regard. Les couleurs des murs et du mobilier avaient été choisies avec goût et s'harmonisaient parfaitement avec le plancher, fait d'un bois qui donnait un aspect chaleureux à l'endroit. Un parfum légèrement sucré embaumait la salle, et il me sembla identifier ce que c'était.

— Vous avez un dessert au four ? demandai-je, brisant le silence.

Je me tournai vers ma grand-mère, et elle sortit de sa rêverie, cessant soudain de me regarder comme si j'étais un fantôme.

— Oui, il doit d'ailleurs être prêt... assieds-toi, je t'en prie. Je reviens tout de suite.

Elle s'apprêta à sortir de la pièce, mais se ravisa et ajouta, avec un sourire nerveux :

— Fais comme chez toi, d'accord ?

Je lui rendis son sourire, et elle se dirigea vers l'endroit d'où provenait l'odeur de gâteau. Je m'assis sur un canapé, continuant mon observation de la pièce. Il y avait de grands dessins accrochés au mur, qui ressemblaient aux tableaux de l'ancien monde que j'avais vus à la bibliothèque ou sur l'écran de la SDV. L'un d'entre eux représentait un oiseau sur le point de s'envoler d'une branche. Les traits avaient été peints avec délicatesse, les couleurs étaient vives et il paraissait presque en mouvement.

Sur une commode en bois finement sculpté se trouvait un vase haut et arrondi, dans lequel trônait un bouquet de fleurs différentes de celles que j'avais vues avant d'entrer. À mes pieds, on avait posé un tapis tissé pour former des motifs en arabesques, dans des couleurs qui rappelaient celles des murs. Je souris, sentant mon angoisse s'envoler alors que mon regard se posait à nouveau sur le tableau en face de moi.

Ma grand-mère n'était pas froide, elle n'était pas mauvaise, elle n'était pas détestable. Elle était une artiste.

Un instant plus tard, Clarisse revint dans la pièce, tenant un plateau sur lequel j'aperçus une carafe de jus et une tarte aux pommes. Elle le posa sur la petite table en face du canapé.

— On peut dire que tu es arrivée au bon moment, plaisanta-t-elle.

— Oh, ce n'est pas un hasard ! J'ai senti l'odeur de cette tarte à l'autre bout de la Ville...

Elle laissa échapper un petit rire, clair et sincère, et parut se détendre quelque peu. Elle prit place sur un fauteuil, juste à côté du canapé, et commença à couper la pâtisserie.

— Je suis désolée d'être venue sans prévenir. Ce n'était pas très... poli de ma part.

Elle fit un geste de la main pour écarter mes excuses.

— Non, non, ne t'inquiète pas. Tu es la bienvenue ici...

Elle interrompit sa découpe de la tarte pour me regarder.

— Je suis très heureuse que tu sois là, déclara-t-elle.

Le sourire de Clarisse s'effaça, tandis qu'elle reportait son attention sur la pâtisserie.

— Tu dois me trouver de mauvaise foi à dire ça, alors que je ne suis jamais venue te voir...

Elle posa une part de tarte sur une assiette, et parut faire un effort pour me regarder dans les yeux.

— Je comprendrai très bien, si tu m'en veux. J'aimerais te demander pardon, mais je doute que des excuses puissent combler plus de dix-sept ans d'absence.

Je sentis mon cœur se serrer, tant elle paraissait triste. Elle connaissait mon âge exact ! Elle avait bien dû penser à moi, au moins de temps en temps.

— Je ne veux pas d'excuses. J'aimerais juste comprendre.

— Demande-moi ce que tu veux, et je te répondrai.

J'hésitai un instant, puis me décidai.

— Pourquoi est-ce que vous vous êtes disputée avec mon père ?

Elle poussa un soupir, réfléchissant quelques secondes avant de commencer :

— Le père de Matt, ton grand-père, travaillait dans la Construction, comme le reste de la famille... mais il ne faisait pas que cela. Lorsque j'ai rencontré Robert, j'ai tout de suite compris qu'il avait une âme de révolutionnaire. Il voulait un monde meilleur et il était prêt à se battre pour parvenir à le créer. Nous partagions la même vision, les mêmes questions.

Je l'écoutais, tandis qu'elle semblait se replonger dans le passé…

— Robert en avait assez de tous les non-dits dans la société. Il rêvait d'un monde plus honnête, qui ne considérerait pas la curiosité comme un danger. Il était fasciné par l'art et la beauté… mais à cette époque, le Président de la Ville, Jasper Hartley, venait de succéder à Randall McNaught et, contrairement à ce dernier, il cherchait à tout prix à détruire l'ancien monde. Hartley s'est mis à instaurer des lois de plus en plus strictes et paranoïaques : il était formellement interdit de mentionner le passé ou de posséder chez soi certains objets du quotidien…

— Vous parlez des livres ?

Elle m'observa avec surprise. Je voulais qu'elle comprenne que je savais déjà des choses, afin qu'elle puisse parler librement.

— Oui, par exemple. Et… tu as entendu parler de la bibliothèque ?

J'acquiesçai, et elle continua :

— Eh bien, elle était accessible au public, jusqu'à ce que Hartley soit élu. Mais il a fait passer une loi stipulant que seul le Maître des archives avait le droit d'y aller, et que toute personne surprise là-bas serait arrêtée. C'est aussi Hartley qui a banni la musique de… de la Ville.

— Vous pouvez dire « Londres », déclarai-je en souriant vaguement.

Clarisse laissa échapper un petit rire incrédule.

— Une caporale Sauveteuse et une petite curieuse ? Robert aurait donné cher pour te rencontrer !

Elle perdit son entrain en pensant à mon grand-père défunt, et poursuivit son récit, sur un ton bien moins enjoué :

— Robert était tellement en colère ! Il ne voulait pas que le monde oublie le passé. Selon lui, la direction que prenait Hartley allait nous mener tout droit vers une société froide, dénuée d'émotion et presque inhumaine. Il refusait de se taire, et il n'était pas le seul. Un petit groupe de personnes commençait à se former, des gens qui n'avaient pas oublié et dont les parents leur avaient parlé du passé et de la comète.

Elle s'interrompit, me fixant soudain pour voir ma réaction au mot qu'elle venait de prononcer. Je fus surprise, mais elle comprit néanmoins que je savais de quoi il s'agissait.

— Tu es au courant, pour la comète ? poursuivit-elle, étonnée.

— Je... oui. On m'a raconté des histoires, mais je ne sais plus quoi penser.

Clarisse me regarda avec intérêt. Visiblement, elle se demandait comment j'avais pu apprendre autant de choses. Elle ne fit toutefois pas de commentaire et continua :

— Les résistants commençaient à devenir plus nombreux et à s'organiser. Ton grand-père était important, parmi eux, et j'étais à ses côtés. Matt était encore un petit garçon, à l'époque. Il n'avait pas la moindre idée de ce qui se passait...

Le regard de Clarisse s'assombrit, et je pus deviner la direction que son récit allait prendre.

— Robert s'est attiré tant d'ennuis, il a pris tellement de risques pour être entendu que l'État a fini par le remarquer… et ils ont décidé de faire de lui un exemple. La police l'a arrêté pour propagande et infraction à un grand nombre de lois que Hartley avait instaurées. Robert a été envoyé en prison, et il est mort là-bas avant de pouvoir subir un « procès »… Mais nos amis et moi-même n'étions pas dupes : c'était le gouvernement qui l'avait assassiné. Ça a évidemment effrayé tout le monde, et la terreur a suffi à dissoudre la petite résistance que Robert et ses amis avaient réussi à construire. Personne ne voulait subir le même sort que lui.

Des larmes étaient montées aux yeux de Clarisse, et je compris qu'elle n'avait pas dû parler de tout cela depuis fort longtemps.

— Ma génération a été celle qui a vu peu à peu toute la Ville oublier. Les histoires ne se transmettaient plus, l'anonymat était une normalité. La lune devenait véritablement la « sphère blanche », et le concept même de nom de famille était anéanti. La curiosité était considérée comme le pire des défauts, et l'obéissance, comme la meilleure des qualités. Nous arrivions enfin dans ce que l'ancien monde appelait la « dystopie », mais les gens n'avaient plus assez de recul pour s'en rendre compte et croyaient que la satisfaction ressentie en travaillant sans se poser de questions était une forme de bonheur. Hartley avait gagné, et Robert… il était mort en vain.

Elle se tut pendant un instant, paraissant troublée.

— Je suis vraiment désolée, dis-je, la gorge nouée. J'aurais aimé le connaître… il avait l'air incroyable…

Clarisse chassa de sa joue une larme qui avait coulé.

— Ce n'est pas l'avis de ton père, répondit-elle sur un ton amer.

Je fronçai les sourcils. Elle s'expliqua :

— J'ai élevé Matthew en lui disant combien son père avait été courageux et, pendant son enfance, il m'a crue. Mais à l'adolescence, il a commencé à développer du ressentiment envers ce père qui, selon lui, l'avait sacrifié. Matt en voulait terriblement à Robert. Il considérait que son père l'avait abandonné, préférant se lancer dans une quête héroïque plutôt qu'endosser sa responsabilité de père. Plus Matt grandissait, plus son amertume se transformait en haine… je suppose que pour lui, il était plus facile de prétendre qu'il détestait son père, puisque Robert était mort… Je crois qu'il lui aurait trop manqué, que ça aurait été trop dur. Et, je l'admets, j'ai ma part de responsabilité : j'ai sans doute idéalisé Robert. Ton père était trop jeune à sa mort. Il se souvient à peine de lui. Il lui reste uniquement ce que je lui en ai dit, et il a arrêté de me croire.

Clarisse poussa un soupir.

— Matt et moi avons été en conflit pendant des années. Il m'en voulait de soutenir la décision de son père. Il m'en voulait parce que j'aimais encore Robert, alors que lui souhaitait le haïr. Et, surtout, il m'en voulait de ne pas en avoir tiré une « leçon ». Les autres ont été lâches, ils ont été terrorisés quand Robert est mort, au lieu d'être en colère et d'honorer sa mémoire en ne se laissant pas abattre. J'avais gardé mon envie de révolution, et Matt ne pouvait pas me le pardonner. Peu à peu, c'est moi qu'il a commencé à haïr…

Cette fois, c'était à mon tour de me sentir sur le point de pleurer. Jamais je n'avais su tout cela sur mon père, et j'avais l'impression de découvrir une nouvelle personne.

— Quand Matt a rencontré ta mère, j'ai cru qu'elle parviendrait à l'apaiser, à le guérir de sa rancœur… Ella a d'ailleurs bien failli y arriver. Ta mère est une femme si douce ! Pendant quelques années, j'ai espéré que Matt pardonnerait à son père, qu'il comprendrait enfin son choix. Notre relation commençait même à s'améliorer ; Matt était si heureux, avec ta mère…

— Qu'est-ce qui a changé ? Si tout allait mieux, alors pourquoi est-ce que tu n'as jamais fait partie de ma vie ?

Je lui avais parlé familièrement de manière si spontanée qu'elle ne sembla même pas le remarquer. Elle se contenta de me répondre :

— Ton frère Adam est né.

Elle se tut, comme si elle venait de m'énoncer une évidence.

— Je ne comprends pas.

— La naissance de ton frère a provoqué chez ton père un changement de perspective. À présent, la seule chose qui comptait, c'était le bien-être d'Adam. Matt voulait être pour lui le père que lui-même n'avait jamais vraiment pu avoir. Il avait peur que je gâche tout. Son enfance lui revenait en plein dessus, et il me tenait pour responsable de la mort de son père… il craignait trop que l'histoire se répète. Il est devenu de plus en plus méfiant et distant à mon égard. Alors que ton frère était encore bébé, j'étais chez vous et je discutais avec ta mère, qui m'avait posé une question sur un bâtiment ancien, qu'elle était en train de rénover. J'ai commencé à lui répondre, et Matt m'a entendue parler du passé, évoquer des éléments classifiés « secrets gouvernementaux », employer des mots obsolètes… Il est entré dans une rage monumentale. Jamais je ne l'avais vu aussi en colère ! Je revois encore son visage à ce moment-là. On aurait cru qu'il m'avait surprise en train d'essayer de tuer sa famille. Ella est intervenue, mais ça n'a rien changé. Il était persuadé que c'était de ma faute. Ça avait toujours été de ma faute. Matt a dit qu'il ne voulait plus jamais me voir. Il me l'a craché au visage, avec une haine et une fureur telles que j'ai su qu'il le pensait vraiment. Ta mère a essayé d'intervenir, mais je ne voulais pas briser leur bonheur aux dépens du mien. Je lui ai demandé de ne pas insister auprès de Matt, et je suis partie de chez vous. Et je n'y suis jamais retournée.

Je reniflai, tâchant de ne pas me mettre à pleurer. Je lisais toute la tristesse dans son regard alors qu'elle se remémorait la haine de son fils à son égard.

— Est-ce que tu es proche de ta mère ? demanda-t-elle soudain.

— Oui. J'ai l'impression que plus je grandis, plus nous avons de choses en commun.

Clarisse m'adressa un sourire triste.

— Ella a toujours été une très belle personne, quelqu'un d'extrêmement intéressant. Je l'ai appréciée dès le début. Je savais qu'elle pourrait rendre Matt heureux… Elle a respecté la décision de ton père, tu sais ? Ce n'était pas facile, pour elle : ses deux parents étaient morts depuis des années, elle aurait tant voulu que toi et ton frère ayez une grand-mère… mais elle a accepté le choix de Matt.

Je hochai la tête.

— C'est ce qu'elle m'a dit. Mais… c'est elle qui m'a donné ton adresse.

— Ça ne m'étonne pas, répliqua Clarisse, une lueur amusée dans les yeux. Elle m'a envoyé des lettres pendant des années. Pour me parler d'Adam… puis de toi. Elle m'a même envoyé des photos de vous quand vous étiez petits. Tu lui ressemblais tellement, à l'époque ! Tu lui ressembles encore un peu aujourd'hui, d'ailleurs…

— Sauf pour les yeux, dis-je en fixant ceux de ma grand-mère.

— Oui, effectivement… ça m'a frappée quand je t'ai vue.

Un silence s'installa. Clarisse me tendit une assiette avec une part de tarte.

— Elle doit être à la température parfaite, maintenant, déclara-t-elle.

Je lui souris et goûtai la tarte, qui était délicieuse. J'avais l'impression d'être dans une autre vie, assise chez ma grand-mère, à manger une pâtisserie. C'était surréaliste. Clarisse sourit en me voyant dévorer ma part et me resservit copieusement.

— Est-ce que c'est toi qui as peint ce tableau ? demandai-je en désignant l'oiseau du doigt.

— Oui, répondit-elle, apparemment ravie que j'aie posé la question. Ça te plaît ?

— J'aime beaucoup, affirmai-je avec enthousiasme. On peut presque voir le mouvement.

Je me rendis compte que Clarisse me fixait avec curiosité, et je me sentis rougir.

— Qu'est-ce qu'il y a ? m'enquis-je.

— Je me suis souvent demandé comment tu étais. Mais même dans mes rêves les plus fous, je n'aurais pas pu t'imaginer.

Je restai muette, ne sachant pas trop quoi dire.

— Tu es très intrigante. Et je peux voir dans tes yeux que tu sais tellement de choses, que tu as tellement de secrets…

Je relevai mon regard vers elle.

— Tu n'as pas idée ! raillai-je.

— En effet. Isis… je sais bien que nous n'allons pas rattraper tout ce temps en une heure ou deux, mais… est-ce que tu pourrais me parler un peu de toi ?

J'hésitai, d'abord un peu embarrassée. Je ne savais pas quoi lui dire, par où commencer. Comment raconter sa vie entière à quelqu'un ? Lentement, je me mis à lui décrire l'enfant curieuse que j'avais été, mes questions sans réponses, ma fascination pour les étoiles et mon sentiment de solitude devant l'indifférence des autres. Je lui parlai de ma relation difficile avec mon père, puis de ma demande spéciale, et j'en arrivai à l'école de Sauvetage. Je mentionnai même Ethan, et je rougis en la voyant sourire. Après avoir dit tout ça, je me sentis tellement à l'aise que je mentionnai Truman, sans entrer dans les détails, mais en lui expliquant qu'il m'avait ouvert la porte sur le passé et avait été exécuté par le gouvernement. À ce moment, je me décidai enfin à lui poser la question qui m'avait amenée chez elle au départ :

— Clarisse… je suis venue ici parce que je veux la vérité, et que je ne sais pas qui d'autre que toi pourra me l'offrir… je veux savoir ce qui s'est passé exactement avec la comète : comment est-ce qu'elle aurait pu détruire notre monde, alors qu'elle n'était même pas censée être visible depuis notre planète avant l'an 2061 ?

Clarisse hocha la tête :

— C'est une excellente question. Et tu t'es adressée à la bonne personne.

Les hommes sont faibles. Ils ne sont pas dignes de confiance et ne doivent pas être livrés à eux-mêmes.

Sous ma direction, l'ordre régnera.

Je serai intolérant.

Je serai imperturbable.

Aucune exception ne sera faite.

Mes prédécesseurs l'avaient déjà compris : c'est la nature humaine qui a détruit notre monde. À présent, il est temps de détruire la nature humaine.

Extrait des *Mémoires de Jasper Hartley*,
7e Président de la Ville
Texte original conservé dans les Archives

20

Il était assez tard lorsque je sortis de la maison de Clarisse. J'étais restée près de quatre heures chez elle, et ni elle ni moi n'avions vu le temps passer.

Sa réponse sur la comète m'avait choquée, au départ : c'étaient donc des hommes qui avaient causé la destruction. Cette histoire de station spatiale envoyée dans l'espace puis abandonnée comme un déchet était d'autant plus tragique qu'elle paraissait stupide. Et dire que des gens avaient été responsables de telles atrocités simplement pour économiser de l'argent ! Je n'avais pu m'empêcher de songer avec ironie que ce qui avait causé l'annihilation du monde tel qu'il existait n'était autre… qu'une restriction budgétaire. C'était d'un cynisme écœurant !

Toutefois, malgré la frustration que la réponse de Clarisse avait engendrée chez moi, j'avais la certitude qu'il s'agissait de la vérité. Ma grand-mère n'avait aucune raison de me mentir, et ce qu'elle m'avait appris conciliait parfaitement ce que Truman et Johnson m'avaient dit.

Clarisse m'avait raconté beaucoup de choses sur le passé, des histoires que ses parents lui avaient transmises, des souvenirs de l'ancien temps et, surtout, comment sa génération avait véritablement été celle qui avait vu les mentalités changer et les non-dits devenir des secrets. Certains moments de notre discussion m'avaient douloureusement rappelé mes conversations avec Truman. De plus, je devais reconnaître que ma grand-mère avait un véritable talent de conteuse. Contrairement à mon mentor disparu, elle parlait de manière assez simple et n'était jamais énigmatique, et elle apportait une émotion et une sincérité que je n'aurais jamais pu trouver à la SDV, ou même dans un livre.

Il y avait eu un court instant de gêne, lorsque je m'étais levée pour partir. Je voyais que Clarisse ne savait pas quoi faire, quelle attitude adopter. Malgré tout ce que nous venions de nous dire, nous avions en tête le fait que, quelques heures plus tôt, nous étions encore des inconnues. J'avais hésité un instant, avant de m'avancer vers elle pour la serrer dans mes bras. Bien que surprise, elle m'avait rendu mon étreinte avec force. Elle m'avait dit que mon grand-père aurait été tellement fier de moi. Je l'avais remerciée, lui promettant de revenir la voir.

Je me dirigeais à présent vers ma moto, songeant à tout ce que j'avais appris sur ma famille et sur l'ancien monde. Montant sur mon véhicule, je pensai à mon père. Je comprenais beaucoup de choses sur lui, à présent : son côté surprotecteur, son besoin de contrôler ce qui se passait et d'affirmer son autorité de « chef de famille ». C'était comme si tout ce que Clarisse m'avait dit me permettait enfin d'accéder quelque peu aux sentiments de mon père. Il n'était pas du genre à se confier ou à parler de ce qu'il ressentait, et je réalisais maintenant qu'il s'agissait simplement d'une carapace. Je soupirai en faisant démarrer ma moto, songeant que j'aurais bien aimé le comprendre plus tôt.

Roulant à travers les rues de Londres, mes pensées dérivèrent vers Truman. Dans un sens, il ne m'avait pas menti : des morceaux de la comète étaient bel et bien entrés en collision avec la Terre, causant le chaos et la destruction… Mais pourquoi ne m'avait-il pas expliqué que les hommes étaient responsables de cette catastrophe ? Peut-être comptait-il me le dire plus tard. Ou peut-être estimait-il tout cela trop compliqué. Peut-être n'en voyait-il pas l'intérêt… Ce qui me blessait, c'était que je ne saurais jamais la réponse avec certitude.

Cependant, l'explication qui me satisfaisait le plus était de penser que, si Truman m'avait dit tout de suite que les hommes étaient les coupables, j'aurais pu tomber dans le même extrême que Johnson et considérer que seuls les règles et l'ordre pouvaient empêcher une telle chose de se reproduire. Il était facile d'accuser la faiblesse humaine et d'affirmer qu'il fallait anéantir toute émotion et tout élément superflu pour être sûr d'être en sécurité. Truman avait probablement voulu que je prenne un recul suffisant avant de me faire part de la cause réelle de la chute de la comète. Cela ne me plaisait pas particulièrement, mais je pouvais le comprendre. Je ne savais pas comment j'aurais réagi s'il m'avait tout révélé d'un coup.

Je me souvins du choc que j'avais ressenti quand il m'avait parlé de la comète. Non, je n'aurais sans doute pas pu encaisser quelque chose en plus.

Mais Johnson, lui, m'avait complètement manipulée. Il avait profité de la situation pour semer le doute dans mon esprit, sachant que Truman ne serait pas là pour s'expliquer. Ce qu'il avait fait était lâche et vicieux… et je n'allais pas l'oublier.

J'arrêtai ma moto un moment, le temps de sortir mon Messager. J'envoyai un BT à Kim et à Mike, pour leur dire de me rejoindre à la bibliothèque. J'allais tout leur raconter. Je pensai alors à Ethan et fus tentée de lui demander de venir aussi... mais je songeai à l'attitude de Kim à son égard et réalisai que ce n'était probablement pas une bonne idée. Pourtant, j'avais envie de partager avec lui ce que j'avais appris ; je ne voulais plus garder de secret... Je souhaitais qu'il revienne dans ma vie. Cela impliquait que j'allais devoir avoir une conversation avec Kim, puisque Mike m'avait déjà fait savoir qu'il pensait qu'Ethan méritait une seconde chance.

Je rangeai mon Messager à ma ceinture et redémarrai, me dirigeant vers la bibliothèque.

***

Nous étions à la moitié du mois de mai, quelques jours après ma visite chez Clarisse. J'avais raconté à Kim et à Mike ce que ma grand-mère m'avait appris et, le lendemain, j'avais pu prendre un moment pour faire de même avec Ethan. Celui-ci avait déclaré n'être pas très surpris que j'aie du « sang de révolutionnaire » dans mes veines.

Ce matin-là, j'avais déjà eu deux missions : dans la première, deux hommes avaient tenté de braquer un petit commerce, et j'avais réussi à les rattraper avec l'aide de la police ; dans la deuxième, un petit garçon s'était retrouvé quasiment suspendu dans le vide sur son balcon, et j'avais dû escalader la façade en catastrophe avant qu'il tombe...

Ma journée avait donc déjà été riche en émotions lorsque mon Messager se mit à sonner. Je décrochai et eus à peine le temps de prononcer un son avant d'être interrompue par la voix de Julia :

— OK, Isis, ce n'est pas un raton laveur que j'ai trouvé, c'est un foutu éléphant !

Je fronçai les sourcils, n'ayant pas entendu le mot « éléphant » depuis longtemps. J'en avais vu un, dans un film, une fois…

Julia soupira, prenant mon silence pour de l'incompréhension.

— Éléphant ? Animal énorme, tout gris, trompe gigantesque, oreilles de la taille d'un parasol ?! Tu n'en as jamais vu dans un livre de science ??

— Si, justement…

— Peu importe ! Oublie mon mauvais choix de métaphore : il faut que tu viennes au commissariat dès que possible !

Mon cœur s'affola tandis que j'essayais d'imaginer ce que Julia avait bien pu découvrir sur Johnson.

— Je travaille toute la journée et je fais la deuxième partie du service de nuit. Ça te va si je viens en cours de soirée ?

Elle hésita, puis répondit :

— D'accord. Mais…

Elle poursuivit si bas que j'eus du mal à l'entendre :

— … on devrait peut-être se voir ailleurs… dans un endroit plus privé.

Je réfléchis et trouvai une solution au bout d'un instant :

— Je passe te chercher à vingt heures au commissariat.

— Je sens que je vais de nouveau avoir droit à une balade à moto, railla-t-elle.

Je souris.

— Peut-être. Ou bien alors je viendrai en éléphant. Je vais voir.

— Ha, ha ! À tout à l'heure, caporale des blagues...

— Salut, reine des pachydermes.

Elle eut à peine le temps d'exprimer un début de protestation avant que je raccroche.

Le reste de la journée fut épuisant. Je profitai de mon seul moment de pause pour donner un cours à Angela, et j'eus du mal à remplir le début de mes rapports tant mes missions étaient rapprochées les unes des autres.

La situation de la Ville ne s'améliorait vraiment pas. Les seules différences créées par les mesures de Johnson semblaient être l'augmentation des dommages collatéraux et du nombre de blessures par balle. Sachant que nous étions désormais beaucoup plus armés, les membres de la pègre n'hésitaient pas à faire feu ou à lancer des couteaux. J'entendais de plus en plus d'histoires de suicides qui n'avaient pas pu être arrêtés à temps, et le moral de mes collègues était au plus bas. Le petit regain d'énergie qui avait suivi la soirée organisée par le Président s'était rapidement évaporé, et l'épuisement menaçait à nouveau de s'abattre sur nous.

De plus, avec la tension qui régnait dans la Ville, beaucoup d'entre nous étaient blessés... Récemment, il y avait eu deux morts : Cedric, avec lequel Kim était en mission, et une Sauveteuse de ma promotion, Jane. Cela avait évidemment donné un gros coup à tout le monde. Nous étions conscients de pratiquer une profession très dangereuse, et les blessures étaient fréquentes, mais savoir que deux de nos camarades étaient morts en si peu de temps avait dévasté beaucoup d'entre nous.

Je constatais que, si elle s'était remise de son choc initial, Kim était néanmoins très affectée par le décès de Cedric. Elle pouvait compter sur le soutien de Mike et moi, et elle voyait souvent Skyler. Toutefois, certains Sauveteurs étaient seuls, et beaucoup paraissaient déprimés.

Unique point positif : les Protecteurs se faisaient de plus en plus actifs. Ethan m'avait dit qu'un grand nombre de personnes se manifestaient et, même dans mon Centre, plusieurs m'avaient demandé des informations sur notre groupe.

La fin de cette longue journée arriva, et je me rendis jusqu'au commissariat de Julia. Je la vis sortir du bâtiment avec un sac sur les épaules à l'instant où je me garais. Elle me salua en enfourchant la moto derrière moi.

— Rassure-moi, tu n'es pas claustrophobe ? lui demandai-je.

— Euh… non… pourquoi ?

— Et tu n'as pas non plus peur du noir ? poursuivis-je, amusée par sa perplexité.

— Non, pas spécialement… Tu m'expliques ce qui se passe, là ?

Je me retournai pour lui faire un sourire moqueur et lui tendis un casque. Elle m'adressa une grimace agacée, mais l'enfila sans protester. J'attendis qu'elle se soit agrippée à moi pour démarrer.

Je roulai jusqu'à arriver à côté de la bouche de métro que j'avais l'habitude d'emprunter. Je ne comptais pas emmener Julia à la SDV, mais je m'étais dit que s'il y avait bien un endroit où personne ne pourrait nous voir, nous entendre ou nous déranger, ce serait bien dans le métro.

Je garai mon véhicule et entraînai Julia avec moi jusqu'à la bouche de métro. Elle me fixa d'un air étonné, tandis que je déplaçais la large planche de bois qui masquait l'entrée.

— C'est quoi, ce délire ? demanda-t-elle, alors que je regardais autour de nous pour être sûre que personne ne nous observait.

— Je t'expliquerai en bas.

Elle parut frustrée par ma réponse, mais s'exécuta néanmoins, commençant à descendre les marches. Je la suivis, prenant soin de remettre la planche derrière nous.

— Il doit y avoir tellement de trafic de drogue dans ce genre d'endroit ! fit remarquer Julia alors que j'allumais ma lampe de poche pour éclairer les marches. Tu veux qu'on se fasse tuer, c'est ça ? C'est ton objectif du jour ?

— Personne ne se souvient de l'existence de cet endroit. Et la plupart des entrées sont condamnées. À ma connaissance, c'est la seule qui est encore praticable.

— Génial. Espérons qu'il n'y ait pas un éboulement pendant qu'on est là-dessous…

Je ne répondis pas, me sentant un peu agacée par la réaction de mon amie. Ce n'était qu'une bouche de métro !

« Oui, mais elle ne le sait pas, ça », songeai-je alors, comprenant mon manque de délicatesse.

Nous arrivâmes à la station, et Julia fronça les sourcils, perdue. Je lui expliquai :

— En dessous de la Ville, il y a toute une organisation de tunnels par lesquels passaient autrefois des espèces de véhicules souterrains, qu'on appelait des « métros ». Ce n'est pas dangereux, d'accord ? Les gens ne savent pas que ça existe, et personne n'a de raison de venir ici.

Au pire des cas, on croisera quelques araignées. Ça va aller ? Ou bien on pourrait remonter pour discuter devant le bureau du Président ? Ou peut-être à côté de l'une des caméras qu'ils sont en train d'installer un peu partout ?

Julia parut se détendre :

— Tu aurais pu dire ça tout de suite...

Je haussai les épaules et marchai jusqu'à un banc installé contre le mur de la station. À côté, il y avait une petite lampe, que Mike avait apportée là quelque temps auparavant.

— Mais... commença Julia, perplexe.

J'allumai la lampe, qui diffusa une lueur dansante dans la galerie. Julia se tut, regardant autour d'elle avec étonnement. Elle s'avança vers le bord du quai et se pencha légèrement pour observer les rails.

— C'est dingue, ici, murmura-t-elle.

Puis, se retournant vers moi, elle m'observa avec suspicion :

— Tu es déjà venue. Et pas juste une fois.

Je m'assis sur le banc, mais elle resta plantée devant moi, les bras croisés.

— Il y a quelque chose que tu voudrais me dire ? demandai-je en voyant son attitude étrange.

— Oui. Beaucoup de choses, en fait. Des questions, principalement. J'en ai un tas. Truman, Winston, son lien avec le Président et maintenant un souterrain bizarre : quand est-ce que tu comptes vraiment m'expliquer tout ce que tu sais et que je ne sais pas ? Je suis policière, tu te rappelles ? Je ne suis pas stupide. J'ai parfaitement conscience que tu caches énormément de secrets. Admets-le, au moins !

— Je n'ai jamais essayé de te persuader du contraire. Je sais très bien que tu n'es pas stupide, d'accord ? C'est juste que je t'ai déjà mise dans une situation compliquée en te demandant de faire ces recherches. Je ne veux pas que tu sois en danger…

Elle laissa échapper un petit rire en venant s'asseoir à côté de moi.

— Alors là, Isis, après ce que je vais te dire, tu comprendras que je ne peux raisonnablement pas être plus dans la merde que ça ! J'y suis déjà au moins jusqu'au cou !

Elle s'interrompit, avant de reprendre, résignée :

— Très bien. Je ne te demande pas de tout me balancer d'un coup. Mais il faudra que tu me révèles la vérité, tôt ou tard.

— Promis, assurai-je en la regardant droit dans les yeux.

Elle acquiesça, satisfaite de ma réponse. Elle ouvrit alors son sac et en sortit un dossier. Je sentis la fébrilité dans sa voix, tandis qu'elle commençait à m'expliquer :

— Sache tout d'abord que le nom officiel de Johnson est Oscar S219C9. Garde ça en tête pour la suite.

Je me tus, l'écoutant attentivement.

— J'ai fait des recherches sur Winston, le frère de Nora. Apparemment, il est mort à cause d'un tir accidentel d'un policier qui essayait de le faire sortir d'une salle de son école, où il s'était enfermé. C'était une salle d'informatique, et Winston était en train de diffuser un enregistrement dans tous les haut-parleurs de l'école, accompagné d'images qu'il avait filmées et qu'on pouvait voir sur les écrans partout dans l'établissement. Les rapports indiquent que cet enregistrement était un mélange de théories du complot et de secrets gouvernementaux. C'était une très grande école ; les policiers ont donc mené une enquête rapide pour savoir où était Winston, et s'il était dangereux ou non. On les a informés du lieu où se trouvait l'élève et on leur a dit qu'il était très instable, et donc potentiellement dangereux. Un témoignage affirmait même qu'il était probablement armé.

Je l'écoutais, sentant la colère monter en moi en entendant le tissu de mensonges qui constituaient la version officielle.

— Je suis quasiment sûre que le policier a fait feu volontairement : la balle a touché Winston à l'épaule, ce qui aurait dû lui permettre de rester en vie... je ne crois pas que ça puisse être un hasard. Le problème, c'est que le garçon est tombé en recevant le coup de feu, et que le choc à la tête lui a été fatal. Le pire, dans tout ça, c'est qu'aucune arme n'a été retrouvée sur place et que Winston n'a même pas essayé de résister au policier. Celui-ci l'a abattu, uniquement par maladresse et par peur, alors qu'il n'était qu'un jeune élève pacifique et totalement inoffensif.

Je serrai les poings, furieuse devant cette injustice.

— Mais pourquoi est-ce que le policier a tiré, alors ?! Tu vas me dire qu'il avait peur d'un gamin qui faisait circuler une vidéo ?

— Comme je l'ai mentionné, il y avait eu des témoignages, rétorqua Julia. Mais il y en a un en particulier, recueilli juste avant l'assaut des policiers, qui a attiré mon attention...

Elle ouvrit le dossier qu'elle avait apporté et sortit une feuille, tout en continuant :

— Les témoignages ont d'abord été enregistrés par dictaphone, puis retranscrits quand il a fallu créer un dossier sur le policier qui avait tiré. Voici un extrait du témoignage le plus important, et à cause duquel tout a basculé...

Elle se rapprocha de la lampe et commença à me lire :

— « Depuis quelque temps, Winston n'est plus lui-même. Il a toujours l'air fatigué et angoissé, comme s'il cachait quelque chose. On se fait tous du souci pour lui... même ses notes ont baissé. Il était le premier de notre classe, avant. » Après ça, le policier qui recueillait le témoignage a demandé à cette personne si Winston était dangereux. Voilà la réponse : « En temps normal, je vous dirais que non... mais aujourd'hui, je pense que ça peut être le cas. Il y a tellement de rage en lui, de frustration... il n'est plus lui-même, vous comprenez ? Il paraît très troublé... psychologiquement, je veux dire. » Puis, quand le policier demande s'il est possible que Winston soit armé : « Je ne pense pas qu'il aurait su où se procurer un pistolet... par contre, il a probablement un couteau. C'est un battant... il est très têtu. S'il veut faire quelque chose, il le fera, je vous le garantis. Oui... je pense qu'il peut être très dangereux, pour lui-même et pour tout le monde. »

Julia se tut et j'enfouis ma tête dans mes mains. Ce témoignage, ainsi qu'elle l'avait pensé, était vraisemblablement la raison pour laquelle les policiers avaient été tellement à cran, ce qui expliquait que l'un d'entre eux avait fait feu, dans le stress ambiant.

— Et tu n'as encore rien entendu ! ajouta Julia.

Je levai la tête vers elle, lui lançant un regard interrogateur. Elle poursuivit :

— La raison pour laquelle je te lis ce témoignage est qu'il s'agit, comme tu as dû le comprendre, d'une déposition faite par un des camarades de classe de Winston. Il n'y a pas de prénom, bien sûr, mais j'ai trouvé un numéro matricule…

Elle me fixa avec insistance, et soudain je compris.

— Non…

— Et si. S219C9. Le numéro de Johnson. C'est notre cher Président qui a déclaré aux policiers que Winston était « dangereux » et « probablement armé ». Et un peu plus haut dans sa déposition, j'ai lu que c'était lui qui leur avait fourni l'endroit où Winston se trouvait.

Cette fois-ci, je fus incapable de juguler ma colère. Je me levai et poussai un cri de rage en envoyant mon pied contre une pierre qui alla s'écraser contre le mur, à l'autre bout de la galerie.

C'était Johnson qui avait dénoncé Winston. C'était lui qui avait mis les policiers à cran, en le décrivant comme un fou dangereux, alors qu'il n'était qu'un jeune garçon courageux. C'était Johnson qui avait causé la tragédie pour laquelle on tiendrait Truman responsable, et qui avait écrasé le Maître des archives du poids de sa culpabilité pendant tout le reste de sa vie.

C'était à cause de Johnson que Winston était mort.

L'art est sans aucun doute l'invention humaine la plus ridicule jamais créée.

Les artistes passent leur temps à construire des choses qui ne serviront jamais à rien, pour des gens qui n'y comprendront jamais rien. Dans l'âge « moderne », les gens considéraient que tout pouvait être de l'art... autant dire que rien ne l'était vraiment.

À l'avenir, l'art n'aura plus sa place dans notre société. La loi sera très claire : toute personne qui possédera chez elle un objet pouvant être considéré comme purement artistique sera passible d'une forte amende, voire envoyée en prison. L'objet sera évidemment confisqué et placé dans les Archives.

Si ça ne tenait qu'à moi, on brûlerait le tout. Mais les mentalités sont difficiles à changer. Les gens risqueraient de se plaindre. Il faut réussir à éradiquer le fléau qu'est l'art sans que le peuple s'en rende compte. Tout en douceur.

Extrait des *Mémoires de Jasper Hartley*,
7e Président de la Ville
Texte original conservé dans les Archives

21

La découverte de Julia me mit dans une telle colère que je sentis ma détermination augmenter considérablement. À la réunion suivante des Protecteurs, lorsque Skyler m'apprit que nous étions à présent environ deux cents, cela raffermit davantage ma volonté de triompher.

J'avais hâte que Johnson me convoque à nouveau, parce que je n'avais désormais plus peur. La seule arme qu'il avait possédée contre moi était le doute, et je ne doutais plus, à présent. Je connaissais la vérité entière sur les origines de notre monde, ainsi que sur le passé de Johnson, ses crimes, ses complots. Je savais tout, et il ne pourrait plus rien contre moi : une armée de deux cents personnes me soutenait.

Quelques jours plus tard, je venais de rentrer au Centre, après une longue mission à l'autre bout de la Ville, lorsque Nora ouvrit la porte de son bureau et me fit signe d'aller la voir. Elle paraissait préoccupée. Je me levai et lui obéis, entrant dans la pièce sans discuter. Elle referma immédiatement derrière moi.

— Un événement grave est survenu, Caporale. Asseyez-vous.

Je m'assis sur le canapé, inquiète, tandis qu'elle prenait place en face de moi.

— Nous avons enfin trouvé le quartier général des trafiquants de drogue qui nous causaient autant de problèmes ces derniers temps.

— C'est une bonne nouvelle, remarquai-je, confuse.

— Ça l'était, oui. Mais lorsque la police a donné l'assaut avec un sergent et plusieurs de nos très bons Sauveteurs, tout à l'heure, ça a été un massacre. Les policiers ont perdu beaucoup d'hommes. Trois de nos Sauveteurs sont morts...

Je sentis une angoisse monter immédiatement en moi : je n'avais pas vu Kim et Mike dans la grande salle, en arrivant...

— Non, dis-je, refusant de la laisser parler. Non !

Elle plaça les mains devant elle, pour tenter de me calmer.

— Laissez-moi continuer. Vos amis sont toujours en vie.

Je dus utiliser toute ma volonté pour ne pas craquer. Il fallait que je tienne le coup. Je ne pouvais pas m'effondrer comme ça.

— Le soldat Mike a été légèrement blessé, mais il sera complètement remis d'ici demain.

— Et Kim ? m'enquis-je, inquiète. Est-ce qu'elle va bien ?

— C'est pour cela que je vous ai fait venir. Kim a été poignardée. Elle est sévèrement blessée et a été conduite à l'hôpital.

Je me levai immédiatement du canapé, mais Nora me retint par le bras, me forçant à me rasseoir.

— Je vais vous laisser y aller, me rassura-t-elle. Vous serez libérée pour la journée dès que je vous autoriserai à sortir de ce bureau. J'ai même annulé votre service de nuit.

Je lui lançai un regard incrédule. Je n'arrivais pas à croire qu'elle avait fait ça. Je restai assise, ayant hâte qu'elle finisse de me parler pour que je puisse me rendre au chevet de mon amie.

— J'ai deux choses à vous dire, déclara Nora. Premièrement, votre amie a été héroïque, et c'est probablement grâce à elle que les chefs du trafic ont été arrêtés, ce qui devrait suffire à démanteler le réseau. Nous avons dû payer un prix trop élevé pour cette victoire, mais c'est une victoire tout de même. Les hommes qui ont été arrêtés sont responsables de la mort de Cedric.

Ma gorge se serra d'émotion tandis que je comprenais l'attitude de Kim : ce qu'elle avait fait, elle l'avait fait pour Cedric. Pour le venger. Et maintenant, c'était elle qui était en danger de mort...

— La deuxième chose que je voulais vous dire, c'est que vous avez démontré, ces derniers temps, que vous avez la capacité d'être une véritable meneuse. Or la Ville est dans une situation de crise et a besoin que des gens comme vous prennent les devants. J'ai donc récemment demandé que vous soyez nommée sergente de toute urgence.

Je haussai les sourcils, n'ayant pas vu venir la tournure que prenaient les événements. Nora se leva pour aller prendre quelque chose sur son bureau et me fit signe de me mettre debout. Elle vint se placer juste devant moi et me retira mon insigne de caporale, qu'elle remplaça par celui de sergente. L'étoile qui y figurait était plus grande et d'une couleur plus sombre. Le lieutenant sourit en jetant un coup d'œil au pendentif que je portais autour du cou.

— Je vois que vous avez toujours votre collier.

Elle réalisa que j'étais confuse, ne sachant pas comment réagir, et ajouta :

— L'heure n'est pas encore à la réjouissance, mais je vous félicite néanmoins. Je sais que vous ferez une excellente sergente.

Je parvins à lui adresser un faible sourire.

— Merci, Lieutenant.

Elle s'écarta de moi et me désigna la porte d'un signe de tête.

— Allez voir votre amie, maintenant. Elle est à l'hôpital du quartier. J'espère sincèrement qu'elle va s'en sortir… mais je suis très optimiste. C'est une dure à cuire, celle-là.

Je lui lançai un regard reconnaissant avant de quitter le bureau. Je me mis à courir à toutes jambes, bousculant un ou deux Sauveteurs au passage. Je descendis les escaliers en trombe et me jetai quasiment sur ma moto, que j'avais garée devant le bâtiment. Je démarrai immédiatement et fonçai jusqu'à l'hôpital. Je m'élançai vers l'entrée. À l'accueil, je reconnus une infirmière qui était déjà venue plus d'une fois à une réunion des Protecteurs. Je me dirigeai vers elle. Elle sembla me reconnaître instantanément :

— Tu es Isis, c'est ça ?

— Oui… je t'ai vue à une réunion, je me rappelle…

Elle m'offrit un sourire éclatant :

— Oh oui, je suis Protectrice et fière de l'être !

Malgré les circonstances, je lui adressai un petit sourire. Une lueur apparut dans son regard et elle sembla comprendre la raison de ma présence :

— Tu es là pour un des Sauveteurs qui viennent d'arriver, je suppose ? me demanda-t-elle, devenant soudain sérieuse.

— Oui : Kim… berley, A456B2.

Elle tapa rapidement sur le clavier de l'ordinateur devant elle, tandis que j'attendais, fébrile.

— Hum… oui, je l'ai trouvée. Blessure par arme blanche. Elle vient de sortir du bloc opératoire.

— Comment va-t-elle ? lui demandai-je, inquiète.

— Elle est encore endormie…

— Mais est-ce qu'elle va s'en sortir ?

L'infirmière leva la tête vers moi, et je vis la sympathie sur son visage.

— Je n'ai pas d'information sur l'opération qui a eu lieu. Mais la famille de ton amie a été prévenue et devrait bientôt arriver. Le chirurgien leur parlera directement. Je suis désolée, je ne peux vraiment rien faire de plus. Ils iront dans la salle d'attente, juste à droite. Tu peux les attendre là-bas, si tu veux.

Je la remerciai et me dirigeai vers la salle. Je m'assis et me rendis compte que je n'avais jamais rencontré la famille de Kim. Je savais qu'elle était fille unique et que ses parents travaillaient dans le domaine de la Sécurité, mais elle ne parlait pas beaucoup d'eux. J'avais cru comprendre que ses relations avec eux n'étaient pas évidentes, surtout avec sa mère. Je poussai un soupir : je ne savais même pas comment j'allais faire pour reconnaître les parents de mon amie… et ça allait être une bien triste manière de les rencontrer.

Je faillis me frapper la tête de la main en réalisant soudain que Skyler n'était probablement pas au courant que Kim était blessée. Je sortis mon Messager et lui écrivis en vitesse un BT pour la prévenir de la situation. Il ne me restait plus qu'à attendre.

Chaque seconde me semblait interminable. Les gens allaient et venaient, tous paraissaient inquiets, souffrants ou pressés. Les infirmières couraient dans tous les sens, dansant à travers les pièces, appelant des noms, lançant des numéros matricules dans l'air. Et pour compléter ce bal angoissant, une odeur chimique flottait autour de moi, un mélange de désinfectant et de médicaments. Je ne pus m'empêcher de me sentir oppressée par cette atmosphère, et remarquai que je n'avais pas arrêté d'agiter nerveusement la jambe depuis que j'étais arrivée. Je me forçai à m'immobiliser et à prendre une grande inspiration, puis à expirer lentement.

Cet endroit ressemblait à une prison. Je songeai aux hôpitaux que j'avais vus dans des films, à la bibliothèque : il y avait de la décoration, des plantes, au moins, et souvent des tableaux sur les murs. Et même si c'était par définition un lieu où les gens étaient angoissés, l'art devait tout de même y apporter un certain réconfort. J'aurais aimé, par exemple, pouvoir écouter de la musique, à cet instant. Je souris en pensant à Kim, dansant dans un salon de la bibliothèque, m'entraînant avec elle dans sa bonne humeur, valsant à travers la pièce et chantant à tue-tête les paroles de chansons qu'elle connaissait déjà par cœur, imitant les musiciens en jouant de la guitare dans l'air, ou en s'asseyant à une table pour plaquer des accords sur un piano imaginaire…

Mon tic nerveux à la jambe avait repris. Je ne supportais pas l'idée que Kim ne se remette pas de sa blessure. J'avais trop besoin d'elle. Elle était ma meilleure amie, ma camarade d'armes, la sœur insupportable que je n'avais jamais eue. Sans elle à mes côtés tous les jours… non ! Je ne pouvais même pas y penser.

Je me sentis soudain extrêmement seule. J'avais envie qu'Ethan soit là. Ou Mike. Même la compagnie de Skyler m'aurait aidée…

Un couple d'une quarantaine d'années entra alors dans la salle d'attente, et ma jambe s'immobilisa immédiatement lorsque mon regard se posa sur la femme. Elle était grande, blonde, et paraissait très nerveuse. Je sus instantanément qu'elle devait être la mère de mon amie. Je me levai et me dirigeai vers eux sans hésiter.

— Vous êtes les parents de Kim ?

Ils me regardèrent avec surprise et la femme acquiesça. Elle observa mon uniforme.

— Vous la connaissez ?

— Oui, on travaille au même Centre… et on était à l'école de Sauvetage ensemble…

Dire cela paraissait extrêmement réducteur, pourtant c'était la vérité. Mais Kim était tellement plus que ça, pour moi ! Le visage de sa mère sembla s'illuminer.

— Est-ce que… vous êtes Isis ?

Je lui souris : c'était la deuxième fois en quelques minutes que quelqu'un parvenait à identifier qui j'étais.

— C'est moi, dis-je, légèrement mal à l'aise. Je suis vraiment désolée pour ce qui est arrivé… J'aurais voulu être là… peut-être que les choses se seraient passées différemment…

Je me tus, la gorge trop nouée pour continuer, et les yeux de la mère de Kim s'embuèrent. Alors, à ma grande surprise, elle se rapprocha de moi et me serra brièvement dans ses bras.

— Ce n'est pas votre faute, assura-t-elle en relâchant son étreinte. Kimberley n'en fait qu'à sa tête. Elle a toujours été comme ça…

Le père de mon amie eut un sourire triste. Il me tendit une main, que je serrai avec force.

— Merci d'être venue, Isis. Oh, et je suis Steven. Ma femme s'appelle Kelsey.

Kelsey me sourit, et nous allâmes nous asseoir dans la salle d'attente. Ils me demandèrent si j'en savais plus sur l'état de Kim, et je leur rapportai ce que le lieutenant Nora m'avait dit, puis ce que l'infirmière de l'accueil m'avait appris. Ils furent émus par le comportement de leur fille durant la mission.

Nous restâmes là pendant ce qui me parut une éternité. Nous parlions de Kim, ils me racontaient quel genre d'élève elle avait été, quand elle était plus jeune, et comment elle s'attirait des ennuis avec ses professeurs. Ou bien les six mois où, âgée de cinq ans seulement, elle avait insisté tous les jours pour avoir un chien, jusqu'à ce que ses parents, épuisés, finissent par céder. Parfois, chacun de nous était perdu dans ses pensées, et personne ne parlait. À un moment, Ethan m'envoya un BT pour me dire qu'il venait d'apprendre ce qui s'était passé ; il était allé voir Mike, qui avait besoin de repos mais se sentait bien.

Un docteur finit enfin par entrer dans la salle d'attente et appeler les parents de Kim par leurs prénoms et numéros. Nous nous levâmes pour suivre le médecin, qui nous entraîna avec lui dans un couloir, marchant tout en expliquant :

— La blessure de votre fille est assez sérieuse. Elle a perdu beaucoup de sang. Heureusement, l'ambulance a pu la conduire ici très vite, et nous avons réalisé une transfusion sanguine avec succès. Elle est hors de danger.

Une vague de soulagement s'abattit sur moi, et je vis Steven passer le bras autour de l'épaule de Kelsey et la presser avec force, tandis que nous suivions le docteur, qui nous emmenait à présent dans un ascenseur.

— Nous allons garder Kimberley ici pendant quelques jours, pour faire des examens et être sûrs que tout va bien. Ce n'est qu'une précaution. Je lui ai prescrit des antidouleurs, et elle va avoir besoin de beaucoup de repos. Je vais lui signer un arrêt de travail d'au moins deux semaines.

Les parents de Kim acquiescèrent, tandis que nous arrivions au troisième étage. Nous suivîmes le médecin en dehors de l'ascenseur et longeâmes un couloir de chambres.

— C'est là, nous indiqua le docteur. Monsieur Steven et madame Kelsey, je vous laisse voir votre fille, mais il faut que vous veniez ensuite avec moi pour signer des documents, notamment concernant les médicaments. Je vous attends ici.

— Est-ce que je peux la voir aussi ? m'enquis-je.

— La famille uniquement, pour l'instant, déclara le docteur.

Kelsey se tourna vers lui et le fixa avec détermination :

— Elle peut entrer, dans ce cas, affirma-t-elle.

Je la regardai avec un mélange d'étonnement et de gratitude. Le docteur lui sourit et ne protesta pas. Il nous ouvrit la porte et nous entrâmes dans la chambre.

Kim était allongée sur un grand lit blanc, à côté d'une machine surveillant son rythme cardiaque. Une infirmière se tenait près du lit et ajustait une perfusion qui allait dans son bras et était reliée à une poche de liquide transparent.

Une image fit irruption dans mon esprit : je me revis quelques mois plus tôt, alors que c'était moi qui m'étais retrouvée à l'hôpital après m'être fait tirer dessus. Kim était la première personne que j'avais vue à mon réveil. Cet échange de place était douloureux, et je sentis mon cœur se serrer en examinant mon amie endormie devant moi. Elle avait l'air si calme.

— Elle est épuisée, nous dit l'infirmière. Elle se réveille puis se rendort... et les médicaments l'étourdissent un peu.

Je me tins en retrait. Steven et Kelsey s'approchèrent du lit et embrassèrent doucement leur fille, pour ne pas la réveiller. Ils s'éloignèrent ensuite, pour suivre le docteur, mais Kelsey se retourna vers moi.

— Prends soin d'elle, d'accord ?

Elle m'adressa un sourire et j'eus à peine le temps d'acquiescer avant qu'elle sorte. Je m'assis sur une chaise à côté du lit et l'infirmière sortit à son tour, me disant qu'elle reviendrait dans quelque temps et de ne pas hésiter à appeler quelqu'un s'il se passait quoi que ce soit.

Seule dans la pièce, je me mis à chantonner des paroles de la chanteuse barbadienne que Kim affectionnait tant. J'arrivais au refrain lorsque j'entendis une voix faible compléter la phrase que je venais de commencer. Je m'interrompis, réalisant que c'était mon amie qui venait de chanter. Un vague sourire éclaira le visage de Kim et elle ouvrit lentement les yeux :

— Qui a allumé les lumières ? demanda-t-elle en clignant des paupières.

Je laissai échapper un petit rire. J'étais tellement heureuse qu'elle soit hors de danger...

— Comment tu te sens ? demandai-je, ne sachant pas quoi dire d'autre.

— J'ai l'impression d'avoir fumé quelque chose de pas clair, déclara-t-elle d'une voix pâteuse. D'ailleurs, à propos de drogue...

— Ne t'inquiète pas, ils ont arrêté cette bande de salauds.

— Tant mieux... ça aurait été un peu con que je me fasse poignarder pour rien.

Mon Messager émit un bruit et je consultai l'écran :

J'arrive tout de suite.

Skyler

Je supposai qu'elle avait dû être en mission et qu'elle venait juste de voir mon BT.

— C'est Skyler, dis-je à Kim. Elle va venir.

Mon amie, qui jusque-là semblait à moitié endormie, ouvrit ses yeux un peu plus grand.

— Non, dit-elle.

— Euh… tu ne veux pas la voir ? lui demandai-je, perplexe.

— Si ! Mais…

Kim paraissait un peu embarrassée :

— Je suis un peu… bizarre, là… c'est les médocs… j'ai peur de dire n'importe quoi…

Je ne pus retenir un sourire et ajoutai, moqueuse :

— Du genre, une déclaration d'amour enflammée ?

Elle tourna un peu plus la tête vers moi et me lança un regard à la fois agacé, fatigué et amusé :

— Ça pourrait arriver, oui, admit-elle.

— Et si ça arrive ?

Kim parut exaspérée. À la voir, on aurait dit que c'était moi qui étais sous médicaments, et que ça m'avait rendue complètement débile.

— On a vu mieux, question romantisme, déclara-t-elle.

— Certes. Sans compter que tes parents sont juste à côté, en train de parler avec le docteur.

Elle fronça les sourcils :

— Mes parents… les deux ? Même ma mère ?

— Bien sûr. Je crois que Kelsey m'aime bien, d'ailleurs.

Kim émit un petit rire.

— Évidemment… tu dois être la seule personne au monde capable d'attendrir ma mère…

Elle ferma les yeux quelques secondes avant de les rouvrir, luttant visiblement contre son sommeil.

— Tu peux te rendormir, lui dis-je. Je reste avec toi.

L'oubli et le pardon sont deux choses complètement différentes.

Je pense qu'il faut oublier certaines choses, pour pouvoir aller de l'avant. Il y a des gens complètement pathétiques qui passent leur vie à s'accrocher au passé. Je trouve cela ridicule.

Cela ne veut pas dire qu'il faut être prêt à pardonner ce que les gens nous font. Je considère que le pardon est une faiblesse, tout simplement parce que les excuses des gens ne valent rien. Les gens s'excusent parce qu'ils ont peur des conséquences, parce qu'ils n'ont pas le choix, parce que leur culpabilité leur fait du mal ou parce qu'ils veulent obtenir quelque chose en retour. Ce n'est jamais désintéressé. L'être humain, par définition, est profondément égoïste. Alors il ne faut pas lui laisser le choix. Il faut le forcer à rester à sa place, sans qu'il puisse prendre celle des autres.

Pardonner, c'est être faible. Les gens ne changent pas. Ils font juste semblant.

Extrait des *Mémoires de Jasper Hartley*,
7e Président de la Ville
Texte original conservé dans les Archives

22

Nous étions quelques jours plus tard, une heure avant la réunion des Protecteurs. Je me trouvais à l'hôpital pour rendre visite à Kim, qui commençait tout doucement à reprendre des forces.

Je passais le plus de temps possible avec elle, allant la voir dès que j'avais une pause ou que je finissais le travail. Je n'étais d'ailleurs pas la seule : Mike, qui s'était remis très rapidement, venait souvent, tout comme Skyler. Les parents de Kim étaient très présents, et j'avais développé une bonne relation avec eux : je crois qu'ils me faisaient confiance. Kelsey, au départ, s'était montrée suspicieuse vis-à-vis de Skyler, mais elle avait changé d'attitude en constatant à quel point la Sauveteuse était importante pour sa fille.

En effet, je devais reconnaître que cette dernière était probablement la personne qui aidait le plus Kim. Mon amie semblait aller mieux quand Skyler était là ; je trouvais alors divers prétextes pour quitter la pièce.

Je devais aussi reconnaître que voir Kim et Skyler devenir aussi proches me rendait nostalgique : Ethan me manquait. Nous nous parlions régulièrement avec nos Messagers, mais ma nouvelle responsabilité de sergente, ajoutée aux moments que je passais avec Kim, ne me laissait vraiment pas le temps de le voir.

À ma grande surprise, ce fut Kim qui aborda le sujet, alors que je lui rendais visite avant la réunion.

— Comment ça va, avec Ethan ? me demanda-t-elle d'un coup.

Je la regardai, étonnée, ne comprenant pas pourquoi elle me posait la question. Depuis que j'avais raconté à Kim la raison de ma rupture avec Ethan, des mois plus tôt, elle l'avait visiblement détesté. Je ne lui avais donc pas parlé de mon rapprochement avec lui…

— Qu'est-ce que tu veux dire ?

— Bah… je sais que vous vous parlez de nouveau souvent…

Je levai les yeux au ciel, comprenant soudain.

— Skyler t'a dit ça ?

— Peut-être bien… mais j'ai des espions un peu partout, tu sais ?

— Honnêtement, Kim, je pensais que Sky et toi aviez des sujets de discussion plus intéressants, quand vous étiez seules…

Elle rougit légèrement et se redressa dans son lit d'hôpital, avant de me répondre :

— Ne change pas de sujet. Tu n'as pas répondu à ma question.

— Pourquoi est-ce que tu t'intéresses à l'état de ma relation avec Ethan ? Tu as toujours été très claire sur ce que tu pensais de lui…

Kim baissa les yeux un instant.

— Justement. Il se peut que j'aie… comment on dit, déjà ? Ah oui : changé d'avis.

— Quoi ?

J'éclatai de rire. Entendre ces mots sortir de la bouche de Kim était comme entendre Nora chanter une berceuse : inconcevable !

— Attends, laisse-moi expliquer, m'intima Kim. La seule raison pour laquelle j'ai mis du temps à en parler avec toi, c'est que ça me met mal à l'aise, d'accord ? Et... tu me connais... j'ai tendance à être un peu trop fière.

— Je ne vois pas de quoi tu parles...

— Oh, la ferme ! J'essaye d'être sérieuse, pour une fois.

Je croisai les bras, attendant qu'elle continue.

— OK, voilà : il y a quelque temps, avant ta rupture avec Ethan, on était proches, toutes les deux, et je tenais déjà beaucoup à toi, d'accord ? Et quand tu m'as raconté ce qu'il t'avait fait, j'ai pété les plombs. Je suis... oh et puis merde, je suis surprotectrice, d'accord ? Tu es la première personne à être devenue vraiment importante dans ma vie, je n'ai pas de frères ni de sœurs, je n'ai jamais su ce que c'était, de tenir à quelqu'un comme ça... Donc quand tu m'as raconté tout ce qui s'était passé avec Ethan, je ne l'ai pas supporté et j'ai réagi... trop violemment, on va dire. Et puis, après ça, j'avoue que... je n'en suis pas fière, mais je n'étais pas mécontente de ne pas avoir à te... « partager », tu comprends ?

Je ne répondis rien, abasourdie. Je ne m'étais vraiment pas attendue à ça.

— Isis, je ne veux pas que tu sois fâchée. C'est sûr qu'Ethan n'a pas agi de la bonne manière, et je pense que tu as pris la meilleure décision en t'éloignant de lui pendant un moment. Mais... Skyler m'a beaucoup parlé de lui, et s'il y a une personne en qui j'ai confiance pour juger les gens, c'est elle. Elle a comme un sixième sens, pour ça. Je te jure. Bref… après tout ce qu'elle m'a dit sur Ethan, je pense que j'ai été un peu trop dure avec lui. C'est un type bien. Est-ce qu'il a fait une connerie ? Oui. Mais est-ce que c'était pour te sauver ? Oui aussi. Il a commis une grave erreur… mais ça ne fait pas de lui une mauvaise personne. C'était injuste de ma part de le définir par un seul de ses actes, dans un moment de panique où il a cru qu'il allait perdre la fille qu'il aimait… J'ai été trop dure. Et jalouse. Et égoïste.

Je me tus, trop confuse pour trouver une réponse adéquate. Kim se méprit sur la raison de mon silence.

— Je comprends que tu m'en veuilles… je suis désolée, vraiment. Je ne sais pas quoi dire d'autre…

— Je ne t'en veux pas. Je suis juste un peu surprise.

— Moi aussi, honnêtement. Ce n'est pas mon genre de reconnaître mes défauts comme ça.

— Ça, c'est sûr.

Je laissai passer un instant pour réfléchir à ce que Kim venait de m'avouer. Je comprenais que je ne m'étais jamais vraiment mise à sa place, et je réalisais aussi qu'il devait être plus facile pour elle d'admettre tout ça maintenant qu'elle était avec Skyler.

— Merci d'avoir été aussi franche, finis-je par lâcher. Je suis soulagée.

— Pareil !

Je me sentais à présent beaucoup plus tranquille, et je me mis à parler d'Ethan à Kim, essayant de lui faire comprendre ce que je ressentais. Elle m'offrit d'étonnamment bons conseils, me suggérant de voir comment les choses allaient se passer et de ne rien précipiter. Elle déclara que c'était mieux si nous n'essayions pas de forcer quoi que ce soit.

Je finis par quitter l'hôpital et me rendis à moto jusqu'au Centre. J'arrivai pile à temps pour le début de la réunion. Skyler exposa l'avancée de nos différentes initiatives, et nous rendîmes hommage à ceux d'entre nous qui avaient péri récemment en mission. J'aperçus alors Nora au milieu des personnes présentes. Mon lieutenant me fit signe qu'elle voulait prendre la parole. Devinant de quoi elle allait parler, je sentis monter en moi un mélange de stress et d'excitation.

Nora s'avança donc vers nous et se plaça face à l'assemblée. Les quelques murmures qui avaient résonné dans la salle se turent immédiatement ; soudain le silence fut complet.

— Bonsoir à tous, déclara ma supérieure. Je ne vais m'adresser que très brièvement à vous. Je viens d'apprendre, par le secrétaire du Président, que monsieur Johnson est prêt à recevoir la sergente Isis à son bureau dès demain.

Des murmures satisfaits s'élevèrent dans la salle, tandis que Skyler reprenait la parole. Je m'attendais à être angoissée, mais, étrangement, la seule émotion que je ressentis fut une profonde détermination.

Depuis ma dernière rencontre avec Johnson, j'avais appris beaucoup sur lui, tous mes doutes sur le passé s'étaient dissipés, des événements graves avaient eu lieu, et j'avais été nommée sergente. S'il y avait une chose dont j'étais sûre, c'était que je ne comptais pas me laisser faire.

À la fin de la réunion, je vis Ethan se diriger vers moi. Je l'accueillis en lui souriant.

— Skyler m'a dit que Kim allait mieux, me dit-il.

— Elle est encore fatiguée, mais elle a déjà beaucoup moins mal. Les docteurs sont surpris de voir à quel point elle se remet vite, compte tenu de la gravité de sa blessure…

Un sourire s'afficha sur le visage d'Ethan :

— Oh, ça ne m'étonne pas, moi ! Je pense que l'arme qui l'a touchée a dû avoir plus peur que Kim elle-même…

— Pas faux. Tu pourrais aller la voir si tu veux, tu sais ?

Le sourire d'Ethan s'effaça :

— Je ne suis pas sûr que ce soit une bonne idée…

— Mais si. Ça lui ferait plaisir que tu viennes.

Il me scruta avec suspicion, se demandant si je le faisais marcher, mais parut se détendre en lisant la sincérité dans mon regard. Nous sortîmes du Centre ensemble, parlant de mon rendez-vous du lendemain avec Johnson. Ethan semblait craindre que le Président soit aussi vicieux que la fois précédente.

— Ne t'inquiète pas, le rassurai-je. Je suis préparée, maintenant. Je ne ferai pas les mêmes erreurs.

Il me regarda avec curiosité, mais ne posa pas de question. Il changea de sujet :

— Tu as remarqué à quel point les caméras sont en train d'envahir la Ville ? C'est comme si une colonie d'insectes avait décidé de s'installer ici… ça me met mal à l'aise, pour être honnête.

— Moi aussi. Je suis allée dans le quartier Sud, l'autre jour, et il y avait des ingénieurs et des techniciens partout, en train de les mettre en place. J'espère vraiment qu'on pourra empêcher que ça arrive. Ça serait une catastrophe.

— Je le crois aussi. Mais il y a un certain nombre de policiers qui pensent que ça pourrait vraiment les aider.

— Sans doute, mais à quel prix ? Espionner l'intégralité de la Ville toute la journée, c'est un point de non-retour. Si les gens acceptent ça, alors ils ne pourront plus rien refuser. Ils n'auront plus aucune liberté… déjà qu'il n'en reste plus beaucoup.

Ethan soupira et ne répondit rien. Je me rendis compte que nous avions marché sans vraiment nous demander où nous allions. En regardant autour de moi, je vis que nous n'étions pas très loin de la bibliothèque. Une idée me traversa alors l'esprit. Je lui demandai :

— Tu es en service, ce soir ?

— Non. Je l'étais hier.

— Et… tu as quelque chose de prévu ?

Il me fixa avec une certaine surprise.

— Non… pourquoi ?

J'hésitai un instant, avant de me lancer :

— Je t'avais promis qu'on irait voir un film, il me semble… si tu en as envie, bien sûr.

Il sourit, baissant les yeux pendant un instant avant de me regarder à nouveau.

— J'aimerais beaucoup.

***

J'avais passé une très bonne soirée avec Ethan. Nous avions tous les deux beaucoup aimé le film que nous avions vu, lui particulièrement, puisque c'était son premier. Il m'avait ensuite raccompagnée et m'avait souhaité bonne chance pour mon rendez-vous avec le Président. Au moment de lui dire au revoir, je l'avais rapidement embrassé sur la joue, puis j'étais rentrée chez moi.

Cette nuit-là, je mis un long moment à m'endormir. Je pensai à Ethan, au film, aux caméras dans la Ville et à Clarisse. Puis je songeai à Johnson, me demandant ce qu'il allait me dire. Pouvais-je espérer qu'il change d'avis sur certaines des mesures qu'il avait prises ? Si ce n'était pas le cas, que me restait-il à faire pour empêcher mon monde de devenir encore plus restrictif et impersonnel ?

Même quand je finis par m'endormir, mon sommeil fut peuplé de rêves étranges et vaguement inquiétants, dans lesquels il y avait des caméras et des écrans partout, et où chaque personne que je croisais dans la rue semblait porter des habits similaires et avoir des visages identiques. Je me réveillai en ressentant un certain malaise.

Je me levai, pris une douche et enfilai mon uniforme. Je songeai, en nouant mes lacets, que j'aurais bien aimé écouter de la musique, à cet instant. Était-ce cela que les gens faisaient, autrefois, pour s'encourager ? Écoutaient-ils de la musique en fonction de leur humeur ou de la tâche qui les attendait ?

J'accrochai mon badge de sergente sur mon uniforme, je fis passer mon pendentif autour de mon cou et m'attachai les cheveux en une queue de cheval haute, en me regardant dans la glace. J'affichai un air si fermé et déterminé que je me reconnus à peine. Je me demandai si je ressemblais à ça quand j'étais en mission. Peut-être que les autres Sauveteurs me voyaient ainsi. C'était ce que j'avais toujours voulu, après tout. Qu'on me prenne au sérieux.

Je descendis dans la cuisine et me forçai à prendre un petit-déjeuner léger. Le reste de ma famille était parti travailler très tôt. J'étais seule.

Je quittai la maison après avoir mangé et me rendis au bureau de Johnson. On me fouilla et on vérifia que je ne portais pas d'arme ni d'objet métallique avant de me laisser pénétrer dans le hall. À l'instant où j'entrai, je vis Victor s'avancer vers moi.

C'était parti !

— Bonjour, caporale Isis, me dit-il avec son habituel sourire moqueur.

— Bonjour, Victor. Oh, et c'est sergente Isis, depuis un moment.

Son regard s'abaissa vers mon insigne et, s'il fut surpris, il n'en laissa rien paraître.

— Ravi de l'apprendre, déclara-t-il, en ayant l'air d'être tout sauf ravi.

Il me fit signe de le suivre tandis qu'il m'emmenait vers l'ascenseur. Aucun de nous ne parla jusqu'à ce que nous arrivions en haut. De toute évidence, notre aversion était mutuelle, et nous n'avions rien à nous dire. Victor me conduisit dans la même pièce que la fois précédente. Il me lança un ultime regard hautain avant de repartir sans prononcer un mot de plus.

Je n'eus pas à patienter longtemps. Au bout d'à peine cinq minutes, Timothy, le secrétaire toujours aussi peu sûr de lui, vint me chercher, et nous nous rendîmes devant les grandes portes du bureau du Président. Il frappa et Johnson nous autorisa à entrer. Il était assis à sa table et se leva, m'adressant un sourire.

— Je suis bien content que vous ayez pu venir, Isis.

Il fit signe à Timothy de s'en aller, et celui-ci quitta la pièce avec précipitation.

— Votre secrétaire devrait vraiment se relaxer, lâchai-je quand ce dernier eut fermé la porte. On dirait qu'il a peur d'être battu...

Johnson fronça les sourcils, mais se détendit immédiatement en comprenant que je n'étais pas sérieuse.

— C'est justement parce qu'il est angoissé qu'il est efficace. La peur est le meilleur des moteurs.

— Je ne pense pas.

Johnson parut quelque peu surpris. D'un geste, il m'invita à m'asseoir à son bureau, en face de lui.

— Ah bon ? s'enquit-il, apparemment intéressé.

— Je crois qu'on commet des erreurs, quand on a peur. Le meilleur des moteurs, c'est d'être convaincu qu'on fait ce qu'il faut.

Je m'assis et il m'imita.

— Peut-être bien, admit-il. Le seul problème est que « ce qu'il faut faire » est différent dans l'esprit de chacun. Autrement, nous ne serions pas ici, n'est-ce pas ?

— Je suppose, oui.

Je me tus, attendant qu'il commence à parler. La dernière fois que j'étais venue, je lui avais adressé des demandes. J'étais là pour qu'il me réponde, et j'en avais déjà assez de notre petite conversation faussement banale. Il perçut évidemment le changement dans mon attitude et devint lui-même plus sérieux. Il me fixa un instant, paraissant essayer de lire mes pensées, et déclara soudain :

— J'ai examiné chacune de vos demandes, et j'ai décidé de ne répondre positivement à aucune d'entre elles.

Un véritable meneur doit être imperturbable et ferme dans ses décisions.

Si un chef laisse la place au doute, le peuple n'aura plus confiance en sa capacité à diriger, tandis que s'il reste déterminé et sûr de lui, personne n'osera créer une forme d'opposition, par peur de représailles.

Un meneur doit faire des choix et s'y tenir. S'il se rend compte que le choix n'était pas le bon, il ne doit pas donner l'impression qu'on l'a fait changer d'avis, mais seulement dire qu'il va prendre une mesure en plus, pour améliorer son choix de départ, qui était, évidemment, déjà bon.

Les dommages collatéraux sont tout à fait tolérables. Ce qui ne l'est pas, en revanche, c'est de laisser leur place à la contestation et au chaos. Les opposants doivent être éliminés, pour le bien de la majorité.

Extrait des *Mémoires de Jasper Hartley*,
7e Président de la Ville
Texte original conservé dans les Archives

23

Je ne répondis rien, tâchant de ne pas réagir à ce qu'il venait de me dire. Au fond de moi, toutefois, je sentis bouillonner une frustration intense…

— Je suis bien content que vous m'ayez exprimé vos réclamations, affirma Johnson, mais je maintiens ma position de départ. Les mesures que j'ai prises comporteront certains sacrifices, mais ce sont les seules solutions véritablement efficaces. Vous êtes jeune, Isis, et vous êtes encore idéaliste : on n'a jamais sauvé toute une population en la sensibilisant et en lui parlant. Ce qu'il faut, c'est écraser la pègre et le monde du crime, leur faire peur, les pousser à se terrer et à cesser d'agir. Avec les armes que portent à présent les Sauveteurs, les criminels vont subir beaucoup plus de pertes, et lorsque le nouveau système de sécurité sera opérationnel, nous pourrons observer chacun des mouvements suspects de la Ville et prévenir les catastrophes.

Il s'interrompit pour m'adresser un sourire paternaliste et compatissant.

— Vos mesures sont trop légères et ne marcheront jamais, asséna-t-il. J'aimerais que ce soit le cas, croyez-moi… mais il faut être réaliste. C'est mon travail.

C'est pour cela que je suis le responsable : parce qu'on sait que si des décisions difficiles doivent être prises, je le ferai. Pour le bien de la majorité.

Il s'arrêta pour me laisser le temps de réagir à ce qu'il venait de dire. J'en étais consciente : si je devais parler, c'était maintenant ou jamais. J'avais quelques secondes pour décider de me taire, et accepter que mon monde s'enterre davantage dans la dystopie, ou pour m'affirmer, me poser ouvertement comme ennemie du Président, et tout risquer pour essayer de faire la différence.

« Tu ne peux pas sauver tout le monde », déclara une voix dans ma tête, répétant ce que quelqu'un, je ne savais plus qui, m'avait déjà dit un jour.

Puis ce fut la voix de Truman qui résonna dans mon esprit, tandis que je me rappelais quelque chose que j'avais lu dans son journal...

« Une vie passée à regarder en arrière ne vaut-elle pas moins qu'une seconde à aller de l'avant ? »

Je redressai la tête et regardai Johnson droit dans les yeux. Je déclarai simplement :

— Non.

Le sourire du Président s'effaça instantanément.

— Pardon ? demanda-t-il, légèrement crispé.

Je pouvais revenir en arrière. C'était ma dernière chance... mais il n'en était pas question.

— Ce que vous faites, vous ne le faites pas pour le bien commun. Vous le faites parce que vous savez que ça vous permettra de contrôler totalement le peuple. Si les gens ont conscience d'être constamment espionnés, la désobéissance ne sera plus une option. Si les Sauveteurs sont armés, ils deviendront votre petite brigade personnelle.

S'il y a un ordre de priorité dans les missions que nous devons gérer, alors les gens dépressifs et malheureux – qui sont, selon vous, des poids morts pour la société – peuvent se suicider tranquillement, et bon débarras, n'est-ce pas ? Ce que vous faites n'est pas pour le bien de la majorité : c'est pour le bien du pouvoir. Vous allez transformer le peuple en marionnettes, juste pour être sûr de tout contrôler. Ce n'est pas une « décision difficile », c'est juste de la tyrannie. Rien de plus.

— Je vois que Truman parle encore à travers vous, rétorqua Johnson, à nouveau souriant. N'avez-vous pas entendu ce que je vous ai dit la dernière fois ? Il n'était qu'un menteur…

— C'est vous qui m'avez menti, l'interrompis-je. La comète est véritablement tombée sur Terre. Oui, c'était la faute des hommes, mais elle est tombée : Truman ne m'a jamais menti. Vous accusez la nature humaine d'être coupable ; or, vous avez tort. À ce que je sache, on n'a pas demandé à l'humanité entière de voter pour décider de ce qu'il fallait faire des restes de cette station spatiale. Ce n'est pas la nature humaine qui a détruit le monde : ce sont les gens au pouvoir. C'est-à-dire ce que vous êtes aujourd'hui.

Le regard de Johnson se durcit. Je n'avais cependant pas terminé.

— Une poignée de personnes ont décidé de l'avenir de l'humanité. À cause de quelques personnes qui ne voulaient pas perdre un peu de temps ou d'argent, des millions – non, des milliards – de gens sont morts. Est-ce que vous croyez qu'ils appelaient aussi cela des « dommages collatéraux », à l'époque ?

— Cela n'a rien à voir.

— Au contraire ! Vous, Monsieur le Président, avec une poignée de personnes, vous êtes en train de décider pour tout le monde, sans consulter les gens véritablement concernés. Vos décisions ont un impact direct sur la Ville entière : le peuple ne devrait-il pas avoir son mot à dire ?

— Vous ne savez pas de quoi vous parlez, répliqua Johnson sur le même ton paternaliste. Vous n'êtes même pas encore majeure, et vous pensez déjà tout savoir. Soyez raisonnable !

Ce fut à mon tour de sourire.

— Vous n'avez jamais eu l'intention de répondre positivement à ne serait-ce qu'une seule de nos demandes. Tout ce que vous voulez, depuis le début, c'est me discréditer. Vous avez d'abord tenté de me troubler, en essayant de faire passer Truman pour un menteur, et de me persuader que je n'avais été, depuis le début, qu'une petite fille crédule et manipulable. Vous n'avez pas cessé de mentionner mon âge. D'accord, je suis jeune... mais j'aimerais vous faire remarquer que Will Halley n'avait que dix-neuf ans quand il a été élu... ce qui me rappelle, d'ailleurs, que je n'ai aucun souvenir de votre élection. Sans doute parce qu'elle n'a pas eu lieu. Si le peuple vous avait élu, cela voudrait dire qu'il aurait accepté que vous preniez les décisions pour lui. Mais, une fois de plus, seules quelques personnes ont décidé pour tout le monde. Je ne suis peut-être pas encore majeure, mais au moins je sais que les Protecteurs – qui sont plus de deux cents – sont derrière moi et ont souhaité que je sois ici, à l'instant présent.

— Vous devriez faire attention à ce que vous dites, déclara Johnson, qui affichait à présent un air indéchiffrable. Vous n'êtes là que parce que je vous y autorise.

— Je le sais. Et je sais aussi que je devrais être plus prudente. Après tout, je suppose qu'il vous suffirait d'un coup de fil pour envoyer un assassin à ma poursuite, une fois que je serai sortie de ce bâtiment. Quoique... ça n'a pas bien marché, avec Truman...

Johnson fronça les sourcils, avant de se reprendre :

— Votre accusation est aussi insultante qu'erronée. L'ancien Maître des archives a été arrêté légalement par un groupe de Sauveteurs. Vous étiez là.

— J'étais là, aussi, lorsqu'un assassin a tenté de tuer Truman dans une ruelle, quand il est sorti de mon école de Sauvetage.

Il ne répondit pas tout de suite. J'étais incapable de déchiffrer ses émotions, mais je voyais bien qu'il était légèrement perturbé.

— Cela n'a jamais eu lieu, déclara-t-il.

— J'étais là ! C'est moi qui ai sauvé Truman ! Comment croyez-vous que j'ai commencé à parler avec lui ?

Il me fixa intensément et je devinai, dans son regard, qu'il savait que je ne mentais pas. Alors il répondit :

— Truman avait beaucoup d'ennemis. Je ne sais pas qui est l'homme qui a tenté de lui faire du mal, mais il n'obéissait en aucun cas à mes ordres.

Je retins une exclamation incrédule. Je n'arrivais pas à croire qu'il osait être de si mauvaise foi.

— Vous pensez que je mens, devina-t-il.

— Quelle raison aurais-je de vous croire ? Ce n'est pas comme si c'était la première fois que quelqu'un était attaqué mystérieusement autour de vous ou mourait par votre faute.

Je sus immédiatement que j'étais allée trop loin. Le visage de Johnson devint plus dur et plus fermé que jamais :

— Je vous suggère de retirer immédiatement ce que vous venez de dire, si vous ne voulez par être arrêtée pour diffamation.

— Ce n'est de la diffamation que si c'est faux, fis-je remarquer.

Pendant un instant, je crus qu'il allait faire venir son garde du corps pour que celui-ci me tue sur place. Au lieu de cela, il demanda :

— Et de quelles morts serais-je responsable ?

J'hésitai un instant avant de répondre, mais je savais, au fond de moi, qu'il n'y avait à présent plus de retour en arrière possible.

— Le 25 février de l'an 171, le jeune Winston meurt, tué par un policier à qui vous aviez dit que votre camarade de classe était dangereux et probablement armé, alors que c'était faux. Cela va par la suite ruiner l'existence de Truman, qui sera condamné à une vie de solitude et de regrets.

Johnson ne parvint pas à rester impassible. Il fut visiblement pris de court, et j'en profitai pour continuer :

— En l'an 189, plusieurs disparitions et morts accidentelles ont lieu parmi des politiciens à la carrière prometteuse. Parmi eux, on remarquera particulièrement un certain Austin, le conseiller le plus proche du président de l'époque. L'année suivant ces disparitions et ces morts mystérieuses, ce même président renonce à son poste pour des raisons encore inconnues, après neuf ans de mandat, ce qui est étonnamment court. Vous lui succédez à seulement trente-six ans, devenant le plus jeune président au pouvoir depuis Halley lui-même. Des années plus tard, en l'an 198, je surprends une conversation entre un professeur de mon école et votre conseiller, Victor, dans laquelle les deux hommes complotent pour tuer un certain Truman. Je me rappelle encore avoir entendu Victor dire ces mots exacts : « Personne ne doit savoir la vérité. Le Président lui-même a insisté là-dessus. » Quelques semaines passent, et j'empêche moi-même cette tentative d'assassinat.

Johnson m'observait à présent de manière étrange, presque comme s'il ne m'avait jamais vue.

— Ne m'accusez pas de diffamation, achevai-je. Je n'ai jamais parlé de cela publiquement, et je ne vous ai donc pas « diffamé ». Vous pouvez très bien nier tout ce que je viens de vous dire. Mais je sais que c'est la vérité, et vous le savez aussi.

Je me tus, presque à bout de souffle après avoir tant parlé. J'étais évidemment effrayée, j'avais peur de la réaction de Johnson… mais il ne pouvait pas simplement me faire abattre. Pas en sachant que plus de deux cents personnes travaillant dans la Sécurité et la Santé me soutenaient et m'avaient nommée leur porte-parole. Johnson respira lentement, reprenant un air neutre et parfaitement calme.

— Peu importe ce que vous pensez savoir, finit-il par affirmer. Les « Protecteurs » ne sont pas assez nombreux ou puissants pour faire changer les choses. Mes décisions sont prises, et elles sont irrévocables. Vos fausses accusations n'y changeront rien.

— Je ne suis pas sûre que le lieutenant Nora serait ravie d'apprendre que vous avez causé la mort de son frère. Ni le reste des Sauveteurs, d'ailleurs. L'importance que les Sauveteurs attachent à la famille et le dégoût qu'ils éprouvent pour la délation sont des faits notoires.

Johnson m'observa intensément, et je perçus une lueur de mépris dans son regard, qui n'était pas sans rappeler la manière qu'avait eue Victor de me fixer.

— Vous devez vous sentir très protégée, pour faire une menace aussi peu voilée à l'homme le plus puissant de la Ville, nota-t-il.

Il marqua une pause, me fixant toujours, et il me fallut rassembler toute ma volonté pour ne pas laisser paraître ma peur. Johnson parut cependant se détendre quelque peu.

— Vous n'avez pas à craindre pour votre vie. Je ne suis pas un assassin, contrairement à ce que vous insinuez, et j'ai d'ailleurs une certaine admiration pour votre franchise et votre courage...

Il m'adressa un sourire, avant de poursuivre :

— J'ai toutefois beaucoup plus de mal à accepter votre manque de respect et votre insolence. Mais cela ne fait rien. Vous apprendrez à respecter le pouvoir, en temps voulu. Je vous le promets.

Il se leva et je l'imitai, très tendue. Il m'accompagna jusqu'à la porte de son bureau. Avant de sortir, je déclarai :

— Je me tiens à votre disposition, si vous changez d'avis sur nos réclamations.

— Ne vous donnez pas cette peine.

Il ouvrit la porte et je quittai les lieux, sentant son regard peser sur mon dos.

J'ai dû condamner un homme à mort une seule fois dans mon mandat, jusqu'à présent. Je mentirais si je disais que ça a été facile. Mais il serait également faux d'affirmer que je le regrette.

Je pense que cette condamnation a été ma meilleure décision jusqu'à présent. Depuis que cet homme est mort, plus aucun murmure insatisfait ne s'est fait entendre. Pas le moindre début de contestation. Chacun est enfin rentré dans les rangs et a accepté la place qui était la sienne.

Certains de mes collègues n'étaient pas d'accord avec ma décision, qu'ils ont jugée cruelle parce que le criminel avait une famille. Je leur ai répondu en deux mots : dommages collatéraux.

Une seule mort m'a permis d'anéantir toute forme de résistance et d'espérer un avenir rayonnant, plein d'ordre, de sérieux, d'efficacité, et débarrassé des défauts repoussants de la nature humaine. Je sais que j'ai fait le bon choix.

Extrait des *Mémoires de Jasper Hartley*,
7e Président de la Ville
Texte original conservé dans les Archives

24

Les jours qui suivirent mon entrevue avec Johnson, je fus dans un état permanent de stress et d'inquiétude. Malgré la détermination et l'audace que j'avais affichées devant le Président, je craignais des représailles de sa part. Connaissant tous les méfaits que cet homme avait commis, je me demandais comment j'avais pu oser lui dire tout cela. Sans doute la blessure de Kim avait-elle eu quelque chose à voir avec mon attitude.

En effet, je n'avais pas oublié ce que j'avais appris quelque temps auparavant, durant ma mission avec Angela : le gouvernement avait *volontairement* fait circuler des drogues modifiées pour affaiblir la pègre. C'était donc la faute de Johnson si les trafiquants étaient devenus encore plus violents, tuant Cedric un peu plus tôt, puis abattant plusieurs de nos collègues durant une mission, blessant notamment ma meilleure amie. Si Johnson avait écouté les demandes des Protecteurs, au lieu d'essayer de tuer le plus de criminels possible en se fichant des dommages collatéraux, tout cela ne serait peut-être jamais arrivé. C'était pourquoi, même si j'avais peur de ce que Johnson risquait de me faire, je ne regrettais pas de lui avoir parlé aussi directement.

Les jours passaient cependant sans que personne ne tente de s'attaquer à moi. Les missions s'enchaînaient à un rythme toujours plus infernal, tandis que nous essayions de compenser le vide laissé par nos camarades disparus ou blessés, et que je m'efforçais de ne pas céder à l'épuisement.

J'avais décidé de mettre fin à mes séances de tutorat avec Angela : cela ne faisait que nous fatiguer davantage… et elle s'était tellement améliorée, ces derniers temps, que j'étais convaincue qu'elle n'avait plus besoin de moi. C'était d'ailleurs vrai pour les nouvelles recrues de manière générale : elles avaient dû faire face à tant de situations de crise qu'elles semblaient toutes avoir progressé de manière fulgurante. C'était bien le seul avantage auquel je pouvais penser en observant la Ville imploser devant moi.

La réunion suivante des Protecteurs arriva, et je sentis une réelle effervescence en entrant dans le gymnase, quelques minutes avant que ça commence. J'avais l'impression que nous étions encore plus nombreux, et je sentis des dizaines de regards se poser sur moi tandis que je m'avançais vers Ethan, Mike et Skyler. Même le bruit des conversations sembla se réduire à mon passage… je ne me sentais pas particulièrement à l'aise. Mes trois amis m'accueillirent en me souriant.

— J'ai une bonne nouvelle, déclara Ethan, une étincelle dans les yeux.

— Johnson s'est étouffé avec sa cravate ? suggérai-je.

Les trois Sauveteurs me regardèrent avec surprise, et je m'empressai de leur faire savoir que je n'étais pas sérieuse. Je détestais le Président, mais pas au point de vouloir sa mort…

— Il ne s'agit pas de Johnson, reprit Ethan. Il s'agit des Protecteurs : on a dépassé les deux cent cinquante membres, aujourd'hui. On sera bientôt trois cents, à ce rythme-là !

J'ouvris de grands yeux : ça expliquait l'effervescence dans la salle. Heureusement que le gymnase était vaste !

— Kim sera triste d'avoir raté cette réunion, affirma Skyler. Je sens que ça va être quelque chose…

J'avais déjà raconté à mes amis ce que Johnson m'avait dit à propos de nos demandes, en omettant de leur parler de la deuxième partie de la discussion. Il était préférable qu'ils ne sachent pas tout pour l'instant. Pour leur propre sécurité.

J'eus soudain la vision du visage de Truman qui me regardait avec désapprobation en me voyant garder des secrets.

Je frissonnai légèrement, tâchant d'effacer cette image de mon esprit. Heureusement, Julia arriva à ce moment précis, m'apportant une diversion plus que bienvenue.

— Je crois que tous les policiers sont là, déclara-t-elle. J'ai consulté la liste, et on n'attend plus personne… Ils sont de plus en plus nombreux, d'ailleurs ! C'est génial, vous ne trouvez pas ?

— Oui, c'est vraiment une bonne chose, répondit Mike. C'est d'ailleurs le nombre de policiers qui augmente le plus, en ce moment. Et dire qu'il n'y avait que toi à la première réunion… Tu as bien travaillé, c'est impressionnant !

Je ne pus retenir un léger sourire en voyant Mike complimenter Julia. Cette dernière haussa les épaules, ne répondant rien pour ne pas montrer que ça lui avait fait plaisir, et je croisai le regard d'Ethan, qui paraissait amusé.

Depuis quelque temps, Mike essayait de se rapprocher de Julia, et celle-ci ne se montrait pas particulièrement réceptive. Pour moi, c'était clair : elle ressentait toujours quelque chose pour Mike, mais elle n'avait pas l'intention de le laisser s'en tirer aussi facilement après qu'il lui avait brisé le cœur. Même si le pauvre n'en avait jamais été conscient.

Le lieutenant Nora entra alors dans le gymnase et se dirigea immédiatement vers nous. Je sentis mon cœur s'accélérer en la voyant s'approcher : et si Johnson me rappelait ? Et s'il avait décidé de ne pas me laisser m'en tirer aussi facilement ? Et si…

— Je vois qu'il y a du monde, ce soir, déclara Nora en arrivant à notre niveau.

Je fronçai les sourcils : est-ce que ma supérieure venait vraiment d'essayer de faire la conversation ?

— C'est une très bonne chose, poursuivit-elle. Plus nous serons nombreux, plus notre parole aura du poids.

— « Nous » ? relevai-je, étonnée.

Nora me fit un sourire et expliqua :

— Après une longue discussion avec l'un des deux capitaines de la Ville, j'ai réussi à le convaincre de l'importance de l'initiative des Protecteurs. Le capitaine Jackson a donc accepté que je me place officiellement de votre côté… il n'a pas tellement eu le choix, d'ailleurs, lorsque le lieutenant Travis a fait savoir qu'il était d'accord avec moi.

J'adressai un grand sourire à Nora, qui nous salua et alla se mêler au reste de la foule, comme si de rien n'était.

— Il est l'heure, dit Skyler en jetant un coup d'œil à sa montre. On devrait commencer. Je suppose que tu veux parler toi-même, Isis.

J'acquiesçai. J'avais beaucoup pensé à tout ce que j'allais dire aux Protecteurs aujourd'hui. J'étais prête.

Je m'avançai vers l'estrade de fortune que nous avions eu l'idée de faire installer pour les réunions, maintenant que nous étions nombreux. Ethan avait également emprunté un micro à un ami technicien. Je grimpai sur l'estrade, et les Protecteurs se turent tout doucement en me voyant. J'ajustai le micro pour qu'il soit à ma hauteur et jetai un coup d'œil vers mes amis, qui se tenaient juste à côté de l'estrade. Taylor venait d'arriver et elle m'offrit un sourire encourageant. Lorsque la salle fut quasiment silencieuse, je déclarai :

— Merci à tous d'être venus. Vous voir aussi nombreux me donne de l'espoir, et je suis reconnaissante des efforts que vous faites, malgré la période difficile que nous traversons.

En disant cela, je reconnus Amber dans la foule : c'était la sauveteuse qui avait été furieuse contre Kim à la mort de Cedric. Elle m'adressa un sourire triste en m'entendant, et je sus qu'elle avait compris que mon amie n'était pas la coupable de l'histoire. Encouragée par sa réaction, je poursuivis :

— Comme vous le savez, je me suis rendue, il y a quelques jours, à un entretien avec le Président Johnson.

Il m'avait promis d'examiner toutes nos réclamations et de me répondre au plus vite. Je me tiens devant vous, déçue, amère et furieuse de la réponse du Président : celui-ci a refusé d'accéder à ne serait-ce qu'une seule de nos demandes.

Je marquai une courte pause, tandis qu'un murmure de surprise et de mécontentement se propageait dans la salle.

— La première fois que je lui ai parlé, j'avais déjà compris que le Président ne comptait pas négocier avec nous. Mais j'avais gardé espoir. Je m'étais dit qu'il réaliserait que personne n'était mieux placé que nous pour savoir comment maintenir le peuple en sécurité. Ça n'a pas été le cas, et je suis désolée d'avoir failli à ma mission. J'aurais aimé être porteuse de bonnes nouvelles, aujourd'hui. J'ai bien conscience que nous en aurions eu besoin.

J'embrassai la foule du regard, tentant de capter les émotions que mes camarades ressentaient. Je craignais de voir la déception et le mépris sur leurs visages, qu'ils pensent que c'était ma faute. Ce n'était pas le cas. Je ne discernai dans leurs yeux qu'une immense lassitude.

Leur désespoir aurait pu m'affecter... mais ce fut le contraire qui se produisit. En voyant plus de deux cents personnes abattues, une flamme s'alluma en moi. Je n'allais pas me laisser décourager. Pas maintenant. Pas après tous les risques que j'avais pris.

— Johnson ne nous a pas écoutés, dis-je d'une voix forte. Il est resté complètement sourd, implacable et têtu. Il ne m'a pas offert d'argument pour m'expliquer son refus, à part le fait que c'est lui qui dirige le peuple... mais je vous demande à tous de prendre du recul : pourquoi un seul homme devrait-il décider du sort de la Ville entière ?

Ou nous envoyer nous faire tirer dessus et poignarder, sans essayer de nous protéger au maximum ? De quel droit déciderait-il de qui vit ou qui meurt ? Plus encore, pour quelle raison aurait-il tant de pouvoir sans que la communauté l'ait choisi ? Réfléchissez un instant : est-ce qu'un seul ou une seule d'entre vous se rappelle avoir voté pour le Président Johnson ?

Sur le visage de mes compagnons, la perplexité semblait avoir remplacé le désespoir.

— Je ne vous demande pas de vous révolter, expliquai-je. Je ne veux pas le chaos, et je sais que ce n'est pas votre cas non plus. Ce que je vous demande, c'est de vous rendre compte que chacun d'entre vous a une voix et des opinions et que, dans une société juste, vous devriez tous et toutes au moins être entendus, et être libres de choisir un meneur qui veut le bien de chacun. Or nous n'avons pas cette liberté.

Je poursuivis, avec encore plus de force :

— Nous avons perdu trop de compagnons, dernièrement. Cedric, un excellent Sauveteur, est mort dans une mission contre des trafiquants de drogues. Vous savez pourquoi les trafiquants étaient sur les nerfs à ce point ? Parce que le gouvernement a fait circuler des substances modifiées pour les tuer. Je le sais, je l'ai entendu de mes propres oreilles, lors d'une mission. Cedric est mort à cause d'une décision prise par quelques politiciens, décision dont il n'avait même pas conscience. Où est la justice là-dedans ?! Regardez autour de vous : nous sommes épuisés, nous nous mettons de plus en plus en danger, et nous voyons nos camarades être blessés ou tués parce que nous n'avons pas les moyens de les sauver.

Alors nous sommes sur les nerfs, nous avons peur, et nous commettons des actions qui nous poussent à remettre en cause notre intégrité. Soyez honnêtes : combien d'entre vous ont déjà abattu des criminels depuis que les armes à feu sont beaucoup plus accessibles ?

Un grand nombre de Sauveteurs et de policiers baissèrent le regard ou semblèrent pâlir en m'entendant poser cette question. Mais je n'avais pas encore terminé.

— Les nouvelles mesures de Johnson ajoutées à la fatigue ont fait de certains d'entre nous des tueurs. Lorsque j'étais à l'école de Sauvetage, on m'a appris qu'un Sauveteur devait être prêt à risquer sa vie pour sauver le peuple. Pas pour le tuer. Je pense que ça vaut aussi pour les policiers. Quant à ceux qui travaillent dans la Santé, je suppose que vous réalisez que c'est à cause de l'augmentation drastique de toutes ces blessures que votre travail est devenu horriblement difficile.

Je sentis ma colère se propager dans la salle et se refléter sur le visage de la plupart des personnes présentes. Ils étaient en train de comprendre. De se réveiller.

— Au lieu d'essayer de sauver le peuple, Johnson veut que l'on tue les gens faibles ou qui posent problème. Au lieu d'essayer de sensibiliser la population, il veut l'obliger à obéir par crainte, en l'espionnant avec le système qu'il est en train de mettre en place. Au lieu de nous fournir des pistolets électriques, qui mettent une personne hors d'état de nuire sans la tuer, il nous encourage à faire feu sur quiconque représente une menace. Et les victimes, ceux qu'il sacrifie, les héros qui meurent inutilement, les gens malchanceux qui étaient au mauvais endroit au mauvais moment, vous savez comment il les appelle ?

Je laissai passer un instant, avant d'asséner deux mots avec dégoût :

— « Dommages collatéraux » !

La salle commença à s'agiter, tandis que des protestations se mettaient à fuser et que la colère montait de plus en plus.

— Notre Président se fiche sans doute du bien-être de la Ville, mais pas nous. Nous sommes ici parce que nous avons compris que sauver les gens en danger au dernier moment ne suffisait pas. Nous traitions le symptôme d'une maladie sans chercher à nous attaquer à sa cause : nous n'arriverons jamais à sauver les gens en continuant comme ça. Voilà pourquoi nous sommes ici : parce que nous voulons protéger le peuple. Monsieur Johnson a clairement fait savoir que ça ne l'intéressait pas... mais ce n'est qu'un homme. UN HOMME ! Avez-vous seulement une idée du nombre d'habitants dans la Ville ? Croyez bien que si toutes ces personnes ne sont pas d'accord avec le Président et le font savoir, les choses changeront. C'est pourquoi je vous encourage plus que jamais à parler des Protecteurs. Parlez-en à vos amis, à vos familles, aux gens que vous rencontrez au travail. Nous sommes plus de deux cent cinquante, et c'est déjà énorme... mais nous pourrions être des milliers, voire plus. Pensez-y seulement. Ce n'est pas étonnant que la Ville aille aussi mal, quand un seul homme décide du sort de milliers de personnes sans les consulter...

Je pris une grande inspiration, tâchant de me calmer.

— Je n'ai pas soif de pouvoir, dis-je, plus doucement. Je n'aspire pas à une grande carrière. Je ne veux pas créer le chaos et l'anarchie. Je veux juste aider le plus de gens possible et rétablir un semblant de justice dans cette Ville. Je crois parler au nom de mes amis, qui ont fondé ce groupe avec moi, lorsque je vous affirme que ce serait un honneur si vous nous aidiez à faire changer les choses. Mais nous ne forcerons personne. Vous êtes libres de faire vos propres choix.

Je m'écartai du micro et reculai de quelques pas, restant néanmoins sur l'estrade pour attendre la réaction de l'assemblée. Je jetai un coup d'œil vers mes amis, qui se tenaient toujours à côté de moi. Je fus extrêmement touchée en ne devinant rien d'autre que de la détermination et de la fierté dans leur regard.

J'entendis alors un bruit résonner dans la salle. Mon regard se dirigea vers la source du son, et je vis Amber frapper dans ses mains avec force. D'autres suivirent et, quelques secondes plus tard, la salle entière vibrait dans un énorme tonnerre d'applaudissements.

Je sens que mon mandat touche à sa fin. Je ne suis pourtant pas si âgé... mais certaines choses que j'ai accomplies m'ont fait prendre vingt ans d'un coup. L'heure est venue pour moi de laisser la place au futur.

Je ne regrette rien. Ce que j'ai fait, je l'ai fait de manière désintéressée, pour le bien de la communauté. Je n'ai pas cherché à m'enrichir, et je mènerai d'ailleurs une retraite assez simple.

Je suis fier de toutes ces années. Fier d'avoir participé à la reconstruction du nouveau monde et à la destruction de l'ancien. Je suis heureux d'avoir réduit en cendres les doutes, les regrets et les souvenirs douloureux d'autrefois.

Extrait des Mémoires de Jasper Hartley,
7e Président de la Ville
Texte original conservé dans les Archives

25

Beaucoup de Protecteurs restèrent plus longtemps et me félicitèrent pour mon discours. Je voyais que j'avais réussi à les convaincre, et j'étais soulagée et fière : jamais je ne m'étais sentie aussi bien entourée. J'avais l'impression qu'une armée marchait à mes côtés. Sortant du Centre avec mes amis, il me sembla que nous pouvions encore garder espoir. Jamais Johnson n'allait nous faire du mal : nous étions forts, il le savait, et s'il touchait à l'un d'entre nous, les autres se révolteraient. Nous allions enfin tenter de nous exprimer et de faire entendre notre voix, enfin essayer d'être libres.

Taylor nous quitta la première, parce qu'elle avait de la paperasse à remplir. Skyler partit rapidement pour aller rendre visite à Kim avant qu'il soit trop tard, et Mike proposa à Julia de la raccompagner chez elle. Mon amie hésita, mais je l'encourageai du regard et elle accepta, nous laissant seuls, Ethan et moi.

— Mon service de nuit commence dans cinq minutes, m'informa-t-il. J'y suis jusqu'à trois heures du matin…

Nous marchions côte à côte, lentement, dans une grande rue. Je jetai un coup d'œil à ma montre : il était encore relativement tôt, et je n'avais rien à faire dans l'immédiat.

— Je vais rester un peu avec toi, lui dis-je. Enfin… si tu veux, bien sûr.

Il me regarda en m'adressant un sourire et je sentis malgré moi mon cœur s'accélérer. C'était agaçant de voir l'effet qu'il me faisait, alors qu'on se connaissait si bien, à présent.

— C'était incroyable, ton discours, déclara-t-il soudain. C'était comme si tu étais transportée par tes mots… Je n'avais jamais vu ça, honnêtement. Il n'y avait pas une personne dans la pièce qui n'était pas complètement subjuguée par ce que tu disais.

— Merci, murmurai-je, touchée.

— Je suis sérieux, insista-t-il. Pendant quelques minutes, j'ai oublié tout ce qui se passait, tous les échecs, toute la lassitude… Pour la première fois depuis je ne sais pas combien de temps, j'ai pensé qu'on pourrait peut-être réussir à faire changer les choses.

— Tu n'y croyais plus ? m'enquis-je doucement.

Il soupira.

— Je ne sais pas. C'est juste que… c'est dur de continuer à espérer, quand tellement de choses horribles se produisent, tu vois ?

Je ne répondis rien, comprenant qu'il n'avait pas fini de parler. Il sembla réfléchir pendant quelques secondes, avant de reprendre :

— L'une des choses que j'ai le plus de mal à supporter, c'est de me sentir impuissant. Ça me terrifie. Il n'y a rien qui m'angoisse plus que l'idée de me retrouver coincé dans une situation atroce sans pouvoir agir. Ça fait des années que je suis comme ça… d'ailleurs, je crois même que je l'ai toujours été. Mais la mort de ma sœur a vraiment aggravé ça. Je me rappelle le jour où on l'a trouvée… morte… ce sentiment de ne pouvoir rien faire… je n'ai jamais autant souffert. Alors je passe mon temps à avoir peur que ça arrive, tu comprends ? C'est pour ça que je suis devenu Sauveteur. Je voulais prendre le contrôle, et agir vraiment. Je voulais avoir la possibilité de faire quelque chose, pas seulement rester là à subir les événements de ma vie. Je ne supporte pas l'impuissance. Ça me fait trop mal.

Il se tut pendant un instant, ne parvenant pas à me regarder dans les yeux. Je comprenais pleinement pourquoi il me disait tout cela.

— J'imagine que c'est ce que tu as dû ressentir quand tu t'es réveillée attachée au fauteuil, continua-t-il avec difficulté. Si je n'étais pas aussi dégoûté de moi-même d'avoir fait ça, je dirais même qu'il y avait un cynisme presque beau, là-dedans. C'était une métaphore frappante…

Un rictus amer se dessina sur son visage, et je sentis mon cœur se serrer.

— Je n'étais pas assez fort, alors je t'ai rendue impuissante pour ne pas avoir à l'être moi-même… et ça me tue. Je sais qu'on en a déjà parlé, que tu m'as dit que tu me pardonnais, et que je me suis promis de faire tout ce qui était en mon pouvoir pour que tu puisses à nouveau avoir confiance en moi… mais je ne t'ai jamais dit à quel point j'étais désolé. Ce n'est pas parce que je ne regrette pas de t'avoir empêchée de risquer ta vie que je ne m'en veux pas terriblement de l'avoir fait. Je n'avais même pas l'impression d'avoir le choix, sur le moment. Mais je t'ai forcée à subir la même impuissance que moi, et je sais à quel point ça fait mal. Alors je voulais juste te dire que je suis désolé. Je suis désolé de t'avoir condamnée à l'impuissance. Désolé que tu aies dû voir mourir quelqu'un qui t'était cher sans pouvoir agir.

Il s'arrêta de marcher et me fixa droit dans les yeux. Je lui offris un sourire teinté de tristesse. Il n'avait pas idée du bien que ça m'avait fait, d'entendre ça.

— Merci, lui répondis-je, en mettant toute l'intensité possible dans ce mot, toute la complexité de ce que je ressentais à cet instant.

Il me rendit mon sourire, de manière presque timide. Aucun de nous ne bougeait, et la rue était entièrement vide. Une voiture se fit entendre, au loin, ainsi que le bruit des sirènes d'une ambulance.

Hésitant, Ethan fit un léger mouvement, se rapprochant un peu de moi sans détacher son regard du mien. Nos deux sourires disparurent. Il paraissait crispé, comme si chaque parcelle de son corps voulait s'avancer un peu plus vers moi. Mais il ne le faisait pas. Il savait que c'était à moi de le faire… je n'en avais d'ailleurs jamais eu aussi envie. Et c'était terrifiant.

Je m'avançai tout de même vers lui, brisant d'un seul pas la distance qui nous séparait. Je levai mon visage vers le sien, encore hésitante…

Le son caractéristique du Messager d'Ethan résonna alors, nous faisant sursauter tous les deux, et me ramena soudain à la réalité. Je reculai légèrement et Ethan ferma brièvement les yeux, semblant avoir du mal à se contenir. Il saisit son appareil d'une main experte pour en consulter l'écran. Il fronça alors les sourcils, son visage changeant immédiatement d'expression, passant de l'agacement au choc.

— Isis, lis ça !

Il tourna l'écran de son Messager vers moi.

Incendie. 109e Rue, numéro 53.

Mon cœur rata un battement.

— Dis-moi que je me trompe, m'intima Ethan.

Je le regardai, commençant à paniquer, réalisant ce que je venais de lire.

L'adresse qui venait de s'afficher sur le Messager était celle de la bibliothèque.

Ethan me prit par le bras et s'élança, m'entraînant avec lui. Nous courûmes à toute vitesse, ne nous arrêtant pas pour regarder autour de nous. Nous arrivâmes alors dans la rue de la bibliothèque et je vis une lueur briller au loin. J'accélérai davantage, fonçant sans même réaliser que j'avais dépassé Ethan, l'entendant à peine crier mon nom alors que je le distançais de plus en plus.

Plus je m'approchais, plus la lueur s'intensifiait, et soudain j'arrivai devant le bâtiment. J'arrêtai ma course aussi brusquement que je l'avais commencée, incapable de reprendre ma respiration et ne m'en rendant même pas compte tant j'étais fascinée par l'horrible spectacle qui se trouvait devant moi.

La bibliothèque, ce bâtiment majestueux où j'avais passé tant d'heures, où j'avais découvert la littérature, la musique et le cinéma, le lieu où Truman m'avait révélé la vérité sur les origines de mon monde, le seul endroit capable de représenter quelque peu tout ce que nous avions aujourd'hui perdu et oublié, était à présent dévorée par les flammes. Le feu était d'une intensité effrayante, paraissant à peine contenu par les murs du bâtiment, s'échappant par toutes les fenêtres et ouvertures possibles, et venant lécher le toit qui semblait sur le point d'exploser.

Je finis enfin par prendre conscience de ce qui était en train de se passer, et fis un mouvement pour me diriger vers la bibliothèque, pour faire quelque chose, quand Ethan me rejoignit en courant et m'attrapa le bras en me criant de m'éloigner.

Une explosion se produisit à cet instant. La déflagration nous projeta en arrière dans le vide, pendant un moment qui sembla interminable avant que l'inévitable choc de la chute se fasse sentir dans mon dos. Je n'entendais plus rien. Je ne voyais plus rien. Ma tête était vrillée d'élancements de douleur, et je dus me concentrer de toutes mes forces pour rouvrir les yeux. Je retrouvai peu à peu ma vision et parvins à grand-peine à me redresser légèrement.

Le bâtiment était quasiment invisible, tant il était recouvert par les flammes et la fumée, noire, épaisse et terrifiante. Le feu vorace semblait plus puissant que jamais, embrasant le ciel nocturne de rouge, de jaune et de noir.

Je réussis à me mettre lentement à genoux, observant ce spectacle sans pouvoir en détacher le regard. Je vis à peine Ethan s'approcher de moi et s'agenouiller à mes côtés. La sirène d'un camion de pompier résonnait au loin. Je compris qu'Ethan me parlait, mais je n'entendais rien de ce qu'il disait. Je ne le regardais pas. Je ne pouvais détacher mon regard de ce lieu qui m'était si cher et qui était en train de mourir devant moi.

Ethan s'approcha encore de moi et prit mon visage dans ses mains pour me forcer à le regarder. Je parvins enfin à poser les yeux sur lui et, voyant les flammes atroces se refléter dans les siens, je repris mes esprits. Tous mes sens me revinrent, et le crépitement de l'énorme brasier résonna dans ma tête avec une intensité sans précédent tandis que je sentais le désespoir m'envahir. Le visage d'Ethan se durcit quand il lut la douleur dans mon regard. Il m'attira vers lui pour me serrer avec force dans ses bras. Je crispai mes mains contre son dos, enfouissant ma tête pour ne plus avoir à observer ce qui se passait, pour pouvoir prétendre qu'une énorme partie de ma vie n'était pas en train d'être consumée sans que je puisse faire quoi que ce soit.

J'aurais voulu pleurer. J'aurais voulu pouvoir laisser couler toutes les larmes de mon corps et hurler jusqu'à ce que je n'aie plus de voix. Mais aucun son ne sortit de ma gorge, et aucune larme ne daigna couler. Il y a des émotions si intenses que rien ne saurait les exprimer en leur rendant justice ; la rage que je ressentais à cet instant était d'une telle violence que je la sentais brûler dans mes veines.

Des scènes apparurent alors dans mon esprit, si clairement qu'il me sembla réellement les vivre.

Je vis Truman s'effondrer sur le sol, mort, et une mare de sang s'étendre autour de lui sur les pavés.

Je vis un jeune Winston se faire tirer dessus, et son expression de terreur et d'étonnement tandis qu'il tombait et se cognait la tête, s'ouvrant le crâne et mourant instantanément.

Je vis un braqueur me tirer dessus. Je vis Kim tomber à terre sous les balles. Je vis Cedric s'effondrer. Je vis mon grand-père, exécuté au même endroit que mon mentor.

Je vis des objets énormes tomber avec une force inouïe dans l'eau, dans des champs, au milieu d'une ville. Je vis les gens hurler, courir dans tous les sens dans le chaos et la destruction.

Je relevai la tête et j'ouvris les yeux, observant à présent volontairement la bibliothèque, toujours dévorée par le monstre de feu qui paraissait insatiable, qui se nourrissait du bois, de la pierre, du papier, mais aussi de l'art, du bonheur et des souvenirs.

Je m'écartai doucement d'Ethan, qui relâcha son étreinte pour me permettre de me redresser. Je restai debout, immobile, tandis que les pompiers arrivaient et s'agitaient autour du bâtiment en flammes pour tenter d'éteindre l'incendie.

Il fallait que ça cesse. Il fallait que je fasse quelque chose. Johnson pensait me détruire, il croyait m'anéantir, exactement comme il avait anéanti quiconque osait se dresser en travers de sa route… mais il avait tort. Au contraire, il venait d'allumer l'étincelle que je m'étais toujours efforcée de contenir en moi. Il n'y avait plus de retour en arrière possible, à présent. J'avais fait mon choix.

J'allais révéler la vérité.

Je suis certain que les générations futures continueront de rendre hommage à feu Jasper Hartley. Cet homme extraordinaire a dédié plus de trente ans de sa vie à notre Ville, qu'il a dirigée avec une poigne de fer. Il est mort à soixante-dix-neuf ans, quelques semaines seulement après avoir mis fin à son mandat. Je crois qu'il avait réellement épuisé toutes ses forces et sa volonté dans son travail. J'admire son dévouement et je m'engage à essayer de l'imiter.

Beaucoup de mes prédécesseurs avaient des opinions différentes. D'un Président à un autre, on remarquait de grandes différences idéologiques. Ce ne sera pas mon cas. J'admire les choix de Hartley, et je ferai honneur au grand chef qu'il a été.

Comme lui, j'écraserai la contestation et j'anéantirai le doute. Je ferai ce qui est en mon pouvoir pour prendre des décisions dans l'intérêt de la communauté, aussi dur que ce soit. La faiblesse et la sentimentalité ne seront pas des options.

J'aimerais également insister en particulier sur un point que Hartley n'a pas eu assez le temps de développer : l'hérédité. Je suis convaincu que, si les enfants restaient dans le même domaine que leurs parents, les choses seraient bien plus faciles. C'est une évidence, pour moi. Après tout, la famille est au cœur du fondement d'une société. Si nous arrivons à créer des familles qui ont des valeurs et des objectifs communs, nous parviendrons à créer une société encore plus équilibrée et sous le contrôle de ses dirigeants.

Extrait des *Mémoires de Robert Wild*,
8e Président de la Ville
Texte original conservé dans les Archives

26

— Est-ce que vous pouvez me dire votre nom, la date d'aujourd'hui et l'endroit où vous êtes ?

Tâchant de rester calme, je regardai dans les yeux l'infirmier qui se tenait devant moi.

— Je m'appelle Isis, nous sommes le premier jour du sixième mois, et je suis dans la 109e Rue, devant un bâtiment qui vient de brûler. Je ne me suis pas cogné la tête en tombant, alors je vous assure que je n'ai pas de commotion.

L'infirmier m'adressa un sourire qu'il voulut rassurant.

— Je dois vérifier que vous allez bien avant de vous laisser partir. On n'est jamais trop prudent.

Il effectua encore quelques examens et me posa d'autres questions pour être sûr que j'étais en parfaite santé, puis il me libéra enfin. Je m'éloignai de l'ambulance et me dirigeai vers Ethan, qui se tenait devant les restes de la bibliothèque, dont s'échappait encore une épaisse fumée. Il mit une ou deux secondes avant de s'apercevoir de ma présence, et passa alors le bras autour de mes épaules.

— Je suis tellement désolé, me dit-il.

— Ce n'est pas ta faute, répondis-je platement.

— Je sais. Je suis désolé quand même.

Je restai silencieuse, me contentant de me rapprocher de lui. Nous restâmes comme ça pendant un long moment, contemplant en silence les ruines du bâtiment, tandis que les volutes de fumée commençaient à s'affiner. Je ressentis une grande détresse en songeant à tout ce que le monde venait de perdre dans cet incendie. Je pouvais presque voir les pages des livres brûler, les pochettes des CD fondre, les toiles des tableaux se consumer. Il m'était insupportable d'imaginer tout ce qui avait été perdu pour toujours, en si peu de temps.

Le Messager d'Ethan finit par sonner à nouveau, et je le laissai continuer son service de nuit seul, décidant de rentrer chez moi.

En arrivant à la maison, je fus surprise de découvrir que les lumières étaient encore allumées : mes parents et mon frère se couchaient habituellement tôt, en prévision de leur réveil aux aurores du lendemain. J'ouvris la porte d'entrée et arrivai dans le salon.

Ils étaient tous les trois assis sur le canapé, et ma mère était en train de leur montrer des plans, qu'elle avait disposés sur la table basse.

— Le problème, déclara mon père, c'est que les fondations sont moins résistantes, à cet endroit. Il faudrait faire des travaux souterrains supplémentaires, si on veut vraiment qu'il y ait un troisième étage.

— Pas nécessairement, répondit ma mère, passionnée. Regarde, si on utilise le matériau dont Adam parlait tout à l'heure… ah, Isis, tu es rentrée !

Je saluai ma mère et vins m'asseoir sur un fauteuil, en face du reste de ma famille.

— Tu as passé une bonne soirée ? me demanda Adam. Les rues de la Ville sont-elles à présent plus sûres pour de pauvres constructeurs sans défense ?

Mon père secoua la tête, agacé par le second degré de mon frère concernant ma profession, étant incapable d'en faire de même.

— En fait, répondis-je à Adam, j'ai passé une soirée horrible. Et pour être honnête, les rues de la Ville sont de moins en moins sûres, depuis quelques mois. Et je ne crois pas que ça va s'arranger.

Tous trois levèrent des yeux surpris vers moi. Ils n'avaient pas l'habitude que je leur dise quoi que ce soit sur mon travail, surtout mes parents, et particulièrement mon père. En général, je ne voulais pas les inquiéter, et j'essayais de les protéger en ne leur révélant aucune information délicate. Mais ce soir, quelque chose en moi s'était brisé… et je commençais seulement à comprendre de quoi il s'agissait.

Je pris ma décision sans même vraiment m'en rendre compte :

— Je sais que ça ne sera pas facile, affirmai-je, mais il faut que je vous parle.

Mon père fronça les sourcils, semblant se préparer au pire, tandis qu'une certaine inquiétude apparaissait sur le visage de ma mère.

— Je vous ai caché beaucoup de choses depuis que je suis entrée à l'école de Sauvetage. Je me rassurais en me disant que je le faisais pour votre bien, et parce que ce n'était pas votre monde. J'étais persuadée que vous ne pourriez jamais comprendre… mais je crois qu'en vérité j'avais juste peur d'être honnête avec vous, parce que je me suis toujours sentie un peu à l'écart de la famille.

Je sentis mon cœur se serrer en voyant à quel point ce que je venais de dire les avait peinés.

— Tu n'es pas à l'écart, Isis, protesta mon frère.

— Si, je le suis. Regardez-vous. Vous avez dû rentrer des chantiers, vous faire un bon petit repas et passer la soirée à discuter de vos plans et travaux sans voir les heures s'écouler. Moi, pendant ce temps, je parlais à deux cent cinquante policiers, Sauveteurs et médecins pour essayer d'arranger la situation catastrophique de la Ville, et j'étais témoin d'un énorme incendie.

Ils semblèrent trop déstabilisés pour répondre quoi que ce soit. Mon père fut le premier à reprendre ses esprits :

— Qu'est-ce que tu essayes de dire ? On te paraît ridicules, avec nos « travaux » ? On est trop normaux pour toi, c'est ça ?

Je soupirai, comprenant que j'avais manqué de tact. Je ne voulais pas les blesser…

— Non, ce n'est pas ça du tout ! La Ville a besoin d'architectes et de constructeurs compétents comme vous, et je suis très fière de ce que vous faites. J'admire la finesse de ton travail, maman, et la rigueur du tien, papa. Et Adam, je trouve que ta progression est incroyable…

— Je comprends que tu essayes de nous dire quelque chose, me coupa Adam, mais je ne vois vraiment pas quoi.

Je me tus. Il avait raison, mais j'avais peur. Je ne m'étais jamais entièrement confiée à ma famille, et j'ignorais quelle allait être leur réaction. Ma mère sembla deviner mes pensées.

— Tu peux tout nous dire, tu sais ? affirma-t-elle. On est ta famille, et on t'aime. Il n'y a pas une chose au monde qui pourrait changer ça.

— Je suis bien d'accord, approuva mon frère avec force.

Je leur souris, avant de me tourner vers mon père. C'était son attitude que je craignais le plus : il était impulsif, et je n'avais jamais vraiment eu l'impression qu'il m'écoutait ou me comprenait…

— Tu n'as pas à nous protéger, déclara-t-il d'une voix ferme. Je préférerais savoir un peu ce qui se passe, pour une fois. C'est mieux que s'inquiéter en restant dans le noir. Alors vas-y !

Rassurée, je pris quelques secondes pour rassembler mes pensées. Je compris que si je devais révéler la vérité à ma famille, il me faudrait recommencer depuis le début.

***

Je mis près de deux heures à tout raconter à ma famille. Je m'efforçai de n'omettre aucun détail. Je passai toutefois sous silence le rôle d'Ethan, parce que ça ne les regardait vraiment pas. Je leur révélai tout ce qui m'était arrivé, depuis la nuit où j'avais surpris la conversation entre Greg et Victor jusqu'à l'incendie de la bibliothèque qui venait d'avoir lieu.

Mes parents et mon frère m'écoutèrent avec attention, résistant à la tentation de m'interrompre, ce qui fut compliqué, particulièrement pour mon père. Je vis qu'il faillit exploser quand j'arrivai à ma visite chez Clarisse, mais ma mère plaça une main apaisante sur son bras, et il se contint. Il était difficile pour eux de prendre conscience de ce que je leur avais caché pendant si longtemps, mais je ne pouvais plus m'arrêter. J'avais besoin d'être franche, et ils avaient besoin de m'entendre.

À la fin de mon récit, ils ne réagirent pas immédiatement. Aucun d'eux ne savait quoi faire. Mon père s'enfouit la tête dans les mains, prenant une profonde inspiration, tandis qu'Adam s'enfonçait dans le canapé, semblant un peu perdu. Seule ma mère m'observait avec attention, comme si elle était incapable de détacher son regard du mien. Je savais à quel point elle était sensible, et j'avais peur qu'elle ait du mal à se remettre de tout ce que je venais de lui dire... mais sa réaction ne fut pas celle à laquelle je m'attendais. Elle quitta le canapé et s'avança jusqu'à moi. Je me levai, me retrouvant debout devant elle, et elle me serra dans ses bras. Je lui rendis son étreinte avec force, ayant soudain envie de pleurer, sentant qu'elle-même se retenait de le faire.

— Je suis tellement fière de toi ! affirma-t-elle, toujours contre moi.

Je resserrai mon étreinte, incapable de lui répondre. Pourquoi était-ce tellement dur de lui dire que je l'aimais ?

Les mots ne franchissaient pas ma bouche. Alors je me contentai de la serrer dans mes bras, essayant de lui exprimer ce que je ressentais sans avoir à parler. Elle finit par s'écarter doucement de moi. Mon regard se posa sur mon père et mon frère, qui nous observaient, l'air confus. Ils ne semblaient pas comprendre comment ma mère pouvait prendre mes révélations tellement mieux qu'eux, alors qu'elle était d'ordinaire si sensible. En vérité, elle me comprenait plus profondément qu'eux. Ça avait toujours été le cas, parce qu'elle était une rêveuse, une artiste, et que son ouverture d'esprit le lui permettait.

Mon père finit par dire :

— Je n'arrive pas à le croire. Après tous mes efforts pour que vous ayez une vie normale… tu…

Je vis la douleur dans ses yeux et compris qu'il songeait à mon grand-père. Ce devait être particulièrement dur pour lui de comprendre que j'avais pris le même chemin que son père, alors qu'il avait coupé tout lien avec sa mère pour éviter que ça arrive.

— Clarisse n'a rien à voir là-dedans, assurai-je. J'ai toujours été comme ça, papa, et tu le sais. J'ai ça dans le sang.

— Ce ne sont pas un ou deux globules qui vont déterminer qui tu es, rétorqua soudain Adam, faisant écho à quelque chose que j'avais dit il y avait très longtemps.

Je souris, et mon frère me rendit mon expression.

— Ça fait beaucoup à digérer, déclara Adam. Mais je suppose qu'on savait déjà qu'il se passait bien des choses dans ta vie… on faisait juste semblant, au fond.

Mon père baissa les yeux. Il était incapable de contredire les propos de mon frère, parce qu'il savait que c'était la vérité. Ma famille ne m'avait jamais encouragée à m'exprimer sur ce que je vivais au quotidien. Je leur avais peut-être caché énormément d'aspects de mon existence, mais je ne leur avais pas menti, et ils n'avaient jamais posé de questions.

— Tu n'as pas à risquer ta vie, tu sais ? me dit alors mon père.

Je le regardai avec perplexité, ne comprenant pas où il voulait en venir. Il se leva à son tour et s'avança jusqu'à moi.

— Tu n'es pas obligée d'être l'héroïne de l'histoire. Tu ne dois rien à la Ville, et tu ne dois rien au peuple. Tu pourrais renoncer. Tu aurais le droit de le faire. Personne ne pourrait te le reprocher.

— Papa...

— Je te connais, Isis. Malgré ce que tu penses, je suis ton père et je sais qui tu es. Je sais que tu as toujours voulu aider les autres, faire de ton mieux, et je suis très fier de toi, moi aussi, même si je n'en ai souvent pas l'air. Mais... je ne veux pas te perdre, d'accord ? Pas toi. S'il te plaît... je ne peux pas...

Les yeux de mon père s'embuèrent et je pris une de ses mains dans les miennes, sentant sous mes doigts sa peau rugueuse de travailleur.

— Il faut que j'essaye, murmurai-je. Je le regretterai toute ma vie, sinon. Je ne serai jamais heureuse, tu comprends ? Je resterai avec cette frustration et ce regret, et la situation de la Ville ne fera qu'empirer. À ce rythme-là, d'ici quelques générations, le peuple ne sera même plus humain. Quelle sera la prochaine liberté à disparaître ? La demande spéciale ? Le droit de se marier avec la personne qu'on aime ? La possibilité d'exprimer son opinion à haute voix ? Il y a très longtemps, il a fallu prendre des mesures difficiles pour survivre. Si on n'agit pas aujourd'hui, notre survie n'aura servi à rien, parce que notre humanité sera morte. On sera un peuple de robots. Je ne peux pas imaginer à quel point ça a dû être difficile pour toi, de grandir sans ton père. Mais je dois faire ça. Je dois essayer de sauver cette Ville avant qu'il ne soit vraiment trop tard... Et j'ai besoin que tu sois avec moi, s'il te plaît. Arrête de vouloir me protéger et soutiens-moi, je t'en prie !

Mon père baissa la tête vers sa main, que je tenais toujours solidement.

— Elle n'est plus une enfant, Matt, intervint ma mère, avec douceur mais fermeté. Il faut que tu la laisses grandir.

Mon père poussa un soupir, relevant son regard vers moi.

— Je sais, répondit mon père.

Il dégagea sa main des miennes et la posa sur mon épaule, me regardant avec résignation. Contre toute attente, il m'adressa alors un vague sourire.

— Inutile de se demander de qui tu tiens ton obstination, railla-t-il.

***

Mes parents et mon frère me posèrent encore un grand nombre de questions avant que nous décidions d'aller dormir. Une fois leur surprise initiale calmée, je sentis monter leur curiosité : après tout, n'importe qui devait se poser mille questions en apprenant que sa société entière était basée sur une catastrophe aussi énorme que secrète. Je tâchai de leur répondre le plus précisément et honnêtement possible, et de leur faire partager mon expérience, pour qu'ils comprennent l'importance de la mission que je m'étais fixée.

Je ne dormis quasiment pas, cette nuit-là. Je n'arrivais pas à croire que j'avais révélé toute la vérité à mes parents et à mon frère, après plus d'un an et demi de mensonges par omission. Je sentais qu'un immense poids avait été ôté de mes épaules ; même ma respiration me paraissait plus libre. Garder tant de secrets avait été très difficile, et c'était seulement après mes aveux que je réalisais vraiment à quel point ça m'avait coûté. La vérité avait un goût merveilleux, une fois révélée.

Les jours suivants furent chargés. Je rendais souvent visite à Kim, qui allait beaucoup mieux et avait même quitté l'hôpital. Un soir, en revenant de ma dernière mission, je me décidai enfin à réunir mes amis. Je sortis mon Messager et envoyai le même message à Kim, Mike, Ethan et Skyler :

Rendez-vous à 21 h au numéro 53
de la 109e Rue.

Isis

Je savais qu'aucun d'entre eux n'était de service, c'était donc le moment idéal. Sans compter que l'heure que j'avais fixée pour le rendez-vous me laissait tout juste le temps d'aller chercher quelqu'un d'autre.

Je rangeai mon Messager à ma ceinture et mis mon casque, avant de démarrer ma moto. Je roulai rapidement à travers les rues de Londres, jusqu'au commissariat où travaillait Julia. Là, je montai et arrivai à l'étage des bureaux. Je me rendis à l'accueil, où l'on m'indiqua que mon amie venait de terminer son service et se trouvait dans les vestiaires. Je l'attendis donc devant la salle. Elle en sortit quelques minutes plus tard, portant des vêtements de civile.

— Ça me fait presque bizarre de te voir sans uniforme, raillai-je.

Elle sursauta et se tourna vers moi, apparemment surprise…

— Tu. M'as. Fait. Extrêmement. Peur.

— Navrée. Tu es partante pour une balade ?

Elle fronça les sourcils avec circonspection.

— Quel genre de balade ?

— Le genre où je réponds à toutes les questions que tu te poses depuis un moment.

Elle afficha un air à la fois sérieux et excité, avant de répondre :

— Je suis partante.

L'une des questions que je me posais le plus souvent, avant d'atteindre un poste suffisamment élevé dans le gouvernement, était de savoir ce qu'il y avait exactement en dehors de notre Ville. Je crois utile de rapporter ici quelques éléments, dans l'éventualité où un futur politicien ayant accès aux archives se poserait également la question.

Notre Ville, autrefois appelée Londres, est l'unique grande cité organisée qu'il reste sur notre île, l'ancienne Grande-Bretagne.

Le plus gros morceau de la comète étant tombé en Asie, une grande partie de la population locale a été décimée. Les survivants de chaque pays se sont livré des guerres, qui ont finalement abouti à la création de l'empire d'Asie, une dictature qui regroupe beaucoup d'États et avec laquelle nous n'avons aucune relation.

L'immense puissance qu'on appelait autrefois les « États-Unis » a beaucoup souffert de la chute de la comète : les attaques armées de fanatiques religieux, particulièrement, ont fait des ravages. Aujourd'hui, les États-Unis se sont regroupés pour former un nouveau gouvernement, la Novamérique, qui est très isolationniste. Nous n'avons quasiment aucun contact avec eux.

Extrait des *Mémoires de Robert Wild*,
8e Président de la Ville
Texte original conservé dans les Archives

27

Lorsque nous arrivâmes devant les ruines de la bibliothèque, Ethan et Mike étaient déjà là. Ce dernier observait ce qui restait du bâtiment, le visage fermé. Je savais à quel point mon ami adorait regarder des films là-bas…

Skyler et Kim nous rejoignirent, et je vis que mon amie ne pouvait s'empêcher de jeter de fréquents coups d'œil aux murs calcinés. Pour elle, la perte de tous les CD de musique était tragique. Elle pourrait toujours écouter les millions de chansons et morceaux sauvegardés à la Source, bien sûr, mais ce n'était pas comme avoir des objets tangibles à passer dans un lecteur. Skyler avait bien sûr remarqué l'attitude de Kim, et elle paraissait aussi perplexe que Julia, qui ne comprenait pas ce que nous faisions là.

— Suivez-moi, dis-je simplement.

J'allumai ma lampe de poche, me dirigeai vers les ruines du bâtiment et entrai « à l'intérieur » par un grand trou entre deux morceaux de murs. Le sol était jonché de briques et de gros morceaux de bois calcinés et couverts de cendres sombres. J'enjambai le tout avec prudence, pour arriver dans ce qui avait été la grande salle de la bibliothèque. Les meubles avaient presque entièrement brûlé, et il aurait été impossible de deviner que cette pièce avait contenu des dizaines de milliers de livres. Le papier était un matériau si inflammable que les ouvrages avaient brûlé en premier. De plus, les pompiers m'avaient dit que cette pièce avait été le foyer de l'incendie : il n'en restait quasiment rien.

Mes amis se tenaient un peu à l'écart, m'observant tandis que je me rendais au centre de la pièce, et éclairant l'endroit avec leurs lampes.

— Kim, Mike, vous savez déjà ce qui se trouvait ici avant l'incendie. Ethan, tu le sais aussi, en partie. Julia, tu as voulu me poser beaucoup de questions ces derniers temps, et Skyler, tu es beaucoup trop intelligente pour ne pas avoir compris qu'on te cachait des choses.

— C'est impossible de lui mentir, se plaignit Kim.

Skyler afficha un sourire narquois, ayant la bonté de ne pas nier ce qui venait d'être dit.

— Je vous ai réunis ce soir parce que vous êtes les amis en qui j'ai le plus confiance, déclarai-je. Et je ne crois pas avoir été honnête à cent pour cent avec vous. Même Kim et Mike...

Ces derniers froncèrent les sourcils. En effet, j'avais gardé pour moi ce que Julia avait découvert sur Johnson, ne voulant pas accabler mes amis, qui avaient déjà assez à faire...

— Je suis désolée d'avoir gardé ces secrets. C'est dur pour moi de me confier entièrement... Mais ce qui s'est passé à cet endroit m'a fait changer d'avis. Je suis prête à tout vous dire, sans exception, et j'espère que vous accepterez ensuite de m'aider à partager la vérité avec le reste de la Ville.

Ils étaient devenus très sérieux, comprenant que ce qui se passait était important, chacun connaissant plus ou moins d'éléments sur ce que j'allais leur révéler. Alors, pour la deuxième fois en quelques jours, je fis le récit de ce que j'avais découvert en un an et demi.

Les mots me venaient beaucoup plus facilement à présent, et mon récit fut plus rapide que la dernière fois. Skyler et Julia paraissaient extrêmement concentrées, passant de la surprise à la colère, au fur et à mesure que je parlais. Je conclus en leur racontant les résultats des recherches de Julia sur Johnson, ma discussion avec Clarisse, puis ma confrontation avec le Président, qui avait poussé ce dernier à détruire la bibliothèque. De tous mes amis, Julia semblait la plus secouée. Elle ne savait vraiment rien de tout ce que j'avais révélé, contrairement à Skyler qui, je l'avais compris, soupçonnait déjà un certain nombre de choses.

Quand j'eus fini, il y eut un court moment de silence, puis…

— Le salopard, lâcha Julia, nous faisant sursauter.

Tous les regards se tournèrent vers elle, ce qui ne sembla pas l'intimider.

— Johnson, expliqua-t-elle. Et les Présidents et les politiciens qui nous ont menti, d'ailleurs. Les gens ont le droit de savoir, merde !

Je souris en constatant la fougue de mon amie policière. Skyler, plus calme, prit la parole :

— On ne peut pas laisser Johnson installer ce système de sécurité, déclara-t-elle, pragmatique. Le gouvernement contrôle déjà beaucoup trop la Ville, et d'une manière totalement immorale, d'après ce que tu viens de nous apprendre. Si on laisse les gens au pouvoir espionner les moindres recoins de la cité… enfin, de ce que tu appelles « Londres », il n'y aura plus de retour en arrière.

— Exactement, approuvai-je. D'où cette réunion. Je ne me serais pas permis de vous mettre en danger si les enjeux n'étaient pas aussi importants.

— Tu veux qu'on arrête Johnson, conclut Ethan.

J'acquiesçai, expliquant :

— Quand quelqu'un essaye de se révolter, le Président le fait tuer ou emprisonner. Quand un endroit devient dangereux, il le fait brûler. Il affirme qu'il fait tout ça pour le bien de la communauté, mais s'il le pensait vraiment, il assurerait la sécurité du peuple autrement qu'en nous donnant des armes à feu pour tuer quiconque représente une menace. Il nous aiderait à sensibiliser les gens. « Le bien du peuple »… Est-ce qu'il vous paraît heureux, le peuple ? Est-ce que vous n'avez pas toujours eu l'impression que quelque chose vous manquait ? Qu'il y avait un vide à combler ? Je veux dire… pourquoi avoir voulu devenir Sauveteur ou policier, si ce n'est pour essayer de trouver un sens à vos vies ?

Je regardais chacun de mes amis, essayant de leur communiquer ce que je ressentais, de les pousser à être honnêtes envers eux-mêmes.

— On fait comme si de rien n'était, alors qu'on risque nos vies tous les jours dans une ville délinquante et dépressive, que le gouvernement veut enfermer, espionner et contrôler, au lieu d'essayer de l'aider et de la guérir ! Mais j'en ai assez. La vie pourrait être tellement plus que ça… imaginez seulement jusqu'où le gouvernement sera prêt à aller, ou quelle sera sa prochaine étape si on le laisse faire.

— Conditionner les gens dès l'enfance, répondit amèrement Ethan.

— Interdire les mariages entre ceux qui n'exercent pas dans le même domaine, ajouta Mike.

— Instaurer un couvre-feu général, affirma Julia.

— Installer des écrans géants sur les plus grandes places de Londres pour projeter de la propagande.

Tout le monde se tourna vers Kim, qui venait de dire ça. Je fronçai les sourcils, songeant que c'était une drôle d'idée…

— Ça ne sort pas de mon imagination, révéla-t-elle. Mes parents m'en ont parlé, hier, quand ils m'ont ramenée à la maison. Ça fait partie du projet de « surveillance » de Johnson : en plus des caméras, il va installer un peu partout dans la Ville de grands écrans qui serviront à diffuser des messages, à annoncer de nouvelles règles ou encore à projeter les visages des criminels recherchés.

— Ne me dis pas que tu es sérieuse ! intervint Julia, incrédule.

— C'est sérieux, répliqua Skyler. Ils sont déjà en train d'installer un écran à côté de chez moi. Et il est énorme.

— Honnêtement, j'aimerais bien que ce soit une blague, renchérit Kim.

Je ne répondis rien, incapable de croire ce que je venais d'entendre. Oscar Johnson, le Président qui s'était toujours tapi dans l'ombre, s'était enfin décidé à se rendre visible de tous, à devenir le visage tout-puissant qui surplomberait la ville. S'il y parvenait, il ne serait plus seulement président, il deviendrait l'empereur, le dieu omnipotent et omniscient de cette société.

À moins, bien sûr, qu'on ne parvienne à l'en empêcher.

— Quel jour on est ? demandai-je soudain.

— Euh… Jour 4, m'informa Julia, perplexe.

— Jeudi, corrigea Kim.

— Non, je veux dire, la date, expliquai-je.

— On est le douze, répondit Mike.

Je me mis à faire les cent pas, repoussant du pied les débris, le faisceau de ma lampe de poche se déplaçant avec moi. Nous étions le 12 juin. Or la soirée où Johnson avait annoncé ses nouvelles mesures avait eu lieu au début du mois d'avril…

— Quelqu'un se souvient du jour exact où Johnson avait fait son petit discours ? m'enquis-je.

— C'était le 7, affirma Ethan. J'avais eu une mission… difficile, ce jour-là.

— Le 7… Donc, ça fait un peu plus de deux mois. Sachant que Johnson avait promis que le nouveau système de surveillance serait opérationnel au bout de trois mois exactement, ça signifie que l'inauguration du système aura lieu dans…

— Vingt-cinq jours, répondit immédiatement Kim.

Skyler afficha une moue appréciatrice en constatant les talents insoupçonnés de Kim pour le calcul mental.

— OK, repris-je. On a donc vingt-cinq jours pour trouver un moyen d'arrêter Johnson… enfin, si vous acceptez de m'aider, je veux dire.

— Tu vas vraiment nous poser la question ? s'exclama Julia en souriant.

Je lui rendis son sourire et sentis une bouffée d'espoir m'envahir.

— Bon, venez, dis-je. On va prendre le bus. Je n'ai malheureusement pas assez de place sur ma moto.

— Où est-ce qu'on va ? demanda Kim.

— On va rendre visite à miss Je-sais-tout. Elle a hâte de rencontrer les nouveaux membres du groupe.

***

Après cette soirée-là, nous nous rendîmes tous les jours à la Source. Kim, Mike et moi nous étions donné pour mission d'apprendre le plus de choses possible aux autres, pour qu'ils soient très vite à l'aise avec ce qui concernait l'ancien monde. En entendant l'expression « congé payé », Skyler haussa le sourcil gauche avec tant de suspicion qu'elle déclencha un fou rire général.

Plus nous passions du temps chez miss Je-sais-tout, plus je me rendais compte que j'avais eu raison d'arrêter de garder mes secrets. En vérité, j'aurais même dû le faire bien plus tôt. J'envisageais parfois de prévenir Taylor et Jamie, mais je songeai qu'il serait compliqué de les mettre au courant d'un coup, et que nous serions trop nombreux.

En quelques jours seulement, Ethan, Skyler et Julia s'étaient déjà familiarisés avec la Source de Vérité, et ils avaient énormément appris en un temps record. À présent, Kim et Skyler avaient des conversations animées sur la musique, Julia se passionnait pour le cinéma – au grand plaisir de Mike – et Ethan commençait à en savoir à peu près autant que moi sur l'ancien monde. Nos soirées passées ensemble nous faisaient presque oublier la réalité... je finis donc par relancer le sujet de ce fameux système de surveillance.

— On est le 16 juin, dis-je à mes amis, qui étaient tous dans la salle de la SDV avec moi. Il nous reste trois semaines pour trouver un plan contre Johnson et le préparer... on devrait s'y mettre sérieusement.

— À ce propos, intervint Ethan. J'ai des informations sur l'inauguration du système de surveillance, et je crois que ça pourrait vraiment nous servir. Mon ami technicien...

— Quel ami technicien ? demanda Skyler, étonnée.

Ethan leva les yeux au ciel, agacé par l'intervention de sa meilleure amie.

— C'était un copain de ma sœur, expliqua-t-il. Il est spécialisé dans tout ce qui concerne la sécurité...

J'eus soudain une illumination :

— Eh ! C'est lui qui t'avait dit que les systèmes de sécurité de l'école de Sauvetage étaient éteints entre deux et quatre heures du matin !

Tous les visages se tournèrent vers moi et m'observèrent avec étonnement, mis à part Ethan, qui se contenta de pouffer de rire en observant la réaction de nos amis...

— Tu te fous de ma gueule, lâcha Kim.

— Si je peux me permettre, ajouta Julia, je crois qu'elle se fout de notre gueule.

J'ouvris la bouche pour répondre, mais Julia s'était déjà levée, saisissant un coussin avec lequel elle commença à me frapper.

— Julia ! protestai-je.

— Espèce... de... traîtresse ! s'écria mon amie entre chaque coup.

Je parvins à lui arracher le coussin et m'empressai de l'envoyer valser à l'autre bout de la salle.

— On se calme, lui intimai-je.

— NON ! Sérieusement, tu ne m'as jamais dit, en quatre mois de formation, qu'on aurait très bien pu quitter le bâtiment en pleine nuit, aller faire je ne sais quoi d'absolument stupide et revenir dans nos lits en cachette ?

— Comme si ça t'aurait rendu service, répliqua Kim. Tu ne travaillais déjà pas beaucoup, mais alors là...

Julia fit volte-face pour foudroyer Kim du regard.

— Je croyais que tu étais avec moi, sur ce coup-là !

— Je l'étais, répondit Kim, amusée. Mais en fait, c'est beaucoup plus drôle de te voir t'énerver pour ça...

— WOH ! s'exclama Mike en pressentant une réplique cinglante de Julia. Vous pourrez vous disputer et reprendre vos batailles de coussins quand notre Président ne voudra plus faire de nous une bande de zombies décérébrés, d'accord ?

Personne ne répondit, sachant que lorsque Mike intervenait, c'était le signe qu'on s'apprêtait à aller trop loin...

— Merci, Mike, finit par lâcher Ethan. Et, juste pour que ce soit clair, oui, c'est cet ami qui m'avait dit pour le système de sécurité de l'école – je n'ai pas trente-six amis techniciens, seulement celui-là... Et non, pas la peine de s'énerver, j'avais demandé à Isis de garder le secret.

— Tu m'étonnes, railla Kim avec un sourire moqueur.

Ethan rougit légèrement, mais choisit d'ignorer le sous-entendu de la sauveteuse.

— Comme je le disais, mon ami Chase travaille sur ce fameux système de surveillance. Quand je lui ai parlé de la date de l'inauguration, il a confirmé qu'il s'agissait bien du 7 juillet... et c'est là que ça devient intéressant : Johnson ne va pas se contenter d'appuyer sur un gros bouton, d'allumer les caméras et de laisser les gens suivre le cours de leur journée. Notre Président – qui décidément semble avoir des accès de mégalomanie en ce moment – prévoit de faire une annonce dans toute la Ville, le jour de l'inauguration. Il se filmera depuis son bureau, et il y aura une retransmission en direct sur les écrans géants…

— Et on est censés penser que c'est une bonne nouvelle ? s'étrangla Julia.

— Parfaitement ! répliqua Ethan. Parce que ça nous donne une occasion en or de révéler la vérité au peuple de Londres, d'un coup.

Je compris en un éclair ce qu'il avait en tête. En fait, ça me paraissait même familier…

— Vous vous rappelez ce que Winston avait essayé de faire ? poursuivit Ethan. Au lieu d'essayer de révéler la vérité à une école, on va le faire pour toute la Ville.

— Ça va nous demander beaucoup de préparation, affirma Skyler. Il nous faut un plan, dans les moindres détails. Je veux dire… pour entrer dans les bureaux de Johnson, l'empêcher de se filmer, diffuser notre propre vidéo et nous assurer que personne ne vient nous arrêter avant qu'on ait fini… il va falloir être très malins, si on veut avoir la moindre chance que ça fonctionne.

— Sans compter que Johnson va sans doute engager beaucoup de gardes pour être sûr que personne ne vienne saboter son opération, ajouta Mike. On est seulement six…

— Et puis ce Winston, là, le coupa Julia, a échoué, je vous signale ! Il n'a même pas réussi son plan pour une école, et vous voulez l'appliquer pour la Ville entière ? C'est de la folie…

— Sauf qu'on n'est pas seulement six, murmurai-je alors.

Les visages de mes amis se tournèrent vers moi.

— Comment ça ? s'enquit Skyler.

Je ne répondis pas, voyant soudain un plan se dessiner dans mon esprit…

— Isis ? appela Ethan.

Je ne pus retenir un sourire. Ça pouvait marcher. On avait réellement une chance de réussir.

— On n'est pas six, expliquai-je. À ce que je sache, nous sommes un peu plus de deux cent cinquante personnes, à ce jour.

— Qu'est-ce que tu as en tête ? demanda Skyler.

— J'ai un plan, répondis-je simplement.

Les visages de mes amis s'éclairèrent, tandis que je m'apprêtais à leur exposer ce à quoi je venais de penser…

— Euh, juste… intervint Julia. Avant qu'on entre dans la phase de « on a trois semaines pour sauver le monde », je me demandais si un d'entre vous pouvait m'expliquer ce qu'était un « zombie décérébré ». Je suis un peu confuse.

— Oh, la ferme, Julia ! rétorqua Kim. Pas maintenant, merde !

Mon amie policière haussa les épaules, et je vis que Skyler se retenait – non sans difficulté – de rire. J'attendis quelques secondes, le temps que chacun reprenne son sérieux, et je me mis alors à tout leur expliquer…

Certains pays d'Amérique latine ont subi de très grands bouleversements, lors de la chute de la comète. Des organisations criminelles et des cartels ont pris le pouvoir, pour former des dictatures qui sont en guerre depuis.

En Europe, plusieurs grandes villes ont été reconstruites d'une façon similaire à la nôtre. Elles ont peu à peu reformé un groupe de communautés qu'elles ont nommé l'Union Renaissante. Notre ancien Président, Henry Whipple, avait refusé pendant son mandat d'adhérer à cette union, jugeant que c'était justement en s'alliant avec des puissances étrangères que nous avions détruit la planète au départ. L'Union Renaissante a réitéré sa demande à de nombreuses reprises, mais nous sommes toujours restés sur notre position.

Sur le continent africain, la situation est assez catastrophique : sans aide des pays plus développés, et en ayant perdu la puissance conférée par les gisements de pétrole et autres ressources, la pauvreté a atteint un seuil encore plus affolant. Sans compter qu'un morceau de comète était tombé sur le continent, causant déjà des ravages à l'époque. Seules quelques communautés sont parvenues à subsister en Afrique.

Il semble exister encore de grandes communautés au Canada et en Australie, deux pays qui ont assez bien su se reconstruire après la comète.

Le concept de mondialisation, lui, n'existe plus. Il reste seulement un peu de commerce entre certaines communautés, mais plus d'entraide, de partage de culture ni de tourisme. Tout cela appartient à un passé révolu. Depuis la comète, c'est « chacun pour soi ».

Extrait des *Mémoires de Robert Wild*,
8e Président de la Ville
Texte original conservé dans les Archives

28

Durant les semaines suivantes, je pus sentir, en traversant la ville, que l'installation du système de surveillance avançait de plus en plus rapidement. Je découvrais des caméras aux angles de presque chaque rue. Parfois même, je marchais avec la désagréable impression d'être observée, puis je levais la tête et découvrais un de ces appareils, apparemment éteint mais qui me faisait déjà frissonner.

Je n'avais rien contre les caméras... mais l'idée d'un gouvernement capable d'épier chacun des mouvements du peuple me répugnait. Plus encore, l'État avait commencé à engager des gens dont le travail serait justement d'observer la Ville dans ses moindres recoins et de signaler toute activité suspecte. Imaginer des dizaines, des centaines de personnes derrière des ordinateurs, à en espionner d'autres sans relâche, me faisait froid dans le dos.

Évidemment, ce n'était pas un emploi passionnant, mais Johnson avait eu une idée imparable pour trouver des candidats volontaires : il avait déclaré que même les personnes ayant raté leurs épreuves pouvaient obtenir ce travail. Les aspirants étaient alors devenus nombreux : en effet, c'était une occasion en or, pour ces gens qui avaient toujours occupé des postes éreintants ou dégradants.

Sans compter que, pour eux, pouvoir espionner puis dénoncer le reste du peuple devait paraître alléchant. Je ne pouvais pas leur en vouloir ou les juger : comment ne pas ressentir une certaine amertume, à leur place ?

Le gouvernement avait fait en sorte que les personnes ayant échoué à leur épreuve ne puissent jamais participer complètement à notre société. Ils étaient marginalisés, et on se servait de leur prétendue faiblesse comme prétexte pour leur confier les emplois que personne ne voulait exercer. C'était cruel et, bien souvent, ces personnes se tournaient vers des activités illégales… ce qui servait au gouvernement, une fois de plus : « Pourquoi leur laisserions-nous une chance alors que ce sont des criminels ? » Cette injustice m'avait toujours mise en colère, et c'était d'autant plus frustrant que les Sauveteurs et les policiers se retrouvaient ensuite à payer pour les erreurs de l'État.

Je songeais beaucoup à cela, ces derniers temps. Je passais mes journées à travailler ou à préparer mon plan avec mes amis. Et le soir, en allant me coucher, je pensais à toutes les injustices que nous aurions une chance de réparer, si la voix du peuple pouvait enfin être entendue. Je m'endormais alors en espérant réussir à créer un monde meilleur… ou bien je restais éveillée, tourmentée par la crainte de ne pas y parvenir.

La réunion suivante des Protecteurs eut lieu le 23 juin. Nous avions beaucoup discuté, chez miss Je-sais-tout, du rôle que notre groupe pouvait jouer dans notre plan, et nous avions fini par nous mettre d'accord. Pour que cela fonctionne, toutefois, il serait essentiel que les Protecteurs soient nombreux et déterminés.

Mon soulagement fut donc immense lorsque je pénétrai dans le gymnase et découvris qu'il était plein à craquer. Jamais il n'y avait eu autant de monde, et j'eus même du mal à me rendre jusqu'à la petite estrade que nous avions installée et qui paraissait à présent ridicule, devant une telle foule.

« Heureusement qu'il y a un micro », songeai-je, sentant mon cœur s'accélérer à l'idée de parler à tous ces gens. Ethan m'adressa un sourire rayonnant en me voyant m'avancer vers l'estrade.

— J'ai du mal à y croire, déclara-t-il. Tu as vu ça ? Je crois que presque tous les Sauveteurs de la Ville sont ici ! Et le nombre de policiers, de médecins et d'infirmiers a doublé !

Je ne répondis rien, me contentant de lui sourire.

— Isis, on est plus de six cents ! m'apprit Ethan.

Skyler arriva près de moi.

— C'est à toi de jouer, me dit-elle. Ils sont venus pour t'entendre, alors vas-y.

J'acquiesçai et sentis ma nervosité monter en percevant l'intensité du brouhaha ambiant. Skyler fixait sur moi ses yeux d'émeraude, me regardant avec un mélange d'émotions qui contrastait avec son calme habituel.

— Je comprends ce que Kim voulait dire, maintenant, affirma-t-elle. Tu es vraiment quelqu'un de spécial, Isis.

Touchée par ces mots, je lui fis un sourire reconnaissant avant de m'approcher de l'estrade, tremblant légèrement. Les dernières fois que je m'étais adressée aux Protecteurs, mon adrénaline avait pris le dessus sur mon stress, mais cette fois, c'était différent. Je montai me placer devant le micro.

Immédiatement, le brouhaha diminua, jusqu'à devenir quasiment inexistant. Cette marque de respect, au lieu de m'apaiser, m'angoissa davantage. Je n'avais pas droit à l'erreur ; ces gens comptaient sur moi, il n'était pas question que je les déçoive…

— Bienvenue à vous tous, déclarai-je d'une voix forte, qui résonna dans la salle. Pour ceux et celles d'entre vous qui sont déjà venus, je suis heureuse de vous revoir… À ceux qui nous rejoignent, j'adresse mes remerciements. Je sais parfaitement que chacun a une vie, en dehors de son travail, et j'apprécie l'effort que vous avez fourni pour être ici… Parce qu'en vérité il ne s'agit plus simplement de l'emploi que nous occupons. C'est bien plus important que ça. C'est pour notre liberté que nous sommes réunis aujourd'hui.

Un murmure d'approbation se répandit dans la salle, achevant de me rassurer. Je sentis alors mon stress se volatiliser, remplacé par une détermination totale.

— Tous les jours, poursuivis-je, je marche dans la Ville et je vois des techniciens affairés à installer un peu partout des caméras ou des écrans géants. Je vois cela, et j'imagine comment nous aurions pu utiliser cet argent pour agrandir les hôpitaux, créer des cours d'autodéfense et de premier secours, former plus de professionnels pour protéger la Ville. Je vois ces caméras et ces écrans, et je comprends à quel point notre société va mal, pour que le gouvernement ait jugé que le seul moyen de l'aider à aller mieux était d'espionner tous nos mouvements. Ne vous détrompez pas, c'est bien de cela qu'il s'agit. En ce moment même, le gouvernement prépare l'ouverture de centres de surveillance, dans lesquels des personnes passeront leurs journées à nous observer. Ils seront payés pour espionner et dénoncer. Et nous sommes censés rester là sans rien faire, pendant que le gouvernement transforme la ville entière en une prison dont les Sauveteurs et les policiers seront les gardiens, sans même l'avoir choisi.

Je repérai dans la foule le visage de Nora. Elle se tenait à côté d'un homme apparemment haut gradé et qui me fixait avec intensité.

— Si vous êtes ici, c'est que vous avez compris que nos dirigeants veulent nous entraîner sur une voie dangereuse… Il me paraît inconcevable d'accepter un gouvernement qui souhaite interdire au peuple d'accéder à un certain bonheur ou à une forme de libre arbitre. Moi-même, j'ai fait une demande spéciale pour passer mon épreuve de Sauvetage… si je n'avais pas eu ce droit, nous ne serions pas réunis dans cette pièce. Pensez à tout ce que le gouvernement pourra nous interdire, si nous le laissons avoir une telle emprise sur nos vies.

Ma détermination se reflétait à présent sur les visages des Protecteurs. Ils ne semblaient plus faire qu'un, et paraissaient prêts à s'enflammer et à se battre pour la liberté dont je leur parlais… « C'était donc ça, songeai-je, être réellement écoutée. »

— Je refuse que l'on m'empêche d'avoir une chance d'être heureuse ! affirmai-je avec force. Je refuse que des inconnus nous observent constamment, moi, ma famille, mes amis, mes collègues… ou n'importe qui ! Je refuse que ma vie soit dictée par une poignée de personnes qui ne me connaissent pas et se fichent de mon opinion ! Je refuse qu'on fasse de moi un assassin en me poussant à tuer le plus de criminels possible ! Je refuse de me taire, et je refuse de renoncer au peu de libertés qu'il me reste !

Un tonnerre d'applaudissements, de cris et d'exclamations répondit à ma tirade, et j'attendis quelques instants que tout le monde se calme, avant de reprendre :

— Les fondateurs de ce groupe et moi-même avons décidé de montrer notre mécontentement au gouvernement. Nous avons besoin de l'aide d'un maximum de personnes pour créer une grande manifestation, le jour de l'inauguration du système de surveillance. Le projet consiste à nous réunir devant les bureaux du Président et à le forcer à nous écouter. Plus nous serons nombreux, plus nous serons forts. Je ne prétends pas être celle qui vous guidera, je ne suis que la porte-parole de ce groupe... En vérité, j'espérais qu'un haut gradé accepterait de le faire. Je crois que le Président n'acceptera d'écouter qu'une personne qui occupe déjà un poste d'une certaine importance. C'est pourquoi nous avons besoin d'un volontaire qui accepte de nous mener dans ce combat. Quelqu'un qui a plus d'expérience et de pouvoir que moi, et qui pourra ainsi utiliser sa position pour nous aider à obtenir notre liberté.

Les Protecteurs se mirent à nouveau à applaudir avec force, tandis que je scrutais les visages dans la foule, espérant reconnaître quelqu'un qui serait apte à exercer le rôle dont je parlais...

Je vis alors que l'homme à côté de Nora s'était déplacé et marchait vers l'estrade où je me tenais, la foule s'écartant sur son passage tant il avait de la prestance. Un coup d'œil à son insigne m'apprit qu'il était capitaine, et je sentis mon cœur accélérer. J'allai à sa rencontre.

— Sergente Isis, me dit-il. Je suis le capitaine Jackson.

Il me tendit une main, que je serrai fermement. C'était la première fois que je le voyais, et il était de loin l'homme le plus intimidant que j'avais jamais rencontré. En une seule poignée de main, il me fit comprendre à quel point la vie qu'il avait menée avait été remplie de courage et de détermination. J'eus bien du mal à soutenir son regard.

— J'aimerais prononcer quelques mots, si vous le permettez.

— Je vous en prie, répondis-je sans hésiter.

Il hocha la tête en guise de remerciement, puis monta sur l'estrade dans un mouvement souple. Il se tint debout et parfaitement droit devant le micro, ne paraissant pas du tout intimidé devant la foule. Le silence se fit immédiatement. Il me semblait pouvoir entendre les battements de mon cœur résonner dans la salle…

— Je suis le capitaine Jackson, de la Brigade des Sauveteurs. J'avoue avoir eu un certain nombre de doutes, lorsque le lieutenant Nora m'a parlé de cette initiative. J'avais l'impression que l'idée des Protecteurs n'était qu'un rêve irréalisable… mais j'avais tort.

J'eus du mal à ne pas laisser paraître mon incrédulité en voyant un homme pareil déclarer, devant des centaines de personnes bien moins importantes que lui, qu'il avait fait une erreur…

— Seule une personne faible ne sait pas reconnaître qu'elle s'est trompée, affirma le Capitaine Jackson. À mon sens, cela prouve l'étendue de l'orgueil et de l'imperfection de notre gouvernement qui, au lieu de faire marche arrière, a décidé de foncer droit dans un mur, en entraînant toute la Ville. Je croyais être impuissant, et j'avais déposé les armes. Mais en vous voyant aujourd'hui, je comprends que j'ai abandonné trop tôt. Il reste une chance de sauver notre ville, et cette chance, c'est vous. Je serais plus qu'honoré d'être celui qui vous guidera dans ce qui sera peut-être notre dernier combat.

Il baissa ses yeux gris vers moi et m'invita à monter sur l'estrade à côté de lui, ce que je fis.

— Pour la liberté ! s'écria-t-il en brandissant le poing.

Tous les Protecteurs l'imitèrent, dans un mouvement si parfait qu'on aurait pu penser qu'il avait été répété. La foule se déchaîna, avide de se faire entendre, tandis que je me sentais plus décidée que jamais.

Nous avions une armée et nous avions un capitaine ; il ne nous restait plus qu'à nous battre.

***

Le soutien du capitaine Jackson constituait une aide inespérée. Nous tenions désormais une réunion tous les trois jours pour préparer notre manifestation et tâcher de convaincre le plus de personnes possible de rejoindre notre groupe. Avec le capitaine, nous étions devenus une association reconnue et qui s'avérait importante dans la Ville. Nous étions de plus en plus nombreux, et je commençais à me sentir observée quand je marchais dans la rue. C'était comme si j'avais porté un panneau disant : « Je veux libérer la Ville de la tyrannie. » Tous ceux et celles qui s'étaient sentis opprimés sans jamais oser le dire me regardaient avec un mélange de curiosité et de respect, tandis que ceux qui étaient trop fermés d'esprit pour imaginer être libres me fixaient avec mépris, voire avec animosité.

Cela me mettait très mal à l'aise, sans compter que j'aurais préféré pouvoir faire profil bas, puisque je préparais – en parallèle de la manifestation – ce que mes amis et moi-même avions baptisé « le plan Winston ». En effet, si nous avions choisi de faire appel à un haut gradé pour mener la manifestation à notre place, c'était avant tout parce que celle-ci ne constituait qu'une partie de notre projet.

Je passais donc mes soirées chez miss Je-sais-tout avec Ethan, Kim, Skyler, Julia et Mike, à préparer notre opération dans les détails, sauf quand nous avions une réunion avec les Protecteurs. Notre idée était de projeter sur les écrans géants une vidéo expliquant ce que le gouvernement voulait garder secret, et faisant comprendre au peuple qu'il avait droit à une démocratie. C'était ce que j'avais proposé à mes amis, et Kim avait particulièrement apprécié l'ironie que cela comportait : nous voulions utiliser le système installé par Johnson lui-même pour contrecarrer ses projets. Pour cela, nous devions nous introduire dans le bureau du Président, l'interrompre pendant qu'il filmait son petit discours et diffuser notre vidéo à la place.

Quant à la manifestation, elle était, comme je l'avais dit à mes amis, la meilleure des diversions possibles. Johnson aurait déjà bien du mal à maîtriser une manifestation d'une telle ampleur et justement menée par les forces de l'ordre : il serait contraint de confier à tout le reste de son personnel la tâche de contenir les Protecteurs… et pendant ce temps, mes amis et moi nous introduirions dans ses bureaux. Là, nous avions prévu différentes stratégies, en fonction de ce qui pouvait se passer.

Le mois de juillet arriva. Nous avions pensé notre plan dans les moindres détails… mais il nous restait encore à terminer la vidéo elle-même. Pour cela, Ethan demanda des renseignements à Chase, son ami technicien, qui lui apprit rapidement les bases du montage. Nous trouvâmes aussi beaucoup de renseignements à la Source, dans des dizaines de tutoriels qui y avaient été sauvegardés et divers logiciels, également conservés dans l'ordinateur. Nous avancions lentement, cherchant à créer un enregistrement parfait, si frappant qu'il pourrait toucher la Ville entière, y compris les personnes les plus réticentes et méfiantes. Heureusement, miss Je-sais-tout n'avait pas volé son surnom : nous y découvrîmes un nombre incalculable d'images que nous parvînmes à condenser de manière à ce que le résultat soit assez court pour marquer les esprits. En guise de narration, je m'enregistrai en train d'expliquer la vérité, comme je l'avais fait avec mes amis et ma famille.

Nous avions toutefois un problème de taille : la Source de Vérité ne contenait que des images et informations enregistrées *avant* la chute de la comète ; or il nous fallait un moyen de prouver que celle-ci avait bien eu lieu, si nous ne voulions pas que le peuple nous accuse de mentir. J'eus l'idée de prendre en photo certaines pages du journal de Truman, que j'avais conservé chez moi, et qui n'avait donc heureusement pas brûlé dans l'incendie. Je devais toutefois reconnaître que ce n'était pas suffisant. Nous étions déjà le 3 juillet, tard dans la nuit, quelques jours seulement avant l'inauguration, lorsque Julia, assise devant le grand ordinateur de la Source, trouva un élément susceptible de nous aider.

— Venez voir ça ! dit-elle soudain, sur un ton excité.

Kim, Skyler et Mike étaient de service ce soir-là. Il ne restait donc qu'Ethan et moi. Nous nous précipitâmes vers Julia pour voir ce qu'elle avait découvert...

— Je crois que j'ai exactement ce qu'il nous manquait. Jusqu'à présent, on avait simplement utilisé le moteur de recherche de l'ordinateur pour obtenir des infos ; ce qu'on n'avait pas fait, par contre, c'était fouiller dans tous les fichiers sur le bureau. Regardez ça.

Elle nous désigna, avec le curseur de la souris, un dossier nommé « Journal de bord ». Elle cliqua dessus, faisant apparaître de nouveaux dossiers, chacun avec un nom. Un d'entre eux attira particulièrement mon attention :

« Truman Tudor ».

— Il y a plein de vidéos, expliqua Julia. Je pense qu'il s'agit de témoignages de tous ceux qui avaient découvert cet endroit... c'est sûr qu'on trouvera des tas de mentions de la comète !

— C'est génial ! approuva Ethan. C'est exactement ce qu'il nous fallait !

Je me penchai pour saisir la souris, et Julia me laissa faire. Je cliquai sur le dossier de Truman. À l'intérieur, une vidéo s'appelait simplement « Comète de Halley ». Intriguée, je cliquai dessus, lançant ainsi le film.

Le visage de Truman apparut à l'écran, et je fus frappée de le voir aussi jeune. Ses cheveux n'étaient pas encore complètement gris, et son visage était bien moins marqué...

— Bonjour, visiteur, dit-il. J'ai découvert cet endroit il y a quelques années et, me mettant à la place de quelqu'un qui viendrait d'arriver, j'ai pensé qu'une personne sceptique pourrait refuser de croire que la comète de Halley s'est bel et bien effondrée sur Terre. J'ai donc décidé de nommer cet enregistrement par le nom de la comète, me disant que si vous faisiez des recherches à son sujet vous trouveriez facilement cette vidéo.

J'échangeai un regard consterné avec mes deux amis : nous avions effectué un nombre incalculable de recherches, mais n'avions pas eu le bonheur de tomber sur ce fichier, tant les informations stockées étaient nombreuses.

— Je ne peux pas vous prouver par mes paroles que la chute de la comète a bien eu lieu. Ce n'est pas non plus sur cet ordinateur que vous trouverez une véritable preuve. On dit souvent qu'une image vaut mieux que mille mots et, je le crains, il n'y a ici aucune image de la comète... Si toutefois vous en voulez une, je vous recommande fortement d'aller dans les archives de la Ville. En menant des recherches approfondies, vous trouverez ce que vous désirez et vous pourrez déterrer la vérité.

Ayant déclaré cela, Truman appuya sur sa caméra, arrêtant l'enregistrement. Ethan poussa un soupir, tandis que Julia se laissait tomber contre le dossier de sa chaise, l'air dépité.

— Il a raison, affirma-t-elle. Si le peuple ne veut pas nous croire, il pensera que les témoignages qu'on a trouvés sont des mensonges... les gens ne croient que ce qu'ils voient. C'est un fait.

— Je le sais bien, répliquai-je amèrement. Mais à moins que tu aies une machine permettant de « dé-brûler » la bibliothèque, on va devoir s'en passer !

— Pas forcément, intervint Ethan, une lueur dans les yeux.

Je le regardai avec surprise. Il s'empressa d'expliquer :

— Ce poème que Truman avait écrit dans son journal pour indiquer où était la Source, tu t'en souviens ? C'était quoi, déjà, la phrase avec le mot « dévoiler » et « abîme » ?

— Il y en avait deux, répondis-je, perplexe. « Je risquerais de dévoiler l'enseveli » et « La Source de Vérité se perd dans l'abîme »...

— Voilà. La clé, dans ce poème, c'étaient les rimes. Et pourtant, Truman y a glissé deux indices supplémentaires, qui pointaient du doigt la position souterraine de la Source : « enseveli » et « abîme ». Je crois qu'on peut en déduire que son choix de mots a toujours une signification particulière, n'est-ce pas ?

— « En menant des recherches approfondies, vous trouverez ce que vous désirez » ! m'exclamai-je, comprenant d'un coup.

— « Vous pourrez déterrer la vérité », compléta Ethan en affichant un sourire victorieux. Ça ne peut pas être un hasard.

— Vous pouvez m'expliquer ce qui se passe, là ? nous demanda Julia. Vous comptez creuser sous les ruines de la bibliothèque ?

— Je ne crois pas qu'on aura besoin de creuser, affirmai-je. Je crois qu'il y a un sous-sol. En fait, ça me paraît même évident. Je veux dire... j'ai vu plein de choses à la bibliothèque : des films, des livres, des tableaux, des disques... mais pas une fois je suis tombée sur quelque chose qui ressemblait à des archives. Elles devaient être en bas depuis le début...

Je faillis me frapper la tête de la main, réalisant pour la première fois à quel point il était absurde que Truman ait été le Maître des archives et que je n'aie jamais vu d'archives là où il avait travaillé. Sans compter la manie que Truman avait de toujours glisser des indices et des sous-entendus dans ses propos… oui, c'était évident ! Je m'étais rarement sentie aussi stupide.

— Si vous avez raison, alors les archives ont dû survivre à l'incendie, avança Julia. On devrait aller…

Elle n'eut pas le temps de finir sa phrase, parce qu'Ethan et moi étions déjà en train de nous précipiter vers la sortie.

Je n'avais jamais compris l'intérêt d'écrire des mémoires, avant d'être moi-même élu comme successeur de Robert Wild. À présent, je vois bien pourquoi tous les Présidents avant moi ont voulu coucher leurs pensées sur papier. En effet, s'il est inutile pour le peuple de connaître le passé, ses dirigeants doivent pouvoir y avoir accès. Je suis le neuvième Président et, par conséquent, je m'engage à ne pas répéter les erreurs de mes prédécesseurs.

Certains politiciens se sont montrés réticents à me laisser accéder au pouvoir. Ils m'ont jugé trop jeune, peu expérimenté. Je crois qu'ils sont convaincus que je serai impulsif et que je me laisserai aveugler par la soif de pouvoir… c'est bien mal me connaître.

J'ai tout un projet pour mon mandat.

Je serai celui qui parviendra enfin à achever de créer la vision de ceux qui m'ont précédé. Je créerai un monde sans crime, sans révolte, sans curiosité mal placée. Un monde dans lequel le gouvernement sera respecté et obéi à la lettre. Dans lequel ce qui est inutile sera banni. J'apprendrai au peuple à avoir horreur du superflu.

J'ai conscience de la difficulté de la tâche qui m'attend. En effet, les plus grands changements ne peuvent avoir lieu que dans les plus grandes périodes de crise. Un vieux dicton affirme que les moments de désespoir appellent des mesures désespérées.

Je vais donc rester dans l'obscurité pendant quelques années, pour laisser le temps à la Ville de révéler sa véritable nature. J'opérerai dans l'ombre et en toute discrétion. Puis, quand le moment sera venu — et il viendra, j'en suis sûr —, je créerai la société la plus organisée, la plus efficace et la plus parfaite qui soit.

Extrait des Mémoires d'Oscar Johnson,
9e Président de la Ville
Texte original conservé dans les bureaux présidentiels

29

Grâce aux recherches de Julia sur l'ordinateur, puis à l'illumination d'Ethan concernant les archives, nous avions pu trouver tous les éléments qui nous manquaient dans le sous-sol insoupçonné de la bibliothèque. Nous y étions allés à toute vitesse le soir même où Ethan en avait eu l'idée, Julia nous laissant y aller sans chercher à nous accompagner parce que, dans ses mots : « Il n'y a manifestement pas trois places sur la moto d'Isis, et je ne vais quand même pas prendre le bus et arriver après vous, en ayant déjà manqué la partie marrante ! »

Ethan et moi nous étions donc rendus à moto jusqu'aux ruines de la bibliothèque et, nous assurant que personne ne nous observait, nous avions commencé à chercher une entrée vers un sous-sol potentiel, nous couvrant de cendres à force d'écarter les débris qui jonchaient les restes de parquet. J'avais fini par repérer une trappe à moitié cachée par un tapis partiellement calciné, qui avait dû la recouvrir entièrement avant l'incendie. Après avoir dégagé et ouvert la trappe, nous avions descendu une volée de marches et découvert, sous les faisceaux de nos lampes de poche, une immense salle souterraine remplie de casiers métalliques. Ces derniers étaient pleins de papiers, entièrement intacts, que nous avions commencé à parcourir. Nous étions restés là pendant des heures, rassemblant divers témoignages et preuves de la chute de la comète.

C'était incroyable de découvrir ces traces laissées par des gens qui n'étaient plus là. Je fus surtout fascinée en découvrant les mémoires de tous les Présidents de la Ville, qui avaient été précieusement conservées. Seules celles de Johnson manquaient, et j'avais supposé que ces textes n'étaient recueillis qu'à la fin des mandats.

Grâce à cette extraordinaire découverte, notre vidéo était à présent terminée, plus complète, plus passionnante et plus impressionnante que dans mes rêves. Tout ce qu'il nous restait à accomplir, c'était appliquer notre plan et dévoiler la vérité à la Ville entière. Rien que ça…

Nous étions le 6 juillet, et l'inauguration était prévue pour le lendemain. Le soir, nous organisâmes la dernière réunion des Protecteurs, qui étaient à présent tellement nombreux que nous avions arrêté de les compter. Certains ne purent pas entrer dans le gymnase. Le capitaine Jackson était là, et il prononça un ultime discours pour motiver les troupes, leur répétant quel était le plan. Après la rencontre, la salle commença peu à peu à se vider, et mes amis et moi nous rendîmes chez miss Je-sais-tout. Nous savions ce que nous avions à faire, nous restâmes donc un moment sans rien dire, chacun perdu dans ses réflexions et ne voulant pas quitter les autres…

— Ce n'est pas trop mon genre d'être sentimentale, déclara soudain Julia. Mais je ne sais vraiment pas ce qui va se passer demain, et au cas où les choses tourneraient mal, je voulais juste vous dire que… je ne regrette rien.

Pas une seconde passée avec vous. Ce qu'on est en train de faire, ça a plus de sens que tout le reste de ma vie.

Je souris à Julia, la regardant avec affection en songeant au chemin que nous avions parcouru pour arriver là.

— Je suis d'accord, affirma Skyler. Avec vous, j'ai trouvé une famille. Johnson ne pourra jamais m'enlever ça, quoi qu'il arrive.

La Sauveteuse regarda Kim en lui souriant, et je vis que celle-ci avait bien du mal à dissimuler son émotion. Je sentis mon cœur se serrer, voyant à quel point elles semblaient proches, leurs regards chargés d'amour l'une pour l'autre. Kim n'eut même pas besoin de répondre, tant ses yeux parlaient pour elle.

Je finis par décréter :

— On devrait se reposer un peu. On va avoir besoin de toute notre énergie, demain.

Mes amis acquiescèrent, et nous quittâmes la Source ensemble. Ethan proposa de me raccompagner. Je dis donc au revoir aux autres, les serrant chacun dans mes bras, m'attardant un peu plus avec Kim, qui me rendit mon étreinte avec force. Skyler s'était éloignée de quelques pas, je déclarai donc à ma meilleure amie :

— Je suis heureuse pour toi. Je sais que vous allez prendre soin l'une de l'autre.

Kim m'offrit un sourire reconnaissant, puis jetant un coup d'œil vers Ethan, qui m'attendait :

— Sois un peu heureuse pour toi, pour une fois ! m'intima-t-elle sur un ton moqueur.

La sincérité de son regard démentait la plaisanterie apparente qu'elle venait de faire, et j'acquiesçai.

— Promis.

Kim m'observa encore un instant, songeant à je ne sais quoi, avant de rejoindre Skyler, Mike et Julia, et de s'éloigner avec eux.

Ethan monta avec moi à moto, et je me garai à quelques minutes de ma maison, pour que nous puissions marcher un peu. Nous ne parlions pas beaucoup, aucun de nous ne voulant évoquer ce qui nous attendait le lendemain. Il faisait déjà assez chaud, en ce début d'été, mais une brise légère venait rafraîchir nos visages. Arrivés devant chez moi, nous nous rendîmes dans le petit coin d'herbe derrière la maison. Je montai dans mon arbre, Ethan à ma suite, et nous nous installâmes sur une grosse branche assez basse, laissant nos jambes se balancer dans le vide. Le ciel était presque entièrement dégagé et nous pouvions voir la lune, autour de laquelle brillait un halo lumineux.

— Je n'arrive pas à croire qu'on va vraiment faire ça, lâcha Ethan au bout d'un moment. On doit être fous.

Je haussai les épaules.

— Peut-être. Mais la plupart des gens bien le sont, non ?

Ethan sourit en entendant cela. C'était une phrase extraite du film que nous avions vu ensemble, quelque temps auparavant. Le sourire d'Ethan s'intensifia lorsque son regard se posa sur le pendentif autour de mon cou.

— Tu le portes encore ?

— Tous les jours.

Il avança la main vers moi pour dégager la chaîne du collier et effleura du bout des doigts l'étoile argentée, la retournant légèrement pour qu'elle reflète la lumière lunaire.

— Tu crois que ça va nous porter bonheur, demain ? demanda-t-il avec le plus grand des sérieux.

— Je ne sais pas. J'aime bien penser que ça m'a protégée, jusqu'à présent…

— Oh ! tu n'as pas besoin de ça, rétorqua-t-il en riant. Tu te défends toute seule sans problème.

Il lâcha mon pendentif, mais je pris sa main avant qu'il ne l'écarte. Il abaissa les yeux un instant, puis me regarda à nouveau.

— On a eu tellement de choses en tête ces derniers temps, dis-je. Je n'avais ni le temps ni la place pour penser à autre chose qu'à la mission qu'on s'est fixée. Maintenant qu'on est sur le point de tout risquer, je ne veux pas que tu croies que ce que je m'apprête à faire est dicté par la peur, d'accord ? Ce n'est pas le cas.

Ethan fronça les sourcils, mais acquiesça. J'inspirai, ma respiration légèrement tremblante, et me rapprochai de lui, tenant toujours sa main. Il me fixait et je soutins son regard, me penchant vers lui, les battements de mon cœur s'accélérant, tandis que je sentais chaque parcelle de mon corps se crisper.

Je fermai alors les yeux et l'embrassai. À l'instant où mes lèvres touchèrent les siennes, je me détendis entièrement. C'était si naturel ! Comme si rien ne s'était passé. Il me rendit mon baiser avec douceur. J'écartai mon visage au bout de quelques instants, le regardant ; une étincelle brillait dans ses yeux. Me rapprochant un peu plus de lui, je plaçai ma tête sur son épaule, tandis qu'il m'entourait de son bras. Nous restâmes là pendant encore un moment, respirant au même rythme, fixant ce qui avait été la sphère blanche et que nous espérions voir redevenir la lune.

Je suis tout près du but que je m'étais fixé.

Je ne pensais pas que la Ville pourrait tomber dans une telle situation de crise, si je dois être honnête, mais cela ne fait que prouver davantage ce que j'avançais : guider le peuple ne suffit pas, car dès qu'on lui laisse un peu de liberté, l'horreur de la nature humaine reprend ses droits.

Mais ce sera très bientôt fini.

Je suis sur le point de créer la société la plus sûre et organisée qui ait jamais existé. Nous tirerons un trait définitif sur le passé, et nous vivrons dans un monde où seules compteront la sécurité du peuple, la prospérité de la Ville et la pérennité de notre société.

Dans quelques années, plus personne ne se rappellera les quelques sacrifices qu'il aura fallu faire pour en arriver là. Les gens se souviendront que nous avons mené une guerre contre les défauts de l'humanité, et que nous l'avons gagnée en perdant quelques soldats courageux.

Nous aurons alors enfin la paix.

Extrait des *Mémoires d'Oscar Johnson*,
9e Président de la Ville
Texte original conservé dans les bureaux présidentiels

30

Le matin du 7 juillet, je me réveillai en me demandant quel miracle m'avait permis de m'endormir, la veille. À l'instant où j'ouvris les yeux, je me levai de mon lit. Je ne pouvais simplement pas supporter de rester inactive, même s'il était encore très tôt.

Je me demandai, en enfilant mon uniforme, si chaque personne qui avait essayé de changer quelque peu le monde s'était sentie comme moi à cet instant. Jamais je n'avais été aussi déterminée. Mon sentiment était si intense que je ne parvenais pas à avoir peur, tout en ayant pleinement conscience des risques que j'allais courir. En vérité, j'avais l'impression de ne pas avoir le choix. J'étais obligée d'agir. Pas parce qu'on m'y forçait, mais parce que j'étais incapable de poursuivre la vie que je menais. Si j'échouais aujourd'hui et que j'arrivais à m'échapper, j'ignorais ce que je ferais. L'idée d'habiter dans une ville dirigée par un tyran dangereux, égoïste et qui nous espionnait constamment m'était insupportable. Je n'allais pas me soumettre à une dictature… Non, en vérité, je devrais probablement m'enfuir. Quitter Londres pour toujours, aller vivre dans une communauté loin d'ici car il y en avait, nous l'avions découvert en feuilletant les mémoires des différents Présidents.

« Et ta famille ? Et Ethan, Kim, ceux et celles que tu aimes ? »

Ils viendraient avec moi, j'en étais certaine. Je les emmènerais loin de cette Ville, et nous commencerions une nouvelle vie ailleurs...

« Et le reste de la Ville ? Tu fuirais, en abandonnant tout le monde ? Tu les laisserais souffrir en prison, en t'occupant de ta petite liberté personnelle ? »

Je poussai un soupir. Je savais bien que j'en étais également incapable. Donc si j'échouais, je ne pourrais ni partir ni rester. Je serais face à un choix impossible...

« Contente-toi de ne pas échouer, alors. »

J'écrivis un mot à ma famille, que je laissai sur la table de la salle à manger. Je ne pouvais pas leur dire au revoir... ce serait trop dur. Mais si jamais il m'arrivait quelque chose, je voulais qu'ils sachent que j'avais fait mes propres choix, que je n'avais aucun regret... et que je les aimais, surtout. Cette dernière partie était nettement plus facile à exprimer par écrit.

Je quittai donc la maison en toute discrétion, avant que ma famille soit levée. L'inauguration aurait lieu ce matin-là, à dix heures, et les Protecteurs avaient prévu de se réunir devant les bureaux présidentiels une heure plus tôt pour la manifestation. L'idée était que la manifestation serait d'une telle ampleur que, pour des raisons de sécurité, Johnson serait dans l'incapacité de se filmer pour inaugurer le système de sécurité et se verrait contraint d'écouter nos demandes... Enfin, c'est ce que les Protecteurs pensaient. Au lieu d'entrer dans le bureau de Johnson pour négocier avec lui, nous en profiterions pour diffuser notre vidéo sur les écrans géants de toute la Ville.

Je marchai pendant un moment dans les rues de Londres, observant le changement de couleur dans le ciel, qui avait à présent pris une belle teinte rosée. Je finis par arriver sur les rives de la Tamise. Je m'assis un instant devant le fleuve, le mouvement de l'eau m'apaisant quelque peu. Enfin, quand il fut l'heure, je me remis en marche, longeant la rive jusqu'à arriver devant le bâtiment moderne et à la forme étrange. Je le contournai, et les battements de mon cœur s'accélérèrent lorsque je vis qu'il y avait déjà un grand nombre de Protecteurs présents, plus d'une demi-heure à l'avance. Mes amis étaient là, et j'aperçus Nora et le capitaine Jackson, apparemment en grande discussion. Je me dirigeai vers le groupe, saluant mes amis de la main.

— Comment tu te sens ? me demanda Ethan quand je fus à côté d'eux.

— Elle se sent comme une guerrière ! répondit Kim sans me laisser le temps de parler.

Je souris devant les efforts de ma meilleure amie pour masquer sa nervosité et, sans doute, atténuer la mienne.

— Ça va, déclarai-je.

Puis, parlant tout bas, je demandai à Ethan :

— Tu as le disque dur ?

Il acquiesça :

— En deux exemplaires. D'ailleurs, je pense que c'est mieux si je ne suis pas le seul à en avoir un.

Il me tendit un petit dossier en carton, que je glissai discrètement dans la poche intérieure de mon uniforme.

Nous ne parlâmes pas beaucoup dans les moments qui suivirent, chacun attendant nerveusement que le temps passe.

À chaque instant, des Protecteurs nous rejoignaient en masse, et nous fûmes très vite aussi nombreux qu'en réunion. Nous nous trouvions dans une rue juste à côté des bureaux présidentiels, et les civils qui voulaient la traverser avaient bien du mal à passer, semblant se demander ce que nous faisions. Une vague de Protecteurs arriva alors, tenant une multitude de panneaux et de banderoles arborant des slogans réclamant la liberté. Un sourire se dessina sur mon visage lorsque je les vis : ils paraissaient plus déterminés que jamais, et je compris qu'ils avaient dû passer la nuit entière à préparer tout ça.

Les nouveaux arrivants distribuèrent leur matériel à ceux qui le souhaitaient, et je croisai le regard de mes amis. Tous rayonnaient. Nous n'arrivions pas à y croire : nous étions là, des centaines et des centaines de Protecteurs, prêts à réclamer notre liberté. Et les gens continuaient d'arriver, plus nombreux que jamais. La rue entière était à présent pleine de monde, et la manifestation ne commencerait pas avant dix bonnes minutes. Le lieutenant Nora et le capitaine Jackson s'approchèrent et nous saluèrent.

— C'est incroyable, ce que vous avez réussi à faire, déclara le capitaine. De toute ma carrière, je n'ai jamais rien vu de semblable.

— Le seul point positif, dans les périodes de crise, c'est qu'elles peuvent rassembler les gens, répondis-je. Je pense que tout le monde commence à prendre conscience de la gravité de la situation.

— Je suis bien d'accord, assura le haut gradé. C'est malheureusement la douleur qui façonne le plus efficacement les gens… mais espérons que nous arriverons à changer quelque chose, aujourd'hui.

Ayant dit cela, il s'éloigna vers un groupe de Sauveteurs qu'il semblait bien connaître. Nora prit la parole :

— Le capitaine Jackson et moi-même avons finalement décidé que je serais celle qui mènerait les négociations. Je connais bien le Président, et il paraît nécessaire que notre initiative soit représentée par quelqu'un d'assez haut gradé.

Je fronçai les sourcils.

— Ce n'est pas ce que nous avions prévu. Vous aviez dit que vous mèneriez la manifestation, pendant que je monterais dans les bureaux avec un groupe de Protecteurs pour demander une audience à Johnson…

— Je ne doute pas de vos capacités, sergente Isis, répliqua Nora. J'ai d'abord pensé que vous deviez vous en charger, puisqu'il s'agit de votre initiative… mais après discussion, le capitaine Jackson et moi-même avons estimé qu'il est plus probable que le Président Johnson écoute quelqu'un qu'il connaît bien.

— Mais il me connaît. Nous nous sommes vus et parlé plusieurs fois !

Nora fronça les sourcils, me fixant avec insistance sans me répondre, et je compris que je venais de commettre une erreur cruciale.

Elle m'attrapa soudain par le bras et m'entraîna avec elle, tandis que mes amis nous regardaient avec surprise. Du coin de l'œil, je vis Ethan retenir Kim, qui essayait de nous courir après ; je suivis docilement ma supérieure.

Il ne servait à rien de résister. Maintenant que Nora avait compris que quelque chose d'anormal allait avoir lieu, elle ne me laisserait pas m'en tirer tant que je ne lui donnerais pas de réponses... Je le savais, tout simplement parce que nous avions cela en commun, elle et moi.

Elle m'entraîna donc loin de la foule, jusqu'à une petite ruelle. Elle leva la tête et, apercevant une caméra au-dessus de nous, elle m'ordonna :

— Ne dites rien.

Elle marcha jusqu'à la caméra, puis, d'un mouvement souple, se hissa à la hauteur de l'objet et débrancha quelques fils d'un geste habile, laissant l'objectif de l'appareil retomber mollement.

— Je pensais que les caméras n'étaient pas encore activées, m'étonnai-je.

— Et je croyais que vous n'étiez pas du genre à prendre le risque d'émettre des suppositions, rétorqua-t-elle. Mais peu importe. Vous avez cinq minutes pour tout m'expliquer avant que je fasse annuler cette manifestation.

Je me forçai à rester calme.

— Lieutenant... protestai-je en baissant légèrement la tête.

— Non, Isis. Regardez-moi dans les yeux et dites-moi ce qui se passe. Immédiatement.

Je relevai la tête, ayant honte de ma réaction. Je n'avais pas à mentir à Nora. J'essayais d'agir pour le bien de tous. Si je le lui expliquais et qu'elle voulait m'en empêcher, elle n'était pas celle que j'avais toujours pensé qu'elle était. Alors, me tenant bien droite, la regardant dans les yeux, je me lançai :

— Cette manifestation ne changera rien, ou du moins pas grand-chose. C'est déjà incroyable qu'on ait réussi à rassembler des centaines de personnes, mais c'est le peuple entier dont nous avons besoin. Nous comptons donc remplacer le message que le Président avait prévu de prononcer par une vidéo, que le peuple pourra voir et dans laquelle nous prouverons que la politique de Johnson est catastrophique, que le gouvernement nous ment depuis toujours et que nous pouvons changer les choses, si nous sommes solidaires.

Je me tus, reprenant ma respiration après avoir dit tout cela avec une grande rapidité. Nora me fixait, et j'étais incapable de prévoir comment elle allait réagir.

— Vous voulez diffuser cette vidéo sur les écrans géants que le Président vient de faire installer dans la Ville, pour pousser le peuple à réagir ? demanda-t-elle, paraissant vouloir s'assurer que je ne me moquais pas d'elle.

— Oui, répondis-je simplement.

« Comme votre frère avait essayé de le faire », songeai-je.

— Et vous pensez réellement que ce plan a la moindre chance de fonctionner ? s'enquit ma supérieure, son regard toujours impénétrable.

Je fronçai les sourcils, m'apprêtant à répondre, mais elle reprit :

— Il y a quelque temps, vous avez risqué votre vie pour sauver un médecin qui s'apprêtait à sauter du haut d'un immeuble. À votre retour au Centre, je vous ai expliqué qu'il y avait parfois des manières d'arranger une situation sans se mettre inutilement en danger. Alors, Isis, ce que j'ai besoin de savoir, c'est si vous êtes certaine qu'il n'y a pas une autre façon d'agir.

Je ne répondis pas tout de suite, soutenant son regard en songeant à ce que j'allais bien pouvoir lui dire. Je ne pouvais pas lui assurer que c'était la seule solution. Je pris donc l'unique décision possible : je choisis d'être franche avec elle.

— Je n'en sais rien, déclarai-je. Mais si je ne fais pas cela aujourd'hui, il n'y aura plus de retour en arrière. Je ne peux pas risquer ça… tout comme je ne pouvais pas risquer que le médecin saute du toit, ce jour-là, le temps que je trouve une solution comportant moins de risques. Il fallait que j'essaye de le sauver… Aujourd'hui, il faut que j'essaye aussi. Et, pour répondre à votre question, je pense réellement que notre plan peut fonctionner. Comme l'a un jour affirmé un homme que j'estimais beaucoup : « Le monde aspire à connaître la vérité, il ne le sait tout simplement pas, parce que ses dirigeants s'acharnent à lui faire croire le contraire. »

Un faible sourire se dessina sur le visage de Nora.

— Winston avait, lui aussi, une très grande estime pour le Maître des archives. Parfois, je vois en vous beaucoup de ce que mon frère était… mais c'est justement cela qui m'inquiète.

Profondément touchée par ce qu'elle venait de me dire, je fus incapable de lui répondre quoi que ce soit. Mais elle poursuivit :

— Peut-être que les choses auraient été différentes, si Winston avait pu ne pas agir seul. Peut-être pouvons-nous réussir ce qu'il avait tenté de faire. Je ne serai pas celle qui vous empêchera d'accomplir une telle chose. Au contraire.

J'ouvris de grands yeux, peinant à croire ce qu'elle venait de sous-entendre.

— J'ai toujours su que vous finiriez par mener une révolution, poursuivit-elle. Ma seule crainte était que vous le fassiez seule... mais je vois que vous avez enfin compris que vous n'y étiez pas obligée.

Elle jeta un coup d'œil à sa montre, et je l'imitai, découvrant qu'il était temps de commencer la manifestation.

— C'est l'heure, dit-elle. Je suis avec vous, mais je vous demande de me suivre, compris ? Peu importe ce que vous et votre bande avez prévu, je suis votre supérieure, et je suis bien plus expérimentée que vous tous. Vous croyez sans doute avoir tout pensé dans les moindres détails, mais vous ne connaissez pas Johnson comme je le connais. Nous devrons nous montrer implacables et ne pas lui laisser la possibilité de contrecarrer nos projets. Quoi qu'il arrive, je veux que vous me fassiez confiance... est-ce que c'est bien clair, Sergente ?

— Oui, Lieutenant, m'empressai-je de répondre, incrédule.

— Dans ce cas, allons-y !

Nous retournâmes auprès des autres, et je souris à mes amis, qui parurent étonnés de ne pas me voir revenir dépitée ou angoissée. Seul Ethan sembla comprendre ce qui venait de se passer, parce qu'il me rendit mon sourire. Nora se dirigea vers le capitaine Jackson. Arrivant près de mes amis, je leur murmurai :

— Elle est de notre côté. Elle va même nous aider. Dorénavant, on la suit.

Kim ouvrit grand la bouche, et Skyler la lui referma d'un geste de la main, la regardant avec un mélange de moquerie et d'affection.

— C'est comme tu disais, affirma la Sauveteuse aux yeux d'émeraude. Une guerrière !

— Votre attention, s'il vous plaît ! déclara alors la voix du capitaine dans un mégaphone.

Le brouhaha ambiant se calma considérablement. Je sentis un frisson remonter le long de mon dos. Pendant les quelques minutes où j'avais été absente, encore plus de manifestants étaient arrivés. Il y avait des centaines de policiers en uniforme, presque tous les Sauveteurs que j'avais déjà vus dans la Ville, des infirmiers, des médecins, mais aussi des civils, les familles des Protecteurs, venues nous soutenir.

Nous devions être près de mille. Peut-être même plus. C'était une sensation incroyable de se retrouver au milieu d'une telle foule, avec des gens que je ne connaissais pas forcément mais qui, comme moi, voulaient faire entendre leur voix. J'aperçus alors le capitaine Jackson, qui avait escaladé un bloc en pierre pour être visible de tous. Il avait une telle stature qu'il me paraissait être un de ces héros des films que j'avais vus. Pendant un moment, j'oubliai les risques que nous allions courir pour vivre cet instant dont le souvenir, j'en étais convaincue, m'habiterait à jamais.

— Nous sommes là pour réclamer notre liberté, affirma le capitaine avec force dans son mégaphone. Nous sommes nombreux, nous sommes puissants et, ensemble, nous pouvons faire de ce jour un moment historique ! Êtes-vous avec moi ?

Dans une synchronisation parfaite, la foule rugit son approbation, faisant vibrer le sol en criant d'une seule voix. Le capitaine quitta son poste en hauteur, revenant sur le sol avec souplesse, et il se mit à marcher d'un pas rapide vers la grande place devant l'ancien hôtel de ville. Nous avancions tous au même rythme, certains se mettant à scander des slogans, qui étaient ensuite repris par la foule entière. Les gens sortaient sur leur balcon ou se penchaient à leur fenêtre pour nous voir. C'était surréaliste.

Arrivée sur la place, la foule des Protecteurs se déversa alors, occupant chaque parcelle de terrain devant l'écran géant installé sur le bâtiment des bureaux du Président, tout en scandant le mot « liberté ». L'inauguration devait avoir lieu dans un peu moins d'une heure, et il était à présent vital que le Président nous envoie un représentant, afin que nous puissions entrer. Or, pour cela, nous allions devoir faire un sacré bruit. La foule continuait de crier, mais elle était désorganisée.

Je croisai le regard de Skyler, qui pensait visiblement à la même chose que moi. La Sauveteuse s'éloigna alors de nous et se dirigea vers le capitaine Jackson. Je dus me mettre sur la pointe des pieds pour la voir lui parler et haussai les sourcils en les voyant se rendre vers un lampadaire. En quelques gestes d'une précision extrême, Skyler se hissa presque jusqu'en haut, se tenant par un seul bras, et le capitaine lui envoya le porte-voix qu'elle attrapa au vol.

— On n'est pas des prisonniers ! cria Skyler dans l'appareil.

La foule se tourna vers elle en un mouvement. La Sauveteuse reprit :

— On n'est pas des prisonniers !

Et comme par magie, l'assemblée parut s'animer et se mit à scander d'une même voix :

— ON N'EST PAS DES PRISONNIERS !

Le sol semblait trembler, tant nous criions avec puissance, de toutes nos voix, avec toute notre force. Ceux qui tenaient des panneaux les brandissaient fièrement, continuant de crier. Quelques gardes sortirent alors du bâtiment et s'arrêtèrent net, tandis que nous hurlions de plus belle en les apercevant. Je les vis se consulter du regard avant de retourner en courant dans le bâtiment.

Nous continuâmes à scander différents slogans, réclamant notre liberté et notre droit au bonheur, guidés par Skyler, qui paraissait infatigable. Au bout de quelques instants, un groupe de personnes sortit à nouveau du bâtiment. Il y avait toujours des gardes, mais cette fois, ils entouraient Victor. Même à distance, je pus deviner la haine dans le regard du conseiller du Président. Mes amis et moi nous approchâmes alors de Skyler qui, nous voyant arriver, descendit du lampadaire.

Victor arriva jusqu'à nous et s'adressa directement au capitaine Jackson, qui se trouvait devant lui. La foule s'était légèrement calmée, mais continuait de crier son désir de liberté, et je n'aurais pas entendu ce que Victor disait si je n'avais pas été juste à côté :

— Qu'est-ce que tout cela signifie, Capitaine ? s'enquit-il, en ayant visiblement du mal à rester calme.

— L'ensemble des Protecteurs présents se servent du peu de liberté d'expression qu'il leur reste pour manifester, rétorqua Jackson, imperturbable. Le lieutenant Nora, le lieutenant Travis et moi-même menons cette manifestation.

— Et pourquoi feriez-vous une chose pareille ? s'étonna Victor, bouillonnant de l'intérieur. L'inauguration doit commencer dans une demi-heure !

— Nous ne souhaitons pas qu'elle commence du tout, déclara Nora, impassible. Pendant des mois, mes confrères et moi-même avons déclaré ne pas soutenir les décisions du gouvernement, et nous n'avons pas été entendus. Les Protecteurs ont envoyé une déléguée négocier en leur nom, et ils ont été ignorés. Ceci est la dernière chance que les membres de la Défense et de la Santé de la Ville – ainsi que leurs alliés – laissent au Président Johnson avant qu'il tombe dans une forme complète de totalitarisme qui, assurément, mènerait à une révolte. Personne ne souhaite cela, n'est-ce pas ?

Victor était tellement crispé que je crus qu'il allait essayer de tuer quelqu'un. Ses yeux se posèrent sur moi, et il me lança un regard si noir que je ne pus m'empêcher d'être mal à l'aise.

— Le Président n'a de comptes à rendre à personne, rétorqua-t-il.

— Je vous en prie, dites-le-leur, répliquai-je soudain, en désignant la foule agitée. Je suis sûre qu'ils vont très bien le prendre.

— Vous osez menacer… commença Victor, furieux.

— Nous ne menaçons personne, affirma Nora. Je souhaite simplement, en tant que représentante du groupe des Protecteurs, être reçue par le Président avec quelques-uns de mes collègues. Nous voulons parvenir à un accord qui convienne à tout le monde.

Victor se calma soudain. Il parut prendre une décision.

— Pas plus de cinq personnes, accepta-t-il. Et je dois avoir l'assurance que la foule restera contenue, tant que vous serez en discussion avec monsieur le Président.

— Vous avez ma parole, répondit le capitaine Jackson. C'est pour cela que je suis ici.

Victor acquiesça :

— Venez avec moi.

Nous avions convenu, à la SDV, que Mike et Julia resteraient avec la foule pour aider à calmer tout le monde après la vidéo. Je suivis donc Nora et Victor avec Ethan, Kim et Skyler. Nous entrâmes dans le bâtiment à la suite du conseiller de Johnson, et Nora foudroya Victor du regard quand il lui demanda de déposer son arme de fonction à l'entrée.

— Je suis lieutenant de la Brigade des Sauveteurs, professeure diplômée dans l'armement et la théorie du combat. Si vous voulez que je dépose mon arme, vous devrez me l'enlever vous-même, Victor.

— Toujours aussi têtue, Nora, répliqua Victor. Je vois que certaines choses ne changent pas... mais les règles sont les règles. Je ne peux pas vous laisser entrer avec un pistolet.

Il y eut un silence tendu, et Nora finit par déposer son arme dans un bac que lui tendait timidement un vigile. Je l'imitai. Victor nous guida jusqu'à l'ascenseur, puis nous montâmes tous ensemble. Nous sortîmes de l'ascenseur, passâmes devant deux gardes, me faisant comprendre à quel point la situation était sérieuse et Victor nous fit entrer dans le bureau du Président. Celui-ci était assis à sa table, face à une caméra derrière laquelle se tenaient deux techniciens. Johnson se leva en nous voyant entrer :

malgré ses efforts pour paraître calme, je pus voir sur son visage, pour la première fois, une certaine nervosité. Victor ferma la porte derrière nous, puis vint se placer à côté du Président.

— J'exige des explications immédiates, lieutenant Nora, déclara Johnson.

— Nous souhaitons négocier la mise en place de nouvelles mesures et l'annulation de l'inauguration du système de surveillance globale de la Ville.

— Vous délirez, rétorqua Johnson, affichant un sourire sans joie. Vous pensez sérieusement que c'est en emmenant quelques personnes crier devant mon bureau que vous allez changer une décision présidentielle approuvée par le gouvernement ? Je ne vous accorderai rien. Ma décision est irrévocable, et je prendrai les mesures nécessaires pour dissoudre cette petite révolution ridicule que vous avez mise en place.

— Je m'en doutais, rétorqua Nora, l'air sombre.

Johnson fronça les sourcils, confus.

— Pourquoi êtes-vous là, alors ? Je vous croyais raisonnable, Lieutenant. Je dois dire que je suis très déçu.

— Je suis là pour m'assurer que le peuple a une chance de comprendre ce qui se passe et de choisir.

— Et comment comptez-vous accomplir cela, exactement ? railla Johnson.

Tout se passa alors en un éclair. Nora plongea la main dans son uniforme et dégaina une arme à feu jusqu'alors complètement invisible, qu'elle braqua sur le Président. Je retins à grand-peine une exclamation de surprise, choquée par ce qu'elle venait de faire.

— Ne bougez pas, ordonna-t-elle à Johnson. Vous aussi, Victor. Au moindre geste, j'appuierai sur la détente. Si vous criez pour alerter les gardes, je tirerai. Est-ce clair ?

— Vous avez perdu la tête, déclara Johnson, paraissant plus énervé qu'inquiet. Vous êtes en train de commettre la plus haute trahison possible, Nora. Une fois cette plaisanterie terminée, vous serez mise en prison, jugée et exécutée. J'espère que vous en êtes consciente.

— C'est une possibilité, répliqua ma supérieure. Dans ce cas, vous comprendrez que je n'ai rien à perdre, et vous feriez donc bien de me prendre au sérieux. Asseyez-vous à votre bureau.

— Vous le regretterez, affirma Johnson. Et vous le savez parfaitement.

Continuant de braquer son arme sur le Président et ignorant royalement sa menace, Nora ordonna :

— Soldat Ethan, sortez discrètement du bureau et occupez-vous des deux gardes. Attention, ils sont armés. Une fois que c'est fait, restez devant pour monter la garde.

J'échangeai un regard avec Ethan, qui paraissait au comble de l'inquiétude. Je compris que, loin de craindre pour sa propre vie, il avait peur de me laisser là.

— Maintenant, Soldat ! insista ma supérieure.

Je fis un léger mouvement de tête pour encourager Ethan et vis un changement s'opérer sur son visage. J'étais capable de m'occuper de moi-même, et il le savait. Alors il obéit à Nora, sortant du bureau avec discrétion. Je crus entendre des bruits de lutte au bout de quelques instants, mais Nora les masqua en parlant :

— Sergente Isis, occupez-vous de votre vidéo. Skyler, Kim, surveillez Victor.

Mes deux amies sortirent de leur torpeur pour se rapprocher de Victor, qui n'avait jamais eu l'air aussi furieux. J'obéis à Nora, me dirigeant vers les techniciens à côté de la caméra. Je tâchai de me concentrer, m'efforçant de rester calme malgré le retournement de situation. Ma supérieure m'avait dit de lui obéir, et je lui faisais confiance. C'était la seule chose qui comptait.

— Personne ne doit être blessé, affirma Nora. Nos intentions sont purement pacifiques. Et si je tiens une arme, c'est uniquement parce que nous avons tout essayé pour vous convaincre, Oscar, mais vous n'avez jamais accepté de nous écouter.

Je ne pus m'empêcher de jeter un coup d'œil à Johnson, qui avait tiqué en entendant son prénom. Victor était plus crispé que jamais. Je tendis le disque dur à un technicien, lui expliquant que je voulais diffuser la vidéo à l'heure prévue pour l'inauguration, et il commença à s'affairer d'une main tremblante avec son collègue. Je m'obligeai à ne pas paniquer, me répétant mentalement qu'Ethan était un combattant hors pair et qu'il avait dû neutraliser les gardes avec facilité.

« Il va s'en sortir, me serinai-je. Concentre-toi. »

Je m'efforçai d'apaiser les techniciens, leur promettant qu'aucun d'eux ne serait blessé, puis me retournai pour observer Nora, qui pointait toujours son arme sur Johnson… Celui-ci déclara :

— Vous pensez agir pour le bien du peuple. Vous avez tort. Ce n'est qu'en dirigeant cette Ville d'une poigne de fer que nous éradiquerons le crime et les défauts de l'humanité…

— Peut-être, mais à quel prix ? rétorqua Nora. J'ai obéi sans rien dire pendant des années, espérant rendre le monde meilleur… Je me rends compte, à présent, que je n'ai fait que traiter le problème en surface. J'ai aidé à sauver des gens, jour après jour, au lieu de les empêcher d'être en danger au départ. Je refuse de…

— Attention ! s'écria Skyler.

Pendant que Nora parlait, Victor avait discrètement placé son bras sous le bureau du Président et il venait d'en tirer un pistolet. Immédiatement, Nora changea de position pour viser le conseiller, mais Skyler la devança, se jetant sur ce dernier. Victor se déplaça avec souplesse, évitant la jeune Sauveteuse et, l'agrippant par son uniforme, il l'attira vers lui pour en faire un rempart humain. Nora fut incapable de tirer, de peur de toucher Skyler. Victor braqua immédiatement son arme sur la tempe de mon amie.

Le jour est arrivé.

Je vais mettre fin au chaos, à la destruction et à la souffrance.

Je vais créer un monde parfait.

Extrait des Mémoires d'Oscar Johnson,
9e Président de la Ville
Texte original conservé dans les bureaux présidentiels

31

J'étais figée, regardant avec horreur le canon du pistolet contre la tempe de Skyler. Toute l'action n'avait duré que quelques secondes.

— Vas-y, Nora ! déclara Victor avec haine. Tire, si tu veux. Ce n'est qu'une soldate, après tout. Un sacrifice qui en vaudra la peine, si tu penses vraiment agir pour le bien commun…

— Lâchez-la ! s'exclama Kim, torturée par son impuissance.

Nora crispa légèrement sa prise sur son arme, visant à nouveau le Président. Mon cœur s'accéléra lorsque Victor appuya davantage le pistolet sur le visage de Skyler, qui se débattait sans parvenir à se dégager. Je jetai un coup d'œil vers Johnson : pour une fois, il ne paraissait pas maîtriser la situation. Je devais agir, avant que tout dégénère :

— Faites quelque chose, dis-je à Johnson, qui fixa son regard sur moi. Dites-lui de baisser son arme ! On n'arrivera à rien en s'entretuant !

Johnson sembla reprendre contenance, affichant à nouveau un visage impassible. Ce fut Victor qui répondit :

— Le lieutenant Nora ne tirera pas, affirma-t-il, un odieux sourire se dessinant sur son visage. Je le sais, parce qu'elle est faible. Un dirigeant doit être fort, au contraire, et capable de prendre ce genre de décision. C'est la réalité.

— Je vous en prie, supplia Kim, n'y tenant plus.

— Ce n'est qu'une vidéo, dis-je avec force, toujours tournée vers le président. Si vous pensez vraiment prendre la bonne décision, pourquoi ne pas laisser le peuple en juger ?

— Parce que le peuple est faible ! s'exclama Johnson, perdant soudain patience. Vous êtes faible, Isis, vous et toute votre bande de Protecteurs !

— Surtout toi, Nora, renchérit Victor, son sourire se transformant en rictus. Tu étais déjà faible à l'école, et tu es faible aujourd'hui. Tu es restée la même gamine, avec tes rêves et ta naïveté…

Je fronçai les sourcils, réalisant, dans l'horreur de la situation, que Nora et le conseiller avaient été camarades de classe. Je m'en voulus de m'attarder sur cela dans une telle situation de danger.

— Je protège le peuple, Victor, pas le Président, rétorqua ma supérieure sur un ton cinglant. C'est la promesse que tu avais faite et que tu as très vite oubliée, quand tu es monté en grade par favoritisme.

Victor la fusilla du regard, tandis que je me sentais de plus en plus impuissante et confuse.

— Oscar, dis-lui de baisser son arme, ordonna Nora.

— Tu sais très bien que je ne le ferai pas, répondit celui-ci. Je n'ai aucune raison de…

— Tout de suite, insista Nora. Ou bien je tire, Oscar. Tu sais que ça ne me posera aucun problème : tu as tué mon frère, et rien ne me réjouirait plus que de pouvoir enfin le venger.

J'ouvris de grands yeux en l'entendant dire cela, et vis mon choc se refléter sur les visages des autres personnes présentes dans la pièce. La tension dans la salle était à présent montée à l'extrême.

Je fixai ma supérieure comme si je la voyais pour la première fois : ainsi, depuis tout ce temps, elle avait su que Johnson avait dénoncé et condamné son frère, mais elle n'avait rien fait. Nora dut sentir mon regard peser sur elle, car elle me répondit, paraissant légèrement agacée :

— Allons, Isis, si vous le saviez, vous deviez vous douter que je le savais aussi.

— Assez bavardé, répliqua Victor, de plus en plus agité.

Il raffermit sa prise sur Skyler, l'étranglant avec son bras, tandis que Kim poussait un petit cri...

— Baisse ton arme, Nora, ou je lui explose la cervelle. Tu sais que je le ferai.

— Et tu sais que j'enverrai une balle entre les yeux de ton frère si tu ne baisses pas la tienne, Victor.

Le conseiller du Président blêmit en entendant le mot « frère ». Je regardai alors Johnson et Victor tour à tour, remarquant des ressemblances qui soudain me paraissaient évidentes : leurs yeux, la forme de leurs mâchoires, même les intonations de leurs voix résonnaient à présent dans mon esprit. Je compris enfin la proximité entre les deux hommes et la confiance que Johnson semblait accorder à Victor.

Je tâchai de ne pas penser à cela, essayant désespérément de trouver un moyen de résoudre cette situation périlleuse. Mon regard se dirigea vers Kim, qui semblait prête à arracher la tête de Victor s'il ne lâchait pas Skyler. Je sentis la tension monter encore d'un cran et je compris, en une seconde, que tout allait exploser.

Mais il était déjà trop tard.

D'un geste brusque, Victor propulsa Skyler devant lui et fit feu à deux reprises sur Nora. La jeune sauveteuse s'effondra à terre, allant se cogner la tête sur le sol. Nora avait bondi à l'instant où Victor avait esquissé un geste, tirant en même temps vers le frère du Président. La balle atteignit Victor droit au front, et ses jambes se dérobèrent sous lui.

Un silence de mort régna dans la salle, et seul le cri que poussa Kim me sortit de ma paralysie.

— Sky ! hurla-t-elle. Réponds-moi !

Je courus vers mes amies et vis avec soulagement que Skyler respirait.

Rassemblant tout mon courage, j'attrapai l'arme que Victor avait laissée tomber et me tournai vers les deux techniciens terrifiés. Fixant mon arme l'un deux me supplia :

— Libérez-nous, par pitié. Vous avez juste à lancer la vidéo, tout est prêt…

Mon cœur se serra en voyant la peur sur leur visage. Ethan fit irruption dans la pièce, et j'ordonnai aux techniciens de partir. Ils décampèrent sur-le-champ.

Ethan s'avança vers Kim et Skyler. J'avais la tête qui tournait…

— Isis… m'appela alors une voix faible.

Je fis volte-face et découvris Nora, assise à terre contre le mur. Elle appuyait sa main contre son uniforme, sur lequel une tache de sang s'élargissait...

— Va chercher un médecin ! criai-je à Ethan, en me précipitant vers ma supérieure.

— Non, déclara celle-ci. Occupez-vous... de faire sortir Skyler... c'est un ordre, Soldats...

Ethan me consulta du regard, avant de prendre Skyler sur ses épaules. Voyant Kim déchirée à l'idée de laisser Skyler, je lui fis signe de partir avec eux, et elle s'exécuta en me lançant un regard reconnaissant. Johnson n'avait pas bougé, paralysé par ce qui venait de se passer... mais je ne pensais pas à lui, dans l'immédiat.

Je m'accroupis près de Nora, qui appuyait toujours sur sa plaie.

— La vidéo, dit-elle faiblement.

— Arrêtez de parler, lui intimai-je. Ethan va revenir avec un médecin...

Elle secoua la tête, et je sentis mon cœur se serrer. J'insistai :

— Non ! Accrochez-vous, Lieutenant. Vous ne pouvez pas mourir...

Elle fit un effort apparemment surhumain pour saisir ma main, et je sentis les larmes me monter aux yeux sans que je songe à les retenir.

— Un honneur... dit-elle faiblement.

— Quoi ? demandai-je en laissant couler mes larmes. Quel honneur ?

— D'avoir combattu... avec vous.

Ses paupières parurent devenir lourdes, et je pressai sa main avec force.

— Non, Lieutenant, ne me dites pas ça. Battez-vous encore, je vous en supplie…

— Ce n'est pas… une façon de parler à… sa supérieure, rétorqua-t-elle avec un vague sourire.

— Nora, dis-je en réprimant un sanglot. S'il vous plaît, j'ai besoin de vous…

Je sentis alors sa main perdre sa force, tandis que Nora, cessant de résister, fermait les yeux. Sa tête retomba et je restai là, immobile, incapable de faire quoi que ce soit. Même mes larmes refusaient de couler. Je ne pensais plus, fixant Nora sans la voir, ayant l'impression que la pièce s'était mise à bouger.

Je me forçai à respirer. Il fallait que je me reprenne. Je n'avais pas le droit de me laisser abattre. Nora ne serait pas morte en vain.

Je rouvris les yeux et m'écartai de l'endroit où gisait le corps de ma supérieure. Je me levai lentement, titubant légèrement tandis que mon vertige commençait à se dissiper. Je me tournai alors vers Johnson. Toujours assis à son bureau, le Président était visiblement en état de choc, son regard complètement vide dirigé vers son frère décédé. Je me forçai à aller vers lui et, malgré toute la haine que m'inspirait cet homme, je posai une main sur son épaule. Il ne réagit pas.

— Monsieur Johnson, vous devez vous lever. Je vais diffuser la vidéo, et je ne sais pas comment le peuple va réagir, alors… il faut vous mettre en lieu sûr.

Il ne répondit rien, fixant toujours le cadavre de Victor.

— Monsieur Johnson ? insistai-je. On n'a pas beaucoup de temps…

— Il est mort, dit-il soudain d'une voix blanche.

Je me tus, incapable de manifester de la sympathie pour l'homme qui venait de tuer Nora.

— Je sais, affirmai-je simplement. Je…

Je tressaillis, pouvant encore sentir la main de Nora devenir sans vie dans la mienne.

Johnson n'était pas quelqu'un de bien. C'était un tyran et un arriviste… mais il venait de perdre son frère. La phrase que je prononçai ensuite me coûta énormément :

— Je suis désolée.

En m'entendant dire cela, Johnson sembla revenir à lui. Il me regarda, les yeux empreints d'une émotion plus intense que je ne l'avais jamais vu exprimer et d'une dignité qui m'impressionna.

— Laissez-moi rassembler mes affaires.

Je fus si surprise par la simplicité avec laquelle il avait parlé que je me sentis incapable de le lui refuser. J'acquiesçai, restant devant son bureau. Il saisit sa mallette, qu'il entreprit de remplir de documents. Je vis qu'il se forçait à ne pas laisser son regard se poser sur l'endroit où était étendu son frère.

— Victor a toujours été impulsif, affirma-t-il soudain, me faisant sursauter.

— Je… commençai-je, mal à l'aise.

— Depuis qu'il était petit, c'était un combattant, continua le Président, comme s'il se parlait à lui-même. J'étais plus réfléchi. Nous avons formé un tandem imparable, quand j'ai entamé ma carrière politique… Cependant, je ne l'ai pas assez surveillé. Je le sais. J'aurais dû plus le guider, l'empêcher d'agir… mais il était tellement plus facile pour moi de rester dans le déni.

Je fronçai les sourcils, ne comprenant pas de quoi il parlait. Si j'étais gênée de l'entendre me décrire le frère qu'il venait de perdre, je voulais toutefois savoir ce qu'il essayait de me dire. Johnson interrompit momentanément son rangement pour me regarder, avant de poursuivre :

— Je ne suis pas innocent. Je n'ai jamais prétendu l'être. J'ai laissé Victor agir en toute impunité, car je savais que ce qu'il faisait servait le bien commun. Je l'ai laissé se salir les mains à ma place.

Il afficha un sourire ironique, qui me gêna davantage, si toutefois c'était possible.

— D'habitude, les petits frères sont protégés par leurs aînés. Mais j'ai laissé le mien me voler ma position de protecteur, en ne l'empêchant pas d'éliminer tous ceux qui mettaient en péril ma montée au pouvoir. J'étais le politicien correct, affichant un visage propre et juste, et il était celui qui agissait dans l'ombre, assassinant un à un mes rivaux. Je le savais très bien, et pourtant je n'ai rien fait. Il s'occupait de mes problèmes, et ça m'arrangeait bien. Nous n'en parlions jamais, d'ailleurs. C'était une sorte de pacte tacite entre nous.

Je me crispai en comprenant enfin ce que Johnson était en train de m'avouer.

— Je n'ai jamais ordonné l'assassinat de Truman, affirma-t-il. Je l'ai arrêté de manière tout à fait légale, lorsqu'il a enfreint une loi. Mais je suis bel et bien le coupable, au fond. J'ai été passif pendant des années.

Je fus incapable de lui répondre quoi que ce soit. Johnson ouvrit un tiroir et en sortit une liasse de documents, qu'il plaça dans sa mallette.

— Je suppose que vous ne le croirez pas, mais j'estimais beaucoup Truman. En vérité, je pense que c'est pour cela que j'ai dénoncé Winston. Une part de moi n'a jamais supporté que ce soit lui que Truman avait choisi…

Il sortit cette fois un objet du tiroir, et j'ouvris de grands yeux en découvrant ce que c'était : ma surprise fut fatale, et Johnson braquait déjà son pistolet sur moi.

— Ce que j'ai fait, dit-il tandis que je sentais ma panique monter, c'était pour le bien du peuple. Je voulais être celui qui créerait enfin un monde parfait.

— Ne faites pas ça, le suppliai-je, mon cœur battant plus vite que jamais. Ça ne changera rien…

— Je ne vais pas vous tuer, répondit Johnson. Si je vous tue, vous deviendrez la martyre des Protecteurs et du peuple tout entier, et ce sera la révolte, qui conduira inévitablement au chaos. Or, je sais que vous ne renoncerez pas à dévoiler la vérité, à moins que je vous élimine. Nous voilà donc dans une impasse.

— Un monde parfait est impossible, déclarai-je, cherchant désespérément à le convaincre. Quoi qu'on fasse, il y aura toujours des crimes, de la souffrance et de la désorganisation. Mais un monde sans tout cela serait un monde de robots, sans vie, sans émotion. Quelles que soient les souffrances, quels que soient les crimes, ils valent mieux qu'un tel monde. Je vous en prie, monsieur Johnson, laissez-moi essayer de rendre le monde meilleur autrement qu'en tuant l'humanité…

Johnson me sourit, paraissant complètement désabusé.

— Vous êtes une idéaliste, dit-il. Vous avez des rêves, et vous pensez pouvoir les réaliser. Vous êtes jeune. Je ne suis plus aussi jeune, et je n'ai plus de rêves. Un jour, vous comprendrez pourquoi j'ai agi ainsi. Vous contemplerez la souffrance, et vous comprendrez.

— J'ai vu la souffrance, rétorquai-je, tentant d'ignorer l'arme qu'il braquait sur moi. Je sauve des vies chaque jour, et parfois j'arrive trop tard. Mais ça ne m'empêche pas de réessayer le lendemain.

— Vous ne pourrez pas essayer éternellement, opposa-t-il avec lassitude.

Je me tins bien droite, le regardant avec défi.

— Alors j'échouerai, mais en ayant vraiment vécu. Je ne veux pas d'une vie de prisonnière.

Il me fixa, me regardant comme jamais il ne m'avait regardée.

— Moi non plus.

Il tourna alors son bras vers lui et braqua son pistolet vers sa propre tempe.

— Non ! m'exclamai-je.

— Allez-vous-en. Laissez-moi au moins mourir avec dignité.

— Mais…

— N'essayez pas de me sauver. Vous ne le pouvez pas. Lancez cette vidéo, et laissez-moi mourir sans m'obliger à contempler ma défaite.

J'ouvris la bouche… et la refermai. Je n'avais rien à lui dire. Ce que cet homme avait accompli n'avait mené qu'à la révolte de son peuple, au malheur de sa Ville et à la mort de son frère. Rien de ce que je pourrais dire ne serait susceptible de le faire changer d'avis. Il conclut :

— Vous ne pouvez pas sauver tout le monde. Il est essentiel que vous le sachiez, si vous aspirez à créer quelque chose de meilleur. Les gens n'étaient pas plus heureux, autrefois : nous avons créé un monde meilleur que l'ancien, sans guerres, sans conflits, sans pauvreté extrême, sans terrorisme. Si vous voulez retourner dans le passé, vous devrez reprendre les horreurs qui allaient avec. Vous pouvez me répondre que ça en vaut la peine si ça permet d'atteindre une forme de bonheur, et je vous répondrai que ce n'est, finalement, qu'une question de point de vue. Il est plus facile et bien plus beau de se battre pour le bonheur et la liberté, mais ça n'a jamais marché, jusqu'à présent. Je n'ai plus qu'à vous souhaiter d'être les premiers à réussir.

Je ne répondis pas. Ce qu'il avait dit était vrai, et je n'avais pas la force de chercher à le démentir. Alors, pour la toute première fois, je renonçai à sauver la personne qui se trouvait en face de moi. Je reculai vers l'ordinateur auquel les techniciens avaient branché le disque dur que nous avions préparé et programmai la vidéo pour qu'elle commence automatiquement cinq minutes plus tard.

Je marchai vers la porte et me tournai vers lui une dernière fois.

— Je regrette que vous ne puissiez pas voir ce que je vois, et que vous ayez perdu espoir en l'humanité.

— Ce n'est pas de l'espoir, répondit Johnson en s'asseyant à son bureau. Ce n'est qu'une illusion, l'illusion parfaite qui nous fait croire, à cause de notre orgueil, que nous sommes plus que des animaux sauvages évolués.

Je laissai passer quelques secondes de silence, puis, me forçant à ne pas regarder en arrière, je quittai la pièce et fermai la porte.

J'entendis des pas et vis alors Ethan arriver en courant avec un médecin.

— On a dû forcer l'entrée, expliqua-t-il. Est-ce que…

Je leur fis signe de s'arrêter et ils s'immobilisèrent.

— Vous devriez redescendre, dis-je au soignant. Vous ne voulez pas rater ce qui va avoir lieu.

Celui-ci fronça les sourcils, mais s'exécuta, repartant rapidement. Ethan se dirigea vers moi d'un pas rapide, paraissant inquiet. J'ouvris la bouche pour lui parler…

Un coup de feu résonna derrière la porte du bureau. Je sentis alors les larmes me monter aux yeux, la réalité me frappant soudain pendant que mon trop-plein d'émotions remontait enfin à la surface. Je parvins à grand-peine à dire à Ethan ce qui s'était passé. Il me prit dans ses bras un moment, puis m'entraîna loin de cette salle, en dehors de ces bureaux où tant de sang venait de couler.

Les écrans géants de la Ville s'allumèrent à l'instant où nous sortîmes du bâtiment.

ILS ÉTEIGNENT LES ÉTOILES À COUPS DE CANON

Les étoiles mouraient dans ce beau ciel d'automne
Comme la mémoire s'éteint dans le cerveau
De ces pauvres vieillards qui tentent de se souvenir
Nous étions là mourant de la mort des étoiles
Et sur le front ténébreux aux livides sueurs
Nous ne savions plus que dire avec désespoir

ILS ONT MÊME ASSASSINÉ LES CONSTELLATIONS

Mais une grande voix venue d'un mégaphone
Dans le pavillon sortait
De je ne sais quel unanime poste de commandement
La voix du capitaine inconnu qui nous sauve toujours cria

IL EST GRAND TEMPS DE RALLUMER LES ÉTOILES [...]

Les servants se hâtèrent
Les pointeurs pointèrent
Les tireurs tirèrent
Et les astres sublimes se rallumèrent l'un après l'autre
Nos obus enflammaient leur ardeur éternelle
L'artillerie ennemie se taisait, éblouie
Par le scintillement de toutes les étoiles [...]

Les Mamelles de Tirésias,
Guillaume Apollinaire

ÉPILOGUE

J'ouvris les yeux en sursaut, ce matin-là. Pendant un instant, je me demandai où j'étais. Je ne m'étais pas encore habituée au nouvel appartement dans lequel je venais d'emménager. J'avais atteint la majorité deux mois plus tôt et, comme l'autorisaient les lois, j'avais acquis mon indépendance, quittant le domicile familial pour aller vivre seule… enfin, pas tout à fait.

Je bondis quasiment de mon lit en me rappelant la date et je courus dans le couloir jusqu'à la chambre où dormait mon frère. Je fis irruption dans la pièce et secouai Adam sans ménagement. Celui-ci se mit à pousser un grommellement mécontent.

— Lève-toi ! m'exclamai-je.

Depuis que je vivais en colocation avec mon frère, il était toujours le premier debout… mais aujourd'hui c'était différent, parce que nous étions le 29 novembre de l'an 200.

— Allez ! insistai-je. C'est la commémoration, aujourd'hui !

Mon frère cessa soudain de se plaindre et ouvrit les yeux, une lueur de surprise dans son regard.

— Eh ! mais c'est vrai, ça, dit-il d'une voix encore ensommeillée.

Il bâilla longuement, redoublant mon impatience, et je le tirai à moitié de son lit : j'étais bien décidée à ne pas rater une seconde de cette journée.

C'était en effet la première fois, depuis un siècle, que nous allions fêter la commémoration de la chute de la comète de Halley. Personne n'était censé travailler ; c'était le seul jour de congé officiel qui avait été instauré pour l'instant.

Nous prîmes notre déjeuner ensemble, discutant avec animation des heures que nous nous apprêtions à vivre.

— Tu vas aller voir le film, ce soir, je suppose ? s'enquit Adam.

— Bien sûr ! J'y vais avec Ethan.

Je souris en songeant à la journée merveilleuse qui m'attendait, et je fus soudain saisie d'un accès de mélancolie, mes pensées joyeuses remplacées par une triste rêverie, qui n'échappa pas à mon frère…

— Quelque chose ne va pas ?

Je secouai la tête, tâchant de retrouver ma bonne humeur.

— Non, tout va bien…

Devant l'expression sceptique d'Adam, je décidai d'être honnête :

— C'est juste que, chaque fois qu'ils projettent un film sur l'écran géant devant l'hôtel de ville, je ne peux pas m'empêcher de penser à ce qui s'y est passé le jour de la Révélation… je ne crois pas que je parviendrai à l'oublier. J'ai encore du mal à l'accepter.

Il acquiesça, m'observant avec un mélange de compassion et d'incompréhension qui m'obligea à baisser les yeux pour ne pas être gênée. Je sentais bien que, parfois, il peinait à croire que j'avais contribué à révéler la vérité sur les origines de notre monde, quelques mois plus tôt. Plus encore, je savais qu'il lui était difficile d'admettre qu'il ne pourrait jamais comprendre ce que j'avais vécu ce jour-là.

— Je pense que ta supérieure serait très fière, déclara soudain Adam. La Ville a déjà fait tellement de chemin en si peu de temps !

Un vague sourire s'afficha sur mon visage. Je fus touchée qu'il ait dit cela, même s'il n'avait jamais rencontré Nora. Et Adam avait raison : je pensais encore très souvent à ma deuxième mentore disparue, mais j'étais certaine que cette dernière aurait été emplie de fierté en voyant tout ce qui se passait… Truman aussi aurait rayonné de bonheur, s'il avait pu voir cela.

Juste après la diffusion de la vidéo devant le peuple tout entier, il y avait eu, je devais le reconnaître, quelques heures de chaos. Puis les Protecteurs s'étaient à nouveau rassemblés et avaient aidé à rétablir le calme dans la Ville. Il avait ensuite été décidé qu'un représentant de chaque groupe de travailleurs serait élu et participerait à une réunion d'urgence, pour décider des mesures à prendre.

Ayant joué un rôle central dans cette histoire, mes amis et moi avions pris part à cette réunion, et nous avions été longuement interrogés par le Conseil des représentants. Ceux-ci avaient jugé que seule Nora avait commis un véritable crime en menaçant directement l'ancien Président et son conseiller, et pardonné à tous les Protecteurs, considérant les services que nous avions rendus à la Ville. Au fil des semaines, le Conseil des représentants avait continué à se réunir pour prendre les décisions importantes, et avait finalement formé le nouveau gouvernement – élu par le peuple – pour diriger la Ville.

Le Conseil avait décidé d'annuler le plan de surveillance générale de la Ville, et fait enlever les caméras et tous les écrans géants, sauf celui devant l'ancien hôtel de ville, à présent devenu le Centre culturel de Londres. Cet écran servait aujourd'hui à communiquer au peuple les nouvelles informations et décisions. Le Conseil avait également pris des mesures de sécurité, écoutant cette fois les réclamations des Protecteurs.

Au bout de quelques semaines, la Ville était déjà beaucoup plus organisée, et même plus sûre qu'avant ce que le peuple avait nommé la Révélation. Les politiciens soupçonnés d'activités illégales avaient été mis en examen, et on avait reconnu Victor et Oscar Johnson coupables d'agissements criminels. Plus le temps passait, plus le taux de dépressions, suicides et crimes baissait, grâce aux nouvelles mesures, et parce que ce qui se passait était si incroyable que chacun voulait le vivre pleinement.

Le Centre culturel avait été réaménagé : on y avait installé la Source de Vérité, qu'on avait déplacée précautionneusement, en prenant bien soin de sauvegarder les données au préalable. Des techniciens avaient créé une salle dans laquelle la Source était reliée à des dizaines d'écrans accessibles au public. Dorénavant, le peuple avait donc accès à toutes les informations qu'il souhaitait, et les lois concernant les secrets d'État sur le passé avaient été complètement révoquées par le nouveau gouvernement.

Plus encore, on avait retrouvé des dizaines de vieux livres dans des greniers, des caves ou des entrepôts, et on avait reconstitué une bibliothèque. Celle-ci était installée à l'étage du Centre culturel, et tous et toutes pouvaient la consulter librement. Les techniciens avaient aussi réussi à avoir accès à ce qui semblait être une infinité de films sauvegardés sur la Source : tous les soirs, à la même heure, avait lieu une projection sur l'écran géant du Centre, et la foule se pressait devant le bâtiment avec curiosité et excitation.

En l'espace de quelques mois, la Ville entière avait ainsi pu en apprendre plus que jamais sur son passé, et profiter de nouveaux loisirs et d'un grand nombre de nouvelles libertés. Beaucoup d'emplois avaient d'ailleurs été créés au Centre culturel. Et une équipe s'occupait d'agencer les différentes informations diffusées chaque jour sur l'écran géant.

Le Conseil était déterminé à faire de nombreuses réformes, mais ne souhaitait pas non plus bousculer le peuple, et n'allait donc pas trop vite. Pour les décisions très importantes, on mettait aussi en place un vote auquel pouvait participer chaque citoyen majeur de Londres. À ce jour, on parlait déjà de supprimer les Épreuves, ou du moins d'en changer les modalités, et d'autoriser la sortie de l'enceinte de la Ville. Il était d'ailleurs également question de reprendre contact avec l'extérieur, mais le Conseil avait jugé qu'il serait plus sage d'organiser parfaitement la Ville avant de faire quoi que ce soit.

J'avais été en première ligne pour observer ces changements. Le Conseil m'avait considérée comme une figure phare de la Révélation, et j'avais été autorisée par le capitaine Jackson, représentant des Sauveteurs siégeant au Conseil, à assister aux réunions à titre de consultante. Or, j'avais été témoin d'un vote quelques semaines plus tôt, à l'origine de deux changements qui auraient pu sembler peu importants à quelqu'un d'autre, mais qui m'avaient rendue plus heureuse et fière que je ne l'avais jamais été...

— Je n'arrive pas à croire qu'on y est, déclarai-je en regardant Adam.

Nous finîmes notre petit-déjeuner en vitesse et allâmes nous habiller avant de sortir de chez nous. Je portais tout de même mon uniforme et mon arme de fonction – qui était désormais un pistolet électrique –, au cas où quelque chose se passerait.

Nous nous rendîmes ensemble sur la place devant le Centre culturel. Malgré l'heure matinale, la foule était déjà nombreuse, attendant que le bâtiment ouvre ses portes. Nous n'y allions toutefois pas pour les ordinateurs ou les livres, aujourd'hui : c'étaient les archives qui nous intéressaient.

Le Centre ouvrit à huit heures tapantes, et les personnes présentes s'engouffrèrent à l'intérieur, avides de connaître plus de renseignements sur leurs origines et sur ce monde qu'ils découvraient, ou simplement de profiter d'un moment de détente, seuls ou entre amis.

Nous montâmes donc au troisième étage, celui où l'on avait déplacé les archives retrouvées quelques mois plus tôt, et où l'on apportait tous les documents anciens qu'on découvrait. Nous fûmes rapidement rejoints par nos parents, accompagnés de Clarisse. Je souris en apercevant mon père parler à cette dernière avec moins de retenue qu'à l'accoutumée : il avait encore beaucoup de mal à communiquer avec ma grand-mère, qu'il avait accepté de revoir un ou deux mois plus tôt seulement, mais je sentais que la tension entre eux commençait lentement à se dissiper, sans doute grâce à la douceur et à la patience de ma mère.

Nous nous rendîmes ensemble dans la section des archives qui nous intéressait, rejoints peu à peu par d'autres groupes. Je songeai que des informations avaient dû filtrer, puisque la loi votée au Conseil et qui m'avait poussée à conduire ma famille à cet endroit ne serait révélée au public qu'un peu plus tard dans la journée.

Après avoir passé quelques heures à faire nos recherches jusqu'à enfin trouver ce que nous cherchions, nous allâmes manger dans un restaurant qui venait d'ouvrir – une nouveauté dans Londres. Pendant des dizaines d'années, nous avions acheté notre nourriture à emporter : maintenant, nous commencions à découvrir le plaisir de nous asseoir à l'extérieur pour manger tranquillement.

Un peu plus tard, je quittai ma famille pour aller rejoindre mes amis, qui m'avaient donné rendez-vous dans un parc. Je m'y rendis à pied et, arrivant sur la pelouse, j'aperçus Kim courir jusqu'à moi. Elle se jeta dans mes bras, manquant de me faire tomber à terre.

— Joyeuse Commémoration ! s'exclama la Sauveteuse aux cheveux blonds, me serrant contre elle.

— Tu as conscience que ça devrait être un jour de deuil, Kimmy ? railla Skyler en s'approchant de nous, suivie de Julia et de Mike, absorbés dans une grande conversation.

— Pas du tout, rétorqua Kim en s'écartant de moi. Aujourd'hui est un jour pour fêter notre liberté et notre droit au souvenir… Tu es juste jalouse parce que j'ai fait un câlin à Isis.

J'éclatai de rire en voyant la tête que fit Skyler en entendant sa petite amie se moquer d'elle de la sorte.

— Pas la peine d'être jalouse, rétorquai-je, amusée. Je te la laisse.

Kim s'écarta brusquement de moi, faisant mine d'être offusquée, et Skyler en profita pour l'attirer vers elle, passant son bras autour de ses épaules.

— Tu as entendu ? demanda-t-elle. Tu es coincée avec moi.

Kim feignit de soupirer, avant de répondre :

— Bon… je suppose que ça pourrait être pire…

Skyler leva les yeux au ciel avant d'embrasser Kim, un sourire sur les lèvres. Je les laissai se chamailler et commençai à m'éloigner, ayant reconnu une silhouette qui s'approchait de nous. J'accélérai le pas, finissant par courir pour me jeter dans les bras d'Ethan, qui arrivait vers moi. Il m'embrassa, avant de me dire :

— Joyeuse Commémoration.

— Toi aussi.

Nous rejoignîmes les autres et passâmes l'après-midi ensemble à discuter, à rêver, à faire des projets pour l'avenir et à imaginer ce qui nous attendait encore.

Nous ne quittâmes le parc qu'en fin d'après-midi, pour nous rendre à la place du Centre culturel, où un représentant du Conseil ferait une annonce « spéciale », en l'honneur de la Commémoration. Je savais déjà de quoi il s'agissait, et je parvenais à peine à me contenir, tout comme mes amis.

La place se remplit peu à peu, et l'heure du discours arriva enfin. Les membres du Conseil sortirent du Centre culturel. Le capitaine Jackson s'avança devant nous. Il était filmé par un cameraman, permettant ainsi aux personnes placées tout au fond de voir le visage de notre supérieur sur l'écran géant. Jackson prit un micro avant de monter sur une estrade installée pour l'occasion. La foule, jusqu'alors surexcitée, se calma soudain, retombant dans un calme relatif pour pouvoir entendre.

— Bienvenue à vous tous, dit le capitaine. Je vous souhaite un joyeux jour de Commémoration.

Un tonnerre d'applaudissements et de cris de joie auxquels je me joignis accueillit sa déclaration. Jackson dut attendre un peu avant de poursuivre :

— Aujourd'hui pourrait être marqué par la tristesse puisque, deux cents ans plus tôt, l'insouciance et la cupidité d'un groupe de personnes ont causé la souffrance de milliards d'autres… mais ce n'est pas ce dont nous voulons nous souvenir, à l'heure où je vous parle. Aujourd'hui n'est pas un jour pour souffrir à nouveau : nous avons déjà assez souffert. Au contraire, aujourd'hui, nous honorons ceux qui ont péri pour que nous puissions être là, en faisant la promesse d'essayer, de toutes nos forces, de ne pas commettre les mêmes erreurs qu'autrefois. Aujourd'hui est un jour joyeux, parce que nous avons une seconde chance, une opportunité de faire mieux. C'est dans le cadre de cette véritable renaissance de notre peuple que le Conseil, que je représente, a décidé de voter deux nouvelles lois, que je m'apprête à vous annoncer.

Mon cœur tambourinait à présent dans ma poitrine : j'étais incapable de me calmer et serrai avec force la main d'Ethan, qui se tenait à mes côtés. Il était presque aussi surexcité que moi.

« Ça y est, songeai-je. Ça va vraiment arriver. »

— J'ai l'honneur de vous annoncer, continua Jackson, qu'à compter d'aujourd'hui la liste de prénoms officiels est considérée comme absolument nulle et insignifiante, et que les numéros matricules sont abolis et peuvent être remplacés par le nom de famille que vous choisirez, à condition de le déclarer à l'administration.

Ce fut une véritable explosion de joie. Ethan me serra dans ses bras, tandis que la foule se mettait à crier, siffler et applaudir, m'étourdissant et m'interdisant toute notion de temps ou d'espace. Ma famille et moi avions passé la matinée à tenter de retrouver notre patronyme originel en faisant des recherches dans notre généalogie grâce aux archives. Nous avions finalement retrouvé le nom de Clarisse, et songions très sérieusement à l'adopter si celui de son mari décédé demeurait un mystère. Dans ce cas, notre nom de famille deviendrait Rothbard.

Ethan, quant à lui, avait facilement retrouvé le sien, puisqu'un de ses ancêtres avait apparemment été un haut gradé de la police, et était donc mentionné à de multiples reprises dans les archives. Il ne lui restait plus qu'à faire quelques démarches administratives pour devenir officiellement Ethan Collins.

À cet instant, cependant, ni lui, ni moi, ni le reste de la Ville ne songions au nom que nous allions peut-être adopter. Le peuple de Londres, pour la première fois depuis des années, se laissait aller à la dangereuse activité qu'était le rêve. Nous osions commencer à espérer une existence qui signifierait plus que notre simple subsistance et, même si nous savions pertinemment que ce ne serait pas chose aisée, que certains moments seraient plus difficiles que d'autres et que la souffrance ne disparaîtrait jamais complètement, cela nous importait peu.

La nuit tomba sur la Ville peu de temps après, et dans ce monde si abîmé mais enfin éveillé, il me sembla que les étoiles se rallumaient une à une.

REMERCIEMENTS

Cette trilogie n'aurait pas vu le jour sans l'aide de certaines personnes, c'est pourquoi j'ai de nombreux remerciements à adresser.

Merci, tout d'abord, à Bayard Canada pour avoir fait confiance à la fille de seize ans que j'étais quand j'ai signé mon premier contrat. Merci, particulièrement, à Sylvie, excellente éditrice, et à Maxime, le directeur littéraire que tout auteur voudrait avoir. Merci également à Josée Latulippe pour sa révision impeccable et à Dorian Danielsen, pour les magnifiques couvertures qu'il a crées. Merci à toute l'équipe de Kennes Éditions, pour leur confiance, et pour avoir donné une seconde vie à ma saga.

Ma maison d'édition m'a aidée à parfaire et à publier cette saga, mais je n'aurais jamais pu l'écrire sans mon entourage. Je dois donc remercier ma mère, qui m'a donné le goût de la lecture depuis mon plus jeune âge, et mon père, pour tout le temps qu'il a passé avec moi à naviguer sur les eaux tumultueuses de cet océan éditorial. Merci à mes frères et sœur, Ouriel, Esther et Gabriel, pour avoir cru en moi dès le début. Merci à ma meilleure amie, Nao, pour me donner l'impression que nos discussions s'étalant sur des heures ne durent que quelques minutes.

Merci aux lecteurs et lectrices de *La comète*, qui ont suivi les aventures d'Isis jusqu'au bout. J'espère n'avoir laissé aucune question sans réponse… Au cas où : le premier album qu'Isis et ses amis découvrent est *The Fame Monster* de Lady Gaga ; quant à la « chanteuse barbadienne », il s'agit – évidemment – de Rihanna. Pour finir, des citations de *Star Wars* et d'*Alice au Pays des Merveilles* (la version de Tim Burton) se sont glissées entre les pages de ce troisième tome.

J'ai cité, dans cette saga, un certain nombre d'auteurs. Les voici : Corneille, Molière, Danton, Shakespeare, Racine, Marivaux, Jane Austen, Victor Hugo, Théophile Gautier, R. L. Stevenson, Baudelaire, Joseph Joubert et Guillaume Apollinaire. À travers cette trilogie, j'ai voulu rendre hommage à la littérature elle-même, que je crois être un pilier de notre société : sans elle, il me semble qu'on fait un pas de plus vers la dystopie.